HEYNE BÜCHER

SCIENCE FICTION

Herausgegeben
von Wolfgang Jeschke

Ein Verzeichnis aller STAR-TREK®-Romane
finden Sie am Schluß des Bandes.

DIANE CAREY

STAR TREK®
CLASSIC

DAS GROSSE RAUMSCHIFFRENNEN

Roman

Star Trek®
Classic Serie
Band 74

Deutsche Erstausgabe

WILHELM HEYNE VERLAG
MÜNCHEN

HEYNE SCIENCE FICTION & FANTASY
Band 06/5474

Titel der Originalausgabe

STAR TREK: CLASSIC
#74: THE GREAT STARSHIP RACE

Aus dem Amerikanischen übersetzt von
Ronald M. Hahn

Umwelthinweis:
Dieses Buch wurde auf
chlor- und säurefreiem Papier gedruckt

Redaktion: Rainer-Michael Rahn

Erstausgabe by Pocket Books/Simon & Schuster, Inc., New York

Printed in Germany 1997
Umschlagbild: Pocket Books/Simon & Schuster, New York
Umschlaggestaltung: Atelier Ingrid Schütz, München
Technische Betreuung: M. Spinola
Satz: Schaber Satz- und Datentechnik, Wels
Druck und Bindung: Ebner Ulm

ISBN 3-453-12660-2

Für Captain Tony Lesnick
und die Mannschaft des Star Trek-Fanclubs
Starship Intrepid,
die unserem gemeinsamen Treck
dank ihres unermüdlichen Wirkens
und ihrer Ritterlichkeit
einen guten Ruf verleihen

Ein Mensch, der Leben und Tod kennt, ist nicht in Gefahr; sein Wissen wird von keinem Gesetz überboten; und er muß sich anderen Gesetzen beugen. Er steht über ihnen, und sie sind ihm untertan. Nur das ist ein vernünftiges Gesetz.

GEORGE CHAPMAN
Zum Lobe des Seemanns

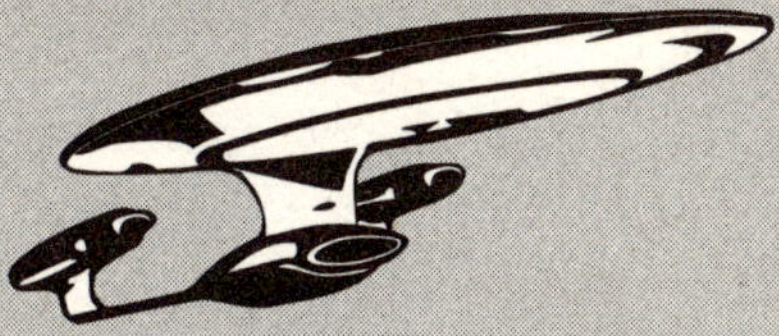

PROLOG

Auf dem romulanischen Kreuzer *Scorah*

»Sie sind ein Feigling, Valdus! Feiglinge sind mir ein Brechmittel. Feiglinge sollten gebraten und gefressen werden. – Nein, nicht gebraten. Man sollte sie nicht mal verschlucken. Man muß sie roh zerkauen und dann wieder ausspucken. Wenn wir zu den Heimatwelten zurückkehren, werden Sie, Ihr Leib, Ihre Uniform, Ihr Helm, Ihr *Geruch* … aus meinem Geschwader verschwinden. Sie fliegen von meinem Schiff und werden degradiert. Ich will Sie nie wiedersehen – und auch nicht Ihre Söhne, falls Sie, was ich nicht glaube, noch welche zeugen sollten. Hätte ich einen anderen Piloten, würden Sie jetzt schon von der Brücke gejagt. Gehen Sie an Ihren Posten; glotzen Sie mich nicht so an. Und jeder andere, der an seinen Instrumenten erstarrt, geht von Bord und wird an einem Strick hinter uns hergezogen. Irgendeiner von Ihnen – jeder außer diesem Wurm – tritt jetzt vor und macht mir eine Meldung über das Schiff dort draußen. Und irgendein anderer sorgt dafür, daß der Rauch von hier verschwindet!«

Eigentlich hätte Primus Orans zornige Stimme ausreichen müssen, daß der Rauch sich von allein verzog.

Hinter ihm trat Subzenturio Valdus Ionis Zorokove – der Grund seiner Wut – beiseite. Das heißt, eigentlich trat er zurück und gab sich alle Mühe, den Blick nach unten zu richten – auf das Ruder. Die blaue Jacke des Primus und der rote Pelz auf seinem rechten Ärmel versengten sofort seine Erinnerung.

Der Rauch verschleierte die Aussicht auf seine Füße, und für einen Augenblick war er desorientiert. Alle bauten nur Mist. Die Mannschaft ebenso wie die Maschinen.

Valdus bewegte sich auf der vollgestopften Brücke,

wie er es gewohnt war. Die Decke war niedrig, das Licht so gedämpft, daß es Schatten warf. Alles hatte die Farbe von Rauch, und die Schotten waren so schief, daß die Mannschaft ständig unter dem Eindruck stand, sie krabble über den Bauch eines Rieseninsekts. Seine Kameraden wandten sich um, als er sich an ihnen vorbeischlängelte. Teilweise, um ihm Platz zu machen, teilweise, weil sie Primus Oran nicht noch mehr erzürnen wollten.

Aus irgendeinem Grund vernahm er in seinem Geist laufend seinen Namen. Noch vor zehn Minuten war er der Stolz seiner Sippe gewesen. Nun wäre er am liebsten ein anderer gewesen. Und an einem anderen Ort.

Der Primus hat recht. Feigheit bringt uns alle in Gefahr. Und ich bin ein Feigling. Ich habe heute keinen guten Tag. Wenn ich mich konzentriere, finde ich vielleicht eine Möglichkeit, nicht gerade in Sack und Asche nach Hause zurückzukehren.

Jetzt hatte er auch noch eine Degradierung am Hals. Als sei es noch nicht genug, am Steiß der Galaxis im Steiß eines Patrouillenschiffes auf dem eigenen Steiß zu sitzen und sich als Kartograf zu betätigen, während anderswo der Krieg zwischen dem Reich und der Föderation tobte. Für ihr vom Pech heimgesuchtes Geschwader stand kein Bewachen der Grenzen oder die Niederschlagung von Aufständen an. Wahrscheinlich war der Krieg längst zu Ende, wenn die *Scorah* und ihre Mannschaft die Daten der Sterne hier draußen aufgenommen hatten.

Valdus verstand es zwar nicht, aber der Krieg gegen die Planeten der Föderation laugte das Reich aus. Man hatte angenommen, man werde die dämliche, freigiebige, rührige Vereinigung von Anfängerplaneten, in deren Reihen es keine dominierende Rasse gab, schnell kleinkriegen. Nach dem ersten Schlag, so hatte man geglaubt, würden sie sich zerstreuen, damit das Reich die Kontrolle über ein noch riesigeres Territorium und noch größere Ressourcen übernehmen konnte.

Doch dazu war es nicht gekommen. Nach dem ersten Angriff des Reichs auf einen Außenposten hatte sich die Föderation mit einer Entrüstung, die niemand erwartet hatte, zusammengerissen und zurückgeschlagen. Man hatte den Versuch gemacht, ein schlafendes Tier zu häuten. Doch das im Schlaf sanfte, träge Tier war beim ersten Schnitt aufgewacht und bereit, bis zum Untergang zu kämpfen.

»Unidentifiziertes Schiff kommt näher«, meldete Commander Rioc. »Eine sehr alte und einfache Konstruktion. Nur mäßige Warp-Fähigkeiten. Keine Antwort auf unsere Funksprüche.«

»Wir gehen näher heran«, sagte Oran. »Vielleicht tun sie nur so friedlich.«

Valdus nagte an seiner Unterlippe und ließ die *Scorah* vorwärtsschießen. Er spürte die Kälte, die seine Kameraden ihm gegenüber ausstrahlten. Sie gaben sich, als wollten sie nichts mit ihm zu tun haben; als zählten sie schon die Tage, bis seine Ablösung kam.

Valdus hörte zwar die murmelnden Stimmen, die Befehle und Bestätigungen artikulierten, aber er konnte ihnen aufgrund seiner privaten Scham mehrere Sekunden lang keinen rechten Sinn entnehmen. Er stellte sich vor, sich dem Primus zuzuwenden, um ihm zu sagen, daß er seinen Posten auf der *Scorah* am liebsten sofort abgegeben hätte. Ihm war beinahe ebenso danach wie Primus Oran. Beinahe.

Doch selbst nach dem Rüffel und der Strafe, die der Primus ihm angedroht hatte, fehlte ihm der Mut dazu.

Valdus berechnete die möglichen Wendemanöver – für den Fall des Falles. In seinem Geist erblickte er die großen, in tiefen Höhlen liegenden Augen des Primus und seinen eckig gestutzten Bart. Er lauschte.

»Zustand unseres Geschwaders?« fragte der Primus. »Und die Entfernung …«

Dann strauchelte Oran und fiel seitlich gegen eine Stützstrebe.

Valdus wandte sich schnell ab, wie ein geprügelter Hund. Die vier Besatzungsmitglieder, die die enge Brücke bevölkerten, hielten zwar inne, aber niemand unternahm einen Versuch, Oran zu helfen. Sogar Tarn – der mutige, schwarzhaarige, intuitiv handelnde Zenturio, von dem alle sagten, er werde eines Tages den Himmel kommandieren – blieb in der Ecke neben der Tür zum Maschinenraum. Der Primus hatte der Mannschaft nicht nur zu verstehen gegeben, daß er Feiglinge verabscheute; er konnte es auch nicht ausstehen, wenn jemand alte Verletzungen bejammerte. Auch um frische Verletzungen machte er kaum Aufhebens.

Valdus knirschte mit den Zähnen. *Ich helfe ihm auch nicht.*

Nur Rioc näherte sich dem gestürzten Geschwaderkommandanten, aber er machte keinen Versuch, ihm aufzuhelfen.

»Verflucht sei dieser Fuß«, sagte Oran grunzend. »Ich hätte ihn abschneiden lassen sollen.« Er stützte sich auf den Ellbogen und rappelte sich auf die Knie. Es gelang ihm irgendwie, die Stützstrebe zu packen und aufzustehen. »Lagebericht?«

»Alle Schiffe sind alarmiert und bereit zum Eingreifen.«

»Entfernung zu nächsten Schiff? Lassen Sie mich nicht brüllen, Rioc.«

Commander Rioc schaute Oran an und hustete – wegen des Rauchs, der sich trotz des Ventilatorengewinsels nur sehr langsam verzog. »Die *Heldenverehrer* und die *Peitschenhand* sind uns am nächsten, Primus. Sie können in einem Dritteltag bei uns sein.«

Oran richtete sich auf und warf einen Blick auf die kleinen Sensorenbildschirme. »Von nun an heißt es wachsam sein.«

Die ratternden, ungenauen, schwierig zu lesenden

Schirme standen neben Valdus. Er spürte, daß der Blick des Primus an ihm vorbeiglitt wie eine Kreatur aus einer tiefen Höhle.

Die Ventilatoren keuchten. Der Rauch umwirbelte sie erneut, was niemandem sonderlich gefiel. Das Reich machte nur langsam Fortschritte. Zu oft wurden die genialsten Ingenieure bestraft, zurückgestuft oder sogar exekutiert, wenn ihre Versuche nichts erbrachten. Deswegen machte man immer weniger Versuche. Und so blieben nur die schlechtesten und zaghaftesten Ingenieure übrig.

Irgendwann werden wir etwas Besseres haben, dachte Valdus. *Und wenn nicht, holen wir es uns von anderen.*

Schäbige Technik. Jämmerliche Fabrikation. Ausgefallene Kontrollen. Offiziere, die …

»Ich habe weitere Einzelheiten über das Schiff«, meldete Commander Rioc. »Genau besehen ist es gar keins. Es ist eher so etwas wie eine für Fernreisen eingerichtete Kapsel. Minimaler Lebensraum, der meiste Platz dient als Lagerfläche. Wahrscheinlich für Nahrungsmittel und Medizin. Drei Lebensformen … Korrektur: vier.«

»Fünf, Herr«, korrigierte der Zenturio. »Das Echo da in der Ecke …«

»Na schön, fünf.«

»Andocken«, warf Oran unverblümt ein.

Valdus zog die Ellbogen an seinen Körper, blinzelte und biß sich erneut auf die Unterlippe. Ja, sicher, andocken. Was schert uns denn die Vorsicht? Probieren wir's doch einfach mal aus. Primus Oran hatte diesen Ruf. Diese Charaktereigenschaft hatte ihn berühmt gemacht. Damit hatte er Schlachten gewonnen. Er war im ganzen Trikameron bekannt dafür.

Valdus senkte den Blick und schluckte mühsam.

Ich werde nie wieder vorsichtig sein.

»Muß ich es etwa zweimal sagen?!« brüllte der Primus.

»Bereite Andockmanöver vor«, gab Commander Rioc der Mannschaft mit leiser Stimme bekannt.

Rioc schaute Oran an, als warte er auf etwas. Auf irgendeine Erklärung oder eine Pedanterie.

Es kam keine.

»Universalmanschette einsatzbereit, Commander«, sagte der zuständige Offizier.

Rioc nickte. »Wir sind fertig zum Andocken, Primus.«

»Glauben Sie, ich bin taub, Rioc?«

Rioc seufzte und gab durch eine Handbewegung den Befehl, daß das Andockmanöver in Angriff genommen werden solle.

Das Verfahren war schwerfällig und mühsam. Es wurde viermal begonnen und wieder abgebrochen. Jedesmal wurde Orans Gesicht eine Nuance grauer. Dann war die Mannschaft endlich bereit, hinauszukriechen und die Manschette anzupassen.

Schließlich konnte man das eigene Schiff mit winselnden Korrekturtriebwerken soweit kippen, daß man in der Lage war, die Verbindung vorzunehmen. Die Kontrollampen zeigten an, daß die Verbindung dicht war.

»Schleuse öffnen«, fauchte der Primus sofort. Keine Sensorenprüfung, keine Tests irgendwelcher Art.

»Angenommen, ihre Atmosphäre ist giftig?« fragte Rioc.

Nun schaute auch Valdus wie alle anderen auf. Giftig?

»Dann halten wir die Luft an!« fauchte der Primus. »Was wäre wohl, wenn wir alle so besserwisserisch wären wie Sie, Rioc? Ich kann Sie auch in Ihr Quartier schicken. Da haben Sie dann Zeit, noch ein paar Modelle der Schiffe zu basteln, gegen die Sie gekämpft haben. An der Decke Ihrer Kabine hängen doch jede Menge dieser Föderationsschiffchen. Als hätten Sie sie alle besiegt. – Los jetzt, die Schleuse.«

Commander Rioc schien die Achseln zu zucken, ohne sich zu bewegen. Erneut gab er der Mannschaft mit einer Geste zu verstehen, sie solle handeln und die Schleuse öffnen.

Dann hörte Valdus, daß Rioc leise zu dem Zenturio sagte: »Aktivieren Sie den Übersetzer. Schalten Sie ihn sofort aus, sobald ich Sie anschaue. Ich schaue Sie immer nur einmal an, verstanden?«

»Jawohl, Commander, verstehe vollkommen«, murmelte der Zenturio zur Antwort.

»Hände auf die Intervaller.«

Also wollten der Commander und der Zenturio jene Vorsicht walten lassen, auf die Oran verzichtete.

Der Zenturio wies die drei Angehörigen der Brükkenmannschaft mit einer Handbewegung an, Platz zu machen – für den Fall, daß die, die vorn standen, angegriffen oder niedergeschlagen wurden, wenn die Schleuse aufging. Auch Valdus gehörte dazu. Er zog sich wortlos zurück, da er nun wußte, was er war: Feiglinge zogen sich immer zurück.

Der Intervaller lag kalt und wenig beruhigend in seiner Hand. Valdus durchsuchte seinen Verstand, seinen Brustkorb und seine Gliedmaßen nach Angst, fand jedoch keine. Vielleicht hatte die Demütigung sie vertrieben.

Die Luke glitt auf, zur Seite, dann nach oben, machte den Weg frei. Fünf Gesichter schauten sie an; sie befanden sich übereinander, wie Opfer eines Zusammenstoßes. Gelbe bis kupferfarbene Gesichter, alle mit großen, weit aufgerissenen Augen; harmlos, gaffend, die dünnen Brauen hochgezogen, mit offenem Mund. Wie konnten fünf Lebewesen den gleichen Gesichtsausdruck haben?

Primus Oran schnaufte, entspannte sich sichtlich. Er wandte sich dem Commander zu, schluckte seinen Kommentar jedoch herunter.

Und schon kletterten die Besucher durch die Luke …

Der erste, der an Bord kam, warf sich auf den Primus und umarmte ihn so heftig, daß beide rückwärts gegen Rioc taumelten – und dann alle drei gegen die Pilotenkonsole.

Valdus wich erschreckt zurück und krachte gegen ein Schott. Die beiden anderen zogen ihre Intervaller.

»Nein!« rief Rioc. »Wartet!«

Valdus schwante allmählich, daß es kein Angriff war. Wenn es keine reine Freude war, war es pure Dummheit.

Beides, dachte er, als er das Gleichgewicht wiederfand.

»Übersetzer«, grunzte der Primus und warf Rioc einen raschen Blick zu.

Primus Oran befreite sich nicht einmal von dem Fremden. Er hing an seinem Hals wie eine gigantische Verzierung und lachte und brabbelte in einer Sprache, die Valdus nicht verstand.

Nun waren auch die vier anderen Besucher durch die Luke gekommen. Niemand blieb aus Sicherheitsgründen zurück. Auch an Bord der *Scorah* wirkten sie sorglos.

Sie brabbelten und grinsten und ergriffen die Hände der Brückenmannschaft. Ihre Kleidung bestand aus sehr einfachen Raumanzügen mit Reißverschlüssen. Valdus hatte solche Anzüge seit seiner Grundausbildung nicht mehr gesehen. Einen Moment lang zogen sie seine Beachtung auf sich.

Als er sich von dem Anfall neugieriger Nostalgie befreit hatte, war die Luke zu. Primus Oran hatte sich von seiner Fessel befreit, und sie befanden sich in einer bizarren verfahrenen Situation.

Der Zenturio tastete die fünf großäugigen Fremden mit einer medizinischen Einheit ab, und das, was er sah, ließ ihn eine finstere Miene schneiden. Er wirkte auch nicht sehr beeindruckt.

»Schwächlinge«, sagte er leise, an den Primus gewandt.

»Das sehe ich selbst. Ist der Übersetzer schon aktiv?«

Rioc antwortete nicht. Er nickte auch nicht. Er drückte auf einen Schalter.

»Glücklich … Entfernung … warte … oder warten … Bevölkerung oder Volk … allein … Astrotelemetrie … quasi-stellar … Hoffnung verloren … Suche in fremden Gefilden … denken oder Gedanke … unproduktiv oder fruchtlos …«

Der Computer übersetzte die Worte der Fremden, das heißt, er übertrug zumindest die wichtigsten Teile ihrer Rede und ratterte in grimmigem, funktionellem Einerlei alles herunter, ohne daß es auch nur im geringsten zu den völlig gegensätzlichen Bewegungen und Ausdrücken der redenden Wesen paßte. Es war unterhaltsam – wäre Primus Oran der Typ gewesen, der sich gern unterhalten ließ.

Rioc warf dem Zenturio einen Blick zu. Dann, als der Übersetzer abgeschaltet war, schaute er Oran an.

»Sagt Ihnen das irgend etwas?« fragte der Primus gedehnt.

»Sie haben etwas gesucht, haben es aber nicht gefunden«, sagte der im Dunkeln tappende Zenturio.

»Sie haben wohl im Weltraum gesucht«, meinte der Ingenieur.

»Der Computer kommt nicht mit«, sagte Rioc. »Sie reden einfach alle durcheinander. Wer ist der Anführer? Sie tragen alle die gleiche Kleidung. Sie sehen alle hungrig aus.«

»Wie ist die technische Lage?« fragte Oran.

Der Ingenieur lehnte sich über eine Strebe. »Ihr Schiff ist eine sehr einfache interstellare Forschungseinheit. Die gesamte Ausrüstung dient dazu, Aufnahmen zu machen oder Messungen vorzunehmen. Die Kapazität ihrer Sensoren ist sehr gering. Sie haben keine Verteidigungssysteme und keine Waffen; sie können nicht schneller als mit Lichtgeschwindigkeit fliegen und haben bei diesem Tempo nur begrenzte Manövrierfähigkeiten.«

Die Fremden faßten die Besatzung erneut an und lachten. Wenn man es genau nahm, tanzten sie fast vor Freude.

Valdus lächelte. Die Tiraden des Primus hatten seine Muskeln verschweißt, doch nun lächelte er plötzlich.

Aber dies galt auch für die anderen. Sogar Oran schien zu lächeln. War es möglich? Ein Mann, der seine Gesichtsmuskeln nach der ersten Beförderung chirurgisch hatte entfernen lassen?

»Bringt Ihnen Zeichenmaterial«, sagte Oran. Seine Stimme war beschwingt; er ergriff die Hand des ihm nächsten Besuchers. »Aktiviert eine holografische Sternkarte. Sie müssen uns zeigen, wo sie herkommen. Die Position ihres ...« Er wurde schon wieder umarmt. »... bezaubernd einfallsreichen kleinen Planeten.«

Mehrere imperiale Offiziere schritten lächelnd zur Tat, wobei sie sich gegenseitig auf eine Weise auf die Schultern klopften, wie man es sich normalerweise nur für Hochzeiten unter Sippenangehörigen aufsparte, die einander vertrauten. Die Männer, die einander sonst nie vertrauten, wirkten nun wie alte Freunde. Die Spannung fiel von ihnen ab. Die Freude der idiotisch naiven Besucher war ansteckend.

Man wird es uns anrechnen, daß wir sie gefunden haben! Valdus holte erfreut Luft. Er wußte, was nun kam. Der Primus würde die Information erhalten, die er haben wollte, und dann ... würde dieses Schiff plötzlich von Helden bemannt sein.

Ein noch nicht ausgebeuteter Planet. Ein seltener Gewinn mit genug Reserven, um eine Kultur am Leben zu erhalten, mit Bewohnern, die so intelligent waren, daß man sie als Arbeitskräfte nutzen konnte. Ein ganzer Planet, den man umgraben und ausnehmen konnte, der das Reich mit Rohstoffen und einem qualifizierten Heer von Arbeitern versorgte, dem man beibringen konnte, das zu produzieren, was man für den Krieg gegen die Föderation brauchte. Sie waren weit genug entwickelt, um nützlich zu sein, aber auch so primitiv, daß sie keinen Widerstand leisten konnten.

Der Traum aller Imperialisten. Ein Planet voller Sklaven.

»Die Karte, die Karte«, flötete Primus Oran. »Von diesem Sektor.«

»Kommt sofort«, sagte Commander Rioc.

Ein elektrisches Sirren malträtierte Valdus' Ohren, dann ertönte ein Ploppen, und urplötzlich schwebte eine wandhohe holografische Sternkarte in der Mitte der Brücke. Rioc und zwei andere Besatzungsmitglieder wurden, als sie hindurchschritten, um Platz zu machen, kurz in die Primärfarben getaucht.

Auf der Brücke herrschte Stille. Alle starrten die funkelnden Sterne, schwebenden Nebel und flitzenden Kometen an, die die dünnen roten Navigationsstrahlen überlagerten.

Die Fremden verharrten, und der, der als erster an Bord gekommen war, musterte die Holografie mit gerunzelter Stirn. Er warf seinen Gefährten einen Blick zu und sprach kurz mit ihnen, aber sie waren eindeutig ebenso verwirrt wie er. Doch nicht, weil man etwas von ihnen erwartete. Es war der Anblick.

»Sie erkennen nichts, das ihnen vertraut ist«, sagte Commander Rioc.

Oran nickte. »Gitternetz ausdehnen.«

Die Holografie schwoll an, wurde noch einschüchternder und zog die Beachtung auf sich.

Die Besucher waren plötzlich still. Überrascht. Sie blinzelten mit großen, das Licht aufnehmenden Augen und fanden sich langsam zu einer nervösen Gruppe zusammen. Ihre gute Laune schien langsam zu verfliegen.

Valdus spürte, daß auch sein Lächeln schmaler wurde. Er rührte sich nicht.

Primus Oran deutete zuerst auf die Fremden und dann auf die Sternkarte. »Nun? Zeigt es uns.«

Die Besucher zuckten bei seiner Stimme zusammen und schoben schützend die Schultern vor. Orans Stimme war fest, wirkte aber auch leicht bedrohlich.

Sie wollen es uns zeigen, dachte Valdus, *aber sie verstehen die Karte nicht. Ob sie überhaupt je ein Bild des Weltraums gesehen haben? Primus Oran möchte ihren Planeten …*

»Kann der Computer es in ihrer Sprache erklären?« sagte Oran mit zusammengebissenen Zähnen.

Der Zenturio beugte sich über einen Bildschirm. »Ungenügendes Primärvokabular. Kann im Moment keine genauen Angaben machen.«

»Haben wir keinen Linguisten an Bord?«

»Nein, Primus, im ganzen Geschwader befindet sich kein Linguist. Sie wissen doch, daß Linguisten nie auf Schiffen eingesetzt werden, die keine diplomatischen Aufgaben haben. In der gegenwärtigen Lage haben wir ohnehin keine Schiffe, die im diplomatischen Dienst stehen.«

Valdus musterte den Zenturio, der wiederum den Blick ohne Entschuldigung auf den Bildschirm richtete.

Er machte eine Handbewegung, von der er annahm, daß sie nicht bedrohlich wirkte, erwischte den Arm des ersten Besuchers und zog ihn auf die aktuelle Sternkarte zu. Er deutete auf den Brustkorb des Fremden – und dann auf die Karte.

Der Fremde stierte ihn an. Er wirkte, als wolle er ihm den Gefallen tun, und trat wieder an die Sternkarte heran. Er runzelte die Stirn und hielt nach einem Bezugspunkt Ausschau …

Dann wandte sich das Schicksal gegen ihn. Der plumpe Raumstiefel des Fremden traf Orans alte Verletzung, und aufgrund der Dicke des altmodischen Kleidungsstücks wurde ihm zu spät klar, daß er auf dem Fuß seines Gastgebers stand. Es fiel ihm erst auf, als Oran vor Schmerzen nach Luft rang und um sich schlug. Seine Faust knallte fest gegen die Wangenknochen des Fremden.

Besorgnis überspülte jegliches Wohlbefinden. Auf der Brücke brach ein Gewitter los. Der Fremde flog nach hinten. Er landete wie ein Gladiator in einem Arenakampf zwischen den Seinen, und alle stürzten zu Boden. Die Fremden duckten sich ängstlich.

Valdus, in der Ecke, spürte, daß seine Sinne sich vernebelten. In seinem Inneren wallte Argwohn auf.

»Ich will wissen, wo euer Planet liegt!« schrie Oran und stürzte sich auf sie. »Und wenn es nicht anders geht, reiße ich euch allen das Herz raus!«

Rioc fuhr dazwischen, schob ihn von den Fremden fort und in Valdus' Richtung, der versuchte, ihn zurückzuschieben. Die beiden Offiziere schrien einander an.

»Was tun Sie denn da?« brüllte Rioc.

Oran wehrte sich. »Ich verhöre sie!«

»Das tun Sie aber nicht sehr gut!«

»Soll ich *Ihnen* das Herz rausreißen, Rioc?«

Die Paranoia schlug über Valdus zusammen. Er blickte in die Gesichter seiner Mannschaftskameraden. Er diente seit zwei Jahreszeiten mit ihnen, aber jetzt wurden ihre Züge zu feindlichen Visagen. Feinde, Feinde, Feinde. Er mußte weg von ihnen, raus aus diesem Schiff … aus dieser Todesfalle …

Der Ingenieur versetzte seinem Assistenten plötzlich einen Schubs. Der Assistent schlug mit einem Intervaller um sich. Wann hatte er die Waffe gezogen?

Ein hellroter Energiestrahl zischte durch die Brücke, fraß sich durch die Kontrollen und zerschnitt einen Besucher in zwei saubere Hälften. Plötzlich kämpfte jeder gegen jeden, alle brüllten, verteidigten sich. Was noch vor wenigen Augenblicken eine harmonische Mannschaft gewesen war, bildete nun ein Wirrwarr aus Obszönitäten.

Valdus schlitterte durch die Blutlache des toten Fremden und schob sich an seinen Kameraden vorbei. Er mußte hier weg. Fort von diesen Leuten, die alle gegen ihn waren.

Ich krieg keine Luft mehr. Sie bringen mich um; sie schnüren mir die Luft ab …

Als Oran gegen eine Stützstrebe geworfen wurde, brüllte er: »Es ist ganz natürlich! Man unterwirft oder wird unterworfen! Es ist keine Zügellosigkeit, wenn ich den Vorteil dieses natürlichen Schatzes zu nutzen versuche.«

»Ohne mich«, keuchte Valdus. »Ohne mich!«

Das Entsetzen breitete sich in ihm aus. Die Fremden duckten sich in einer Ecke zusammen. Valdus sah das Grauen in ihren Gesichtern. Ihre Mienen waren verzerrt, bleich, ihre Augen zusammengekniffen. Seine Hände waren kalt. Er spürte, daß sein Gesicht aschgrau wurde, und sah das gleiche auf den Gesichtern seiner Kameraden.

Auch sie empfanden Entsetzen. Sie waren schon immer seine Feinde gewesen. Man hatte ihn übertölpelt, mit ihnen zusammenzuarbeiten. Sein Brustkorb wurde enger, immer enger …

Valdus drückte die Schulterblätter an das Schott und bemühte sich, in der Wolke des Unbehagens zu atmen, das aus ihm selbst kam. Das grausige Gefühl des Entsetzens. Sein Leben war in Gefahr.

Er schob sich von Rioc und Oran fort, die einander anschrien, aber er war nicht schnell genug.

Er war nicht schnell genug, um dem spritzenden Blut auszuweichen, als Oran ein Mehrzweckmesser zückte und Rioc die Kehle durchschnitt.

Rioc würgte, zuckte zurück, griff mit einer Hand an seine offene Luftröhre und mit der anderen nach Valdus. Dann sank er an Valdus' Brust zusammen und ließ ihn straucheln.

Valdus keuchte in plötzlich wildem Entsetzen auf. Er

wollte sich von der sich an ihn klammernden Leiche befreien.

Oran wirbelte zu den Fremden herum. Das Messer tropfte. Die Fremden schrien hell auf, drängten sich aneinander. Als ihnen klar wurde, was ihnen nun blühte, zeigte sich in ihren Gesichtern blankes Grauen.

Oran stürzte sich auf sie. Wenige Sekunden später waren zwei der Fremden aufgeschlitzt und verspritzten ihr dunkelrotes Blut über die anderen. Dann griff der Zenturio Oran an. Der Ingenieur stürzte sich auf den Zenturio, der Sensoroffizier und die Wachen wandten sich gegeneinander, und Valdus sah den Ausweg …

Der Weg in den Korridor, der zum Maschinenraum führte.

Während das Gemetzel hinter ihm seinen Lauf nahm, rannte er davon. Er wollte fort aus dieser feindlichen Umgebung. Er zog seinen Intervaller und eilte durch die engen Gänge.

Eine plötzliche Explosion warf ihn gegen eine Wand. Er rappelte sich auf und warf einen Blick in den Gang, durch den er gekommen war. An der Decke knisterte elektrisches Feuer.

Explosion im Maschinenraum!

Dort war der Feind also auch schon … Er hatte das Schiff irgendwie unterwandert. Irgendwie war er überall.

Wenn der Feind den Maschinenraum in seiner Gewalt hatte, ging das Schiff bald unter, und alle würden sterben.

»Ich bringe sie alle um«, fauchte Valdus. »Ich bringe euch alle um! Ich bringe alle meine Feinde um!«

Er duckte sich und feuerte mit dem Intervaller in den schmalen, offenen Gang. Er feuerte in weiten Kreisen, bis er nur noch brutzelndes Feuer und explodierende Armaturen sah. Ein Feind, der hinter einer Luke hervorgesprungen war, lag zuckend und brennend am Boden.

»Verbrenn! Verbrenn!« keuchte Valdus. Seine Hände zitterten so heftig, daß die Mündung des Intervallers hin und her zuckte, als er erneut das Feuer eröffnete und die Wände bestrich. »Jetzt folgt mir niemand mehr!«

Er kroch in die Tiefen der *Scorah* hinunter und feuerte wild in jeden Abschnitt, den er hinter sich gelassen hatte, bis die Isolierrohre explodierten. Dann ging er weiter und verschloß die Luken, damit ihm niemand folgen konnte.

Obwohl er völlig außer sich war, glitt er in den langen engen Zugangsschlauch zur Rettungskapsel, von wo aus er automatisch in die Kapsel geworfen wurde.

Er drosch mit der Handfläche auf die Steuerung ein. Wie funktionierte sie? Welcher Schalter sprengte die Kapsel ab? Warum wußte er es nicht mehr?

Schließlich drehte er den Intervaller um und schlug so lange mit dem Griff auf die Armaturen ein, bis die Kapsel rund um ihn zu summen anfing, einen Ruck machte und sich löste.

Valdus, allein in einer für drei Personen bestimmten Kapsel, schnappte nach Luft, als sei er gerade aus dem Wasser aufgetaucht. Er kroch zum Bildschirm und stocherte daran herum, bis er ansprang und ihm einen Blick auf die nähere Umgebung des Weltraums bot. Und auf die *Scorah.*

Während er zuschaute, schrumpfte das mit vogelähnlichen Schwingen versehene Patrouillenschiff, entfernte sich von ihm und wurde auf dem ihn umgebenden schwarzen Himmelszelt zu einem Eisenknopf …

Mit der Entfernung zog sich die Paranoia allmählich aus Valdus' Geist zurück. Seine Gedanken klärten sich und filterten das, was gewesen war, bevor sie die Fremden an Bord geholt hatten …

Die Mannschaft … das Schiff … Commander Rioc … die Fremden …

Die Fremden …

Die *Scorah* bäumte sich nun auf wie ein Tier, das der Tod in den Krallen hielt. Blaue Flammen schlugen aus dem Heck.

Vor Valdus' Augen fiel das Schiff, das noch Minuten zuvor sein Heim gewesen war, auseinander. Dann zerstoben die beiden Hälften in einer gewaltigen Explosion. Zuerst die eine, dann die andere.

Leichen tauchten auf, drehten sich im Vakuum des Alls.

Valdus schaute mit bebenden Händen zu. Sein Verstand wurde wieder klar.

Er zog sich auf die Knie, stierte noch immer auf den Bildschirm.

»Was haben wir getan …«, rasselte er.

Vierundsiebzig Jahre später
Der letzte Sendeposten

»Asteroid auf Kollisionskurs!«

Die peitschende Stimme des Technikers riß die Senior-Wissenschaftlerin so abrupt aus dem Schlummer, daß sie noch immer zu träumen glaubte.

»Schau dir an, wie *groß* er ist!« Der Techniker, halb von seinem Sitz aufgestanden, deutete auf die Reihe der Bildschirme, die das Sonnensystem und so viel Weltraum wie möglich überwachten. Ein Schirm zeigte deutlich eine flitzende gelbgrüne Linie und ein Echo, das sich mit unheimlicher Geschwindigkeit von links nach rechts bewegte. »Er mißt fast ein Fünftel des Planeten!«

Die Senior-Wissenschaftlerin hievte sich aus dem Sessel hoch, drückte sich gegen die Schulter ihres Kollegen und hoffte, daß er sich irrte, daß er auf den falschen Bildschirm schaute oder versehentlich einen Schalter gedrückt hatte. Aber dem war nicht so.

Da kam ein Projektil heran, und zwar schnell. Es war genau auf Kurs und zielte auf ihren Planeten.

»Was sollen wir tun, Beneon?« sagte der Techniker keuchend. »Was … was …«

Auf seinen rosigen Wangen breitete sich Entsetzen aus, und er kniff die Augen zusammen, als er begriff, was er da erblickte.

Beneon schob sich das lange, ungekämmte, nußbraune Haar aus dem Gesicht, dachte eine schmerzhafte Sekunde lang daran, wann sie sich zum letzten Mal feingemacht hatte – auf einer Mondstation brauchte man sich schließlich nicht herauszuputzen –, und prüfte nach, ob die grelle gelbgrüne Linie keine Fehlfunktion war.

Sie war keine. Da kam etwas aus dem Nichts. Und sie sah den Untergang ihres Planeten.

»Vorry, prüf … Prüf die …«

»Hab ich schon!« sagte Vorry schrill. »Ich hab's überprüft. Schau doch hin!«

»Wieso sehen wir ihn erst jetzt?«

»Ich weiß nicht! Er ist einfach aus dem Nichts gekommen! Wie kann das sein? Wie ist das möglich?«

Er fing an zu schluchzen. Tränen strömten über seine fleckigen Wangen.

»Sendeposten, Sendeposten, hier ist der Planetare Rat. Hört ihr uns?«

Beneon zwang ihre Hand, sich zu bewegen. Sie berührte die Kommunikationsarmatur. »Ich höre.«

»Dr. Beneon, sehen Sie ihn? Verfolgen Sie ihn?«

»Ja«, gab sie zu. »Wir sehen ihn.«

»Wir können seine Größe nicht eindeutig messen … Die Messungen schwanken! Wie kann er sich so schnell bewegen? Können wir ihn ablenken?«

Die Anfrage, die Hoffnung, alles ruhte auf ihren Schultern. Eine Sekunde lang hätte es sie fast zu Boden gehauen.

»Wir haben nichts, was ihn ablenken kann, Rat«, sagte sie.

Die gelbliche Linie wurde länger, kam näher.

»Hätten Sie ihn … nicht früher sehen können?«

Sie erstickte fast. »Wir haben ihn auch gerade erst registriert. Mit Ihnen zusammen.«

»Wie kann das sein?«

»Ich weiß es nicht. Ich weiß nicht, wie …«

Ihre Stimme versagte. Sie hatte nichts mehr zu sagen.

Offenbar begriff man es auf dem Planeten. Der Kanal blieb zwar offen, aber niemand sagte mehr etwas. Auch die anderen beobachteten die gelbe Linie; sie wußten, daß ihre Zivilisation jetzt nichts mehr zu sagen hatte. Es hatte keinen Sinn mehr, noch ein paar Worte zusammenzukratzen.

Als Vorry in den Sessel zurückfiel und sich an seine Kontrollen klammerte, ging Beneon zu ihrer Sitzgelegenheit zurück, ließ sich hineinfallen und stierte die bewegliche gelbe Linie an, bis ihre Augen schmerzten.

Über den Bildschirmreihen, die ihren Tod so sauber dokumentierten, hing eine hübsche handgeschriebene Notiz. Und statt die schreckliche leuchtende Linie anzustarren, blickte sie nur noch auf dieses Papier.

> *Die bemannte interstellare Forschung wird aufgrund abnehmenden Interesses nicht wieder aufgenommen, zumal der Einsatz von Leben und Material sowie die sinkende Hoffnung auf Erfolg zu hoch sind. Danke für Ihren Vorschlag, aber der Beschluß des Wissenschaftlichen Rates kann nicht geändert werden. Tut uns leid. Tut uns wirklich sehr, sehr leid.*

»Mir tut's auch leid«, murmelte Beneon.

Vorrys Schluchzen übertönte ihre Stimme. Sie wäre am liebsten zu ihm gegangen, um ihn irgendwie zu trösten, aber die gelbe Linie …

»Was hätten wir noch verlangen können?« sagte sie

vor sich hin. »Wir neigen dazu, beim ersten Problem den Rückzug anzutreten. Die beste Möglichkeit zu überleben besteht darin, sich nicht in Gefahr zu begeben. ›Wenn jeder, der ins Tal geht, aufgefressen wird, geht man eben nicht mehr ins Tal.‹ Aber wir hatten eine Hoffnung … Wir wollten draußen in der dunklen Wildnis jemanden finden … Wir wollten Nachbarn in der Galaxis sein. Wir wollten in Erfahrung bringen, ob wir das einzige intelligente Leben in der Galaxis sind. Fünfundsiebzig, achtzig, neunzig Jahre haben wir Sonden hinausgeschickt … Gute Leute, gute Schiffe, Material, Spenden, Zeit … Und alles nur, um am hundertsten Jahrestag alles aufzugeben … Weil wir dem Schweigen in unserem eigenen Grab gelauscht haben. Weil da draußen niemand ist.«

Unter ihren schmalen Hüften war der Sessel kalt. Er blieb auch irgendwie kalt. Ihr Körper hatte wahrscheinlich keine Wärme mehr abzugeben.

Sie schaute Vorry an. Er war völlig fertig, vom Grauen geschüttelt, schluchzte nur noch. Die gelbe Linie war über den ersten Bildschirm hinausgewachsen und wechselte nun auf den zweiten über.

Im Inneren des Sonnensystems.

Beneon schluchzte auch. Innerlich. Sie war einfach zu sehr in Hoffnungslosigkeit gehüllt, um ihren Gefühlen freien Lauf zu lassen. Deswegen saß sie nur im Sessel, spürte jeden Beckenknochen und dachte an den Unterricht ihrer Kindheit – daß die Evolution die Knochen in Millionen von Jahren aufgebaut hatte. Sie spürte jeden Muskel ihrer Oberschenkel und ihrer Hände, die dem Impuls widerstanden davonzulaufen.

Wohin hätte sie auch fliehen sollen?

Ach, hätten wir doch nur jemanden gefunden … Es wäre alles viel leichter gewesen. Kann das schon alles gewesen sein? Wir kommen aus dem Schleim, leben eine Million Jahre, und dann sterben wir. Ohne die Unterstützung des Planeten können die Kolonien nicht überleben. Ist das alles, was die Galaxis uns zuzuflüstern hat? Daß intelligentes Leben vielleicht nur ein Irrtum der Natur ist?

Innerlich wurde sie vom Schluchzen geschüttelt, aber es kam nichts aus ihr heraus. Schließlich glaubte sie, an ihrer eigenen Angst ersticken zu müssen.

Sie beide waren nun allein. Die beiden letzten Sender. Die, die nicht aufgegeben hatten. Die beiden letzten.

»Die letzten«, murmelte sie. »Und jetzt müssen wir die ersten sein, die sehen, daß ...«

Was? Das Abschlachten ihrer Zivilisation. Ein Komet, Asteroid, etwas, das groß genug war, um ihren Planeten zu vernichten, kam fast mit Lichtgeschwindigkeit auf sie zu.

Es war verdammt groß und verdammt schnell.

Die gelbe Linie raste in Richtung Mittelpunkt des zweiten Bildschirms. Wenn sie ihn völlig überquert hatte ...

Plötzlich geschah etwas mit dem Schirm. Die Linie fing an zu schwanken.

»Er verlangsamt!« keuchte Vorry.

Beneon befeuchtete ihre trockenen Lippen. »Mit dem Spurenleser stimmt etwas nicht.«

»Ich sehe eine Massenveränderung«, sagte Vorry. »Er löst sich auf!«

Sie beobachteten die Bildschirme und lauschten dem Schlagen ihrer Herzen.

Vorry wischte sich mit der Hand den Schweiß vom Gesicht, warf sich über die Kontrollen und befingerte sie. »Nein ... er bremst ab! Wie kann er denn abbremsen?«

Beneon sprang auf die Beine, die unter ihr beinahe wegknickten, und überprüfte selbst die Kontrollen, damit ihr Assistent sie in seiner Erregung nicht zerschlug.

»Er kann nicht abbremsen«, sagte sie.

Wie tolpatschig – ihm zu versichern, daß sie *sterben* würden und es keine Wunder gab.

»Sendeposten! Hat er verlangsamt?«

Beneon drückte einen Knopf. »Haben *Sie* es auch gemessen?«

»Ja! Wie ist das möglich?«

Beneon packte die unordentlichen Zöpfe, die über ihrem Brustkorb herabhingen, und zog daran, um sich zu versichern, daß sie noch lebte und dies keine bizarre Sinnestäuschung nach dem Tode war, auch wenn sie nicht an derlei Dinge glaubte. Sie glaubte aber auch nicht an Asteroiden, die ihre Geschwindigkeit verlangsamen konnten.

»Es ist unmöglich«, sagte sie. »Aber aufgelöst hat er sich auch nicht ...«

»Aber wir messen, daß er schrumpft!«

»Wir haben unsere Instrumente nie dafür justiert, daß sie Scheinmasse bei Fast-Lichtgeschwindigkeit messen. Warum sollten wir auch? Nichts bewegt sich so schnell ... Nur das Licht ... Keine *Masse* bewegt ... Vorry, was hast du denn?«

Der arme Techniker vergrub seine Fingernägel tief in das Schaumstoffpolster vor den Armaturen, das schon ganz abgewetzt war.

»Es sind jetzt nur noch dreihunderttausend Tonnen«, sagte er rasselnd. »Mehr oder weniger. Aber wie kann er langsamer werden?«

Beneon wirbelte herum, lief durch das Labor zum Sende- und Empfangszentrum, stolperte über die eigenen Füße, knallte zu Boden, rappelte sich wieder auf und schob die in Kisten verpackten Instrumente so wütend aus dem Weg, daß sie blutete, als sie zu den Auriskopen und Spulen kam. Als ihre Hände sich um den Nahbereichssender klammerten, wußte sie kaum noch, wie man ihn einschaltete.

»Schalt ihn ein ... schalt ihn ein ... schalt ihn ein«, keuchte sie.

»Das Band!« rief Vorry aus dem Labor. »Leg das Band ein!«

Sie ließ es zweimal fallen.

Irgendwie schob sie schließlich das Informationsband über ihren Planeten, ihr Volk, seine Geschichte, Kultur und Sprache in den Schlitz.

»Mach schon! Mach schon!« Sie schlug mit der Faust dagegen.

Vorry schluckte. »Die Schalter! Schalt ein! Ich ... Ich helfe dir ...«

Aber er konnte sich nicht mal rühren.

Halb blind vor Schreck wurde Beneon klar, daß sie es selbst tun mußte. Sie schlug auf die Kontrollen ein, bis die Lampen angingen und stabile Blitze ihr sagten, daß die Nachricht gesendet wurde.

Sende ...

Und dann: Empfang.

Der Computer hatte zwar keine nennenswerte Stimme, aber für seine einsamen Zuhörer hätte er auch pfeifen können.

Sie zuckten zusammen, als sie die Töne hörten.

»Achtung ... sendende Zivilisation ... Hier ist die Hood. *Wollen euch kennenlernen ... Sind wir willkommen?«*

Beneon starrte den Empfänger an. Eine Computerstimme. Die Stimme der Galaxis. Das Grab war gar nicht leer.

Sie betete darum, es zu glauben. »Die *Hood*«, murmelte sie.

»Hood«, flüsterte Vorry.

Sie schauten sich an.

Dann jubelten und schrien die Wissenschaftlerin und der Techniker, und sie sprangen so wild und so lange auf und ab, daß sie fast vergaßen, daß man ihnen gerade die wichtigste Frage in der Geschichte ihrer Welt gestellt hatte.

»Antw ... antw ...«, keuchte Vorry; seine Stimme war vor Panik schrill.

Beneon schob ihn beiseite, stolperte an die Sendetastatur und gab dem Computer die Erlaubnis, alle eingehenden Botschaften zu übersetzen und zu beantworten. Ihre Finger waren erstarrt und sich selbst im Wege. Sie mußte die Befehle dreimal eingeben ... viermal ...

Ihr Brustkorb zog sich zusammen. Frustration war eine dämliche Todesart. Sie holte mehrmals tief Luft und zwang sich zur Arbeit. Symbol für Symbol. Ziffer für Ziffer.

»Wartet ... Geht nicht fort ... Bitte, wartet ... Bitte, verlaßt uns nicht ...«

Irgendwie konnte Beneon die Nachricht beenden. Irgendwie sandte sie sie ab. Dann lehnte sie sich zurück.

Der Computer wurde schweigend tätig – abgesehen von ein paar knisternden Tönen, die auf jämmerliche Wartung und alte Ersatzteile zurückzuführen waren. Er arbeitete schwer, selbst für eine Maschine.

Und kurz darauf ...

»Wir möchten ... persönlich mit Ihnen sprechen ... Sollen wir Sie besuchen?«

Vorrys Finger drückten sich in Beneons Arm. Sie tat bei ihm das gleiche.

Nach einer Million Jahre bloßer Vergangenheit hatten sie plötzlich eine Zukunft.

Beneon gab ein weiteres Wort ein und schickte es ab. *Ja.*

Der Computer schluckte den Befehl und blinkte mitleiderregend, obwohl er nicht die leiseste Ahnung hatte, welch wichtige Tat er vollbrachte.

Sekunden später gab seine mechanische Stimme bekannt: *»Danke ... Wir sind in einer Minute da.«*

Vorry brach beinahe zusammen.

Aus purer Gewohnheit und Verantwortungsgefühl packte Beneon seinen Arm und sagte: »Es kann nicht sein. Wir müssen etwas falsch verstanden haben. Der Übersetzer ist zu alt, Vorry. Sie brauchen doch Zeit, um die Bänder abzuhören ... um etwas über uns zu erfahren ... Wenigstens die Grundbegriffe unserer Sprache.«

»Ich glaub, ich muß mich übergeben«, sagte Vorry.

Beneon schüttelte sich. Doch sie lächelte. »Was würde das für einen Eindruck auf sie machen? Wir sollten irgend etwas tun, solange wir auf sie warten ... Wir sollten uns ein bißchen aufkratzen. Uns umziehen ... oder ...«

Ein elektrisches Winseln peinigte ihr Gehör. Beneon und Vorry zuckten zusammen und hielten nach der Quelle des Geräuschs Ausschau. Was ging da vor? Wurden sie etwa angegriffen?

Das Winseln nahm zu, dann fing der Raum an zu flimmern, als durchzuckten ihn Blitze.

Beneon starrte die Lichter an. Vorry mußte sie zurückreißen, da er sie beschützen wollte ...

Und die Lichter nahmen langsam Formen an.

Formen!

Lange ovale Umrisse ... die Umrisse von Lebewesen!

Beneon wäre fast auf die Knie gefallen, aber Vorry hielt sie irgendwie aufrecht. Sie starrten beide hilflos das an, was vor ihnen geschah.

Die Lichter verblaßten. An ihrer Stelle standen nun vier Wesen. Vier *Menschen.*

Zwei Augen, zwei Ohren, kurzgeschnittenes Haar, zwei Beine, zwei Arme ...

Wie wir, dachte Beneon reserviert. *Aber nicht ganz. Eher so wie die Bergvögel. Aufgeweckt, schnell, sich ihrer selbst bewußt.*

Die Geschöpfe kamen nicht näher, machten auch keine bedrohlichen Bewegungen. Eigentlich wirkte der Ausdruck ihrer Mienen umsichtig aufgeschlossen. Sie trugen alle die gleiche Kleidung, wenn auch in unterschiedlichen Farben. Und ihre Gesichter unterschieden sich. Es fiel Beneon sofort auf. Sie hatten kleine Augen in unterschiedlicher Form. In den Gegenwartsromanen wurden Fremdlinge immer als gleich aussehend beschrieben. Tja, da hatten sich die Autoren aber gewaltig geirrt ...

Zwei der Geschöpfe hatten schachtelartige Geräte in der Hand, die summten und piepsten.

Der, der ganz vorn stand, nickte. Eine einfache Geste.

Seine Augen erschienen ihr klein, aber in dieser Hinsicht unterschieden sich die Fremden kaum. Sein Haar war kurz und schwarz, sein Gesicht heller als das ihre, und er sah für einen Anführer etwas jung aus.

Sein Blick richtete sich auf Beneon und Vorry, als seien sie sein einziges Ziel. Er hob ein silbernes Gerät an den Mund und kam ihnen langsam entgegen.

Seine Lippenbewegungen paßten nicht zu den Tönen, die sie hörte, und Beneon begriff, daß das Gerät eine Art Übersetzungsmaschine war. Sie war viel weiter entwickelt als alles, was sie zu sehen erwartet hatte, doch selbst die Stimme des Geräts klang freundlich.

»Ich grüße Sie und Ihr Volk«, sagte das Wesen. »Wir kommen aus der Föderation der Vereinten Planeten. Ich bin Captain Kenneth Dodge, der Kommandant des Raumschiffes *Hood.*«

DIE VERSAMMLUNG DER CAPTAINS

1

Zwölf Jahre später
Raumbasis 10

»Es ist ungerecht. Die ganze Sache ist ungerecht.«

»Wenn du Gerechtigkeit willst, treib dich nicht auf der Rennbahn rum.«

Der Raum war voll, mit Schiffswimpeln und Flaggen dekoriert und sehr hell. Ein Restaurant auf einer der abgelegensten Raumbasen der Föderation.

Dr. Leonard McCoy, Chefarzt des Raumschiffes *Enterprise,* kam sich zwischen den beiden sich anblaffenden Männern irgendwie deplaziert vor. Er war der einzige Anwesende in diesem Raum, der kein Schiffsführer oder technischer Offizier war.

Er mußte seine Hand festhalten, damit sie nicht den Arm seines Captains ergriff und ihn warnte.

»Auf der Rennbahn«? Wie kann man so was nur in diesen Zeiten sagen?

Normalerweise zögerte McCoy nie, wenn es darum ging, seinem Captain in eine Einsatzbesprechung zu folgen. Die giftigen Blicke, die er sich einhandelte, juckten ihn nicht, denn er zahlte stets in gleicher Münze zurück und kannte niemanden, der den Mumm hatte, dem Captain der U.S.S. *Enterprise* zu sagen, er solle seinen Arzt, seinen Zahnklempner, seinen Lieblingszimmermann oder seinen Hundefriseur gefälligst zu Hause lassen, ob der Betreffende nun die Sicherheitsüberprüfung hinter sich hatte oder nicht. Zudem war Leonard McCoy als Mensch bekannt, dessen Blicke ebenso giftig ausfallen konnten wie die, die er auf sich zog.

Aber heute hielt er sich zum ersten Mal unter Schiffsführern auf, die nicht ausnahmslos die Uniform der Flotte trugen. Sie brauchten sich auch nicht den gleichen Regeln zu unterwerfen wie er. Sie brauchten sich überhaupt keinen Regeln zu unterwerfen. Nach einer zwanzigjährigen Laufbahn in der Flotte begriff er nun, wie ungünstig es für ihn werden konnte, irgendeines Tages wieder auszusteigen. Er, der stets behauptet hatte, er sei in der Flotte völlig fehl am Platz ...

Hier wimmelte es von Captains, aber nur vier gehörten der Flotte an. Er sah Captains der Handelsmarine, Captains fremder Völker, Privatleute, Jachtbesitzer und Captains jeder Beschreibung, die ihm einfiel – und wenn er sich die Meute ansah, fielen ihm allerhand Beschreibungen ein.

Deswegen war er hier fehl am Platz, auch wenn alle vor Geist sprühten und Fröhlichkeit zur Schau stellten – diese Captains aller Art, die sich bei Obst und Krapfen versammelt hatten, einander zuzwinkerten und sich angrinsten, als teilten sie ein Geheimnis miteinander. Zwar hatte sich wenigstens die Hälfte der Bande mit ihm unterhalten, aber er wurde trotzdem das Gefühl nicht los, daß man ihn nur tolerierte.

Captain Buck Ames, der an den riesigen Fenstern saß, hinter denen man angedockte Raumschiffe und vorbeischwebende Zugmaschinen sehen konnte, mischte sich von seinem Tisch aus in das Gespräch ein, indem er seine massige Gestalt nach vorn schob.

»Hört mal, Kumpels«, dröhnte er, wobei seine gewichtige Stimme vor süffisanter Erwartung anschwoll, »offenbar haben einige von euch da andere Ansichten, aber ich für mein Teil freue mich *wahnsinnig,* daß ich gegen all die Schiffe antreten kann – einschließlich jener, die uns die Flotte auf den Hals geschickt hat.«

Er deutete unverblümt auf die drei uniformierten Menschen und die Vulkanierin. Ihre Augen – nur ihre Augen – grinsten ihn erheitert an. Sie war elegant, klar, ruhig, sicher, aber trotz alledem amüsiert. Die menschlichen Starfleet-Captains gaben sich ritterlich und zurückhaltend, aber die Vulkanierin warf Ames fast ein Grinsen entgegen.

McCoy kannte diesen Blick.

Und die sollen keine Gefühle kennen? Ich freß 'n Besen.

Irgend jemand witzelte, er wolle Buck Ames eigentlich gar nicht in den *Wahnsinn* treiben, und die anderen Captains lächelten wie ein Mann.

Die meisten lachten, als ein anderer hinzufügte: »Oder sonstwohin.«

Captain Nancy Ransom lachte freilich nicht. »'n Rennen«, fauchte sie, wobei man deutlich hörte, daß sie aus den amerikanischen Südstaaten kam, »soll doch angeblich 'n Sport sein. Aber wie soll das gehen, wenn *die* dabei sind? Die Flotteneinheiten verändern doch die gesamte Struktur! Sie haben 'ne schwere Abschirmung, 'n verstärkten Rumpf, 'ne automatische Reaktionskontrolle, 'ne kampferprobte Besatzung ...«

McCoy runzelte die Stirn. Ames lehnte sich zurück und schaufelte sich eine Handvoll schokoladenumhüllte Gratis-Rosinen in den Mund. »Nimm's halt als Herausforderung, Kleines.«

Ransom funkelte ihn an. »Bau erst mal ohne Subventionen von oben 'n erfolgreiches Unternehmen auf, Fettsack, dann kannste mich *Kleines* nennen.«

Die Anwesenden brachen in lautes Gelächter aus, und selbst Buck Ames mußte kichern. »Eins zu null, Kleines.«

Alle lachten. Nancy setzte sich wieder hin.

Ein schwarzbärtiger Einsneunziger mit Baseballmütze und fröhlichen kleinen Augen sagte mit Virginia-Akzent: »Tja, Liebling, *ich* freu mich, daß sie auch hier sind. Ich warte nur darauf, sie alle vorzuführen.«

Irgendwie war Pete Halls ›Liebling‹ weniger kompromittierend als Buck Ames' ›Kleines‹.

McCoy spürte, daß die anderen ihm irgendwie zustimmten. Captain Ken Dodge von der *Hood* deutete auf Pete. »Den soll mal einer wachrütteln«, sagte er. »Der träumt doch.«

Am Eingang des Raumes stand ein breitschultriger Mann in den vierziger Jahren. Er hatte schwarzes Haar, helle Augen, einen angegrauten Schnäuzer und winkte mit beiden Händen, damit man ihn beachtete.

»Na schön, meine Herren, aber bleiben wir auf dem Niveau von Gentlemen, ja? Wie die meisten von euch schon wissen, bin ich John Orland, der Vorsitzende der Rennleitung. Ich bin hier, um euch ein paar Informationen zu geben und Fragen zu beantworten. Klar, das Rennen ist reine Öffentlichkeitsarbeit – Unterhaltung, wie man es auch nennen will – und hauptsächlich ein Vehikel für die Veranstalter, etwas Beachtung auf die finstere Tundra zu lenken, in der sie leben ...«

Die Versammlung der Captains und Schiffsführer jeder Beschreibung sowie ein sich unbehaglich fühlender Arzt kicherten erneut, schenkten dem Mann jedoch Gehör.

Orland setzte ein Vertreterlächeln auf und zuckte die Achseln. »Dies ist für die Rey ein erster echter Kulturaustausch, eine Art Einstandsfete. Vor zwölf Jahren, als Ken Dodge und die *Hood* mitten im Nirgendwo ein leises Echo beantworteten, waren sie ganz allein. Nicht etwa, daß sie einsam waren – nichts da. Ihre Bevölkerung zählt mehr als fünf Milliarden, und sie sind ausnahmslos friedlich. Captain Dodge kann euch erzählen, daß niemand je einem so gastfreundlichen Volk begegnet ist. Die Rey sind sehr darauf bedacht, Mitglied der Föderation zu werden. Bis jetzt hatten sie nur Kontakt mit Diplomaten und einigen Wissenschaftlern. Kulturelle Übergangsgruppen haben sich mit ihnen beschäftigt, damit der übliche Zukunftsschock bei ihnen weniger heftig ausfällt, wenn sie sich in der Föderation wiederfinden. Aber wir mußten ...« – Orland lachte – »dieses Volk zu seinem eigenen Besten etwas zurückhalten. Ich nehme es auf meinen Eid: Sie haben das Rennen nur organisiert, damit die Föderation schneller bei ihnen ist, um sie endlich aufzunehmen.«

Plötzliche Herzlichkeit und ein zusätzliches Maß an Eifer zeigten sich auf allen Gesichtern. Orland schien es zu bemerken und wurde etwas ernsthafter.

»Aber es ist doch ein echtes Wettrennen. Vergeßt es nicht! Wie die interstellare Olympiade, die Hochlandspiele auf Neu-Braemar, das Pentathlon auf Alpha Centauri, die Passage d'Arms auf Rigel, die amerikanische Triple Crown, das große Tee-Rennen zwischen Ariel und Teaping, der Grand Prix und die Skatmeisterschaften auf Germania II … Es geht um einen strengen und echten Wettstreit. Es wird einen Sieger geben, meine Damen und Herren, und an den Sieger des Großen Raumschiffrennens wird man sich bis in alle Ewigkeit erinnern.« Er hielt inne, musterte die Anwesenden und fuhr fort. »Die Aufnahme Gullreys und der zu diesem Planeten gehörenden Kolonien wird die Ausdehnung der Föderation erheblich vergrößern.«

Er machte den Mund auf, um noch etwas zu sagen, doch der ihm geltende Applaus brachte ihn zum Schweigen. Es war ein feierlicher Applaus, kein sportliches Geklatsche wie zuvor.

Orland nutzte die Pause, um drei Stewards Stapel von in rotes Leder gebundenen Broschüren auszuhändigen, die diese sofort an den Tischen verteilten.

»Diese Päckchen enthalten eine Liste der teilnehmenden Schiffe, ihrer Beflaggung und Kommandanten. Ihr wißt ja inzwischen, daß alle Schiffe innerhalb einer festgelegten Gesamttonnage und Schubgrenze an dem Rennen teilnehmen können. Es kann zwar sein, daß sich in letzter Minute noch einige anmelden, aber ich glaube nicht, daß es viele sind. Wir rechnen auch mit Teilnehmern, die nicht der Föderation angehören. Sie werden am Start bei der Raumbasis 16 zu uns stoßen, aber um wen es sich handelt, wissen wir schon: ein Schiff der Tholianer, zwei aus den Föderationsprotektoraten, Mitgliedschaftskandidaten von Sigma Iotia und einige andere, die nicht zur Raumbasis 10 kommen wollten, nur um hier wieder umzukehren und die 16 anzufliegen. Mir ist zwar bewußt, daß einige von euch nichts von Wetteinsätzen bei Glücksspielen halten, aber wir können nichts tun, um sie zu verhindern. Das Gebiet zwischen Raumbasis 16 und Gullrey ist offiziell noch kein Machtbereich der Föderation. Falls ihr irgendwelche moralischen Einwände gegen Wetteinsätze habt, solltet ihr lieber hier und jetzt aus dem Rennen aussteigen.«

Kaffeetassen schepperten. Die Anwesenden schauten sich um, doch niemand stand auf und ging. McCoy wußte, daß jeder aus der Meute den Saal verlassen hätte, falls ihm der Sinn danach stand. Orlands Blick wanderte von einer Seite zur anderen, dann entspannte er sich.

»Gut, in Ordnung«, sagte er seufzend. »Ich mußte darauf hinweisen.« Er kniff die Augen zusammen und blickte zur rechten Seite des Raumes, wo sich die Starfleet-Captains und McCoy versammelt hatten. »Die Kommunikationsvorschriften des Rennens sind die in der Raumfahrt üblichen. Sie reichen zwar für die zivilen Einheiten aus, aber ihr von der Flotte müßt ein paar Justierungen vornehmen.«

»Klarer Fall«, sagte Kirk, der rechts von McCoy saß.

Drei Tische weiter zwinkerte ein stabiler dunkelhaariger Schwarzbart in den Fünfzigern und sagte: »Du bist 'n Fuchs, Jimmy.«

McCoy blinzelte Ben Shamirian an.

Einfach so. »Klarer Fall.« Man schnippt mit dem Finger, und schon haben unsere Leute Jahre der Ausbildung vergessen. Und wir alle reden wie Frachtkahnführer.

»Damit haben wir keine Probleme«, fügte Ken Dodge hinzu. Er war noch immer so schwarzhaarig und hellhäutig wie damals, als McCoy ihm zum ersten Mal begegnet war. Vor ungefähr acht Jahren.

»Wir schalten die Flottenfrequenz aus«, sagte Kirk. »Keiner soll sich eingeschüchtert fühlen, wenn er mit einem unserer Schiffe redet.«

»Mich schüchtert sowieso keiner ein, ihr Pfeifen«, dröhnte Buck Ames' tiefe Stimme durch den Raum.

James Kirk drehte sich um und setzte sich so hin, so daß er nach hinten schauen konnte. Er stützte den Arm auf die Rückenlehne seines Stuhls.

»Allerdings gehört es an der Starfleet-Akademie zum Taktik-Examen, daß man sich irgend was ausdenkt, das dich einschüchtert, Buck«, sagte er.

»Nur deswegen nehmen wir an dem Rennen teil«, sagte Captain Dodge. »Um Buck einzuschüchtern.«

Als der Raum in Gelächter versank, lehnte McCoy sich in seinen weichen Stuhl zurück. Er war nicht an die Frivolitäten einzelgängerischer Captains gewöhnt – und diese Leute waren auf ihre Art nun mal ausnahmslos Einzelgänger. Er war sich dessen sicher.

»Und hier«, fuhr John Orland fort, »habe ich ein Exemplar der Regeln.«

Als sich die Aufmerksamkeit wieder auf den vorderen Teil des Speisesaals richtete, hob er ein Blatt Papier hoch. Es war leer. Orland hielt es hierhin und dorthin, damit man es betrachten konnte, dann drehte er es um.

Die Rückseite war ebenfalls leer.

»Wie ihr seht, steht nichts drauf«, führte er aus. »Und zwar deswegen, weil es keine Regeln gibt, die ihr ohnehin nicht schon kennt. Bei uns gelten die einfachen und üblichen Straßenverkehrsvorschriften. Da das Rennen außerhalb des Machtbereichs der Föderation stattfindet, gibt es dort draußen auch keine gültigen Gesetze. Was natürlich nicht heißt, daß ihr euch gegenseitig Nägel vor die Reifen werfen dürft, um jemanden auszuschalten. Im Grunde haben wir es mit einem Überlebenstest in unbekanntem Gelände zu tun. Wer als erster ankommt, gewinnt.«

»Wann kriegen wir ein paar Details über den Planeten der Veranstalter?« fragte jemand auf der anderen Seite des Raumes.

Eine schrille, älter klingende Stimme aus dem vorderen Teil des Raumes fragte: »Haben *sie* irgendwelche Gesetze, nach denen wir uns da draußen richten müssen?«

»Alles Wissenswerte über die Rey steht in eurem Kommandopäckchen. Sie haben aber keine interstellaren Gesetze, da sie kaum interstellare Raumfahrt betreiben, und das macht auch entsprechende Regeln überflüssig.« Orland deutete auf Captain Dodge. »Teufel noch mal, als Ken ihnen begegnete, hatten sie die Weltraumforschung gerade eingestellt und schickten nur noch Signale aus. Ein Glück, daß wir sie damals aufgefangen haben. Vielleicht könnt ihr Ken auf dem Weg hinaus ausquetschen, aber geht mir mit so was nicht auf die Nerven. Wenn er schon Ehrengast ist, soll er auch dafür blechen.«

Alle Blicke richteten sich kurz auf den Mann, mit dem alles angefangen hatte: Er hatte zwölf Jahre zuvor auf ein schwaches Echo reagiert.

»Dafür krieg ich dich dran, John«, versprach Dodge.

»Nies einfach auf sein Mittagessen«, sagte ein mürrisch wirkender, übergewichtiger, rothaariger junger Mann mit kurzem Bart.

»Eins-A-Vorschlag, Ian!« rief jemand in das Gelächter hinein.

»Hört mal«, sagte Orland. »Ich steh doch nur hier oben, damit ich den Kaffee nicht zu trinken brauche.«

Weiteres Gelächter erlaubte ihm eine Pause, in der die Stewards umherwieselten, um die Kaffeetassen zu füllen und den Anwesenden Tabletts voller frischer Krapfen anzubieten.

Orland blickte kurz auf eine Liste, nickte vor sich hin, wählte dann ein anderes Thema und sprach weiter.

»Ach, es ist auch nicht gestattet, Fracht mitzunehmen.«

»Was soll das denn heißen, Mann?« stöhnte ein junger, schmutzig aussehender Captain in einer Flickenjacke. »Ich karre Schulbücher!«

»Ist nicht drin. Kann das Risiko nicht eingehen, daß es wegen Konterbande zu Grenzstreitigkeiten kommt. Ihr müßt eure Ladung bis zum Ende des Rennens in der Hafenmeisterei einlagern. Sämtliche Bordfracht muß im Zollager von Raumbasis 16 eingelagert werden. Weiter reicht die Jurisdiktion der Föderation nicht.«

»Aber wie weit ist dieses System entfernt?« fragte Nancy Ransom.

»Vertraut mir«, sagte Orland. »Es ist *weit* entfernt. Nun, es gibt zwar, wie schon gesagt, keine Regeln, aber eine werde ich hier und jetzt aufstellen.« Er machte große Augen, aber so, daß seine Miene eher erheiternd als bedrohlich wirkte. Diesmal lachte freilich niemand. Er meinte es ernst. »Sobald sich ein Schiff genau vor einem anderen befindet, muß das nachfolgende entweder den Kurs ändern oder das Gas zurückdrehen. Wir wollen nicht, daß irgend jemand seinem Vordermann in den Kofferraum fährt. Verstanden? Ist hier jemand, der mich *nicht* verstanden hat?«

McCoy hätte aufgrund seiner angeborenen Sturheit beinahe die Hand gehoben, aber er hielt sich im Zaum. Er machte einen Versuch, einen Blick um sich zu werfen, ohne den Kopf zu drehen. Alle anderen schienen genau zu wissen, was die Regel bedeutete. Irgendwann mußte er die Wahrheit aus einem der jüngeren Ingenieure herausquetschen.

»Im gesamten Sektor wurden Funkfeuer und Bojen installiert, die die gefährlichen Gebiete markieren«, fuhr Orland fort. »Vergeßt nicht, daß sie zahlreich sind. Spart euch Sprüche wie ›Ich kenn die Gegend‹. Ihr kennt sie eben nicht! Niemand kennt sie. Rundmarkierungen stehen für Schwerkraftanomalien, diamantene stellen Elektrowolken dar, Dreiecke symbolisieren sensorblinde Zonen, und Blitze markieren Stürme. Die Markierungen befinden sind alle so nah wie möglich an den gefährlichen Gebieten, aber auch wir sind nicht unfehlbar. Außerdem treiben diese Tölpel ab. Patrouillen der Flotte haben sie gestern überprüft und mußten schon fünf verlegen. Tja, die Dinger markieren eben keine *Küste!*«

Der Raum brach in ein kollektives Gelächter aus. McCoy grinste wie ein Honigkuchenpferd und tat so, als wisse er genau, wovon Orland sprach.

»Und bitte«, fügte Orland hinzu, »macht *keinen* Versuch, den Dingern wie beim Kirchturmrennen zu folgen! Sonst muß vielleicht irgend jemand eine Riesenkette in einen verdammt großen Tornado werfen, um euch wieder rauszuziehen, klar?«

Allgemeines Gekicher.

Neben McCoy bewegte sich etwas. Er wäre beinahe zusammengezuckt. Jim Kirk hob eine Hand.

»Wie sieht's mit der Notruffrequenz aus?«

Orland nickte und deutete auf ihn. »Gut! Danke. Verdammt, ich hab doch gewußt, ich würde etwas vergessen. Die Notruffrequenz ist fünftausend Megahertz Subraum. Ihr braucht eure Instrumente einfach nur auf diese Frequenz einzustellen, dann wird SOS gefunkt. Wenn ihr also – und sei es nur aus Versehen – die Lampen anlaßt, wundert euch nicht, wenn jemand anklopft.«

Kirk war offenbar nicht zufrieden, denn er hatte noch eine Frage auf Lager. »Keine Rettungseinheiten oder Schlepper?«

»Sind keine da. Die einzigen Schiffe, die auf Probleme reagieren können, sind die eurer Mitstreiter oder die der Gaffer, die sich überall an der Rennstrecke aufhalten. Aber dabei handelt es sich um große, schwerfällige Kreuzfahrtkähne, und auf die würde ich mich nicht verlassen. Wenn ihr in Schwierigkeiten kommt, schaltet auf die Notruffrequenz, dann versuchen wir euren Standort zu ermitteln und holen euch raus.«

McCoy schaute seinen Captain an. Er wußte, wo das Problem lag.

Rennen oder kein Rennen, Wettstreit, Sport, Vergnügen, Brot und Spiele oder sonst was: Das Nichtvorhandensein eines amtlichen Sicherheitsnetzes bedeutete, daß die Schiffe der Flotte als inoffizielle Lebensretter einspringen mußten. Dies erwarteten alle.

Als er sah, daß Dodge, Kirk und die beiden anderen Starfleet-Captains sich anschauten, wurde ihm klar, daß das reine sportliche Vergnügen für sie gerade um mehrere Punkte gesunken war. Dafür hatte die verlockende Gefahr ein Stück zugenommen. McCoy wußte zwar nicht genau, welches von beidem ihnen lieber war – aber er hatte einen Verdacht.

Dann stand Nancy Ransom auf.

»Ich protestiere trotzdem gegen die Teilnahme der Flotteneinheiten«, sagte sie beharrlich. »Man hat uns erzählt, es ginge um einen allgemeinen öffentlichen Wettstreit. Warum hat man uns nicht gesagt, daß auch diese Sheriffs an dem Rennen teilnehmen?«

Orland schien sich plötzlich unbehaglich zu fühlen; er druckste herum, wischte sich die Hände an den Oberschenkeln ab und hob sie dann auf befriedende Weise hoch.

»Hör mal, Nancy«, sagte er, »die Flotteneinheiten werden euch in diesem Augenblick technisch angeglichen – und zwar aus dem Grund, der dir Bedenken verursacht. Sie liegen im Raumdock, wo man sie aller technischen Vorteile entkleidet. Die Kraft ihrer Maschinen wird um zwanzig Prozent reduziert. Es sind zwar große Schiffe, aber sie müssen mit zusammengebundenen Beinen schwimmen. Ich weiß nicht, was wir sonst noch für dich tun können.«

»Ich aber«, sagte sie unverblümt. »Es ist ungerecht, daß wir gegen Raumfalken wie *ihn* antreten müssen.«

Sie drehte sich um und deutete mit einem Finger auf Jim Kirk.

Kirks Gesicht nahm das Aussehen des Falken an, als den sie ihn gerade bezeichnet hatte. Er reichte McCoy sein Kommandopäckchen und stand auf, um sich ihr zu stellen.

»Ich werde ein guter Sportsmann sein und meinen Rang ablegen, wenn wir hinter der Startlinie sind«, sagte er. »Aber bis dahin mußt du auf deinen Sportsgeist achten. Fairness bringt niemanden ans Ziel, das weiß jeder strömende Fluß. Manche Steine werden fortgespült. Manche halten ihre Position und ändern schließlich das Flußbett. Was soll ein Rennen, bei dem alles *gerecht* zugeht? Dann erfährt man doch nie, wie gut man war.«

Der Raum verfiel in Schweigen.

In den Blicken der Flotten-Captains und aller anderen, die ihn verstanden hatten, kam stummer Applaus zum Ausdruck.

McCoy wußte aus den Erfahrungen der Vergangenheit, daß man Captain Kirk entweder bewunderte oder haßte. Dazwischen existierte nichts.

Aber Nancy Ransom stand auch nicht dazwischen.

»Ich bin trotzdem der Meinung«, bellte sie, »daß die Flotteneinheiten keinen Versuch machen sollten zu gewinnen.«

Kirks Augenbrauen schnellten in die Höhe.

»Deine Meinung«, fauchte er, »ist dein Problem, Captain. Ich habe Vorteile, aber du hast auch welche. Du kannst mit voller Kraft fahren. Hier werden nicht nur Schiffe gestestet, sondern auch der Grips. Außerdem geht es um *Sport*. Und beim Sport werden Verlierer nicht exekutiert, und der Sieger erringt keine absolutistische Macht. Also entspann dich und bereite dich auf ein gutes, hartes Spiel vor, an das wir uns alle für den Rest unseres Leben erinnern werden.« Er beugte sich über den Tisch und sprach zu ihr, als wären sie allein im Raum. »Oder steig jetzt aus. Weil ich nämlich an keinem Rennen teilnehme, das ich nicht zu gewinnen beabsichtige.«

Offizierssalon

Irgendwie ein von Leben erfüllter Ort.

Teppichbelegt, schalldicht, mit kirschroten Zierleisten und rustikalen Deckenbalken, dekoriert mit Gemälden – nicht Bildern – von Schiffen aller Zeitalter von allen möglichen Planeten der Föderation.

Doch trotz des herzerwärmenden Dekors war das große Aussichtsfenster, eine große, transparente Wand, die nur von ganz wenigen feinen Stützfäden geteilt wurde, die wahre Attraktion dieses Ortes.

McCoy trat langsam ein, suchte den Salon ab, fand das, wonach er gesucht hatte, überquerte den schwammigen Teppich und nahm in einem Sessel am Aussichtsfenster Platz.

Im Sessel neben ihm, die Füße auf der niedrigen Fensterbank, saß Captain James Kirk und rührte sich nicht. Er schaute auch nicht auf. Er seufzte nicht und gab mit keinem Zeichen zu erkennen, daß er wußte, ob er nicht mehr allein war. Er blickte nur fortwährend durch das Fenster und musterte das geschäftige schwarze Himmelszelt des offenen Raumes. Er schaute hinaus und grinste sich eins.

Hier war es anders als vor den Speisesaal-Sichtfenstern, die nach innen blickten, auf den Kern der Raumbasis, jenes ›Innere‹, in dem die Schiffe zur Wartung andockten. Hier war der Außenrand der Raumbasis, und der Blick reichte in den offenen Weltraum. Die Aussicht erzeugte im Salon eine Kathedralenehrfurcht und eine gewisse Bibliotheksstille.

Hier blickte man nicht auf ein Schwimmbecken, sondern auf einen Ozean.

Jim Kirk schaute auf einen Ozean. Ein junger Mann mit Elektrizität im Blick. Er hatte einen Mundwinkel zu einem Grinsen hochgezogen.

McCoy musterte kurz die wenigen Menschen, die sich leise durch den Salon bewegten. Andere saßen ebenfalls und schauten hinaus.

Einige waren Schiffsführer. Andere waren solche, die sich bemühten, sich von ihnen fernzuhalten.

»Was«, sagte er, »machst du eigentlich hier? Wartest du auf einen grünen Blitz?«

Kirk bewegte keinen Muskel. Er schaute nach oben, in die Ferne, dann ein Stück nach links.

McCoy setzte sich neben ihn, drehte sich in dem Sessel und folgte Kirks Blick. Nun schauten sie zusammen hinaus.

»So habe ich sie zum ersten Mal gesehen«, sagte Kirk. »Sie schwebte in einem Gehäuse aus rot angestrahlten Eisenträgern, wie eine Art Lebewesen. Überhaupt nicht wie eine Maschine, Pille.«

McCoy nickte. Von unten hatte die *Enterprise* eine bewegende Wirkung auf die Menschen, die auf ihr dienten, sich auf sie verließen und pausenlos darauf beharrten, daß sie sich durch die Weltraumhölle bewegte. Ihre weißen Platten schienen Mut auszustrahlen. Streifen von Schatten waren an ihrer Unterseite zu sehen, die von den sechseckigen Streben des Docks geworfen wurden. Sie wirkte fast so, als atme sie.

»Wie ging es weiter, nachdem ich gegangen bin?« fragte Kirk.

McCoy blinzelte beim Klang seiner Stimme. »Hm? Ach … Du meinst, nachdem du rausgegangen bist und den Abdruck deiner Hand auf Nancy Ransoms Gesicht hinterlassen hast? Was ist eigentlich zwischen euch vorgefallen?«

»Sie kann mich nicht ausstehen.«

McCoy schlug mit finsterer Miene die Beine übereinander. »Gibt es außer *uns* überhaupt jemanden, der dich leiden kann?« fragte er gedehnt. »Wie weit müssen wir eigentlich noch in den Raum hinausziehen, bevor wir jemanden treffen, dem du noch keins ausgewischt hast?«

Kirk zuckte die Achseln. »Sie ist aus der Akademie geflogen. Sie war in meinem Kommandoteam. Hat mich schlechter Führung bezichtigt.«

»Hatte sie recht?«

Kirk lächelte teuflisch. »Wer weiß? Nicht mal die Akademie kann echte Erfahrung ersetzen. Ich war damals, wenn man nach den Vorschriften urteilt, vielleicht ›perfekt‹, aber eben nicht ›gut‹. Ich hab's Nancy vor ein paar Jahren erzählt. Aber es hat nichts geholfen. Sie kann mich auf den Tod nicht ausstehen, und daran wird sich auch nichts ändern. Aber wenn sie darauf besteht, das Spiel so zu spielen, werde ich mich eben daran halten.«

Er klang ganz beiläufig, aber McCoy wußte, daß er so unerschütterlich nun auch nicht war.

»Mach dir keine Sorgen, Pille«, sagte Kirk. »Es ist doch nur ein Wettflug.«

McCoy kaufte ihm seine Sorglosigkeit nicht ab. »Tja, wenn du es sagst ...«

»Schiffe veranstalten schon seit Jahrhunderten Wettrennen«, sagte Kirk, ohne ihn anzuschauen. »Es ist eine Tradition. Deswegen habe ich die Einladung auch angenommen. Schon die Fischerboote aus Gloucester und Portugal mußten sich beeilen. Sie sind übers Meer gefegt, um als erste im Hafen zu sein. Den besten Preis erzielte nämlich nicht das vollste Schiff, sondern das schnellste.«

»Soll ich mal nachsehen, ob ich eine Pfeife finde, die du paffen kannst? Zieh doch deine Stiefel aus. Die Geschichte würde sich besser anhören, wenn du barfuß wärst.«

Kirk lachte leise. »Ich sehe mich schon selbst mit einer Maiskolbenpfeife. – Mach mal den Aktendeckel auf«, sagte er dann, »und schau nach, ob die Liste der Schiffe und ihrer Kommandanten drin ist.«

»Steht alles auf dem ersten Blatt.« McCoy griff in das Ledermäppchen und hielt Kirk die Seite hin.

Doch der Captain rührte sich nicht. Er wandte den Blick nicht von seinem Schiff ab. Er lehnte sich zurück und nippte an seinem Glas. Das Getränk sah aus wie Eiswasser.

»Bist du noch im Dienst?« fragte McCoy.

»Bis 14.00 Uhr. Lies mir die Liste vor.«

»Ach.« McCoy setzte sich schwerfällig zurück. »Tja, mal sehen. Helmut Appenfeller steht ganz oben. Er kommandiert die *Drachenfels.* Sie fährt unter der Flagge der gleichnamigen Kolonie. Ich weiß noch, wann sie vom Stapel lief. Sie ist nach einer deutschen oder norwegischen Legende benannt. Der Name bedeutet ›Wo der Drache fiel‹. Da hat irgend jemand einen Drachen erlegt, und dann hat man an der Stelle eine Stadt gebaut oder ein Loch gegraben oder so was. Wenn irgendwo ein toter Drache rumliegen würde, würde ich natürlich auch ein Loch ausheben.«

»Ich auch«, sagte Kirk leise lachend. »Lies vor, Mann, lies vor.«

»Ich tu's ja, Jim, spiel dich nicht als Oberbootsmann auf. Buck Ames mit seiner *Zauberwald,* einer Privatjacht … Hunter mit der *Proxima-Dominion* von Proxima Beta … Sue Hardee mit der *Thomas Jefferson,* einem Museumsschiff der Föderation … Lar … Legarr … Leg-Sowieso, Kommandant der *Ytaho* … Nancy Ransom, *Ransom Castle,* von der Ransom Carnvale-Minengesellschaft … Ben Shamirian, *Gavelan Star,* Privatforscher …«

»Ja«, sagte Kirk. »Schön, daß unter den Wettstreitern auch Freunde sind.«

»Ja, den größten Spaß macht es noch immer, alte Kumpane in ihre Schranken zu verweisen … Wen haben wir denn sonst noch? Leo Blaine. War der nicht auch mal bei der Flotte und ist jetzt im Ruhestand?«

»Wenn ja, war's vor meiner Zeit.«

»Du bist doch erst sechsunddreißig. Alles war vor deiner Zeit. Ich glaube, er ist als ordenbehängter Captain in den Ruhestand gegangen. Man hat ihm ein Raumschiff angeboten, aber er hat abgelehnt und ist mit einer Kiste abgehauen, die …«

»… *Cynthia Blaine* heißt. Nach seiner Mutter benannt. Läuft unter der Flagge des Unternehmens, das sie gegründet hat.«

»Warum soll ich die Liste vorlesen, wenn du sie schon auswendig kennst?«

Kirk grinste. »Mir gefällt der Klang deiner Stimme.«

»Wer ist eigentlich dieser Ian Blackington? Hier steht ›privat‹. Muß also 'ne Jacht sein.«

»Ist keine Jacht«, sagte Kirk. Er klang leicht beleidigt. »Ein Handelsraumer. Kauffahrer. Zumindest ist dies der amtliche Ausdruck für das, was er macht.«

»Und was ist der *un*amtliche?«

»Pirat.«

McCoy räusperte sich. Dann stellte er fest, daß er lieber keinen Kommentar dazu abgeben sollte. Er nahm sich erneut die Liste vor. »*Alexandria,* Captain Pete Hall … Ich hab ihn mal getroffen.«

»Er ist nett und kompetent«, sagte Kirk. »Und ziemlich raffiniert.«

»*Irimlo Si* von Zeon, Captain Loracon … *Blaunase IV,* Captain Mitchell Rowan von der Erde … Ach, das ist interessant – das muß ich mir auch mal ansehen: das Hospitalschiff *Meines Bruders Hüter* unter Generalarzt Christoff Gogine. Ich wußte gar nicht, daß General Gogine auch ein Kapitänspatent hat.«

»Hat er auch nicht.« Kirk beugte sich vor und lugte argwöhnisch hinaus. Eine Arbeitskapsel näherte sich der technischen Sektion seines Schiffes und machte daran fest. »Er hat aber einen Captain an Bord, der die Sache für ihn erledigt. Gogine streicht nur den Ruhm ein. Das wirst du auch noch lernen, Pille: Ruhm ist aushandelbar … die Blamage aber nicht.«

McCoy schaute auf.

»Na, wo kommt das denn so plötzlich her?«

Der Ausdruck auf Kirks Gesicht wandelte sich, als er sein Schiff beäugte. »Schau dir das Schiff an, Pille. Schau es dir an. Es gibt nur zwölf seiner Art in der Flotte, nur zwölf Leute in der Galaxis, die sie fliegen … Und es ist höchste Zeit, daß ich mal ein bißchen mit ihr angeben kann. Ob wir gewinnen oder verlieren: Die *Enterprise* wird von Leuten gesehen werden, die bisher nur von ihr gehört haben. Von den Leuten, die sie bezahlt haben.«

McCoy hatte den Eindruck, als habe sich der Vorhang geteilt und ein Geheimnis offenbart. Trotz des großspurigen Auftretens, das üblich war, wenn sich mehrere Schiffsführer in beengtem Raum aufhielten und obwohl man ihn von einem Patrouillenflug abgezogen hatte, um an etwas teilzunehmen, das auf den ersten Blick eine blöde Werbeaktion war, brannte Jim Kirk darauf, mit seiner liebsten Freundin zu prahlen.

Urplötzlich verstand McCoy seinen Eifer, an dem Rennen teilzunehmen, alten Freunden zu begegnen, sein Schiff bunt aufzutakeln, etwas Anerkennung zu gewinnen und der Mannschaft ein wohlverdientes Fest zu gönnen, während sich andere für eine Weile mit dem Unbekannten herumschlugen.

Kirk sehnte sich danach. Es war der beste Sonderurlaub – ein Urlaub, bei dem er sein Schiff genießen konnte. Keine Planeten, keine Musik, keine Frauen – na ja, Frauen vielleicht doch. Aber es drehte sich hauptsächlich um das Schiff. Draußen im All, wo das Publikum darauf wartete, daß sich etwas tat, wo sich die Aufmerksamkeit der Föderation auf das Raumschiff konzentrierte, wo die Touristen in vollen Kähnen bereit standen, um es sich anzusehen, konnte Captain Kirk etwas tun, was sonst nur selten vorkam: Er konnte für etwas Reklame machen und angeben, ohne daß jemand etwas anderes von ihm erwartete.

Der Stolz ließ Kirks Wangen erröten, und auch in seinem Blick konnte man ihn sehen.

»Hm«, machte McCoy seufzend. Dann nahm er sich wieder die Liste vor. »Welche Erleichterung ... Der interstellare Raum kommt auch eine Weile ohne uns aus. Auch ich könnte eine Pause von den Triefnasen von Tralala brauchen, die sich ständig mit den Kartoffelköpfen von Kützelmütz raufen. Schau mal, Jim: Scheint so, als würden viele dieser Schiffe Systeme oder Planeten vertreten, von denen ich weiß, daß sie eigentlich noch gar keine Raumfahrttechnik der erforderlichen Größe und Schnelligkeit haben.«

»Sie fliegen nur unter der Flagge dieser Systeme«, sagte Kirk. »Wie Argelius. Sie wollen einfach mitmachen, also chartern sie ein Schiff, heuern einen Captain und eine Mannschaft an und beflaggen sie. Die Telluriten sind nicht dabei, obwohl sie ständig darauf beharren, in die Föderation aufgenommen zu werden.«

»Fühlen sich mal wieder vor den Rüssel gestoßen, was?« sagte McCoy gedehnt. »Tja, die Nasen dafür haben sie ja.«

»Die Klingonen wollen auch nichts damit zu tun haben. Sie sagen, ein Wettstreit ohne handfeste Belohnung sei vertane Zeit.«

»Mann, wie werde ich die vermissen! Schau dir das mal an: Charles Goodyear der Neunte mit einem Schiff namens *Blimp.*« McCoy ließ die Liste auf seinen Schoß sinken und rieb sich die Augen. »Allmählich glaube ich, es gibt keinen Schiffsnamen, den es nicht gibt.«

»*Ruhe in Frieden* hat bisher noch niemand ein Schiff getauft«, erwiderte Kirk. »Könntest du vielleicht machen.«

»Die *Butterkeks* gibt's zwar auch noch nicht, aber ich kenne schließlich nicht die Teilnehmerlisten sämtlicher

Rennen. Nimm den Blick von dem Schiff Jim, sonst wirst du noch blind.«

Kirk seufzte. »Ich sehe es nicht oft, Pille. Die meiste Zeit verbringen wir doch damit, von hier nach da zu fahren und die Fahrt zu überleben, damit wir davon erzählen können.« Er beugte sich vor und stützte die Ellbogen auf die Knie. »Es ist zwar mein Schiff … aber ich komme nie dazu, es mir von außen anzusehen.«

»Daran hab ich noch nie gedacht«, gab McCoy zu.

Sie blieben nachdenklich mehrere Sekunden lang schweigend sitzen und musterten das Raumschiff, seine Schatten und Lichter.

»Es liegt daran, daß du kein Seemann bist«, sagte Kirk.

»Freut mich, daß alle wieder da sind. Ich bemühe mich, die Sitzung so kurz wie möglich zu machen. Gott weiß, daß ich mir diese Visagen-Ansammlung nicht länger ansehen möchte, als unbedingt nötig.«

John Orland fummelte sich durch seine Rennleitungs-Informationen und blies sich ungeduldig auf. Derweil baute neben ihm ein Steward eine Computerzugriffsarmatur auf.

Dr. McCoy, der auch diesmal wieder neben Jim Kirk saß, duckte sich, denn zwei weitere Stewards gingen an ihm vorbei und schleppten einen Computerbildschirm vom Format einer Tischplatte. Sie stellten ihn auf, als die letzten Captains sich hinsetzten und es wieder still im Raum wurde.

»Na schön«, sagte Orland und schaltete den Schirm ein. »Schaut euch das hier an.«

Der Bildschirm erwachte zum Leben und zeigte die wunderschöne schematische Simulation des interstellaren Raumes. Er betätigte mehrmals die Instrumente, bis das Bild von gezackten und pulsierenden Lichtern überlagert wurde, in der nur die kindliche Phantasie Linien sehen konnte – und auch nur deswegen, weil sie an einem Ort anfingen und im allgemeinen auf der anderen Bildschirmseite endeten.

»So würde ein Klingone die Rennstrecke sehen«, sagte Orland. »Es ist aber nur eine allgemeine Darstellung! Geht also nicht hier raus und sagt euren Leuten: ›He, auf dem Bild ging der Kurs in die und die Richtung‹, denn das Ding auf dem Bildschirm soll euch nur eine *allgemeine Vorstellung* geben! Anders gesagt: Wenn wir euch den wahren Kurs zeigen würden, wär's doch kein Spiel mehr, oder?«

Er musterte die Anwesenden mit dem Blick eines Lehrers, bis die meisten Captains nickten, doch als er erneut mit dem Finger auf den Bildschirm deutete, wirkte er noch nicht ganz zufrieden.

»Der Punkt hier ist Raumbasis 16; also die Startlinie.« Er deutete auf die einzige nicht blinkende Stelle. »Die anderen Blinklichter sind die von der Flotte und der Rennleitung eingesetzten Funkfeuer. Im Grunde winden sie sich spiralig von der Startlinie in den Raum hinaus.«

Ein alter Knabe mit Bartkoteletten und hellroten Wangen lachte und sagte rasselnd: »Ich wette, die Funkfeuer sitzen nicht auf Feuerschiffen, was?«

»Teufel, nein«, dröhnte Orland. »Sie führen mitten durch Wirrwarr und Getümmel. Der größte Teil der Strecke ist 'ne echt hinterlistige Gegend, und der Kurs ist so gelegt, daß ihr euch alle Zähne an ihm ausbeißen werdet. Es gibt insgesamt zwölf Funkfeuer. Jedes sendet auf einer anderen Frequenz. Beim Startschuß erfahrt ihr die Frequenz des ersten. Sobald ihr auf hunderttausend Kilometer an dem Ding dran seid, sendet ihr eure Schiffskennung. Dann registriert das Funkfeuer eure Ankunft und übermittelt die Frequenz für Funkfeuer Nummer zwei. Sobald ihr auf hunderttausend Kilometer an Funkfeuer Nummer zwei ran seid, kriegt ihr die Frequenz für die Nummer drei. Und so weiter. Versucht also nicht, ein Funkfeuer auszulassen, sonst verfranzt ihr euch völlig – und werdet natürlich disqualifiziert. Wir haben alles Mögliche getan, das euch daran hindert, die Funkfeuer selbst aufzuspüren. Es ist so ähnlich, als wenn man sich in einer Schlucht aufhält und jemand eine Glocke erklingen läßt: Ihr müßt entscheiden, welcher Klang das Echo und welcher das echte Läuten ist. Je schneller ihr Warpgeschwindigkeit aufnehmt, desto stärker die Verzerrung. Der Kurs verläuft zuerst spiralförmig weit nach außen und dann zur Ziellinie zurück. Glaubt also nicht, man könnte einfach auf die Ziellinie zuhalten und gewinnen. Ihr könnt euch natürlich an jemanden ranhängen, aber es gibt keine Garantie, daß euer Vordermann nicht einem Phantom nachjagt. Wenn ihr die Signale mitkriegen wollt, müßt ihr um die Ecke denken, wüsten Spekulationen nachgehen, tarnen und täuschen, lügen, Hexerei betreiben und euch nach den Strickmustern meiner Mutter richten.«

»'tschuldigung, John…«

»Ja, Ian?«

Alle schauten Blackington an. »Angenommen, man kann nicht alle Funkfeuer finden?« fragte er.

Orland zuckte die Achseln. »Laßt uns einfach hoffen, daß wir es *so* schwer nun auch wieder nicht gemacht haben!«

Ein sportliches und kameradschaftliches Brüllen stieg im Raum auf. Ulkig gemeinte Drohungen und Witze wogten in ein Dutzend Richtungen.

»He, wir machen das auch zum ersten Mal«, sagte Orland. »Vielleicht sind wir ja beim *nächsten* Raumschiffrennen perfekt.«

Noch mehr Gelächter.

McCoy nutzte den Augenblick, um Kirk anzuschauen, aber der Captain zwinkerte ihm nur schelmisch zu und schwieg.

»Nach Funkfeuer Nummer zwölf«, fuhr Orland fort, »fliegt ihr Gullrey direkt an. Die Ziellinie befindet sich zwischen zwei Leitungsmarkierungen. Das erste Schiff, das sie passiert, gewinnt«, sagte er und deutete auf den rechten Rand des Bildschirms.

Er musterte die Gesichter der Anwesenden.

»Und was gewinnen wir?« erkundigte sich eine blasse Frau in einem hellroten Gewand mit katzenhaftem Grinsen.

»Der Sieger kriegt für 'ne Woche Björns Bootsmann«, sagte Ken Dodge und grinste strahlend einen ganz hinten sitzenden Norweger an, der ihm zuerst mit der Faust drohte und sein Grinsen dann erwiderte.

»Seinen *Privat*-Bootsmann«, sagte die Frau und winkte dem Norweger zu.

McCoy beugte sich zur Seite. »Wer ist die Frau?«

»Keine Ahnung«, erwiderte Kirk. »Schau mal auf die Liste.«

McCoy wollte nicht auffallen, als er in der Liste suchte, aber die Namen mancher Nichtmenschen verwirrten ihn. »Vielleicht Loracon von Zeon?« sagte er leise. »Oder Lauru ifan Ta von Neu-Malura?«

»Nein«, sagte Kirk. »Loracon sitzt ganz hinten. In der grauen Uniform.«

»Wie wär's mit Eliior von Eminiar? Sag mal, waren wir da nicht schon mal?«

»Pssst«, machte Kirk.

Orland hob eine Hand, und sie schwiegen. Er hielt etwas zwischen Daumen und Zeigefinger.

»Das hier ist euer Preis«, sagte er.

Er hob kurz einen kleinen Gegenstand, dann ließ er ihn sinken, damit die Computerkamera ihn aufnehmen konnte. Der Bildschirm veränderte sich abrupt. Er zeigte nun ein recht genaues Bild seiner Finger, die eine Goldmünze mit unebenem Rand hielten. Auf der einen Seite befand sich ein königliches Emblem, auf der anderen ein Vogel.

»'n Goldklümpchen?« dröhnte Ian Blackington. »Ich würd nicht mal meine Badewanne überqueren, um es zu verkaufen!«

Orland wartete lächelnd ab, bis das Gekicher verhallte. »Du sollst es nicht *verkaufen,* du Spatzenhirn. Noch *gehört* es deinem Sponsor. Bis zum nächsten Rennen.«

»Wann soll das sein?« fragte Kirk.

»Wissen wir noch nicht. In einem Jahr, oder in fünf – kommt drauf an, wie dieses Rennen läuft.«

»Tja, aber was ist das nun für'n Ding?« fragte Blackington.

»Dies«, sagte Orland, »ist eine Dublone. Sie gehört zu einem Schatz, der an Bord der Galeone *El Sol* gefunden wurde. Das Schiff sank vor Spanish Wells, bei den Abaco-Inseln, den Bahamas, kurz nachdem es nach Spanien ausgelaufen war. Spanish Wells war der letzte Ort, an dem die Konquistadoren Frischwasser aufnehmen konnten, bevor sie den Atlantik überquerten. Man geht davon aus, daß nicht zuletzt ihre schweren Wasserfässer schuld daran waren, daß das Schiff bei einem Sturm kenterte. Wahrscheinlich war es eine starke Bö, die niemand hat kommen sehen. Aufgrund der Anordnung der Spieren konnte man erkennen, daß das Schiff unter vollen Segeln stand. Offenbar hat niemand das Problem kommen sehen. Die Besatzung hat keinen Fetzen gerefft. – Damit auch jene es verstehen, die nicht von der Erde stammen«, fügte er an und nickte der Andorianerin, dem Orioner und den anderen zu. »Reffen bedeutet, die Segel einholen.«

McCoy lehnte sich zur Seite. »Als wüßten auf der Erde alle, was es bedeutet«, murmelte er.

»Verschiedene Schatzsucher haben fast hundertfünfzig Jahre nach der *El Sol* gesucht. Man fand sie fast fünfzehnhundert Kilometer von der Stelle entfernt, an der sie vermutet wurde. Gerüchte über riesige Schätzen haben die Sucher jahrzehntelang angetrieben. Viele sind dabei draufgegangen; man hat immer neue Verfahren entwickelt und ist große Risiken eingegangen, um das Schiff zu finden... Und dann hat man es gefunden. Aber das einzige, was man darin fand, meine Damen und Herren, war diese Golddublone.«

Einfühlsame Stille senkte sich auf den Speisesaal hinab.

Jim Kirks Brauen verzogen sich in einer Weise, die in jeder anderen Situation nur Verärgerung ausgedrückt hätte. »Sonst nichts?«

»Rein gar nichts.«

»Das ist aber traurig«, sagte der alte Knabe mit den Backenkoteletten.

»Es ist wirklich traurig«, gab der Chef der Rennleitung zu. »Man nimmt an, daß die *El Sol* von Eingeborenen geplündert wurde, denn sie lag in weniger als zwölf Metern Tiefe. Sie wäre leicht zu finden gewesen, wenn man an der richtigen Stelle gesucht hätte. Hat aber niemand gemacht. Das Schiff befand sich bisher in Privatbesitz, aber die Gruppe, die es aufgestöbert hat, wollte mit ihrem kleinen Fund aus der irdischen Seefahrerzeit etwas Ermutigendes tun. Man wollte ihn nicht einfach an ein Museum weitergeben. Kam ihnen nicht als passendes Angedenken für all jene vor, die Kopf und Kragen riskiert haben, um einen Schatz zu finden, den es gar nicht gab. Deswegen ist die Münze hier. Der Preis für den Sieger des Großen Raumschiffrennens … eine Dublone.«

Er hielt das Goldstück noch einmal kurz hoch, dann schob er es in ein purpurnes Samtbeutelchen, das er in eine magnetisch versiegelte Schatulle legte. Ein stämmiger Wachmann der Flotte tauchte aus dem Nichts auf, und Orland reichte ihm die Schatulle.

Er räusperte sich, musterte die Versammlung der Schiffsführer aus allen Regionen des Alls und nickte, als sei er endlich zufrieden.

»Euch allen viel Glück«, sagte er. »Laßt uns das Rennen beginnen.«

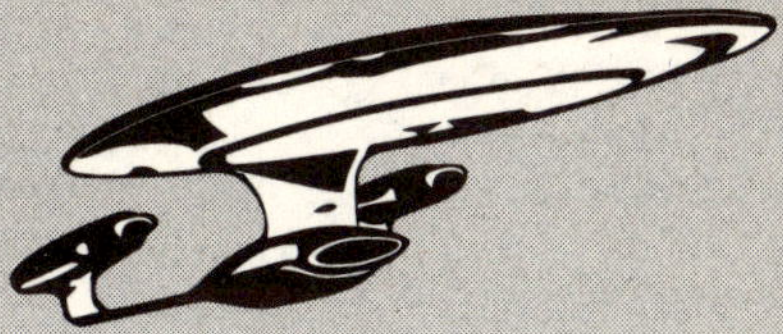

DER STARTSCHUSS

WETTBEWERBSTEILNEHMER

Schiff	*Kommando*	*Beflaggung*
Drachenfels	Helmut Appenfeller	Kolonie Drachenfels
Zauberwald	Buck Ames	Privat
Proxima-Dominion	Hunter	Proxima Beta
Ytaho	Legarratlinya	Orion-Union
Ransom Castle	Nancy Ransom	Ransom Carnvale Co.
Gavelan Star	Ben Shamirian	Privat
Cynthia Blaine	Leo Blaine	Blaine Aerospace Inc.
Stolz von Baltimore	Miles Glover X	Baltimore, Maryland, Vereinigte Staaten, Erde
Blackjacket	Ian Blackington	Privat
Irimlo Si	Loracon	Zeon
Blaunase IV	Sinclair Rowan	Kanada/GB, Erde
U.S.S. *Hood*	Kenneth Dodge	Starfleet
U.S.S. *Enterprise*	James Kirk	Starfleet
U.S.S. *Great Lakes*	Hans Tahl	Starfleet
U.S.S. *Intrepid*	N'Toy	Starfleet
Meines Bruders Hüter	Christoff Gogine	FVP Hospitalschiff
Blimp	Charles Goodyear IX	Goodyear Inc.
Unverzeihlich	Lauru ifan Ta	Neu-Malura
Thomas Jefferson	Sue Hardee	FVP Museumsschiff
Eienven	Thais	Andor, Epsilon Indi
Alexandria	Pete Hall	Alexandria, Virginia, Vereinigte Staaten, Erde
Yukon University	James Neumark	Yukon Universität, Erde
Klar	Im	Melkot-Sektor
552-4	Kmmta	Tholus
Chessie	Samuel Li	C&O Spaceroads Inc.
Walküre	Björn Faargensen	Skol-Brauerei, Rigel IV
Fluß des Willens	Eliior	Braniian-Kolleg, Eminiar
Vorfahr	Steve Daunt	Argelius
Ozcice	Sucice Miller	Gullrey

ANMERKUNG: DIE LISTE IST MÖGLICHERWEISE UNVOLLSTÄNDIG. WEITERE TEILNEHMER WERDEN ERWARTET. ZUDEM KANN SICH DAS EINE ODER ANDERE KOMMANDO NOCH ÄNDERN. HOLEN SIE SICH DIE ENDGÜLTIGE LISTE BEI DER RENNLEITUNG AN DER STARTLINIE AB. VIELEN DANK.

2

Auf der *Enterprise*

»Willkommen an Bord, Captain.«

Die distinguierte Baritonstimme erwärmte die Brükke und gehörte so selbstverständlich zu dem Piepsen und Summen des Raumschiff-Kommandozentrums, daß James Kirk und der Schiffsarzt beinahe zu reagieren vergaßen.

Dr. McCoy blinzelte, als sie auf dem Achterdeck stehenblieben und hörten, wie die Tür des Turbolifts sich zischend hinter ihnen schloß.

Kirk holte auf eine Weise Luft, als wolle er das Aroma der Brücke inhalieren. Dann musterte er das atemberaubende Bild, das der Frontschirm zeigte: Die Eisenträger des Docks wichen langsam zurück. Schließlich wandte er sich nach rechts.

»Danke, Mr. Spock«, sagte er. »Wie ist die Lage?«

Spock, der Erste Offizier, bildete zehn Legenden in einer – aber nicht alle stammten vom gleichen Planeten. Hochgezogene schwarze Brauen, olivfarbene Haut und spitz zulaufende Ohren, alles umrahmt von einem schwarzen Kragen und einem blauen Uniformhemd. Sogar für McCoy war er auf der Brücke ein Bild der Vertrautheit.

McCoy registrierte mit einem Hauch von Verärgerung, wie unvollständig die Brücke eines jeden Raumschiffes sein mußte, wenn der Vulkanier nicht zugegen war.

Das Deckenlicht warf einen purpurnen Streifen über Spocks glattes schwarzes Haar, als er, die Hände hinter dem Rücken verschränkt, zu ihnen herunterkam.

»Wir verlassen das Raumdock wie befohlen, Sir«,

sagte er. »Wir werden die Jurisdiktion von Raumbasis 10 gleich verlassen und Kurs auf Raumstation 16 nehmen. Sämtliche Antriebs- und Manöversysteme wurden um neunzehn Prozent reduziert. Obwohl es ihn verständlicherweise verstimmt, ist Mr. Scott bemüht, auch das letzte Prozent ihrer Kapazität zu erfüllen, das die Rennleitung den Starfleet-Schiffen vorschreibt. Die Sensoren und alle anderen Anwendungssysteme wurden auf das Niveau von Kauffahrern heruntergeschraubt. Die vollständige Meldung befindet sich in Ihrem Büro und kann eingesehen werden.«

»Nochmals danke«, sagte der Captain.

»Die Beobachter der Veranstalter wurden an Bord gebeamt und haben ihre Quartiere bezogen.«

Kirks Blick wurde schärfer. »Die *wer?*«

»Die Beobachter der Veranstalter. Jedes Schiff hat mindestens einen Bürger Gullreys an Bord. Das diplomatische Korps der Föderation hat es so bestimmt.«

»Und wann?«

Spock runzelte die Stirn, als verstünde er die Frage nicht. Sogar in seiner Stimme klang ein Achselzucken mit. »Um 12.30 Uhr, Sir.«

McCoy schluckte eine ätzende Bemerkung hinunter und wartete ab.

»Wer sind diese Individuen?« fragte Kirk jäh.

Falls sein Tonfall Spock überhaupt verwirrte, empfand er allerhöchstens leichte Neugier.

»Ihre Namen«, sagte er, »lauten Royenne, Osso und Tom.«

»Na schön, wenn wir sie schon mitnehmen müssen, sollen ihnen zwei Unteroffiziere zugeteilt werden, die …« Kirk hielt inne und blinzelte Spock an. »Haben Sie *Tom* gesagt?«

»Jawohl, Sir.«

»Tom? Wie … ähm … Tom Petty? Oder wie … Tom Sawyer?«

»Jawohl, Sir«, sagte Spock. »Das Volk der Rey hat

ziemlich begeistert und emotional auf seinen Föderationsbeitritt reagiert. Tom hat schon vor einigen Jahren einen irdischen Namen angenommen.«

McCoy beugte sich über Kirks Schulter. »Warum hat er das getan?« fragte er.

Spock hob eine Augenbraue. »Man mußte die Rey förmlich dazu überreden, den Namen ihres Planeten nicht zu ändern. Sie haben unter anderem Namen wie ›Neu-Erde‹, ›Erdfern‹ und ›Erdtal‹ diskutiert.«

»Gott im Himmel!«

»Wir konnten es ihnen freilich ausreden, Doktor. Aber erst mit Hilfe von Captain Dodge, der auf Gullrey hohes Ansehen genießt.«

Kirk schritt über die Brücke, bewegte sich dabei von ihnen fort. Seine Hand strich über das rote Geländer, das den oberen Brückenteil vom Kommandozentrum trennte, und er blickte auf den großen Frontbildschirm, der den interstellaren Raum und das Dutzend Fahrzeuge zeigte, die sich in der Umgebung der Raumbasis 10 aufhielten.

»Gullrey«, murmelte er.

Das Wort warf ein friedliches Echo auf der Brücke, und es kam ihm dämlich vor, daß jemand den Wunsch verspürte, den melodischen Namen seines Planeten gegen einen anderen auszutauschen.

Spock hatte noch etwas dazu zu sagen. »So sprechen wir den Namen des Planeten aus. Er klingt aber etwas anders. Und geschrieben sieht er ganz anders aus.«

Er trat an seinen Bibliothekscomputer, bediente die Kontrollen wie ein Zauberer und schaute auf. Auf einem Bildschirm erschien eine Buchstabenreihe.

Dguibbealeaichaiereuw

»So heißt der Planet?« sagte Kirk. »Aber ausgesprochen wird er Gullrey?«

»Ruf Scotty her«, sagte McCoy. »Für mich sieht es wie Gälisch aus.«

»Gut beobachtet«, sagte Spock zustimmend. »Aber ich bezweifle, daß Mr. Scott Gälisch besser beherrscht als Sie Althochdeutsch.«

McCoy preßte die Lippen zusammen. »Spock, Sie sind der einzige, der einem ein Kompliment machen und es im gleichen Atemzug zurücknehmen kann. Wie sehen diese Leute aus?«

»Ich muß sie selbst erst noch kennenlernen«, sagte Spock und löschte den Bildschirm. »Ihre Entwicklung hinsichtlich ihrer Künste und Wissenschaften ist zwar bemerkenswert, erfolgte aber weitaus langsamer. Ihre Flug- und Raumfahrtforschung brauchte nahezu siebenhundert Erdjahre, um ein Niveau zu erreichen, das einfachen Überlichtflug ermöglicht. Die Erde hat dazu nur eineinhalb Jahrhunderte gebraucht.«

»Captain«, unterbrach ihn eine sonore Stimme aus dem hinteren Teil der Brücke. Die drei wandten sich um. Lieutenant Uhuras exotische Augen musterten sie von der Funkstation her. »Die Raumbasis sendet Koordinaten, Sir.«

»Sie betreffen den Start bei Raumbasis 16, Lieutenant«, sagte Kirk. »Annehmen und bestätigen.«

»Aye, aye, Sir, ich bestätige.«

»Dann an den Steuermann überspielen.«

»Aye, Sir.« Uhura arbeitete flink an ihren Instrumenten, dann nickte sie dem asiatischen Lieutenant am Ruder zu. »Können Sie für mich bestätigen, Mr. Sulu?«

Sulu hob eine Hand, spreizte zwei Finger ab und drosch mit der Abruptheit eines Bauarbeiters auf die Tasten ein. Seine Methoden unterschieden sich zwar beträchtlich von der sanften Berührung Uhuras oder der Eleganz Spocks, aber die Maschinen reagierten mit einem fröhlichen Schnurren.

»Bestätigt«, sagte er. »Und eingegeben.«

»Melden Sie uns beim Dockmeister ab«, sagte Kirk. »Und bereiten Sie alles vor, um die Umgebung der Raumbasis zu verlassen. Hier ist's heute ziemlich eng,

Mr. Sulu, achten Sie also daruf, daß uns niemand in die Quere kommt. Uhura, senden Sie auf Kauffahrerfrequenz und sorgen Sie dafür, daß kein anderes Schiff in den Ausfahrtstraßen ankert. Ich möchte keinem dieser Amateure den Hintern abrasieren, wenn wir rausfahren.«

Sulu deutete ein Nicken an. »Aye, aye, Sir.«

Uhura fungierte als sein Echo. Ihre Stimmen überlagerten sich und übertönten fast das Surren der Turbolifttür, die sich erneut im Hintergrund öffnete und schloß.

Kirk wandte sich um und stellte ein Bein auf das Brückengeländer.

»Und nun, Mr. Spock«, sagte er, »könnten Sie mir eigentlich erzählen, was vor zwölf Jahren passiert ist. Und wie es zu diesem Rennen kam.«

McCoy stand neben dem Captain und schaute Spock an, aber der Erste Offizier reagierte nicht. Er blickte einfach zwischen ihnen hindurch zum Turboliftvorraum.

Der Captain und der Arzt drehten sich gemeinsam um, dann erblickten auch sie die drei Lebewesen im Hintergrund der Brücke. Sie waren nicht ganz menschlich.

»Ach, Captain«, sagte eins der Wesen, »können *wir* es Ihnen nicht erzählen?«

Drei Schatten aus der Vergangenheit der Menschheit, sanfte zweibeinige Geister humanoider Herkunft. Kleidung unterschiedlichen Stils, verschiedene Hautfarben und Frisuren, doch ein identischer Gesichtsausdruck.

Vergötterung, Erwartung, Freude.

Die hervorstechendste Eigenschaft der Wesen waren ihre Augen: Sie waren sehr groß, zeigten fast kein Weiß, ähnelten den Augen von Pferden oder Hirschen.

Das Wesen, das gesprochen hatte, hatte zotteliges weißblondes Haar, das ihm bis auf die Schultern herabfiel und seine dunkelbraunen Augen deutlich betonte.

Sein kantiges Gesicht war hell und wechselte fast jede Sekunde den Ausdruck. Seine Lippen bebten in einem nervösen Lächeln. Es bewegte sich so auf Kirk zu, als glaube es, die Brücke werde gleich unter ihm zusammenbrechen.

»Captain«, sagte das Wesen keuchend. »Ich fühlte mich sehr geehrt, hier sein zu dürfen!«

Es streckte leichthin die rechte Hand aus – entweder hatte es dies geübt, oder auf Gullrey hatte man das Händeschütteln ebenso übernommen wie andere irdische Bräuche.

Kirk nahm die Hand. »Willkommen an Bord, Mister ...«

»Ich bin Tom. Bitte, nennen Sie mich Tom. Gefällt Ihnen der Name? Ich habe mich bemüht, einen freundlichen Namen zu wählen.«

Mit einem Gefühl, als hätte er gerade einen Kindergarten betreten, warf Kirk Spock einen Blick zu. »Ja, er gefällt mir sehr«, sagte er. »Es ist ein ... wie wir es nennen ... altmodischer Name.«

Tom errötete vor Stolz. »Und wie heißen Sie?« fragte er.

Kirk hielt sich zurück. »Jim«, sagte er dann. »Dies hier ist Commander Spock, mein Erster Offizier. Und das ist unser Schiffsarzt, Leonard McCoy.«

Tom griff zwar nicht nach Spocks Hand, aber es gelang ihm, die von McCoy zu packen.

Erst jetzt fiel McCoy auf, daß die Bewohner Gullreys alle ziemlich hochgewachsen und schlaksig waren. Dies – und ihre Freude – schien jedoch alles zu sein, was sie gemeinsam hatten. Tom war der hellhaarigste; die beiden anderen hatten schwarzes beziehungsweise schokoladenbraunes Haar, und ihre Kleider unterschieden sich. Die beiden Männer im Hintergrund trugen irgendwelche langen Hemden – als Jacken konnte man sie nicht bezeichnen –, und der Schwarzhaarige hatte eine ausgebeulte Weste mit Taschen an.

Toms Klamotten stammten wohl von der Stange irgendeines irdischen Hinterwäldler-Ausstatters. Er trug ein rotschwarz kariertes Hemd, Blue Jeans mit Hosenträgern und Mokassins.

Als er sah, daß McCoy seine Kleider musterte, grinste er. »Versandhandel. Die Kleidung eines Bergbewohners. Sind sie nicht toll?«

McCoy lachte, dann entspannte er sich schnell. »Sie sehen so aus wie jeder Bergbewohner, dem ich je begegnet bin. Ehrenwort.«

»Das sind meine Gefährten«, sagte Tom und winkte die beiden anderen nach vorn. Er deutete auf den Schwarzhaarigen mit der Weste. »Das ist Royenne, und das ist Osso. Wir sind stolz, auf einem Raumschiff zu Gast zu sein. Daß wir auf einem Schiff wie dem fahren können, das unsere Einsamkeit beendet hat...«

»Sie wollten mir doch davon erzählen«, sagte Kirk. »Fangen Sie doch schon mal an. Wir hören Ihnen zu.«

Tom blickte seine beiden Freunde an, die ihn schweigend ermutigten, weiter vorzutreten und anzufangen. Er schluckte mehrmals, als sei die Geschichte einfach zu wunderbar und er nicht würdig, sie zu erzählen. Erst als er begriff, daß alle Blicke auf ihn gerichtet waren – zumindest im Moment, denn alle Abreiseformalitäten waren erledigt –, nickte er und zwang sich zum Sprechen.

Sein Englisch war fließend, aber er behandelte diese Sprache wie einen im Dunkel gefundenen Zauber.

»Wir leben weit draußen im All«, sagte er, »in einem einsamen Sektor der Galaxis; sehr weit hinter dem letzten Außenposten der Föderation. Unsere Sonne ist eine Allerweltssonne, die nur von leblosen Felsklötzen umkreist wird. Wir haben uns durch die Evolution gekämpft, dann folgten viele schwache Kulturen, bis wir ein Zeitalter erreichten, in dem unsere Wissenschaft unseren hoffnungsvollen Visionen entsprach. Dann haben wir uns den Himmel angeschaut. Wir haben die nächsten Planeten unseres Sonnensystems erreicht, mußten aber feststellen, daß dort nur Gestein war. Wir haben Robotsonden in den interstellaren Raum geschickt, um in Erfahrung zu bringen, ob es dort draußen noch etwas anderes gab, das auf eine Reaktion wartete.«

»Erzähl ihnen von den Romanen, Tom«, drängte Osso.

»Ja, bei uns hat man auch Romane geschrieben«, sagte Tom. »Tausende von Geschichten, die von der Raumfahrt und der Begegnung mit fremden Lebensformen handelten – und davon, wie eine erste Begegnung wohl ablaufen würde. Diese Literatur war bei uns fast ein Jahrhundert lang die beliebteste. Seit dem Tag, an dem unsere Teleskope in unvorstellbare Fernen blickten, gingen unsere Kinder mit Spielzeugraumfahrern zu Bett.«

Falls Tom sich seiner selbst nicht sicher war, so war er sich seiner Erzählung und ihrer Qualität sehr gewiß. Sein glattes Gesicht wurde vor Erregung rot.

Er hatte eindeutig rotes Blut …

McCoy ertappte sich dabei, daß er über den unerschütterlichen Enthusiasmus des Gastes lächelte. Und er sah den Captain neben sich ebenfalls lächeln.

Auch alle anderen lächelten. Sogar auf Spocks Gesicht war gedämpfte Heiterkeit zu sehen, und als er die Arme vor der Brust verschränkte, war ein Schillern in seinen Augen.

Tom sah Spocks Bewegung. Wahrscheinlich war er eingeschüchtert, denn er holte erst Luft, bevor er den Faden wieder aufnahm.

»Es durchdrang unsere gesamte Kultur – unseren Geist, unsere Hoffnung, unser Herz – es war jeden Tag bei uns. Wir waren so sicher, daß irgend jemand unser Rufen hören würde, daß wir unsere Freizeit damit verbrachten, unserer Phantasie in Büchern und Zeitschriften freien Lauf ließen, um bereit zu sein, ein Teil der interstellaren Kultur zu werden! Wir haben jahrzehntelang Sonden ausgeschickt und gerufen...« Er schnappte nach Luft. »Aber wir sahen in nahezu zwei Jahrhunderten der Hoffnung kein Anzeichen von Leben.«

Die großen feuchten Augen der Fremden blinzelten traurig. Ihr Lächeln wurde schwächer.

Tom schüttelte den Kopf. »Wir haben bei dem Versuch, die nächsten Sterne anzufliegen, viele risikobereite Mannschaften verloren, aber auch sie... fanden nichts. Und nachdem wir ganze Lebensalter damit verbracht hatten, uns wundersame Geschichten über die Raumfahrt und die Begegnung mit fremden Lebensformen auszudenken, nachdem wir uns bemüht hatten, unsere Nationen zu einen, um dafür bereit zu sein, verblaßte unser Traum allmählich.«

McCoy, nun froh, ein Stückchen hinter dem Captain zu stehen, rang instinktiv ein mitfühlendes Frösteln nieder und glaubte zu sehen, daß Uhura das gleiche tat. Toms Fähigkeit, eine Geschichte zu erzählen, nahm sie richtig mit. Er sah auch, daß Kirk, der neben ihm stand, sich versteifte.

»Wir haben die Helden beweint, die den Versuch gemacht hatten, weiter ins All vorzustoßen«, sagte Tom, »denn sie waren offenbar umsonst gestorben. Ihr Opfer verlor seinen Sinn und wurde zu viel für uns. Wir konnten es nicht mehr ertragen. Die Weltraumliteratur ging unter. Niemand konnte mehr in der Raumforschung arbeiten. Es wurden keine interstellaren Forschungsreisen mehr finanziert. Auf dem ganzen Planeten breitete sich Enttäuschung aus.«

»Aber *jetzt* kann die Geschichte nur besser werden«, warf McCoy ein, da er sehr darauf bedacht war, das Gefühl der Kälte aus sich zu vertreiben. »Immerhin sind Sie jetzt *hier.*«

Tom schaute ihn aus großen Augen an. »Ja! Jetzt sind wir hier. Sie sind zu uns gekommen, haben uns geantwortet… Eines Tages, im letzten Jahrzehnt unseres Interesses am All, als es nur noch einen einzigen Sendeposten gab. Der letzte Außenposten… Man hörte eine Antwort und nahm an, es wäre reine Einbildung.« Er breitete seine schlaksigen Arme aus. »Es war der Ruf eines Volkes, das sich Hood nannte.«

Die Brückenmannschaft war baff, dann brach Gelächter aus.

»Die Hooditen!« sagte Sulu.

»Klingt nicht übel!« rief Fähnrich Chekov, der neben ihm an der Navigation saß.

Die drei Fremden lächelten, als würden sie gleich in lauten Jubel ausbrechen; sie schienen überwältigt von dem Willkommen, das sie hier erlebten.

Und das Gefühl kalter Einsamkeit zerschmolz zu plötzlicher Gemeinschaftswärme.

»Sind wir dann die ›Enterpriser‹?« sagte Sulu. »Oder wie würden Sie uns nennen?«

Tom wurde einen Augenblick schweigsam, dann trat er zum Kommandodeck hinunter. Drei seiner langen Finger berührten die Schulter des Steuermannes.

»Sie«, begann er, »die Sie sich der Suche nach fernen, einsamen Kulturen wie der unseren widmen; Sie, die in einem strahlend weißen Schiff zu uns kamen… die so mutig, zuversichtlich und selbstbewußt waren, unseren leisen, verblassenden Ruf zu beantworten; Sie, die so großzügig waren, die Rey zu einem Teil von sich selbst zu machen… Wie sollten wir Sie wohl nennen?«

Sulu musterte ihn unbehaglich. Er bewegte keinen Muskel.

Toms Augen leuchteten, dann wurden sie von Lachfältchen umsäumt.

»Wir nennen Sie Retter«, sagte er.

3

Im Anflug auf die Startlinie bei Raumbasis 16

»Alarmstufe Gelb. Alle Mann an die Kampfstationen. Auf Noteinsatz vorbereiten. Alle Mann an die Kampfstationen.«

James Kirk schlitterte um eine Korridorecke seines Schiffes. Es freute ihn, daß er im Augenblick des Notfalls seine Mannschaft zur Tat schreiten sah. Es gab Zeiten, in denen es ganz gut war, wenn man lief, und wenn es auch nur dazu diente, die Leute geistig auf das einzustimmen, was ihnen bevorstand.

Er stürmte in den Turbolift, und die Tür schloß sich hinter ihm. Er griff nach dem Kontrollschalter und drehte ihn.

»Brücke«, sagte er.

Der Lift fegte durch die Adern des Raumschiffes, ein Schiff im Schiff, das ihn dorthin trug, wo die Entscheidungen gefällt wurden. Doch in diesem Moment war er der inaktivste Mensch unter nahezu fünfhundert anderen.

Natürlich nur körperlich. Im Geiste bereitete er sich auf die schrecklichsten und grauenhaftesten aller Möglichkeiten vor, die ihn möglicherweise auf der Brücke erwarteten. Die Turboliftfahrt stellte seinen letzten friedlichen Augenblick dar – bis die Situation mit Hilfe von Phasern, Fäusten oder Willenskraft bereinigt war.

Wenn eine Raumbasis, die sich so weit draußen befand, Alarmstufe Gelb signalisierte, konnte ein Dutzend Probleme anstehen: Umweltkatastrophen, terroristische Aktivitäten. Und in einer Flotte von Rennschiffen, die sich alle in Position drängen wollten, in letzter Minute Vorräte an Bord nahmen, konnte alles mögliche passieren: Kollisionen, Energieverlust, Streitigkeiten. Um was es auch ging, eine Starfleet-Einheit hatte in dieser Gegend Weisungsbefugnis über die Administration einer Raumbasis.

Das heißt, ich habe Weisungsbefugnis. Ich und die anderen von der Flotte, falls sie schon hier sind.

Der Befehl, die Kampfstationen zu bemannen, war ebenso rätselhaft wie der Ruf ›Alle Mann an Deck‹.

Nur Spock konnte die Anweisung erteilt haben.

Kirk hätte zwar die Brücke anrufen und sich die Einzelheiten durchgeben lassen können, aber er ließ die Hand von der Kommunikation. Er ließ sein Adrenalin steigen, seine Sinne sich schärfen, seine Spannung anwachsen. Was ihm auch bevorstand, er würde nie davon ausgehen, daß es sich um ein Versehen oder eine falsche Einschätzung der Lage handelte. Raumbasen wurden fast ebenso effektiv betrieben wie Schiffe, aber dennoch schwebten sie in einer zusätzlichen Gefahr: Man bekam leicht Zutritt zu ihnen. Raumbasen konnte man betreten, indem man eine simple Bitte äußerte. Raumschiffe waren Privatgelände. Das Gelände des Captains.

Die Vorahnung kochte in seiner Brust, und sein Uniformhemd spannte sich eng um seine Rippen. Als der Lift verlangsamte und die Tür aufflog, stürzte er auf die Brücke. »Die Lage, Mr. Spock?«

»Nähern uns Raumbasis 16 mit Warp vier, Captain«, sagte der Vulkanier, der sich gerade wie ein Geier über die Meßgeräte beugte. »Ankunft bei gegenwärtiger Geschwindigkeit in achtundzwanzig Minuten. Die Basis meldet feindliche Präsenz.«

»Feindliche Präsenz?« Kirk drehte sich um. »Wir sind doch nicht im Krieg, Mr. Spock.«

Spock richtete sich auf. »Offenbar nähert sich ein feindliches Schiff der Basis mit hoher Warpgeschwindigkeit. Die Rennteilnehmer und sonstigen Schiffe zerstreuen sich. Ich habe um Spezifikationen ersucht. Bisher noch keine Antwort.«

»Wir gehen auf Warp fünf.«

»Warp fünf, Sir«, wiederholte Sulu. »Neue Ankunftszeit: dreizehn Minuten, zehn Sekunden.«

Kirk nahm im Kommandosessel Platz und winkte Uhura über die Schulter zu. »Senden Sie den Kennungskode, Lieutenant. Warnen Sie jedermann vor unbedachten Schritten.«

»Aye, Sir«, sagte Uhura. Kurz darauf bildeten ihre melodischen Instruktionen an die Raumbasis den Hintergrund aller anderen Brückengeräusche.

»Suche das Gebiet ab«, sagte Spock. »Habe Bewegungen mehrerer Schiffe registriert.«

»Befehlen Sie einen generellen Stop. Registrieren Sie, ob alle gehorchen. Geben Sie mir ein Bild des Gegners, sobald es verfügbar ist.«

»Jawohl, Sir.«

»Emissionen aller Schiffe identifizieren, die wir bestimmen können. Ich brauche eine Liste der Energieverhältnisse. Ich möchte wissen, wer da ist. Jede nicht zur Föderation gehörende Präsenz im Sektor ausschließen.«

Spock nickte diesmal Chekov zu, der ihn angeschaut hatte und wußte, daß es an ihm lag, mindestens ein halbes Dutzend der anstehenden Aufgaben zu erledigen. Kurz darauf beugten sich beide über die wissenschaftlichen Instrumente an der Steuerbordseite und bemühten sich, mit den reduzierten Sensorfähigkeiten des Schiffes klarzukommen.

Wie frustrierend. Kirk schaute ihnen zu. Er hatte Verständnis für sie. Trotzdem, das Starfleet-Personal wurde ausgebildet, mit dem auszukommen, was ihm zur Verfügung stand, selbst wenn ihnen nun zwanzig Prozent Energie fehlten.

Er spürte auch, wie sich das Schiff abmühte, als es die Energie sammelte, die es brauchte, und den Warp-fünf-Befehl erfüllte. Sie waren noch nicht mal auf Höchstgeschwindigkeit, und die *Enterprise* schwitzte schon jetzt.

Als er die Spezialisten beobachtete, sah er ihr Stirnrunzeln und ihre finsteren Mienen. Er sah auch, daß sich ihre Schultern über den Instrumenten verspannten, die eigentlich innerhalb der ersten zehn Sekunden Antworten hätten geben müssen. Er suchte nach einem anderen Weg, der ihnen einen Hinweis auf das gab, was sich da zusammenbraute, damit er die Raumbasis nicht anzufunken brauchte, um Antworten zu erhalten.

Er wollte die Antworten schon kennen, wenn er sich meldete. Es gehörte zu seinen Tricks. Die Antwort zu kennen, bevor jemand vermutete, daß er eine brauchte.

Und er wollte die Antwort haben.

Kirk unterdrückte das Verlangen, aufzustehen und sich hinter den arbeitenden Männern aufzubauen. Statt dessen röstete er sie mit einem schweigsamen Blick. Er sah, daß sie den Blick spürten. Die Geräusche auf der Brücke waren plötzlich intensiver geworden. Die Rey hätten zwar nichts davon bemerkt, wenn sie hier gewesen wären, aber Kirk fiel es auf. Er wußte auch, daß es der Brückenmannschaft nicht anders erging. Sie wußten es alle. Man spürte es einfach.

Chekov trat neben Spock, und einen Moment lang beugten sie sich zusammen über einen Monitor. Dann richtete Spock sich auf und fauchte einen Befehl. Chekov sprang vom oberen Brückenteil zum Captain hinab, baute sich neben ihm auf und setzte die gleiche tapfere Miene auf, die Kirk auch auf seinem Gesicht spürte.

»Sir«, sagte der junge Russe, »wir haben dreiundzwanzig Schiffe aufgrund ihrer Emissionen identifiziert; darunter zwölf, die schneller als Warp vier fliegen können. Bisher wurde noch kein Starfleet-Schiff ausgemacht, deswegen zieht Commander Spock den Schluß, daß wir im Moment die einzige Flotteneinheit in diesem Gebiet sind.«

»Davon gehe ich aus. Fahren Sie fort.«

Chekov schaute Spock an.

Der Vulkanier trat an das Geländer und blickte zu ihnen hinab. »Die Emissionsmessungen weisen auf mehrere Möglichkeiten von Antriebstechnik hin. Ich habe Schiffe isoliert, die in der föderalen Emissionskontrolle als unvertraut gelten. Es müßte sich um die Einheiten von Melkot, Andor, Neu-Maluria und zwei weitere handeln, die ich zwar bestimmen, aber nicht identifizieren kann. Von den Schiffen, die sich gegenwärtig auf die Raumbasis zu oder von ihr fort bewegen, empfange ich Emissionsrückstände, die der Computer mit einer Mischformel in Zusammenhang bringt, die momentan von den Klingonen verwendet wird.«

Kirk blickte ihn finster an, dann schaute er auf den Frontbildschirm. »Klingonen?« Vor seinem geistigen Auge sah er die Raumbasis 16 im All schweben. Sie gab ein hübsches Bild ab, wenn man von dem schnellen Schiff absah, das von irgendwoher auf sie zuschoß. Es raste, ohne eingeladen zu sein, auf einen Ort zu, an den es nicht gehörte, und das zu einer Zeit, zu der man es nicht gebrauchen konnte. Er konnte es zwar noch nicht sehen, aber es war da draußen. Er wußte es, denn Spock hatte es gesagt. Es reichte, um ihn langsam zum Kochen zu bringen.

Auch Spocks Miene wies Verdrossenheit auf, als er sich dem Frontschirm zuwandte. Kirk wußte, daß sein Verstand nach dem gleichen Bild Ausschau hielt.

»Eine klingonische Konstruktion, Captain«, sagte Spock zustimmend, »aber das Emissionsverhältnis ist um acht Prozent verschoben.«

James Kirk wuchtete sich aus dem Kommandosessel und biß die Zähne aufeinander. »Romulaner.«

Das gleiche Problem, nur von der Rückseite aus betrachtet. Der Durchschnittsklingone war launisch, dachte oberflächlich, gab sich jähzornig und schroff. Wer einen kühlen Kopf bewahrte und seinen Grips bemühte, konnte ihn aufs Kreuz legen. Romulaner waren steif, tückisch und mit dem Finger schnell am Abzug – aber schlau. Sie stachen jeden aus, der den Versuch machte, das gleiche mit ihnen zu tun. Ihr kühles Urteilsvermögen machte sie gefährlich.

Kirk kam sich plötzlich verraten vor. Man hatte seinen und den Frieden der anderen sabotiert. Der Große Wettflug war schon seines Glanzes beraubt, bevor er nur die Chance erhalten hatte, ihn in Angriff zu nehmen.

Er warf einen finsteren Blick auf den Frontschirm und ging hinter der Navigations- und Steuerkonsole auf und ab. Er wußte: Chekov und Sulu drehten sich absichtlich nicht herum, denn die Atmosphäre war plötzlich sehr angespannt.

»Alarmstufe Rot«, sagte er. »Allgemeine Strategie beibehalten. Abfangkurs ausarbeiten.«

Die Brückenbeleuchtung wechselte. Die Alarmleuchten über den Schotten wechselten von Bernstein zu Rot und blitzten schneller auf. Uhuras Stimme donnerte durch das Schiff.

»Alarmstufe Rot ... Alle Mann bleiben auf Kampfstation ... Dies ist keine Übung ...«

Wie die Fahrt im Turbolift ließen auch die nächsten Minuten schmorende Frustration in Kirk entstehen. Er wäre am liebsten schon bei der Basis gewesen, um zu erfahren, was dort passierte, um die gefährliche Situation zu überschauen und sie zu bewältigen.

»Nähern uns dem Umkreis von Raumbasis 16, Sir«, meldete Sulu. »Mehrere Schiffe in Sichtweite.«

»Vergrößerung einschalten, Mr. Sulu.«

»Aye, Sir. Volle Vergrößerung.«

Rennschiffe, Zuschauerschiffe, Kreuzfahrtschiffe, Jachten – Schiffe jeder Art und Konstruktion schossen plötzlich wie eine Art interstellare Bootsausstellung auf sie zu. Nein – als hätte jemand auf einer Bootsausstellung eine Bombe gezündet. Kirk sah die Panik in der Flugbahn der wild auseinanderspritzenden Einheiten, die sich von der Raumbasis entfernten. Sie schossen an der *Enterprise* vorbei, ohne die simpelsten Warnsignale abzugeben. Eigentlich hätte man hier draußen die Erhabenheit der Raumfahrttechnik erblicken müssen, aber tatsächlich empfand James Kirk nur das Gefühl übermäßigen Gewimmels und das Wissen, daß alles, was er nun tat, sämtliche Schiffe mit betraf.

Eine Situation, die sich urplötzlich als bedrohlich erweisen konnte, in der Dutzende von Schiffen sich davonmachten und die *Enterprise* sich ins Zentrum des Unwetters stürzte ... ein fast amputiertes Schiff.

Eine Minute später waren die Schiffe weniger geworden, dann war die *Enterprise* kurz allein.

»Raumbasis 16 auf dem Schirm, Captain«, sagte Sulu und paßte die Vergrößerung an, um die wunderschöne, mitten im Nichts schwebende, von Lichtpunkten übersäte Spindel zu zeigen.

»Irgendwas Neues, Spock?«

»Das sich nähernde Schiff hat den Abwehrschirm nicht aktiviert Captain. Die Waffensysteme sind nicht geladen. Man signalisiert friedliche Absichten. Es ist natürlich Ihnen überlassen, ob Sie den Romulanern glauben.«

»Abwehrschirme aktivieren. Bestätigen.«

Sulu schaute nach unten, dann meldete er, was er schon wußte. »Schirme sind aktiviert, Sir.«

»Phaser scharfmachen.«

»Phaser scharfgemacht, Sir.«

»Abfangkurs beibehalten. – Lieutenant«, sagte Kirk in einem Tonfall natürlicher Vertrautheit, die allen sagte, welchen Lieutenant er diesmal meinte, »verlangen Sie, daß sie sofort anhalten oder einen Gegenkurs einschlagen. Falls sie sich noch weiter ins Gebiet der Föderation vorwagen, eröffnen wir das Feuer.«

»Aye, Sir«, sagte Uhura. Sie sendete in interstellarem Kode, aber jeder wußte, daß sie die Nachricht auch als Computerübersetzung in romulanischer Sprache abschickte, die die Linguisten der Föderation formuliert hatten.

»Kontakt, Captain!« sagte Sulu plötzlich. »Sie reduzieren die Geschwindigkeit ... Halten an, Sir ... Da sind sie.«

Ein romulanischer Schlachtkreuzer hatte sich der Raumbasis so weit genähert, daß man beide auf dem großen Bildschirm sehen konnte. Es war jedoch kein kleiner Raubvogel-Typ, sondern eine große, langhalsige Konstruktion jener Art, deren Aufbau die Romulaner den Klingonen abgeschaut und aus Tarnungs- und militärischen Gründen umgestaltet hatten.

»Schiff zu Schiff, Sir?« fragte Uhura.

»Noch nicht.«

Kirk ging auf und ab. Sein Blick löste sich dabei keine Sekunde von dem blaßgrünen, auf dem Bildschirm schwebenden Schiff. Er machte sich mit seinen Charakterzügen vertraut, jedem blinkenden Licht, jedem Schatten.

Er hätte sich besser gefühlt, wenn der Bug des Schiffs nicht genau auf das Herz der Raumbasis gerichtet gewesen wäre – als habe es vor, sich durch die Konstruktion zu bohren.

»Aufschließen. Bringen Sie uns zwischen das Ding und die Raumbasis.«

»Schließen auf, Sir.«

Das romulanische Schiff wurde größer. Kurz darauf nahm es die Mitte des Bildschirms ein, wie ein eingerahmtes Kunstwerk.

»Bug an Bug, Mr. Sulu.«

»Aye, Sir.«

Das riesige blaßgrüne Schiff auf dem Schirm wurde noch größer. Kirk musterte es und überdachte die gegenwärtig kaum glaublichen Umstände. Unter normalen Bedingungen hätte die *Enterprise* die Fremden zur Schnecke machen können, aber bei zwanzig Prozent

Energiereduktion hatten die anderen jeden Vorteil, den sie zu haben wünschten.

Was bedeutete, daß man sich auf die sonstigen Vorteile verlassen mußte.

»Schiff an Schiff.«

Er spürte, daß die ihn umgebende Mannschaft resolute Mienen aufsetzte und alles unterdrückte, was sie vielleicht empfand, da niemand wollte, daß die Romulaner auch nur ein Frösteln, Blinzeln oder Zucken sahen.

»Der romulanische Subcommander, Captain«, sagte Uhura und fuhr herum, um auf den Bildschirm zu schauen.

Das Schiff löste sich in einem Wellenmuster auf. Das Bild zeigte ein ernstes Gesicht mit sämtlichen erwarteten und einigen unerwarteten Elementen: Gerunzelte eckige Brauen überschatteten vorsichtig blickende Augen, zurückgeföntes Haar und leicht struppige Wangen, die momentan etwas blaß wirkten.

»Ich bin Subcommander Romar«, sagte der Romulaner. »Sie wollen mich etwas fragen?«

»Ich bin James T. Kirk und kommandiere die U.S.S. *Enterprise.* Was ist der Zweck Ihres Hierseins?«

»Wir kommen aufgrund eines Befehls meines Kommandanten, der Sie persönlich auf der Raumbasis begrüßen möchte. Wir haben die Waffen deaktiviert, wie die Besatzung der Basis es verlangt hat.«

»Wir haben keinen Vertrag mit Ihnen«, sagte Kirk unverblümt, »weil Sie keinen abschließen wollten. Wenn Sie es getan haben, können Sie den Antrag stellen, sich uns zu nähern, aber vorher nicht. Haben Sie einen Notfall?«

»Wir haben keinen Notfall«, erwiderte der Romulaner. »Dürfen wir uns der Raumbasis nähern und persönlich mit Ihnen sprechen?«

»Warum will Ihr Kommandant nicht hier und jetzt mit mir reden?«

Der Subcommander zuckte die Achseln. »Er möchte seinem Gegenüber gern in die Augen schauen. Er kann Bildschirme nicht leiden. Es ist eine Gewohnheit, mit der ich mich abfinden muß. Schließlich ist er mein Vorgesetzter. Bitte, Captain, lassen Sie uns an Bord gehen.«

Kirk spürte, daß auf der anderen Seite nicht nur Anspannung herrschte. Die Stimme des Subcommanders klang entspannt, seine Haltung war lässig, in seinem Blick war ein bestimmtes Sehnen.

Kirk folgte seinem Instinkt. »Aktivieren Sie keine Abwehrschirme«, sagte er. »Machen Sie keine Waffen scharf und halten Sie die Triebwerke bei Nullfünf Unterlicht. Unsere Waffen sind aktiviert, wir werden keinen Ankerplatz belegen. Wenn Sie irgendwelche aggressiven oder destruktiven Absichten erkennen lassen – wir sind in einer halben Sekunde handlungsbereit. Ich möchte, daß Ihr Kommandant innerhalb von fünf Minuten nach meinem direkten Befehl gesprächsbereit ist.«

»Ich werde es ihm mitteilen«, erwiderte der Romulaner sofort. »Er wird unser Hiersein erklären.«

»Schön. Das soll er tun. *Enterprise,* Ende.«

Der Bildschirm zeigte nun wieder das romulanische Schiff, aber Kirk hatte irgendwie den Eindruck, daß er noch immer beobachtet wurde.

»Melden Sie uns beim Andockmeister an, Mr. Spock. Aber spezifizieren Sie, daß wir nicht ankern. Wir bleiben auf Alarmstufe Rot. – Lieutenant, melden Sie sich bei der Raumbasis, Kode fünf.«

»Aye, Sir«, erwiderte Uhura. Die Verwendung des ungewöhnlichen Kodes führte allerdings dazu, daß sie einige Sekunden länger als üblich brauchte. Die Extrasekunden bewiesen, daß sie verstand, was er meinte: daß sie die Mitteilung doppelt und dreifach verschlüsseln sollte. Falls ihnen irgend jemand zuhörte, empfing er nicht viel mehr als statisches Rauschen.

Dann lauscht mal schön, dachte Kirk, der das Schiff nicht aus den Augen ließ.

»Captain«, sagte Uhura, »ich habe Helen Fogelstein, die Friedensrichterin der Raumbasis, und Mr. Orland von der Rennleitung kontaktiert.«

»Auf den Bildschirm.«

»Auf den Bildschirm, Sir.«

Das Bild wechselte diesmal sehr glatt, da es zwischen kompatiblen Systemen umschaltete, statt unterschiedliche technische Verfahren mit einer Emulation zu überbrücken. Einen Moment lang sah es so aus, als wüchse John Orland ein romulanisches Raumschiff aus dem Ohr. Dann waren nur noch er und eine sehr umgängliche Frau in den Fünfzigern zu sehen. Sie hatte schwarzes Haar und eine Sorgenfalte auf der Stirn.

»Willkommen auf Raumbasis 16, Captain Kirk«, sagte sie. »Es wäre mir lieber, ich könnte Ihnen Ruhe und Frieden anbieten.«

»Wir werden beides über kurz oder lang haben, Madam, auch wenn wir es mit Gewalt erzwingen müssen. Was ist los? Warum haben Sie das Schiff an den Grenzposten der Station vorbeigelassen?«

»Sie haben beim Anflug friedliche Absichten signalisiert. Und da sie bereit waren, sämtliche Waffendeaktivierungsvorschriften zu erfüllen, mußte ich sie einfach näher kommen lassen.«

»Mußten Sie nicht«, sagte Kirk offen heraus. »Die Föderation ist kein Bonbonladen, Miss Fogelstein. Ihnen unterstehen eine komplette Raumbasis und drei Sicherheitsposten. Sie sollten möglicherweise noch einmal in der zentralen Dienstvorschrift nachschlagen – den Passus, der sich mit der Annäherung nicht vertragsgebundener Gruppen auseinandersetzt. Sie dürfen sich von niemandem einschüchtern lassen.«

»Aber ich hatte keinen Grund, sie zurückzuweisen. Wir sind doch unter anderem auch hier draußen, um …«

»Zu den *Vorteilen*, hier draußen zu sein«, fiel Kirk ihr ins Wort, »gehört auch die Befähigung, daß man hinsichtlich von Reibungen in nichtautonomen Regionen aus persönlichen Impulsen heraus handeln kann. Sie haben die Macht dazu, Miss Fogelstein, und Sie sollten sie nutzen.«

Die Frau errötete. Sie schluckte mehrmals, dann seufzte sie und nickte. »Tja, ich hätte wohl lieber anders mit ihnen umspringen sollen.«

Kirk machte einen Schritt nach vorn. »Mr. Orland«, sagte er, »was wollen die Romulaner von Ihnen?«

Orland war nicht weniger verkrampft als die Friedensrichterin. Er zappelte so nervös herum, daß der Bildschirm zu schwingen schien. »Es sieht so aus, als wollten sie an dem Rennen teilnehmen, Captain Kirk.«

»Am Rennen teilnehmen?« Hatten sie das behauptet? Da kam ein schwerer romulanischer Kreuzer durch die Neutrale Zone – und seinem Kommandanten fiel keine bessere Geschichte ein?

Er musterte John Orlands Gesicht, um zu sehen, ob er den Romulanern die Geschichte abgekauft hatte. Wie sehr konnte sich eine Rennleitung beleidigt fühlen, wenn er sie öffentlich auslachte?

»Wollen Sie, daß sie daran teilnehmen?«

»Nein, eigentlich nicht.«

»Warum haben Sie es dann nicht gesagt?« Kirk ließ die beiden ein paar Sekunden herumdrucksen, dann fiel ihm auf, daß auch seine Brückenmannschaft sich wand. Man hatte Verständnis für sie. »Warum hat niemand das Wort ergriffen, bevor wir in diese Lage kamen? Sie hätten nicht erst auf eine Starfleet-Einheit warten sollen, bevor Sie sich dazu aufgerafft haben, die Macht auszuspielen, die Sie haben.« In solchen Fällen, fügte er stumm hinzu, haben wir dann meist nur noch die Aufgabe, die Scherben zusammenzufegen. Und das Zusammenfegen von Scherben war nun mal keine Aufgabe der Flotte. Jedenfalls nicht seiner Ansicht nach. Derlei behagte ihm nicht.

Die Miene der beiden Menschen auf dem Bildschirm veränderte sich von Hilflosigkeit zu Scham.

»Ich weiß«, sagte Orland. »Sie haben recht, Captain. Aber jetzt sind sie hier, und wir haben sie am Hals. Ich weiß zwar, daß ich der große Zampano der Rennleitung bin, aber eigentlich bin ich von Beruf Chemiker. Was weiß ich schon über diese Leute? Wenn ich ihnen die Regeln vorlese, zerblastern sie mir vielleicht das Gesicht, weil ich nicht das richtige interstellare Nasenbohrer-Ritual durchgeführt habe oder so was. Ich bin überhaupt nur aus einem Grund in der Rennleitung: Ich habe nämlich als Jüngling auf Rigel XII mal 'ne Rallye organisiert, und mein Schwager ist Diplomat bei der FVP. Er wollte, daß ich's noch mal mache, weil ich damals nicht manipuliert habe, damit sein Sohnemann gewinnen konnte. Tja, das ist seine Vorstellung von einem gutmütigen Witz, verstehen Sie? Niemand hat mir je gesagt, daß ich es mit den Romulanern zu tun kriegen würde. Wollen Sie also bitte zu uns rüberkommen und mit ihnen reden?«

»Mir wird nichts anderes übrig bleiben«, sagte Kirk glatt. »Sagen Sie dem Kommandanten, er soll mich in zehn Minuten in Miss Fogelsteins Büro treffen.«

Miss Fogelsteins verschreckte Miene wirkte zwar leicht entspannt, aber sie war noch immer nervös, weil sie den Romulanern mitteilen sollte, sie würden ihr Schiff verlassen müssen, um mit der Flotte zu verhandeln. Doch sie erhob weder Einwände, noch bat sie um ein anderes Arrangement.

»Danke«, sagte sie keuchend. »Ich sag's ihnen!«

Der Bildschirm zeigte nun wieder das Abbild der Raumbasis und des romulanischen Schiffes, und Jim Kirk hatte eine mentale Vision dessen, wie die *Enterprise* eventuell auf die Romulaner wirkte: groß, weiß, bewaffnet, wütend. Und sie war mit Höchstgeschwindigkeit herangekommen. Vielleicht hatten sie Angst. Vielleicht konnte er daraus einen Nutzen ziehen.

Er beäugte den Schirm, lehnte sich zu Spock zurück und dämpfte seine Stimme.

»Die sind nicht gekommen, um an dem Rennen teilzunehmen«, brummte er. »Ich weiß es. Sie wissen es auch. Die tun doch nur so.«

Spock nickte nur. Auch er beobachtete den großen Eindringling, der im All schwebte.

»Kennen die Romulaner eigentlich das Kamikaze-Prinzip?« sinnierte Sulu, der am Ruder saß. »Eigentlich brauchen sie nur das Feuer zu eröffnen. Bevor wir auch nur blinzeln können, könnten sie ein Dutzend Schiffe und die Station vernichten.«

Kirk musterte ihn finster. »Ich nehme an, Sie wollen damit sagen, daß Sie unseren Beschußplan bereits berechnet haben, Mr. Sulu.«

»Ähm …« Sulu blinzelte und griff nach seinen Kontrollen. »Berechne Beschußplan, Sir. Verzeihung, Sir.«

»Regel Nummer eins, Mr. Sulu«, sagte Kirk. »Man läßt sich vom Gegner nie übermäßig faszinieren.«

»Jawohl, Sir. Kommt nicht wieder vor.«

Kirk schaute eine Weile zu, wie die Romulaner sich der Raumstation mit einer Reihe täuschend normaler Manöver näherten.

»Spock«, sagte er zaghaft, trat an das Geländer und wurde noch leiser.

Der Vulkanier drehte sich auf seinem Sitz um, und Kirk fiel auf, daß er heute zum ersten Mal an den Instrumenten *saß.* Vielleicht empfand auch er die unterschwellige Besorgnis, daß die Dinge bislang ein bißchen zu glatt verlaufen waren.

»Spekulieren wir doch mal«, sagte Kirk. »Was könnten die Romulaner in dieser Ödnis wollen? Soweit ich weiß, haben die Kartografen, die vor den Forschern hier waren, der Flotte gemeldet, daß es hier nichts gibt, das es wert wäre, in Besitz genommen zu werden – und ganz sicher nichts, um das es sich zu kämpfen lohnt. Hier leben nur die Bewohner Gullreys, nicht wahr? Es gibt keine anderen bemerkenswerten Sonnensysteme?«

»Nur wenige«, bestätigte Spock. »Wenn Gullrey in die Föderation aufgenommen wird, erhält die FVP Zugang zu einem Gebiet des interstellaren Raumes, das achtzehn Prozent ihres gegenwärtigen Machtbereichs beträgt. Ein sehr großer Zuwachs, selbst wenn es sich nur um leeren Raum mit geringen Bodenschätzen und kleinem strategischem Nutzen handelt. Sogar als Kolonisationsgebiet ist die Ausdehnung des Gebietes zwischen Raumbasis 16 und Gullrey erheblich. Mag sein, daß die Romulaner es gar nicht okkupieren wollen, sondern nur mißtrauisch sind, was die Föderation damit anfangen könnte. Vielleicht ist unser Interesse an diesem Gebiet einfach ein Grund für sie, es ebenfalls haben zu wollen.«

»Sie kaufen es den Gullrey nicht ab, daß sie sich uns aufgrund einer persönlichen Verbesserung und aus Schutzgründen anschließen wollen.«

»Die *Rey,* Sir«, korrigierte Spock trocken. »Sie haben recht.«

Kirk stützte sich auf das Geländer, umklammerte es mit beiden Händen und schaute erneut auf den Frontbildschirm. Er wollte sich einreden, das zu glauben, was er gerade gehört und selbst gesagt hatte.

»Es gefällt mir nicht. Es ist Teigmantel-Diplomatie. Sieht zwar hübsch aus, blättert aber ab. So dumm sind die Romulaner nun auch nicht. Dahinter steckt irgend etwas anderes. Und es paßt mir nicht, daß sie ausgerechnet jetzt auftauchen, da die Fähigkeiten unseres Schiffes beeinträchtigt sind. Wenn es zu Schwierigkeiten kommt, sind wir leichte Beute. Vielleicht suchen sie nur einen Grund, um Streit anzufangen.«

Spock nickte. »Es könnte eine Gelegenheit für sie sein, in diesen Sektor zu gelangen, ohne sich Schwierigkeiten mit der Föderation einzuhandeln.«

»Das führt mich zu der Frage«, sagte Kirk langsam,

»was *sie* über diesen Sektor wissen, das wir noch nicht wissen.« Er faßte an die Lehne des Kommandosessels und drückte einen Knopf. »Lazarett.«

»Lazarett, Schwester Chapel.«

»Holen Sie Dr. McCoy.«

»Jawohl, Sir. Moment bitte.«

Der Moment dauerte dreißig Jahre. Als er herum war, knirschte Kirk mit den Zähnen.

»Hier McCoy.«

»Warum hat es so lange gedauert?«

»Mußte einen Bruch schienen, Captain«, erwiderte McCoy. Er klang irritiert, weil man von ihm verlangte, daß er sich rechtfertigte.

»Um so was sollten sich Pfleger kümmern, Doktor, keine Ärzte«, schnauzte Kirk. »Ich brauche eine Analyse unserer Rey-Gäste. Physiologie, Anthropologie, Geschichte und jede Einzelheit, die sie für die Romulaner interessant machen könnte.«

»Romulaner? Was haben die denn damit zu tun?«

»Sie stehen vor Raumbasis 16.«

»Könnte es etwas mit dem Rennen zu tun haben? Da sich alle Schiffe an einem Ort versammeln?«

»Ich weiß es nicht. Rennen sollten eigentlich der Unterhaltung dienen. Eine sportliche Angelegenheit sein. Wettstreit und so. Nun ist es aber etwas anderes geworden.«

»Vielleicht wollen sie nur mitmachen. Damit sie ein Alibi haben, uns zu beobachten. Aber da wir ohnehin nichts zu verbergen haben – was kann es uns schaden?«

»Weiß ich nicht«, wiederholte der Captain. Seine Hände waren nun schweißnaß. »Aber wenn der Rüpel von nebenan aufkreuzt, weiß man doch sofort, daß das Spiel kein Vergnügen mehr sein wird.«

Kirk wußte, daß die Romulaner aus irgendeinem anderen Grund gekommen waren. Es hatte nichts mit Neugier auf ein Wettrennen zu tun. Aber momentan gab es keinen weiteren Hinweis. Also mußte man nach Spuren suchen. Man mußte sie ausgraben.

Das romulanische Schiff hätte die *Enterprise* angesichts der momentanen Machtverhältnisse problemlos in zwei Hälften zerlegen können. Kirk nahm an, daß dies den Romulanern auch bewußt war. Ein Spion, ein naives Landei, eine bestochene Bardame – man konnte Informationen dieser Art nicht unterdrücken, und niemand hatte besondere Anstrengungen unternommen, um die Tatsache zu vertuschen, daß die Starfleet-Einheiten wegen des Rennens technisch heruntergeschraubt worden waren.

»Captain?«

»Ja, Mr. Spock?«

Er hatte damit gerechnet.

»Ich will Ihre Beurteilung zwar nicht in Frage stellen ...«, begann Spock.

»Wollen Sie *doch,* aber fahren Sie ruhig fort.«

»Ist es klug, ihnen einen Ankerplatz anzubieten? Und da Sie nicht abgelehnt haben, nehme ich an, daß Sie die Absicht verfolgen, ihrer Bitte nach einer persönlichen Begegnung mit dem Romulaner-Kommandanten nachzugeben.«

»Ich bin eben neugierig«, gestand Kirk.

»Ist es außerdem möglich«, fuhr der Vulkanier fort, »daß Sie ihre Bewegungsfreiheit beschneiden, indem Sie sie ankern lassen?«

Kirk schaute ihn an. Ein Lächeln zuckte um seine Mundwinkel.

»So ist es, Spock. Nehmen Sie Kontakt mit unseren Gästen auf und fragen Sie Tom, ob sein Planet seines Wissens je von Schiffen des Reichs angeflogen oder gar vermessen worden ist. Außerdem möchte ich wissen, was sein Planet seiner Meinung nach davon hält, daß feindselige Kräfte an diesem Rennen teilnehmen.«

Spock riß sich mit offensichtlicher Mühe von dem Anblick auf dem Bildschirm los.

»Ich nehme an, Sie meinen die Teilnahme gegnerischer Kräfte«, sagte er.

»Sie wissen schon, was ich meine.«

»Jawohl, Sir.«

Spock steckte sich einen Hörer ins Ohr und wandte sich seiner Konsole zu. Seine tiefe Stimme murmelte hinter den üblichen Brückengeräuschen kurze Fragen. Knapp, artikuliert, tüchtig. Kirk schaute zu und analysierte die Haltung seines Ersten Offiziers, wie er es während der Jahre, die sie schon zusammen Dienst taten, gelernt hatte, und ihm fiel auf, daß Spock mit der Lage auch nicht zufriedener war als er.

Nach ziemlich kurzer Zeit drehte sich der Vulkanier auf seinem Sitz um. »Die Rey«, sagte er, »haben nicht die geringste Ahnung, was die Romulaner an ihrem Planeten interessieren könnte – ob wirtschaftlich, wissenschaftlich oder gesellschaftspolitisch. Sie sind bisher nie dort gewesen. Tom beharrt sogar darauf, daß er noch nie von ihnen gehört hat. Er weist allerdings darauf hin, daß die Rey nichts dagegen haben, daß die Romulaner an dem Rennen teilnehmen. Er ist freilich bereit, sich Ihrem Urteil zu unterwerfen.«

»Wie schööön«, sagte Kirk gedehnt. »Na, dann sollten wir den Romulanern vielleicht zum Valentinstag alle ein Kärtchen schicken. Mal sehen, wohin uns das bringt.«

Spock hob eine Braue und runzelte die Stirn, dann nickte er. »Verstehe«, sagte er.

Es war irgendwie beruhigend. Ärgerlich, aber beruhigend. Spock empfand das gleiche wie er. Zumindest wußte Kirk, was er empfand.

Es war doch nur ein Rennen. Ein Ereignis, das dem Vergnügen diente. Damit man mit seinen Fähigkeiten protzen und den Draufgänger spielen konnte. Nur ein Rennen. Mehr doch nicht.

Nun war plötzlich eine heikle Situation daraus geworden.

Kirk wandte sich dem Bildschirm zu, der das gewaltige romulanische Schiff zeigte. Mehrere andere Schiffe kehrten inzwischen vorsichtig in die Umgebung der Raumbasis zurück.

»Ich bin zwar nicht als Schiedsrichter hier«, grummelte Kirk vor sich hin, »aber wenn es sein muß, kann ich auch die Waagschale halten. Die Rey haben ein schlechtes Urteilsvermögen. Es ist unklug, grundsätzliche Vorsicht abzulehnen. Spock, haben Sie keine Hypothese dieser … Präsenz?«

»Ich kann nur auf der Grundlage Ihres Argwohns spekulieren«, sagte Spock ruhig. »Irgendwie sind die Rey der Schlüssel. Die Entstehung der Raumfahrttechnologie auf ihrem Planeten kam angesichts der Langsamkeit ihrer kulturellen Entwicklung verdächtig plötzlich.«

Kirk spürte, daß sich seine Stirn in Falten legte. »Glauben Sie, die Romulaner … könnten sich bei den Rey schon mal eingemischt haben?«

Spock wechselte geschickt von einem Bein aufs andere und holte tief Luft.

»Dergleichen kommt ständig vor. Viele Kulturen haben sich der Föderation angeschlossen und dabei einen großen Sprung vorwärts gemacht, für den sie unter anderen Umständen Generationen gebraucht hätten. Milliarden von Lebewesen wurden gerettet, die unter den Umständen einer normalen medizinischen und wissenschaftlichen Entwicklung umgekommen wären.«

Kirk packte das Geländer und schwang sich auf den oberen Teil der Brücke, wo er neben Spock stehenblieb.

»Dafür haben wir gesorgt, Mr. Spock. *Wir* sind so. Es ist unsere … Art. Wir haben vor langer Zeit erkannt, daß wir alle davon profitieren. Würde ich daran nicht glauben, wäre ich nicht hier draußen. Aber die Romulaner … sind anders. Warum also sind sie hier?«

»Ob die Möglichkeit besteht, daß sie in diesem Sektor etwas versteckt haben, von dem sie nicht wollen, daß wir es entdecken?« sinnierte Spock.

Kirk wurde schlagartig nachdenklich und still.

»Möglich ist alles, Mr. Spock«, erwiderte er schließlich. »Speziell dann, wenn die Romulaner die Finger im Spiel haben.«

Stammesmasken, Kneipenschilder und Whiskyspiegel zierten die Wände des Transporterraums der Raumbasis 16. Wenn man dort ankam, hatte man den Eindruck, aus einem hübschen Traum mitten in einem Reiseprospekt zu erwachen.

»... irk, ich bin Helen Fogelstein.«

Sie hielt ihm die Hand hin und sprach schon, bevor sich nach dem Transportprozeß sein Geist soweit geklärt hatte, daß er sie hören konnte.

Kirk trat von der Plattform herab und musterte den Raum. »Sieht so aus, als sei jemand auf einer Expedition gewesen.«

»Mein Mann und sein Bruder«, sagte sie. Sie bewegte beim Sprechen die Hände. »Sie reisen überallhin. Mein Büro ist im Gang nebenan. Mr. Orland hat den romulanischen Kommandanten empfangen und ihn solange ins Wartezimmer gebracht. Er soll zu Ihnen kommen, statt umgekehrt. Wir dachten, es gäbe Ihnen ... irgendeinen psychologischen Vorteil.«

»Gut mitgedacht. Ist er allein gekommen? Oder hat er Wachen mitgebracht?«

»O nein, wir haben gesagt, er soll allein kommen.«

»Es wäre mir lieber gewesen, Sie hätten diese Entschlossenheit vor zwei Stunden an den Tag gelegt.«

»Ach, ich auch. Wirklich, ich auch. Den Romulanern hat es auch nicht gefallen, daß er allein kommen sollte. Aber jetzt, da Sie hier sind, ist es für mich einfacher, entschlossen aufzutreten.«

Ihr Büro war ein Wirrwarr von Trophäen: ein Kneipenschild hier, ein dekoratives Ei dort, und neben der Tür stand ein Schwein aus Terrakotta. Sie bot ihm einen Platz an, aber er schüttelte den Kopf, und sie verstand ihn sofort. Sie schwenkte die Hand über ein Teeservice, dessen Kanne aussah wie ein eiserner Ofen aus dem Jahr 1900, aber auch diesmal lehnte er ab, weil er sich vorgenommen hatte zu zeigen, daß er nur aus einem Grund gekommen war und die Sache hinter sich bringen wollte.

Schließlich zuckte Miss Fogelstein blinzelnd die Achseln, denn ihr fiel offenbar nichts ein, womit sie die Atmosphäre entspannen konnte. Dann drückte sie auf ihrem Schreibtisch einen Knopf. »Toby, lassen Sie Mr. Orland bitte den romulanischen Commander reinbringen.«

Es kam keine Antwort, aber Miss Fogelstein hielt dies wohl nicht für eigenartig. Sie rieb sich nervös die Hände, dann streckte sie sie erneut achselzuckend aus.

»Es tut mir alles leid«, sagte sie.

Normalerweise hätte Kirk nun gelächelt und ihr den Rücken gestärkt, aber dem widerstand er. Jemand, der eine Raumbasis leitete, die sich fernab aller Verkehrsrouten befand, mußte lernen, wie man mit unerwarteten Gefahren zurechtkam. Er hatte die Überreste mancher Außenposten gesehen, die nicht darauf vorbereitet gewesen waren, welche Haltung man einnahm oder welche Waffen man einsetzte, um in bestimmten Raumsektoren, die man zwar zu kennen glaubte, die sich aber letztlich doch als fremde Umgebung erwiesen, mit Lumpen fertig zu werden. Allem Anschein nach hatte Raumbasis 16 bisher Glück gehabt.

Dann öffnete sich eine andere Tür, und John Orland tauchte auf. Er zeigte eindeutig weniger Optimismus als beim letzten Mal.

In diesem Augenblick kehrten Kirks Reflexe zurück, und er richtete sich auf, spannte die Armmuskeln und holte Luft. Er wußte, daß seine Reaktion der eines kleinen Jungen entsprach, der sich anschickte, eine Straßenecke zu verteidigen, aber es kam irgendwie einfach so aus ihm heraus. Er wollte bewußt zwielichtig erscheinen. Er wollte, daß der Romulaner ihn nicht als ausgezeichneten Schiffsführer sah, sondern als schrägen Vogel, Taktierer, Manipulator, als menschlichen Fehdehandschuh.

Der Kommandant der Romulaner war so bärtig wie ein mittelalterlicher Ritter, wußte sich zu benehmen und trug unvertraute Kleidung – möglicherweise eine Uniform aus alten Zeiten: eine einfache blaue Jacke mit bernsteinfarbener Paspelierung und einer Schulterschärpe. Vielleicht war es aber auch nur romulanische Freizeitkleidung.

Die zwei Zivilisten traten beiseite. Die beiden Kommandanten gingen aufeinander zu und musterten sich mit festen Blicken. Sie tasteten nach Empfindlichkeiten, fanden aber verdammt wenig.

Jim Kirk blickte in das Gesicht seines romulanischen Gegenübers und ließ ein Gewitter aus Argwohn und anderen Dingen, die er nicht ganz definieren konnte, über sich ergehen.

»Captain Kirk«, sagte der Romulaner flüssig. Er hatte für einen Angehörigen seiner Spezies eine freundliche Stimme. »Ich habe schon von Ihnen gehört. Sie haben für einen Mann Ihres Alters bemerkenswert viel geleistet.«

»Hinter mir stehen auch jede Menge fähiger Leute, Commander«, sagte Kirk. »Was wollen Sie hier?«

Der Romulaner zuckte mit keiner Wimper, und genau darauf hatte Kirk gewartet. »Wir haben von dem tollen Rennen gehört. Wir verlangen eine Gelegenheit, daran teilzunehmen.«

»Sie *verlangen?*«

»Verzeihen Sie meine jämmerliche Wortwahl. Da ich nicht viel Übung in Ihrer Sprache habe, stelle ich mir gelegentlich selbst ein Bein. Mein Volk neigt dazu,

Grobheiten zuerst zu erlernen. Darf ich die Bitte äußern, daß man uns gestattet, an dem Rennen teilzunehmen?«

Kirk drehte leicht den Kopf, damit der Romulaner ihn auch mal im Profil sah. Dann öffnete er den Mund und fragte langsam: »Warum?«

Der Romulaner befeuchtete seine Lippen und gestattete sich – war es scheue Offenheit? – den Anflug eines Lächelns.

»Ich sehe, daß man Sie nicht leicht foppen kann, Captain. Macht es vielleicht einen besseren Eindruck, wenn ich gestehe, daß mein Hiersein vom Reich nicht sanktioniert ist?«

Kirks Blick bohrte sich in sein Gegenüber. »Sie sind aus eigenem Antrieb in den Machtbereich der Föderation eingedrungen? Sie riskieren ein Todesurteil durch Ihre Regierung, um an einem Rennen teilzunehmen?«

Er sah aus den Augenwinkeln, daß Orland und Miss Fogelstein gleichzeitig einen Schritt zurücktraten. Je weiter, desto besser, denn nun ging er auf den Romulaner zu.

»Ich frage Sie also noch einmal«, sagte er. »Warum?«

Der Romulaner lächelte reserviert. Es war eigentlich weniger ein Lächeln als eine Verengung der Lippen, eine Betonung der Wangenknochen.

»Für mich und andere meiner Art gibt es keine Herausforderung mehr«, sagte er. »Es gibt keine Fragen, keine Eroberungen, kein unbekanntes Territorium in unserem Machtbereich. Wir drehen uns nur um uns selbst, Captain. Wie Sie sehen, bin ich kein junger Soldat mehr, auf den noch Abenteuer warten. Aber ich sehne mich nach einer Herausforderung, nach einer Chance, mich mit einer… Legende zu messen.« Er machte eine bewußt teilnahmslose Geste in Kirks Richtung. »Ich möchte nur an dem Rennen teilnehmen. Vielleicht, um die Grenzen dessen, was die Föderation über uns denkt, zu überschreiten… damit ich weiß, daß ich die Galaxis – wenn auch nur um eine Kleinigkeit – verändert habe. Dies wäre die letzte Herausforderung meiner Laufbahn, und ich möchte, daß sie etwas anderes ist als… ein weiteres Sich-im-Kreise-Drehen.«

Kirk, einen Moment lang zwischen Mißtrauen und seinem Schwur gefangen, die Barrieren zwischen den Kulturen niederzureißen, spürte, daß die Dornen der Verweigerung ihn pieksten. Er wußte, was nun gerade seine Pflicht war. Er mußte ein Beispiel geben – über seinen Reflexen stehen, sogar über seinen Instinkten. Ritterlich sein. Freundlich sein. Der Antwort Zeit geben, sich zu zeigen.

»Ich glaube Ihre Geschichte zwar nicht«, sagte er, »aber im Augenblick genügt sie mir. Wenn Sie und Ihr Schiff sich den Anforderungen der Rennleitung gemäß qualifizieren und Ihr Schiff auf das Niveau der Starfleet-Schiffe reduziert wird, dürfen Sie in diesem Sektor bleiben.«

»*Dürfen?* Captain, das Rennen findet in einem Gebiet statt, das niemandem gehört. Sie können dort niemandem etwas vorschreiben.«

Kirk bedachte ihn mit einem Beinahe-Lächeln und fügte leicht großtuerisch hinzu: »Wollen wir wetten?«

Nun lachte der Romulaner leise. »Nein, ich möchte eigentlich lieber nicht mit Ihnen wetten.«

»Glauben Sie mir, Commander«, sagte Kirk in das Lachen hinein, »wenn ich Sie nicht da drüben im freien Raum haben will, haben Sie auch keine Zeit mehr, an einem Rennen teilzunehmen.«

»Verstanden«, sagte der Romulaner. »Ich entschuldige mich abermals.«

Zu schnell.

Viel zu schnell, viel zu sympathisch. Nun mußte die Flotte eine neue Aufstellung der Regeln vornehmen: Wie man mit einem Lächeln und leisen Worten umzugehen hatte, die unmöglich stimmen konnten.

»Melden Sie sich im Wartungsdock der Raumbasis zur technischen Modifizierung. Ihre Leute bleiben an Bord. Sie bleiben hier und tragen sich bei der Rennleitung ein. Ich möchte die technischen Daten Ihres Schiffes, Ihres Treibstoffs und die Kapazität Ihrer Waffensysteme kennen. Und auch den Schiffsnamen.«

»Ja«, sagte der Romulaner. »Sie werden die Informationen erhalten. Mein Schiff heißt *Rote Klaue.*«

Kirk schluckte eine höhnische Bemerkung über die bösartige Natur des Namens herunter. Bemerkungen dieser Art verdiente kein Schiffsführer, egal wie verheerend die Vergangenheit zwischen ihren Zivilisationen auch war.

»Und Sie heißen?« fragte er.

»Ach ja, natürlich«, sagte der Romulaner. »Mein Name ist Valdus.«

4

Auf dem romulanischen Kreuzer *Rote Klaue*

»Beantworten Sie ihre Fragen. Weichen Sie nicht aus. Antworten Sie kurz, aber freundlich. Die Menschen lassen sich von Freundlichkeit blenden. Ich bin in wenigen Minuten bei Ihnen.«

»Jawohl, Commander.«

Valdus stand allein vor dem Bildschirm, als der Zenturio hinausging, um den Vorschriften der Rennleitung Genüge zu tun: um den Menschen das zu sagen, was sie wissen mußten. Und keine Silbe mehr.

Er blickte, bis seine Augen schmerzten, auf das leuchtend weiße Föderationsschiff mit den starken Warp-Triebwerksgondeln und der strahlenden Frontsektion, die über ihm und der Raumbasis schwebte.

Bis jetzt war sein Vorhaben einfach gewesen. Vielleicht war es noch immer einfach, und das Wirbeln in seinen Eingeweiden kündigte keine Komplikation an, sondern stellte nur ein Echo auf den Blick des anderen Captains dar. Ein durchdringender Blick – als hätte sich irgendein Bohrer in ihn gesenkt.

Welch ein Mensch. Ein reines Feuer. James Kirk. Er hatte nicht bloß auf eine potentielle Bedrohung reagiert. Er hatte angestrengt nachgedacht, sich bemüht, wie der ihm gegenüberstehende feindliche Fremdling zu denken, sich in ihn hineinzuversetzen, um in Erfahrung zu bringen, wie sein Verstand funktionierte.

Valdus wußte, daß die Menschen nicht so weichherzig waren, wie die Gerüchte es behaupteten. Er wußte, daß sie stählernen Starrsinn zur Schau stellen konnten; nur so hatten sie das Reich in das Abseits gedrängt.

Und der junge Mensch dort drüben, dieser James Kirk, war von der gleichen Art wie jene, die dies vollbracht hatten.

»Gefährlich«, sagte Valdus leise.

»Commander?« fragte jemand hinter ihm.

Der Klang der Stimme seines Stellvertreters war Beruhigung und Herausforderung zugleich.

Als Valdus bemerkte, daß er zusammengesunken war, richtete sich auf. »Ja, Romar, ja.«

Er drehte sich um.

»Haben Sie mir etwas zu sagen?« fragte der Subcommander.

»Ja«, sagte Valdus. »Ich habe Hunger.«

»Sie haben immer Hunger, wenn Sie angespannt sind.«

»Ach, Sie haben mich falsch verstanden.«

»Vergessen Sie nicht, daß ich es bin, der Ihr Essen ordern muß.«

»Daran kann ich mich gar nicht erinnern.«

»Ich weise beim nächsten Mal darauf hin. – Unser Eindringen ins Föderationsgebiet ist nicht sanktioniert«, sagte Romar sehr leise, doch wegen der anderen auch beiläufig, als bespräche er das Menü für den Tisch der Offiziere. »Es bereitet mir Unbehagen, Commander. Wir haben keinen Befehl dazu.«

»Wir haben auch keinen gegenteiligen Befehl«, sagte Valdus.

Romar schüttelte den Kopf. »Bitte, lächeln Sie nicht«, sagte er seufzend. »Sie wissen doch, daß es mich irritiert, wenn Sie mich erheiternd finden.«

»Meine Handlungen haben uralte Beweggründe«, erwiderte Valdus leise. »Sie sind älter als Sie. Und so erheiternd sind Sie nun auch nicht.«

»Lassen Sie mich die Waffen aktivieren.«

»Ach, ja. Stoßen wir doch mal in feindliches Gebiet vor, legen uns mit Föderationsschiffen an, zu denen mindestens ein Starfleet-Schlachtschiff gehört, und aktivieren unsere Waffen, damit ihre Sensoren es bemerken. Wieso habe ich nicht selbst daran gedacht?«

»*Woran* haben Sie überhaupt gedacht?« sagte Romar stur, obwohl er noch immer leise sprach. »Sie haben mich in nichts eingeweiht.«

»Vielleicht tue ich es auch nie.«

»O doch! Sie behalten Geheimnisse nicht gern für sich. Sie lassen mich doch sonst nicht so herumraten.« Romar trat näher an Valdus heran und musterte ihn eingehend. »Sie wissen nicht genau, was Sie tun, nicht wahr? Sie sind hier, um etwas aufzudecken, nicht, um etwas zu tun, stimmt's?«

»Und ob ich etwas tun werde«, versicherte Valdus ihm. »Sobald ich mich entschieden habe, muß ich klare Taten vollbringen. Es ist nicht meine Vorstellung, Romar, sondern die der anderen. Ich wende die Methoden des anderen Mannes an, wann immer es möglich ist. Der Wettstreit ist die beste Möglichkeit, einen Schlachtkreuzer an diesen Planeten heranzubringen.«

Romar hielt inne und dachte eine Weile nach. »An den Planeten der Veranstalter? Warum wollen Sie ihm denn nahe sein?«

Als Valdus diese Worte hörte, lief es ihm kalt über den Rücken. In der Nähe eines solchen Planeten und seiner Bewohner zu sein... Sich, sein Schiff und die Mannschaft in die Nähe dieser Lebewesen zu bringen...

Ich war verwundet. Ich war durcheinander. Können Kräfte von außen einem Verstand alle Vernunft nehmen? Wie soll ich mir sicher sein, daß meine Erinnerung sich im Lauf der Jahre nicht vernebelt hat? Es gibt in der Galaxis viele humanoide Völker, die einander ähneln. Was habe ich gesehen? Weiß ich, wie ich diese Frage beantworten soll? Weiß ich in ein paar Stunden mehr?

Rings um ihn her gaben sich die Offiziere und das Brückenpersonal mit sinnlosen Tätigkeiten ab – bloß um nicht auf der Stelle zu treten und den Bildschirm anzustieren, der das Raumschiff zeigte. Aber auch um nicht zu oft ihren Kommandanten und dessen Stellvertreter ansehen zu müssen, die in der Ecke standen und irgend etwas über das Geheimnis ihrer Mission murmelten.

Valdus spürte ihre Spannung und das Schlagen all ihrer Herzen. Es kostete ihn seine gesamte innere Kraft, ihnen zu widerstehen.

Sie würden das gleiche spüren wie er, wenn er sich die Nachrichtensendungen aus der Föderation anschaute und das Volk der Rey erblickte. Wenigstens das meiste davon. Denn wie sollten sie wissen, daß ihm seine einzige große Ahnung in der Wildnis gekommen war? Waren die Rey wirklich das gleiche Volk, das vor all diesen Jahren das Schiffchen ausgeschickt hatte? War es möglich?

Wieso eigentlich *nicht?* Er würde ihre kleinen, runden, dunklen Augen nie vergessen. Wie deren Blick sich von Freundlichkeit in Angst verwandelt und ihn und seine Mannschaftskameraden vergiftet hatte.

Er hatte den Weltraum nach dem Ursprung des Schiffes abgesucht, ohne ihn je zu finden.

Nun hatte die Föderation ihn entdeckt. Doch da die Rennleitung ihm einen Bordgast verweigert hatte, konnte er sich der Sache nicht sicher sein.

Sicher ... Er mußte sichergehen.

»Können Erinnerungen lügen, Romar?« murmelte Valdus. Er konzentrierte sich wieder auf das vor ihnen schwebende Föderationsschiff. »Können Ängste schwären?«

Die schwache Brückenbeleuchtung warf Schatten über Romars rotbraunes Haar und seine hellbraunen Augen.

»Was für Fragen«, sagte Romar und runzelte besorgt die Stirn. »Welche Fragen stellen Sie sich?«

»Vielleicht sehe ich durch den Nebel der Angst eines jungen Raumfahrers ein dämonisches Bild«, gestand

Valdus. »Möglicherweise haben die Jahre in mir nur eine Wolke des Argwohns hinterlassen. Vielleicht irre ich mich ganz und gar, aber es treibt mich, es herauszukriegen. – Ich muß wissen«, fügte er hinzu, »ob dies das Volk ist, das vor vielen, vielen Jahren mein Schiff vernichtet und meine Kameraden ermordet hat.«

Romar musterte das Gesicht seines Vorgesetzten, das Echo der Jugend, das noch in den grauen Augen zu erkennen war, die so viele Feldzüge gesehen hatten; die Würde, in der Valdus gealtert war, was man nur an den silbernen Fäden in seinem dunklen Haar erkannte; an einer alten Narbe über der linken Schläfe und an einem gewissen Anflug von Müdigkeit, die von Zeit zu Zeit in seiner Stimme hörbar wurde.

Aber der Unterton in seiner Stimme – es war etwas, das Romar noch nie zuvor gehört hatte.

»Vielleicht sollten Sie mir die Geschichte erzählen«, sagte er. »Denn sollten Sie eigennützige Entscheidungen statt solcher treffen, die dem Reich dienlich sind …«

Valdus schenkte ihm einen spöttischen Blick. »Dann?«

Romar zuckte auf seine typische Weise, die irgendwie weniger heftig ausfiel als üblich, die Achseln. »Muß ich Sie aufhalten.«

»Und wenn Sie es versuchen, muß ich Sie umbringen.«

Die Worte waren niederschmetternd, aber keiner von ihnen war überrascht.

Romar nickte und lehnte seine Schulter an das Schott. »Dann werden wir einige spannende Tage erleben.«

Valdus reagierte kaum. Doch als er das Wort ergriff, war etwas in seinem Blick.

Etwas Gefährliches.

»Aber ja«, sagte er. »Falls wir sie erleben.«

5

Auf der Brücke der *Enterprise*

Romulaner. Ein irdisches Wort. Eine irdische Legende.

Als Jim Kirks Blick sich am Abbild des fremden Schiffes festsaugte, hätte das Wort ebenso auf den Bildschirm gemeißelt sein können. Wie konnte ein irdisches Wort nur so fremd klingen?

Er kehrte zur wissenschaftlichen Station zurück.

»Spock«, sagte er.

Eine schlanke, blauschwarz gekleidete Gestalt fuhr zu ihm herum. Ihre schwarzen Augen waren streng, doch jenen Dingen gegenüber tolerant, von denen Vulkanier angeblich nichts verstanden. Der persönliche Stil des Mannes überwand diese Stereotypen. Spock und die Seinen wurden oftmals als steif beschrieben.

Aber an ihm war überhaupt nichts Steifes.

»Abgesehen von einem vor sechs Jahren verstorbenen agrarpolitischen Gesandten von Daran V existieren keinerlei Unterlagen über jemanden namens Valdus«, sagte Spock. »Falls er je irgendwie über das romulanische Reich hinaus bekannt geworden sein sollte, ist es der Föderation entgangen.«

»Was bedeutet, daß er bei dem, was er macht, sehr schlecht ist«, sagte Kirk, »oder äußerst gut. Ist Ihnen aufgefallen, was er gesagt hat? Daß es seine eigene Idee war, an dem Rennen teilzunehmen?«

»Es gibt den Romulanern die Möglichkeit, ein plausibles Dementi abzugeben«, sagte Spock zustimmend.

»Ja. Er sagt, er sei auf eigene Faust tätig. Damit kann das Reich alles abstreiten, falls es zu Schwierigkeiten kommt. Für mich beweist es, daß wir mit Schwierigkeiten rechnen müssen. Morsen Sie McCoy an. Ich brauche den Bericht über unsere Gäste. Sind sie in ihrem Quartier?«

»Ich überwache ihre Bewegungen, Captain«, sagte Spock. »Allem Anschein kommen sie mit sehr wenig Schlaf aus. Sie haben seit ihrer Ankunft pausenlos das Schiff besichtigt, auch wenn das eher verdrießlich gewürdigt wurde.«

»Verdrießlich?«

»Ich gebe nur die Reaktion der Mannschaft wieder, Captain.«

»Ja, ich verstehe«, sagte Kirk. »Es gibt bestimmt auch so etwas wie zuviel Verehrung.«

Spock nickte, unterdrückte aber jede weitere Reaktion. Kirk nahm freilich den Anflug eines Lächelns zur Kenntnis.

»Sie haben uns reichlich bewundert«, sagte Spock.

»Grenzen Sie ihren Bewegungsradius ein. Halten Sie sie von den Antriebssystemen und jeglichem Computerzugriff oberhalb der Ebene vier fern. Ich traue ihnen noch nicht ganz. Nicht bei der derzeitigen Entwicklung.«

»Ich würde sie nur ungern als Spione charakterisieren, Captain«, sagte Spock. »Die Rey sind von ihren Eigenarten abgewichen: Der ganze Planet hat unsere Sprache gelernt. Sie haben sie sogar zu ihrer ersten Fremdsprache gemacht. Die Föderation hat es dokumentiert und akzeptiert es als echtes brüderliches Verhältnis. Es ist schwierig, einen ganzen Planeten zu überreden, Spionage zu betreiben. Der Grund ihres Interesses an einer Mitgliedschaft in der Föderation scheint wirklich die Weiterbildung und die Entwicklung der Fertigkeiten ihrer Kultur zu sein, damit sie einen Beitrag zur unserigen leisten können.«

»Das wird ein anderer sie lehren müssen.«

Seine unverblümte Aussage ließ Spock einen Augenblick schweigen. Er stand auf und stellte sich neben Kirk.

»Ich würde Sie hinsichtlich der Rey gern beruhigen, Captain. Oder hinsichtlich der Romulaner. Oder bezüglich dieses Raumsektors. Was die ersten beiden Punkte angeht…« Spock zuckte die Achseln. »Sofern es den dritten betrifft: Das Rennen war schon organisiert, bevor der Sektor abgesichert werden konnte. Das Ereignis als solches wird sich ebenso als Erkundungsfahrt wie als Wettkampf erweisen. Dies bringt natürlich die zusätzliche Möglichkeit von Havarien und Unfällen mit ins Spiel, ohne die Sicherheit markierter Fahrtrouten.«

Kirk schüttelte den Kopf. »Über die Teilnehmer mache ich mir keine Sorgen. Sie brauchen keine Kindermädchen. Ich hoffe bloß, daß kein Zuschauerschiff in einen Wirbel hineingerät. Über *sie* mache ich mir Sorgen.« Er warf erneut einen finsteren Blick auf den Bildschirm. »Außerdem haben sie Hunderte von potentiellen Geiseln an Bord.«

»Captain…«, setzte Spock an.

Dann war er plötzlich still, so daß Kirk sich umdrehen mußte, um zu erfahren, was der Wissenschaftsoffizier hatte sagen wollen.

»Ja, Spock?«

»Ich habe eine Liste zusätzlicher Rennteilnehmer empfangen, die uns die Rennleitung geschickt hat. Ein Schiff vertritt die Harrell Hullworks von Catula, Theta Pictoris; zwei stammen aus der Ersten Föderation, und eines fährt für die Firma Ardana-Export…«

»In Ordnung, in Ordnung«, schnitt Kirk ihm das Wort ab. »Überspielen Sie die Liste in mein Quartier. Ich schaue sie mir später an.«

»Jawohl, Sir.«

Trotzdem wandte Spock sich nicht ab.

»Ich möchte Sie an etwas erinnern, Captain«, sagte er.

»Na schön«, sagte Kirk. »Legen Sie los.«

»Solange wir hier sind, sollten Sie nicht vergessen… daß das Rennen Ihnen Vergnügen bereiten soll.«

Kirk spürte, daß sich seine Schultermuskulatur und sein Magen leicht entspannten.

»Ja, gewiß, danke, Spock«, sagte er. Er bemerkte plötzlich, daß ihm das Atmen etwas leichter fiel. Vielleicht war ja *doch* alles in Ordnung. Vielleicht ging es wirklich nur um die Neugier eines romulanischen Schiffsführers. Worum es auch ging, der einzige Vorteil, den die Romulaner hatten, war ihr Geheimnis. Die Ingenieure der Raumbasis würden ihr Schiff energiemäßig auf das gleiche Niveau bringen wie die Schiffe der Flotte.

»Wir werden ja sehen«, murmelte er.

Spock blinzelte. »Sir?«

»Nichts, Spock, nichts. Ich habe mich nur gefragt, ob es … Ich schätze, das Wort heißt *gesund* … ist, an manchen Rennen teilzunehmen.«

Aus dem Hintergrund unterbrach ihn eine willkommene Stimme. »Und das von einem Mann, für den Paprika in Tabasco Salat ist.«

Sie drehten sich beide um und sahen, daß McCoy eingetreten war und nun zwischen ihnen am Kommandosessel stand.

»Hallo, Pille«, sagte Kirk. Er spürte, daß ein Grinsen an seinen Mundwinkeln zerrte. »Hast du mir was über die Rey mitzuteilen?«

»Mehr oder weniger«, sagte McCoy. »Ich habe mich mit ihnen unterhalten. Ich habe sie mir angeschaut. Ich habe sie gebeten, mich im Lazarett zu besuchen, und sie dazu gebracht, unsere Diagnosebetten auszuprobieren …«

»… die dich mit medizinischen Daten versorgt haben«, sagte Kirk eilig. »Und was hast du herausgefunden?«

»Sie haben sich tausendmal bedankt. Sie können gar nicht oft genug sagen, wie sehr sie sich freuen, Kontakt zu anderen Lebewesen zu haben. Sie haben sich offenbar *sehr* danach gesehnt. Sie sind sehr gesellig, und die

Vorstellung, die einzigen intelligenten Wesen in der Galaxis zu sein, hat es ihnen kalt den Rücken runterlaufen lassen.«

»Das kann ich verstehen«, meinte Kirk.

Spock nickte. »Anfang des 21. Jahrhunderts hat die Erde das gleiche durchgemacht.«

»Und hast du aus deinen Beobachtungen irgendwelche Schlüsse gezogen?« fragte Kirk.

»Ich würde sagen, sie sind keine Raubtiere«, erwiderte McCoy. »Sie sind überhaupt nicht für die Jagd geschaffen. Sie sind Läufer, durch die Bank schlank, und haben hohe metabolische Werte. Sie stehen auf Gemüse – sie haben sich fortwährend nach der Kombüse erkundigt, und dorthin habe ich sie auch geschickt. Sie kochen gern. Sie haben stumpfe Zähne, ein gutes Gehör, gute Augen, einen starken Geruchssinn, sind geistreich, schnell, können sich gut verstecken ...«

»Kannst du mal zur Sache kommen?«

McCoy zuckte die Achseln.

»Ich würde sagen, sie sind Antilopen«, sagte er.

Kirk und Spock tauschten einen Blick, und der Captain zog Trost aus der Tatsache, daß auch Spock dies offenbar nicht verstand.

»Erklär mal«, drängte Kirk.

McCoy breitete die Hände aus, als müsse es ihnen inzwischen längst klar geworden sein.

»Sie waren nie Jäger oder Angreifer, waren immer Sammler und haben nie Fleisch verzehrt. Sie kommen von einem Planeten, auf dem die Fleischfresser die reinsten Mistviecher waren und sich die Intelligenz auf den Sekundärebenen der Evolution entwickelt hat – der der großen Beutetiere. Sie haben schließlich die Herrschaft über den Planeten errungen und die Raubtiere durch wissenschaftliche Methoden kontrolliert. Aber sie sind ganz schön reizbar und nervös. Sie schlafen nicht viel. Sie wandern ständig im Schiff umher, als hätten sie Angst, sie könnten irgend etwas verpassen.

Im Vergleich mit der irdischen Norm verlief die Entwicklung der Rey sehr langsam. Sie haben Jahrhunderte gebraucht, um ein Warp-Triebwerk zu bauen, aber es ist ihnen nie gelungen, schneller als Warp fünf zu fliegen. Und dann haben sie es einfach … aufgegeben. Sie sind sehr scheu und neigen dazu, die Dinge schnell aufzugeben, wenn sie ihnen unbehaglich werden.«

»Bequemlichkeit erzeugt keine starke Seele, Pille«, merkte Kirk an. »Wenn sie nie Raubtiere waren, brauchten sie auch nie stark zu sein. Deswegen ist die Menschheit in den Weltraum gegangen. Weil es schwierig und unbehaglich ist und den Charakter formt.«

»Die Starken überleben? Vielleicht«, sagte McCoy mißbilligend. »Ich würde lieber sagen, daß dieses Volk sich viel mehr für den Charakter anderer als für den eigenen interessiert. Als sie auf ihren letzten Ruf eine Antwort erhielten und Captain Dodge mit der *Hood* zu ihnen kam … Als sie erkannten, daß es draußen nicht nur Leben gab, sondern daß es fast so aussah wie sie … Tja, zum Henker, da sind sie fast zusammengebrochen und haben sich auf dem ganzen Planeten eins geheult. Plötzlich stand ihnen die Galaxis offen, und sie wollten um keinen Preis etwas davon verpassen. Seither sind sie wie besessen von der Menschheit. Es ist eine Art Hobby für sie, Leben zu finden, das ihnen gleicht, das stark und energisch handelt, Entscheidungen trifft und zum Teilen bereit ist. In ihren Augen sind wir einfach … klasse.«

Kirk schüttelte den Kopf, dann grinste er.

»Ja, sicher sind wir klasse. Auch wenn dein Bericht nicht gerade zu den hilfreichsten zählt.«

»Tja, Jim, sehen wir es so: Du hast die Chance, deinen Napoleon-Anzug anzuziehen, und kannst anfangen, Befehle zu geben, weil du diesmal ein Publikum hast. Die Rey sind zwar verzagt und irgendwie gespenstisch, aber sie freuen sich mordsmäßig, bei uns zu sein.«

»*Gespenstisch* ist kein anschaulicher Begriff, Doktor«, wandte Spock ein.

»Nur, wenn man nicht weiß, was Halloween ist, alter Knabe«, gab McCoy zurück.

»Captain«, sagte Uhura aus dem Hintergrund. »Rennleiter Orland funkt uns von der Raumbasis an.«

»Keine Minute hat man Ruhe«, sagte Kirk. »Tonübertragung genügt, Lieutenant.«

»Übertragung steht, Sir.«

»Captain Kirk? Sind Sie da?«

»Durchaus, Mr. Orland.«

»Es sieht so aus, als hätten wir alles mit ... *ihnen* klargemacht.«

»Freut mich, Mr. Orland. Solange *sie* nicht irgendwelche Zwischenfälle verursachen.«

»Nun, sie haben zugestimmt, an dem Rennen ohne irgendwelche Komiteeangehörigen oder Besucher an Bord teilzunehmen. Wir haben ihnen ganz einfach gesagt, daß wir außer ihren Leuten keine anderen auf ihrem Schiff haben wollen.«

»Das wollte ich auch vorschlagen«, sagte Kirk. »Schön, daß Sie selbst daran gedacht haben.«

»Finde ich auch. Sie haben uns ihr Schiff in die Wartungsanlage bringen lassen. In etwa sechs Stunden haben wir ihre Energie reduziert. Bis dahin müßten auch die anderen Teilnehmer eingetroffen sein. Dann können wir das Sonnensystem verlassen und die Plätze an der Startlinie einnehmen. Alle sind wild darauf, daß das Rennen endlich anfängt. Wir feuern die Startkanone also um 9.00 Uhr Basis-Standardzeit ab. Geht das in Ordnung?«

»Ich bin auch nur als Teilnehmer hier, Mr. Orland«, erwiderte Kirk. »Sie brauchen sich nicht mit mir abzustimmen.«

»Tja, ich dachte nur ... Sie wissen ja.«

»Ich verstehe. Wollen wir hoffen, daß meine Aufgabe bezüglich … Sie wissen schon … erledigt ist.«

»Ich hoffe es auch. Noch mal vielen Dank, Captain. Wir fangen jetzt an, die Kanone zu polieren!«

»Fein, fein. – Kirk, Ende.«

Er wies Uhura mit einem Wink an, sie solle die Verbindung trennen, und sah aus den Augenwinkeln, daß sie seinem Befehl mit geschickter Hand Folge leistete. Dann spürte er, daß Spocks Blick erneut auf ihm ruhte.

»Wirklich nett«, brummte er, so daß nur Spock ihn hören konnte. »Wollen wir hoffen, daß wir nicht anfangen müssen, unsere Phaser zu polieren.«

Das Starterfeld war wirklich ein erhebender Anblick. Dutzende von wunderschönen Schiffen – neue, alte, einfache, aufgemotzte und auch ein halbes Dutzend häßliche – standen, die Breitseite einander zugewandt, da und warteten darauf, daß ihre Sensoren den Startschuß empfingen.

Mittendrin befanden sich auch die Starfleet-Teilnehmer. Zwei große Raumschiffe und eine Fregatte. Die *Hood,* die *Intrepid* und die *Great Lakes* – große, schöne, weiße Schiffe – leuchteten in der Reihe der Handelskreuzer und Privatjachten.

Alle hatten sich in Schale geworfen, waren beleuchtet, hatten alle Lampen und Außenscheinwerfer aktiviert. Die Rümpfe funkelten; überall waren Flaggen und Stander befestigt. Es war eine Glitzerschau.

All dies wäre sehr anregend gewesen, wenn nicht die dominierende Präsenz des romulanischen Schlachtkreuzers gewesen wäre. Er schwebte als dritter in der Reihe und ließ die meisten ihn umgebenden Schiffe wie Zwerge erschienen.

Abgesehen von den Starfleet-Einheiten war die *Rote Klaue* das größte teilnehmende Schiff.

Jim Kirk freute sich plötzlich, daß die Flotte die Einladung zum Großen Raumschiffrennen angenommen hatte.

»Schiff zu Schiff«, befahl er. »Flottenkode drei, Lieutenant. Verständigung so gut wie möglich abschirmen. Nur an die Schiffe der Flotte.«

»Kode drei, Sir«, bestätigte Uhura, doch sie brauchte ein paar Augenblicke, um seinen Befehl auszuführen. »Captain T'Noy, Captain Tahl und Captain Dodge sind bereit.«

»Auf den Bildschirm legen.«

»Aye, Sir. Schirme sieben, acht und neun.«

Kirk stand auf. Als er sich den kleinen Bildschirmen auf dem erhöhten Teil der Brücke zwischen der wissenschaftlichen und der Funkstation zugewandt hatte, blickten ihm drei Gesichter von den Brücken der anderen Schiffe entgegen.

»Meine Dame, meine Herren...«, begrüßte er sie. Spock trat an seine Seite.

»Hallo, Jim«, sagte Ken Dodge ziemlich aufgekratzt.

»Captain Kirk«, sagte die entspannt wirkende Vulkanierin mit glitzernden Augen. Hinter ihr schaute die vulkanische Brückenmannschaft mit geübter Leidenschaftslosigkeit zu.

Hans Tahl lächelte nur und nickte, da die anderen ihm zuvorgekommen waren. Er war ein hellblonder, sehr freundlicher Mann, der immer so aussah, als müsse er gleich niesen.

Dodge war im Gegensatz zu ihm ein schwarzhaariger Ex-Soldat. Er hatte auch ohne Akademieausbildung sehr schnell Karriere gemacht und war nicht leicht zu überraschen.

»Jim«, sagte er, »willst du uns jetzt, wo wir hier sind, wirklich das Rennen vermiesen?«

»Ich wollte dich eigentlich das gleiche fragen«, sagte Kirk.

»Na, hör mal! Wann hast du mich denn mal bei irgendwas geschlagen?«

»Muß ich dich wirklich an den Sommer vor, hm, acht Jahren erinnern?«

»Ach, da hattest du nur Glück!«

»Aber ich habe gewonnen.«

»Ja, aber nur, weil du das Glück der Doofen hattest!«

»Gewonnen hab ich aber trotzdem.«

Dodge grinste breit und hielt inne, damit seine Leute ihn auslachen konnten. »Zugegeben.«

Kirk erkannte, daß die Leute ihren Grips mehr einsetzten, als unter gewöhnlichen Umständen nötig gewesen wäre – denn die Umstände hatten sich durch die Ankunft eines gewissen Schiffes und seiner Mannschaft verändert.

»Wenn ihr drei die Ziellinie erreicht, hab ich für euch den Kaffee fertig«, sagte Tahl an Bord der schwerbewaffneten Starfleet-Fregatte.

Kirk lächelte. »Wer sagt denn, daß du in deinem alten Eimer als erster da bist?«

»He, ich hab 'ne Fregatte, Jungs! Ich hab keine Laborfritzen und Wissenschaftstruppen an Bord, die mir nur ein Klotz am Bein wären, und wir können mit Volldampf fahren! Du hättest mal einen von diesen Kähnen kommandieren sollen, Jim. Du hättest einen tollen Fregattier abgegeben!«

Kirk grinste listig. »Und wovon würdest du dann leben?«

»Ich würde in *deinem* Kahn rumlungern, was denn sonst?«

Kirk hörte etwas links von sich und erkannte, daß Scott sich auf dem erhöhten Teil der Brücke bewegte. Der Ingenieur stand am Geländer. Sie musterten zusammen das straff gebaute, energiegeladene Flottenschiff vor dem Bug.

»Gott, wie ich Fregatten liebe«, sagte Scott. Dann zwinkerte er und fügte hinzu: »Aber sagen Sie ihm bloß nichts davon.«

»Zu spät«, sagte Tahl. »Ich hab's gehört. Jetzt gehören Sie mir, Scotty.«

Scott lächelte, und Kirk lachte leise. Spock hob irritiert die Brauen, sagte aber nichts.

»Du bist schon versenkt, Jim«, krähte Tahl. »Das Rennen hab ich schon gewonnen. Schließlich gewinnen die, die bei den Damen immer Glück haben, nie ein Rennen. Weil sie sich so leicht ablenken lassen.«

»Ich nehme es als Kompliment.«

»Es stünde dir gut an«, sagte Dodge lachend. »Du kannst nämlich nicht gewinnen. Das kriegst du diesmal nicht hin.«

»Na schön«, sagte Kirk gedehnt. »Das zum Thema würdiges Verhalten von Schiffskommandanten. Ich bin froh, daß uns niemand abhören kann.«

»Du meinst, du kannst von Glück reden, daß uns niemand abhören kann. Wenn ich an die… Veränderungen des letzten halben Tages denke, bin ich froh, daß du hier bist.«

»Ja«, sagte Kirk. »Nach dem Startschuß ist die Verwendung der Flottenfrequenz ein Grund zur Disqualifikation. Ich wollte jedoch noch ein Wort über die erwähnten Veränderungen loswerden.«

»Verständlich«, sagte T'Noy.

Tahl nickte. Dodge verdrehte die Augen.

»Ich schätze«, sagte Kirk, »es sollte uns nicht überraschen, wenn jemand den Vorteil eines öffentlichen Ereignisses wie diesem in einem offenen Sektor auszunutzen versucht.«

»*Ich* bin überrascht«, sagte Tahl. »Sonst etwa keiner?«

Kirk schnippte ernst mit den Fingern. »Hoffen wir nur, daß die anderen Teilnehmer von den Einzelheiten des Rennens genug abgelenkt werden. So können wir den Frieden wahrscheinlich aufrechterhalten. Aber wenn es zu Schwierigkeiten kommt, sind wir diejenigen, von denen man erwartet, daß sie damit fertig werden. Ich schlage vor, daß wir die Augen offenhalten und die Flottenfrequenz auf Bereitschaft schalten.«

»Einverstanden«, sagte Dodge.

Tahl verschränkte frech die Arme vor der Brust. »Wenn's denn sein muß, müssen wir eben mit Muskelkraft für den Erhalt des Friedens sorgen. Zum Henker, schließlich hab ich 'ne Fregatte!«

Dodges Erster Offizier lehnte sich ins Bild und sagte: »Was für 'ne Krawatte?«

Jim Kirk lachte leise und kratzte sich am Ohr. Er und Dodge wechselten einen Blick.

Tahl wollte gerade antworten, als sich die Vulkanierin auf dem dritten Bildschirm meldete.

»Außerdem sollten wir darauf vorbereitet sein, daß es zwischen den anderen Schiffen zu Spannungen kommt«, sagte sie. »Ihre Kommandanten und Mannschaften sind nicht dazu ausgebildet, mit potentiellen Feinden umzugehen. Es könnte sein, daß sie bestimmte Bewegungen falsch interpretieren und voreilig handeln. Offenbar sind sich alle des romulanischen Schiffes bewußt. Man hat schon manche Besorgnis geäußert.«

»Ich habe heute morgen ein Kommuniqué an alle gesandt«, informierte Kirk sie. »Ich habe die Lage erläutert und Bescheid gegeben, daß wir sie beherrschen. Ich hoffe, daß wir damit allen Provokationen zuvorkommen.«

»Sehr gut«, sage T'Noy. Sie wirkte zufrieden.

»Ich hab es gerade erhalten«, bestätigte Tahl. »Es wird die anderen Teilnehmer wahrscheinlich davon abhalten, irgendwelche Aktionen einzuleiten, solange man ihnen nicht auf den Pelz rückt. Sehr gut formuliert, Jim.«

»Konnte kaum anders.« Kirk deutete mit dem Kopf nach hinten. »Spock hat es aufgesetzt.«

»Mr. Spock«, sagte Tahl, »wie schön, Sie mal wieder zu sehen.«

»Freut mich ebenfalls, Captain«, sagte Spock bescheiden.

»Es ist ein beruhigender Anblick, wenn Sie neben dem Typ da stehen. Jetzt wissen wir wenigstens, daß jemand mit Selbstbeherrschung an Bord ist.«

Spock nickte, aber nur einmal. Es schien ihm nicht zu behagen, auf Kosten seines Captains gelobt zu werden.

»Vielleicht können wir uns mal treffen, wenn alles hinter uns liegt«, fügte Tahl hinzu.

»Wäre uns eine Freude, Sir«, sagte Spock. »Dann haben wir auch den Kaffee fertig.«

9.00 Uhr, Raumbasis-Standardzeit

»Teilnehmer, Achtung! Hier spricht John Orland von der Rennleitung! Bereiten Sie sich darauf vor, die Frequenz für das erste Funkfeuer der Rennstrecke in Empfang zu nehmen. Wenn Sie es erreicht haben – das heißt, falls Sie dort ankommen –, erhalten Sie die nächste Frequenz, und so weiter. Die Zuschauerschiffe werden bereits vor Gullrey sein, wenn Sie die Komiteemarkierung der Ziellinie sehen. Ich werde ebenfalls dort sein. Viel Glück euch allen. Nehmen Sie nun die navigationstechnischen Daten der Raumbasis entgegen.«

»Lieutenant Uhura«, sagte Kirk, als er in seinem Sessel Platz nahm, »bringen Sie's bitte auf den Hauptschirm.«

»Bereit, Sir.«

»Mr. Spock …«

Der Turbolift unterbrach ihn mit seinem heiseren Rauschen. Der Captain wandte sich um, sah Tom und Royenne auf die Brücke kommen. Ihre großen braunen Augen blickten aufgeregt umher. Sie traten auf die Erhöhung, als bräche die Brücke unter ihnen zusammen, wenn sie sich zu schnell bewegten oder zu fest aufträten.

Tom blinzelte mit seinen fohlenähnlichen Augen und richtete den Blick schließlich auf Kirk.

»Captain!« sagte er, als hätte er nicht damit gerechnet, Kirk hier zu sehen. »Dürfen wir zuschauen? Haben Sie etwas dagegen, wenn wir hierbleiben?«

»Nein, ich glaube nicht«, sagte Kirk. Er stieß einen Seufzer aus, der seinen Schultern leichte Entspannung bescherte. »Wo ist Ihr dritter Mann?«

»Er will vom VIP-Salon aus zuschauen«, sagte Royenne. »Er war noch beim Essen. Er ist Koch von Beruf, und Ihr Schiffskoch hat ihm verraten, wie man eine ganze Mannschaft verpflegt ...«

»In Ordnung ... Tja, dann suchen Sie sich mal einen bequemen Platz und ...«

»... und stehen Sie nicht im Weg rum«, sagte Tom mit einem breiten Lächeln. Seine Augen strahlten wie sechs Lampen zugleich. »Wir verstehen schon.«

Obwohl Kirk es eigentlich gar nicht wollte, spürte er, daß ihn ein Gefühl der Erregung ergriff. Plötzlich war er um mehrere Grade eifriger und stolzer als kurz zuvor. »Mr. Spock, schalten Sie die Betrachter und Sichtschirme auf dem gesamten Schiff ein.«

Spock drückte nur einen Knopf, und plötzlich sahen die Brückenmannschaft und alle, die auf den tieferen Decks nach oben schauten, die sie umgebende Raumschiff-Armada: Die Teilnehmer des Rennens schwebten vor, hinter und neben ihnen, und alle warteten gespannt darauf, daß das Ereignis seinen Anfang nahm. Es war, als bestünde die gesamte Brücke aus Fenstern.

Was Spock auch getan hatte, er hatte es richtig gemacht, und das alles für Menschen, die nicht geahnt hatten, daß er eine so poetische Bühnenregie bewerkstelligen konnte. Die von den Monitoren gezeigten Bilder gingen ineinander über und präsentierten die Regatta so, als fände sie genau vor ihnen statt. Die anlaufenden Triebwerke Dutzender Schiffe, die sich auf die Lichtgeschwindigkeit vorbereiteten, erzeugten an der Startlinie ein fluoreszierendes Leuchten.

Lieutenant Uhura begann zu applaudieren, und

nachdem die anderen kurz darüber nachgedacht hatten, daß sie möglicherweise gegen eine Vorschrift verstießen, wenn sie wie im Kino klatschten, fiel auch der Rest der Brückenmannschaft ein und lächelte Spock zu. Die beiden Rey klatschten lauter als Kinder im Zirkus.

»Ach, wie hübsch«, murmelte Kirk. Er blickte von rechts nach links und nach vorn, wo er die Hecks des Privatschiffes *Gavelan Star*, der *Hood* und der anderen sah, die vor ihnen in Position gegangen waren.

»Danke«, sagte Spock.

Als der Applaus verebbte, nickte er. Dann gestattete er sich einige Sekunden, um die Schönheit der Schiffe zu bewundern. Es waren Dutzende, die sich unter anderen Umständen nicht zu dieser Zeit hier versammelt hätten.

»Eingehende Subraum-Daten, Captain«, sagte Uhura. »Lege sie auf den Bildschirm.«

»Übermitteln Sie sie an Mr. Spock.«

»Aye, Sir.«

Spock beugte sich über einen kleinen Bildbetrachter, und eine sanfte blaue Lichtmaske legte sich auf seine Stirn.

Auf dem Frontbildschirm tauchte das Bild einer kleinen kupfernen Kanone auf, die etwa die Größe einer Wasserkaraffe hatte. Hinter ihr befand sich ein einfacher Vorhang aus rotem Samt.

Eine Stimme kam über die Audioanlage.

»Fertig ...«

»Empfange Richtungsdaten, Captain«, sagte Spock.

»Einstellen auf ... Frequenz eins neun sechs ...«

Eine Menschenhand näherte sich der kleinen Kupferkanone auf dem Schirm und aktivierte sie.

Das Kanönchen feuerte eine schwarze Rauchwolke ab und ballerte viel lauter los, als man erwartet hatte.

Es warf ein Echo, das Kirks Ohren weh tat.

»Los!«

6

»Warpfaktor zwei, Mr. Sulu. Das Rennen beginnt!«

»Aye, Sir. Warp zwei.«

In ihrer Umgebung jagten Schiffe aller Typen von ihren Plätzen. Sie glitzerten in einem formlosen Tanz vor dem Hintergrund der Sterne, die wie von innen erleuchtete Laternen wirkten.

Einige Schiffe rasten mit Warp drei oder vier davon, weil ihre Kommandanten sicher waren, daß ihr Kurs stimmte. Sie waren bereit, das Risiko einzugehen, in den Tiefen der Nacht eine Verzerrung zu jagen. Andere zuckelten mit Warp eins oder zwei los, weil sie glaubten, sie könnten das Funkfeuer bei niedriger Geschwindigkeit besser ›hören‹. Sie nahmen das Risiko auf sich zurückzubleiben.

Jim Kirk setzte auf beide Risiken. Manövergeschwindigkeit, Sensorenflexibilität. Dies schloß natürlich mit ein, daß er sich verfranzen *und* zurückbleiben konnte.

Gleich darauf blitzte die *Gavelan Star* auf und ging in den Warpflug. Dann die *Hood* und die Fregatte *Great Lakes*.

»Sieht so aus, als würde Ben Shamirian glauben, er hätte etwas gefunden«, meinte Kirk. »Dodge und Tahl sind ihm dicht auf den Fersen. Ah, wie gern ich so was sehe ... Unsere Leute jagen Privatjachten hinterher. Ich schaue lieber gar nicht hin.«

»Mehrere Zuschauerkreuzer ziehen sich allmählich von der Raumbasis zurück, Sir«, meldete Spock.

Der Captain nickte. »Wenn die Siegesfeier und die Preisverleihung stattfinden, werden sie wieder da sein.« Er trat schweigend auf die Brückenerhöhung. Kirk und der Erste Offizier standen so dicht beieinander, daß sie sich fast in der Nische der wissenschaftlichen Station berührten, aber sie suchten nicht nach dem Funkfeuer der Rennstrecke. Noch nicht.

»Verfolgen die Romulaner das Funkfeuer?« fragte Kirk mit leiser Stimme. »Folgen sie der Rennstrecke?«

»Es sieht so aus«, erwiderte Spock, aber er klang unsicher. Er packte den Bildbetrachter mit beiden Händen und schaute in das über sein Gesicht spielende blaue Licht hinein. »Das Funkfeuer vereitelt jeden Versuch einer trigonometrischen Messung. Ich glaube, es sendet in Abständen ein Signal aus. Wenn wir ihm näher sind, müssen wir wahrscheinlich noch mehr mit der Geschwindigkeit heruntergehen, wenn wir es genau orten wollen.«

Kirk deutete an, er solle noch einen Blick auf den Monitor werfen. »Sieht so aus, als gäbe es da irgendwelche Interferenzen. Die Rennleitung hat die Verzwicktheit dieser Situation wohl heruntergespielt.«

»Wie lange soll das Rennen eigentlich dauern, Captain?« fragte Chekov.

Kirk richtete sich so schnell auf, daß sich seine Halsmuskeln verkrampften. Er ignorierte den Knoten. »Bis es zu Ende ist, Fähnrich. Rennen sind nun mal so. Irgend jemand wird als erster über die Ziellinie gehen, dann der zweite, dann der dritte, dann der Rest der Meute. Dann wird man sich um die Nachzügler und jene kümmern, die sich verfranzt haben, und die Rennleitung wird das Ende erklären.«

Er hörte kaum seine eigene Stimme. Warum war er so nervös? Es war doch alles in Ordnung.

Es war alles in Ordnung. Alles in Ordnung ...

Auf dem Backbordbildschirm, achtern vom Brückenzentrum, knapp oberhalb der Ingenieursstation – wo Mr. Scott gestanden hätte, wenn er nicht im Maschinenraum gewesen wäre, um sich zu beschweren, daß Rennen für Raumschiffe, die ernsthaften Geschäften nachgingen, reine Zeitverschwendung waren –, zeigte sich ein Sensorbild der Teilnehmer *Irimlo Si, Ransom Castle* und *Blackjacket.*

Und hinter ihnen, kaum mehr als eine Zitronenscheibe in der Nacht, befand sich das einzige Schiff, das ihn mehr interessierte als sein eigenes.

Kirk wandte sich von den Rey und der Mannschaft ab und beugte sich zu Spock hinüber, ohne ihn anzusehen.

»Sie benutzen das Rennen nur als Tarnung«, sagte er. »Warum sollten sie sonst in einen Sektor kommen, in dem sich alle anderen nur wegen eines öffentlichen Ereignisses aufhalten?«

»Wir sind nicht auf Patrouille, Sir«, erwiderte Spock.

Kirk sondierte seine innersten Gedanken; seine Bedürfnisse und Instinkte, die ihm sagten, er solle das Schiff verfolgen und es nicht einfach wegfliegen lassen, ob es nun zu ihren Aufgaben gehörte oder nicht.

»Nein«, sagte er schließlich. Er schaute Spock auf eine Weise an, die beide verstanden. »Nehmen Sie Kurs auf das Funkfeuer. Beteiligen wir uns am Rennen. Aber behalten Sie das Schiff im Auge.«

»Jawohl, Sir.«

Kirk ging hinab und nahm im Kommandosessel Platz. Er kam ihm besonders bequem vor, die Sitzfläche und die Rückenlehne schmiegten sich kühl an seine Kleider, und die Polsterung paßte sich der Form der Oberschenkel und des Rückens an.

Der Romulaner tat nichts Ungehöriges. Das Rennen hatte ohne Fehlstart begonnen, der Sitz fühlte sich gut an ... Er wehrte sich gegen den nagenden Zweifel im Hintergrund seines Verstandes, und doch wußte er, daß er ein Signal war.

Er wollte gerade etwas sagen, um die Stille zu beenden, als er von hinten angesprochen wurde.

»Verzeihung ...«

Tom blickte auf den Frontbildschirm. Sein helles Haar fiel auf den Kragen des absurden Holzfällerhemdes, und Kirk registrierte zum ersten Mal, daß der andere – Royenne – nun eine Freizeituniform der Flotte trug. Das olivgrüne Hemd flatterte irgendwie lose um seinen mageren Brustkorb, und die Ärmel wirkten an seinen schlaksigen Armen etwas kurz, aber er schien ziemlich glücklich zu sein.

Die beiden wirkten ebenso hocherfreut wie fehl am Platze.

»Ja?« sagte Kirk.

»Ach!« Tom mußte sich mit Gewalt vom Panorama der Schiffe losreißen, die ihre Geschwindigkeit hielten, an ihnen vorbeizischten oder nach rechts und links ausscherten. Er schaute Royenne an und deutete nach vorn, sagte aber nichts.

»Frag schon«, sagte Royenne.

Tom nickte. »Können Sie nicht einfach Ihrem Computer befehlen, das richtige Funkfeuer zu lokalisieren?«

Spock richtete sich auf und bewegte leicht seine Schultern. »Neunundneunzigkommaneunneunneun Prozent aller strahlenden Objekte in der Galaxis haben einen natürlichen Ursprung«, sagte er. »Computer können zwischen natürlicher und künstlicher Strahlung nicht unterscheiden.«

»Diese Aufgabe fällt uns zu«, fügte Kirk stolz an. »Aus diesem Grund können Robotschiffe auch nur begrenzt eingesetzt werden.«

»Wenn wir dem Computer befehlen, die Funkfeuer zu finden, fängt er an zu sabbern«, murmelte Sulu grinsend.

Royenne holte tief Luft und fiel in das Gelächter der Mannschaft ein. »Die Antworten, die Sie geben, gefallen mir sehr!«

Kirk grinste. »Hat es Ihnen Spaß gemacht, das Schiff zu erkunden?« fragte er dann.

Tom erstickte beinahe bei dem Versuch, als erster zu antworten. »O ja! Es ist so gewaltig!«

»Und so *aufgeräumt*«, fügte Royenne hinzu.

Alle lächelten. Abgesehen von Spock. Spock lächelte nur *fast*. Seine Augen zeigten freilich Erheiterung.

Kirk wollte gerade einen Witz darüber reißen, als Spock auf seine Konsole schaute und sich zu Wort meldete. »Wir werden von dem Privatschiff *Zauberwald* überholt, Captain. Captain Ames blinkt uns mit den Warnlichtern an.«

»Blinken Sie zurück. Dann erhöhen wir das Tempo auf Warp drei.« Das Grollen in Kirks Stimme verriet spielerische Hochstimmung. Außerdem hatte er nichts dagegen, auch mal ein bißchen anzugeben.

Als die *Enterprise* in eine höhere Ebene der Überlichtgeschwindigkeit wechselte, hielten einen Moment lang alle den Atem an.

Es war ein wunderschöner Klang, ein herrliches Gefühl, von solchen Energien umgeben zu sein.

Kurz bevor das Gefühl verebbte, kappte Kirk es mit den Worten: »Ein Netz auf das Funkfeuer, Chekov.«

»Schon dabei, Sir.«

»Die *Stolz von Baltimore* nähert sich steuerbord, Sir«, sagte Spock. »Sie wird backbord von der *Cynthia Blaine* flankiert. Das Hospitalschiff *Meines Bruders Hüter* fällt leicht hinter uns zurück – ebenso die andorianischen Teilnehmer und das Museumsschiff *Thomas Jefferson*. Die Romulaner schwenken in einiger Entfernung von uns nach backbord.«

»Sie machen keine unerwarteten Bewegungen?«

»Nicht im geringsten. Plötzliche Zunahme der Geschwindigkeit, Sir; mehrere Schiffe ...«

»Kontakt mit alternierend positionierter Blinkmarkierung, Captain!« rief Chekov. »Relative Position breit auf Steuerbordstrahl, Z-Minus vier Grad.«

Kirk beugte sich vor. »Dranbleiben, Mr. Chekov; Kontakt registrieren. Das Funkfeuer nicht verlieren!«

»Aye, Sir. – Computer, laufende Position registrieren.«

Als die metallische Computerstimme sich meldete, sprangen Tom und Royenne beinahe an die Decke.

»Registriere laufende Position, alternierende F-und-

F-Markierung, Sternzeit 3223.1, null neun drei acht Uhr. Kontakt registriert.«

»Mr. Sulu, Warp auf drei fünf Richtung Markierung erhöhen.«

»Warp drei fünf, Sir!«

»Auf die anderen Schiffe achten. Wir werden uns alle an dieser Stelle treffen. Sensoren auf Maximum. Volle Alarmbereitschaft.«

»Volle Alarmbereitschaft, Sir«, sagte Sulu. Eine Sekunde später bestätigte auch Chekov.

»Was hat das alles zu bedeuten?« fragte Royenne.

Während das Schiff angestrengt summte, um den Befehlen zu gehorchen, drehte Kirk seinen Sessel so, daß er antworten konnte, bevor ihm jemand zuvorkam. Die Angeberei gefiel ihm allmählich. Man hätte eine Steinsäule sein müssen, um die Rey nicht zu mögen.

»Es bedeutet, daß wir Funkfeuer Nummer eins gefunden haben. Wir müssen uns ihm bis auf hunderttausend Kilometer nähern, um den Hinweis auf Nummer zwei zu erhalten. Da alle anderen Schiffe das gleiche Signal empfangen wollen, ist es so, als würde man einen Faden durch ein Nadelöhr führen. In räumlichen Begriffen gesehen sind hunderttausend Kilometer *sehr* wenig.«

»Aber was bedeuten all diese Ausdrücke? Laufende Position ... Blinkmarkierung?«

»Ach so.« Kirk lachte leise. »Auf der Erde, von der viele unserer Fachausdrücke stammen, bedeuten Position und Blinkmarkierung ein alternierendes Licht einer Farbe, das sich in bestimmten Abständen mit einem andersfarbigen abwechselt. Hier draußen ist es natürlich ein Subraum-Signal.«

»Und der Navigator kann es sehen?«

»Ja, mit den Schiffssensoren. Wenn wir die Markierung passieren, messen wir laufend die Position.«

»Und daraus ersehen Sie den Kurs?« warf Tom ein.

»Und was ist ...«, sagte Royenne.

»Au!« rief Tom. »Du bist mir auf den Fuß getreten!«

»Oh, verzeih mir.«

»Ich hätte dir nicht im Weg stehen sollen.«

»Nein, nein. Es tut mir leid. Tut uns leid, Captain. Und was genau ist eine Position?«

»Meine Herren«, sagte Kirk mit einem leisen Lachen, »Sie sollten sich nicht zu viel auf einmal zumuten.«

Royenne fragte mit ansteckender Begeisterung: »Warum könnten Sie das Signal verlieren?«

»Aber was bedeutet Lage?« fragte Tom gleichzeitig. »Das würde ich wirklich gern wissen! Ob ich ein Seminar in Raumnavigation belegen sollte?«

»Veranstaltet die Flotte solche Seminare?« fragte Royenne.

»Ich weiß nicht genau«, sagte Kirk. »Wir prüfen es für Sie nach. Die Lage ist die Position, die man ohne einen Bezug auf eine vorherige Position einnimmt. Wir messen die Zeit und unsere Kontaktposition zu einem Objekt, auch wenn es ein natürliches Objekt im Raum ist, und registrieren es. Falls ein anderes Schiff es schon eingetragen hat, können wir es vielleicht auf einer Karte finden. Wenn wir es als erster sehen, könnten wir es verwenden, um den Rückweg zu finden.«

»Ungefähr so, als würde man Brotkrumen verstreuen«, sagte Sulu, noch immer grinsend.

»Und wir haben Schwierigkeiten, die Brotkrumen im Auge zu behalten«, sagte Kirk, »weil die Rennleitung die Strecke so schwierig gestaltet hat. In diesem Sektor wimmelt es von Störungen und Stellen, die die Sensoren nicht erfassen können. Und man hat die Funkfeuer absichtlich so eingestellt, damit es verzwickt wird. Das ist eben die Herausforderung an der Sache.«

Tom holte tief und bewundernd Luft. »Wie schön!«

»Achtung!« rief Chekov plötzlich. »Eintreffende Schiffe!«

Er deutete auf die zwischen Sulu und ihm befindliche Konsole, und der Steuermann beugte seinen schlanken Körper flink über die Kontrollen. Das Schiff schwenkte nach Steuerbord; die Triebwerke heulten auf.

»Alle Mann festhalten«, warnte Kirk, obwohl er hauptsächlich die beiden Besucher meinte.

Auf dem Schirm vor ihnen und auf den seitlichen Hilfsmonitoren wimmelte der Weltraum plötzlich von Schiffsrümpfen aller Art. Sie rasten aus der Finsternis heran, um das Nadelöhr zu erreichen, fegten auf jene Hunderttausend-Kilometer-Marke zu.

Sechzig Sekunden später stürzte sich fast das ganze Teilnehmerfeld auf die bewußte Stelle; es ging zu wie in einem Bienenschwarm.

»Mit Warp drei fünf weitermachen«, sagte Kirk knapp. »Geschwindigkeit auf keinen Fall *herabsetzen*, klar?«

»Aye, Sir«, erwiderte Sulu mit zusammengebissenen Zähnen. Er neigte den Körper noch immer zur Seite, als schöbe er das Schiff persönlich an.

»Wollen wir doch mal sehen, wer zuerst die Nerven verliert und ausschert, wenn wir uns an die Markierung ranmachen«, sagte Kirk. »Geben Sie keinen Millimeter nach, Sulu.«

»Nie im Leben, Sir«, grunzte der geplagte Steuermann.

Vor ihnen fiel ein leuchtendes Zobelschiff mit einem breiten, vom Bug bis zum Heck reichenden schwefelgelben Streifen und aufgemalten Geschütztürmen aus dem Nichts. Es nahm so jäh den Frontbildschirm ein, daß Uhura keuchte und Chekov sich auf seinem Sitz zurückwarf. Auf dem erhöhten Teil der Brücke fiel Royenne beinahe zu Boden, und Tom rief etwas, das Kirk nicht verstand.

Er war beschäftigt.

»Dort rein, Sulu! Gehen Sie unter ihn!«

»Schon dabei, Sir!«

»Schneller! Machen Sie Druck! Damit er seitlich ausweicht!«

Das Schiff kreischte rings um sie auf, sammelte jedes ihm noch verbliebene Gramm Energie und beharrte darauf, mehr zu erhalten – wie ein Amputierter, der sich zu glauben weigerte, daß ihm tatsächlich ein Gliedmaß fehlte.

»Wer ist es?« Tom schluckte.

»Die *Baltimore*«, erwiderte Spock. »Sie macht uns wahrscheinlich keinen Platz.«

»Das wollen wir doch mal sehen«, knirschte Kirk.

»Weitere Schiffe im Anflug, Captain«, sagte Chekov außer Atem, obwohl eigentlich kein Anlaß zur Sorge bestand.

Es gab keine geeignete Methode, die erschreckende Meute von Schiffen zu beschreiben, die sich an diesem Ort sammelte. Chekov starrte von einem Bildschirm zum andren, als rings um sie her ein ganzer Schwarm von Schiffen dem gleichen Punkt entgegenstrebte.

»Niemanden anrempeln«, sagte Kirk warnend. »Vergessen Sie nicht, daß wir eins der größten Schiffe haben.«

Sulu antwortete nicht. Er war hundertprozentig konzentriert.

»Kollision!« Chekov sprang halb von seinem Sitz auf und deutete auf den hinter Spock befindlichen Steuerbord-Bildschirm.

Zwischen der *Irimlo Si* und der *554-2* sprühten Funken.

»Nachfragen, ob sie Hilfe brauchen, Uhura«, sagte Kirk. Dann fügte er gelassen hinzu: »Aber auch jetzt weichen wir keinen *Millimeter* aus, Mr. Sulu.«

Die beiden Offiziere bestätigten seine Anweisungen, was nach Routine klang – aber die Situation war keine gewöhnliche. Es war auch kein gewöhnlicher Unfall.

Dies war für die Mannschaft der *Enterprise* völlig neu, und niemand wußte, wie es sich auswirken würde. Aufregung als Selbstzweck ...

»Geschwindigkeit erhöhen, Sulu«, sagte Kirk.

»Gehen Sie unter die *Baltimore.* Greifen Sie, wenn's sein muß, in die Trickkiste, aber gehen Sie an ihr vorbei.«

»An Captain Turner kommt man nicht so leicht vorbei, Sir«, merkte Sulu an, aber es war nur ein Kommentar. Er bewies, daß es möglich war, indem er die *Enterprise* voranpeitschte, mit einem Tempo, das in dieser Gegend gefährlich war.

Chekov stierte auf seine Instrumente. »Zwischen uns sind keine fünfhundert Meter mehr!« keuchte er.

»Sir, ich empfange die Frequenz für Funkfeuer Nummer zwei!« sagte Uhura. »Frequenz acht, sechs, sechs.«

»Registrieren!« bellte Kirk. »Sulu, abschwenken!«

Das sie umgebende Raumschiff heulte wild auf und schien das Innerste nach außen zu stülpen, um brutal die Richtung zu ändern.

Auf dem Hauptschirm und den die Brücke umgebenden Monitoren veränderte sich schlagartig das Panorama der Schiffe. Mehrere andere Teilnehmer änderten ebenfalls den Kurs und richteten ihren Kurs auf das zweite Funkfeuer aus.

Wie echt war das Signal? Waren die eingehenden Daten bei Warp drei fünf für die *Enterprise* in Ordnung?

»*Irimlo Si* meldet nur geringe Schäden, Sir«, sagte Uhura. »Und die *554-2* sagt, sie hat nicht die Absicht, aus dem Rennen auszusteigen. Beide setzen alles daran, eine möglichst gute Position zu erringen. Captain Glover meldet sich von der *Baltimore.* Ich soll Sie informieren, daß er Vorfahrt hatte.«

»Tja«, gab Kirk zurück, »sagen Sie ihm, er soll zur Startlinie zurückkehren und in den Regeln nachschlagen. Dann kann er mich informieren.«

Uhura lächelte. Sie mußte eine Sekunde warten, bevor sie ohne zu lachen antworten konnte. »Ich werd's ihm sagen, Sir.«

Auf der Brückenerhöhung an der Steuerbordseite litt sogar Spocks eingeübte Leidenschaftslosigkeit. Kirk sah es, als er hochschaute, weil ihn irgend etwas dazu trieb, den Ersten Offizier im Auge zu behalten.

Spocks Stimme klang unerwartet fröhlich, als er einen Blick auf den Hauptschirm warf.

»Der melkotische Teilnehmer wird leicht abgetrieben, reduziert aber das Tempo. Die *Intrepid* bewegt sich energisch auf neuem Kurs voran. Sechs weitere Schiffe – Korrektur: sieben – folgen ihr. Sie gehen offenbar davon aus, daß Captain T'Noy eine deutlichere Spur des Signals aufgefangen hat. Die *Ransom Castle* nimmt Kurs auf Z-Minus-Backbordstrahl. Das Feld zieht sich allmählich auseinander und wird breiter …«

»Romulanisches Schiff hat Geschwindigkeit gerade erhöht, Sir«, unterbrach Chekov, und er sagte es so schnell, daß Kirk Spock Luft holen hörte, um das gleiche zu melden. Sein Untergebener war ihm um Bruchteile von Sekunden zuvorgekommen.

»Stimmt«, fügte Spock hinzu. »Es zieht davon, Sir. Bewegt sich auf absteigender Ebene.«

Kirk beäugte die Backbordschirme. Er hätte Spock am liebsten angewiesen, die Romulaner im Auge zu behalten, aber er wollte nicht den Eindruck hervorrufen, einen anderen Teilnehmer grundlos mit Argusaugen zu beobachten. Die Rey hatten sein Mißtrauen bisher offenbar noch gar nicht wahrgenommen.

»Die *Rote Klaue* mischt sich unter die Schiffe an der Spitze«, sagte Spock, der Kirks Körperhaltung offenbar durchschaute. »Es ist allerdings schwer zu unterscheiden, welche Schiffe weiterhin dazugehören werden. Die Interferenzen werden schlimmer … Ich glaube, ich erkenne die *Blackjacket;* eventuell auch die *Ransom Castle* … Ein halbes Dutzend anderer sind nur verwaschene Flecke, von denen einige nach vorn ziehen und andere zurückfallen.«

Unschlüssigkeit spiegelte sich auf Spocks Gesicht und in seiner Stimme wider. Das, was er auf den Monitoren sah, gefiel ihm nicht.

Aber Kirk fiel noch etwas anderes auf. Abgesehen von dem, was Spock auf den Monitoren nicht behagte, ging noch etwas anderes in ihm vor. Seine Brauen zogen sich zusammen, dann runzelte er die Stirn. Er bemühte sich, entspannt zu wirken und nicht zu vergessen, daß es hier lediglich um ein Vergnügen ging.

»Sie haben die Frequenz des zweiten Funkfeuers und bewegen sich auf es zu. Tun wir das gleiche. Mr. Spock, geben Sie dem Computer die Navigationsdaten ein ...« Kirk beugte sich vor und gestattete sich ein schräges Grinsen. »Mr. Sulu«, sagte er, »das Ruder nach Lee.«

Der asiatische Offizier mit den flinken Fingern, der ein Schiff durch eine verdrehte heiße Makkaroni steuern konnte – und dies gerade auch getan hatte –, setzte nun eine verlorene Miene auf. Er warf einen Blick über die Schulter.

»Sir?«

Spock musterte den Steuermann mit amüsierter Aufmerksamkeit und zog die schwarzen Brauen hoch. »Markierung acht, Mr. Sulu«, sagte er.

Sulus Miene erhellte sich, und ihm fiel ein, daß die gesamte Maschinerie und all die tolle Wissenschaft noch immer von den gleichen Menschen gesteuert wurde, die sie überhaupt erst erfunden hatten.

Er setzte ein schiefes Grinsen auf. »Aye, aye, Sir, Ruder nach Lee!«

Der schwere Kreuzer der Föderation fing an zu summen. Die Energie und die Richtungsangaben wurden in die Systeme, den Maschinenraum und bis hinauf in die Gondeln geleitet, wo die empfindliche und geniale Warp-Wissenschaft ihre Arbeit tat. Das Schiff änderte seinen Kurs und hielt nun auf das flackernde zweite Funkfeuer zu.

Der Captain beugte sich vor, wie jemand, der in den Wind schaute.

»Das wollte ich immer schon mal sagen.«

An Bord der *Roten Klaue*

»Was sie da gemacht haben, ist klug.«

»Wie bitte, Commander?«

Subcommander Romar trat von hinten an Valdus heran, blieb jedoch eine Armeslänge entfernt.

»Die Funkfeuer«, sagte Valdus und musterte das Feld der sich bewegenden und sich ein- und ausblendenden Rennteilnehmer. »Irgendwie haben die Veranstalter sich etwas ausgedacht, um sie abzuschirmen: einen Irrgarten, Romar. Sie zwingen uns dazu, an den Wänden hochzuklettern und uns umzuschauen. Bei bestimmten Geschwindigkeiten geben sie irreführende Signale ab, und dann liegt es an uns, ihren wahren Standort zu ermitteln. Wir können uns nicht auf unsere Navigationsausrüstung verlassen. Wir müssen gerissen sein. Wir müssen raten. Natürlich nur dann, wenn wir gewinnen wollen.« Er holte abrupt Luft. »Wie ist der Zustand des Schiffes jetzt?«

»Sämtliche Systeme wurden von den Mechanikern der Raumbasis mit Energiehemmern versehen. An unseren Schubsystemen befinden sich Engpässe ...«

»Dann machen Sie sie jetzt ab.«

»Wie bitte?«

»Lassen Sie die Engpässe *sofort* entfernen.«

»Es wird Stunden dauern, Herr!«

»Dann dauert es eben Stunden.«

»Man wird uns disqualifizieren.«

»Das Rennen ist mir gleichgültig«, sagte Valdus mit zusammengebissenen Zähnen. »Ich will jetzt mehr *Energie* haben.«

Romar musterte die plötzlich im Gesicht des Kommandanten aufflammende unversöhnliche Entschlossenheit und schwieg eine Weile, bis seine Selbstbeherrschung zurückkehrte.

Er kannte Valdus genau. Er hatte bei vielen Fahrten beobachtet, daß er die Mannschaft mit dem entscheidenden Argument antrieb, keine Feigheit zu zeigen.

Der stille, in sich gekehrte, aber rücksichtslose Valdus nahm mehr Härten hin als die meisten, war gnadenlos mit Untergebenen, die irgendwie erkennen ließen, daß ihnen ihr eigenes Leben wichtiger war als die Pflicht gegenüber dem Reich, und hatte außerhalb seines Kommandos keine besonderen Interessen. Er tolerierte Zivilisationen, die er hundertprozentig verabscheute, weil es im Interesse des Reichs lag. Man sagte ihm nach, er habe sich einen Bart wachsen lassen, um sich selbst nicht zu erkennen. Er hatte auch kein besonderes Interesse an der Föderation der Vereinigten Planeten. Statt auf Ruhm aus zu sein, war er einfach mit düsterer und manchmal gräßlicher Genauigkeit seinen Beruf nachgegangen.

Bis heute.

Deswegen taktierte Romar vorsichtig, und seine Sinne waren wachsam. Er wollte keinen Fehler machen und enden, indem er auf den unteren Decks Torpedohülsen schrubbte. Er erinnerte sich nur zu gut an den Nullpunkt ihrer Beziehung, als er Valdus daran hatte hindern wollen, die Laufbahn eines Zenturios zu vernichten, der angesichts einer Gefahr zurückgewichen war. Er hatte Monate gebraucht, um Valdus' Vertrauen zurückzugewinnen.

Die *Rote Klaue* war als das schlimmste Schiff der imperialen Flotte bekannt, weil ihr schweigsamer Kommandant urplötzlich und gnadenlos auf die Schwäche anderer reagieren konnte. Er beförderte und degradierte, wie es ihm paßte. Niemand beneidete Romar um seine Nähe zu diesem unsteten Schiffsführer.

Doch Romar war an Bord geblieben. Ein Bestandteil seiner Hartnäckigkeit war die Neugier. Valdus war ihm ein Rätsel, und Rätseln konnte Romar nicht widerstehen.

Er wußte, daß Valdus' Laufbahn anfangs nicht schnell vorangekommen war. Dann war er der einzige Überlebende eines Angriffs und eines Enterkommandos unbekannter Feinde gewesen. Ihm war die Flucht gelungen. Als alles verloren gewesen war, hatte er das Schiff vernichtet, damit die ihnen überlegenen feindlichen Wesen es nicht übernehmen konnten. Seine Geschichte war vage ausgefallen. Man hatte Valdus' Verwirrung medizinisch dokumentiert. Die Spekulationen waren üppig gesprossen, doch die Ermittlungen hatten keine Beweise erbracht.

Man hatte Patrouillen in das Gebiet entsandt. Sie hatten Jahre nach dem mysteriösen Feind gesucht, aber nichts gefunden. Das Reich hatte lange nach dem geheimnisvollen Gegner geforscht, der aus dem Nichts gekommen war und eine Einheit eines imperialen Geschwaders überfallen hatte. Doch woher die Entermannschaft auch gekommen war: Sie war wieder verschwunden. Schließlich hatte man das Interesse an dem Fall verloren und den Schluß gezogen, daß eine so gewalttätige Zivilisation sich möglicherweise selbst ausgelöscht hatte.

Und seither galt Valdus als Held. Auch die Zeit hatte dazu beigetragen.

Daß Valdus dem Lob auswich, hatte dazu geführt, daß Romar die Geschichte – oder wenigstens einen Teil von ihr – für wahr hielt. Man hatte Valdus eine Mission nach der anderen angeboten, aber er hatte nur solche akzeptiert, die es ihm möglich machten, den Sektor aufzusuchen, in dem er vor langer Zeit ein Schiff verloren hatte.

Vielleicht hat meine Treue auch damit zu tun, dachte Romar, als er Valdus von hinten musterte. *Ich weiß, daß er auch sich selbst gegenüber keine Gnade kennt. Er verhält sich wie jemand, der dem Tod zu nah ins Angesicht geschaut hat, der keinen sinnlosen Ehrgeiz mehr verspürt und irgendwie danach lechzt, das Gesicht des Todes wiederzusehen, um in Erfahrung zu bringen, ob er ihm eine Reaktion entlocken kann.*

Romar schob seine Gedanken beiseite. Er war entschlossen, wenigstens eine Teilantwort über dieses merkwürdige Ereignis zu bekommen, dem Valdus normalerweise auswich, wenn er nicht drüber lachte.

Er trat näher an ihn heran.

»Darf ich fragen«, sagte er, »wie lange Sie vorhaben, an diesem Rennen teilzunehmen?«

Valdus räusperte sich und riß sich von dem Bildschirm los, den er anstarrte.

»Bis ich entscheide, welchem Schiff wir folgen.«

»Welchem Schiff«, wiederholte Romar, um zu erfahren, ob die Antwort mehr Sinn ergab, wenn sie aus seiner eigenen Kehle kam. Vergebens. »Na schön ... Welches Schiff ist Ihrer Meinung nach unser Ziel? Welcher Schiffstyp?«

»Ich scheue mich, es Ihnen zu sagen, weil Sie dann verpflichtet wären, hinsichtlich unserer Bewegungen eine Meldung an das Reich abzugeben.«

»Ja«, gestand Romar zurückhaltend ein. »Ich würde es als Offizier, der den Kurs des Unternehmens kennt, natürlich tun ...«

»Wenn ich Ihnen nicht den Befehl gegeben hätte zu schweigen, ja?«

Der Subcommander lachte zwar, aber er sorgte auch dafür, daß es außer Valdus niemand hörte.

»Ja. Danke, daß Sie auf mich ... achten. Ihr Schweigebefehl erspart mir eine schwierige Wahl. Welches Schiff haben Sie im Auge?«

»Das erfahren Sie, wenn ich bereit bin, Romar.«

»Warum wollen Sie ein Schiff einsacken, Commander?« fragte Romar beharrlich und in einem Ton, der besagte, er werde zumindest einen Teil der Antwort bekommen, bevor er seinen Anführer wieder allein ließ.

Valdus kannte den Ton sehr gut. Nun, da er ihn hörte, fühlte er sich irgendwie erleichtert. In dem Wissen, daß er – wie immer – beobachtet wurde, lag eine gewisse komplizierte Sicherheit.

»Weil die argwöhnische Rennleitung der Föderation es mir nicht erlauben wollte, einen der Veranstalter auf unserem Schiff zu beherbergen. Und ich möchte einen dieser Leute haben.«

»Von der Rennleitung?«

»Nein, nicht von der Rennleitung«, fauchte Valdus. »Einen von diesem … Volk.«

»Von den Rey?« Romar runzelte die Stirn. »Aber warum denn? Die Rey sind … Schwächlinge. Niemand hält sie für eine Bedrohung. Sie sind nur ein Winseln mehr in der Nacht, das die Föderation beschützen muß. Warum wollen Sie einen von denen haben?«

Valdus gab seine nonchalante Miene auf. Er sah, daß das Sternenlicht sich auf dem dominierenden Hauptbildschirm vor ihnen entfaltete, und ertappte sich dabei, sich nach den Zeiten zu sehnen, in denen es solche Instrumente noch nicht auf ihren Schiffen gegeben hatte.

»Weil ich weiß«, sagte er, »daß sie das gefährlichste Volk der Galaxis sind.«

7

»Sie haben alle sehr gute Arbeit geleistet. Seien Sie versichert, daß es nur noch *schlimmer* kommen kann.«

James Kirk errötete vor Stolz und strahlte seine Mannschaft an. Und um allem die Krone aufzusetzen, waren sie auch noch Zeuge ihrer Einmaligkeit geworden.

Er warf einen Blick auf Tom und Royenne.

Als er ein Kind gewesen war, hatte seine Mutter gesagt, daß es unwichtig sei zu gewinnen, daß nur das Spiel zählte, das Vergnügen, die Übung, der Mannschaftsgeist.

Ach, was! Er wollte gewinnen.

Er hatte damals wie ein braver kleiner Junge genickt – auch wenn er kein besonders braver kleiner Junge gewesen war –, doch er hatte im Grunde schon immer gewußt, daß der Sieg viel mehr Spaß machte.

»Die Ortung von Funkfeuer Nummer zwei wird allmählich unzureichend«, sagte Spock. Er kam ans Geländer und schaute zu Kirk hinunter. »Der zwanzigprozentige Energieverlust kostet uns Sensorenreichweite und Genauigkeit. Obwohl der größte Teil der Gegend leer ist, wimmelt es in dieser Region geradezu von Anomalien unterschiedlichster Art – von Nebeln, Trudelsternen, elektrischen Entladungen, kommunikationstoten Zonen und dergleichen. Die Messungen der Fernsensoren sind schon verzerrt und werden schwächer. Bald wird es schwierig sein, nicht nur das Funkfeuer aufzuspüren, sondern auch die anderen Schiffe.«

Kirk schaute zu ihm hinauf, dann wandte er sich wieder den beiden Rey zu. »Kein Wunder«, sagte er leise, »daß man dieses Volk erst vor zwölf Jahren entdeckt hat.«

Spock nickte, sagte aber nichts.

»John Orland hat die Komplikationen in dieser Gegend heruntergespielt«, fuhr Kirk fort. »Die Rennleitung hat all dies wahrscheinlich in Betracht gezogen, als sie festlegte, wie weit unsere Schiffe kräftemäßig reduziert werden sollten, um dafür zu sorgen, daß dieses Gebiet eine Herausforderung für uns bleibt.« Er wurde noch leiser. »Behalten Sie bloß den Romulaner im Auge.«

Ohne eine für alle sichtliche Bestätigung abzugeben, hielt Spock dem Blick seines Captains ein paar Sekunden stand – gerade lange genug – und wandte sich dann wieder den Monitoren zu.

Auf den kleinen Bildschirmen zeigte sich, daß das Feld allmählich breiter wurde und sich auseinanderzog. Die anderen Schiffsmannschaften bemühten ihre eigenen Wissenschaften und Instinkte und folgten – je nachdem – den Launen, Erfahrungen oder Leidenschaften ihrer Kommandanten. Ein Teil des Feldes war schon unsichtbar, da es mit höherer Geschwindigkeit vom ersten Funkfeuer davongestoben war, aber niemand wußte, ob sie sich noch vor ihnen befanden oder in der falschen Richtung hinter einem Phantom hereilten und Sensorenschatten jagten.

Als Tom und Royenne miteinander zu murmeln begannen und zum vorderen Backbordmonitor deuteten, wo man einen Anblick des kanadischen Teilnehmers *Blaunase IV* erhaschen konnte, nutzte Kirk diese Gelegenheit.

»Wo ist er, Mr. Spock?« fragte er leise.

Spock schaute nicht vom Monitor auf. »Momentan auf Flankengeschwindigkeit querab von uns ... Entfernung nimmt zu. Botschafter Shamirians *Gavelan Star* ist gerade außer Sensorenreichweite geraten.«

Kirk rieb einen verkrampften Finger an der rechten Hand und sagte: »Was nicht heißt, daß er sich verfranzt hat.«

»Verlieren ebenso Kontakt zur *Blackjacket* und *Zauberwald.* Wir lassen mehrere Teilnehmer hinter uns. Ich kann sie spezifizieren, falls Sie es wünschen.«

»Nicht nötig.«

Chekovs Gesicht war fast im Gehäuse des Hilfsmonitors der wissenschaftlichen Station verschwunden, so daß seine Stimme nur gedämpft hörbar war. »Captain...«

»Ja, Fähnrich?«

»Die *Ozcice* geht an uns vorbei... aber in die falsche Richtung. Sie geht... dorthin, Sir.« Er richtete sich auf und deutete nach achtern und backbord, über Toms und Royennes Köpfe hinweg, die plötzlich glaubten, sie machten irgend etwas falsch. Sie duckten sich und schauten zur Decke hinauf.

»Teilnehmer zerstreuen sich«, sagte Spock. »Die *Ozcice* folgt eventuell dem Echo einer Sensorenmessung; vielleicht sucht sie aber auch das dritte Funkfeuer.«

»Das dritte Funkfeuer?« wiederholte Kirk, den die Herausforderung plötzlich reizte. »Sie sind schon eins weiter?«

Chekov schaute ihn an. »Aber, Sir... Ich glaube, ich habe die Tholianer unter die *Ozcice* gehen sehen, genau in Richtung Startlinie zurück. Wie kann das sein?«

»So wird's von nun an sein, Fähnrich«, sagte Kirk. »Und es wird noch schlimmer werden. Es ist wie bei einer Straßen-Rallye. Überall Hinweise, die man interpretieren und fehlinterpretieren kann. Funkfeuer können einander spiegeln. Solange wir nicht versuchen, uns an jemanden anzuhängen, machen wir wenigstens nur unsere eigenen Fehler. Irgendein Anzeichen von dem zweiten Funkfeuer?«

Chekov konzentrierte sich wieder auf den Monitor, da er wußte, daß nun er gefragt war.

»Allgemeine Ortung, Sir«, sagte er. »Noch nichts Eindeutiges. Ich versuche mein Bestes.«

Kirk bemühte sich, eine seriöse Miene zu bewahren. Er fühlte sich viel besser als erwartet. Flankentempo… Er war begierig darauf, die eigene Geschwindigkeit zu erhöhen und den Romulaner auszustechen. Er wollte sich im Grunde ein Rennen mit *ihm* liefern, um ihn zu schlagen. Andererseits… War es nicht edelmütiger und sportlicher, dem Gast eine Chance einzuräumen?

Ihm bot sich eine noch nie dagewesene Gelegenheit, sich kosmopolitisch zu geben – falls er Gebrauch davon machen wollte. Er konnte Valdus beim Wort nehmen, konnte die antrainierte Skepsis, auf die er sich für gewöhnlich verließ, hintanstellen und Valdus als unabhängiges Wesen sehen, statt ihm kollektiv etwas anzuhängen. Er hatte nichts dagegen. Die Föderation erwartete, daß er dazu fähig war: daß er den Gast gewinnen ließ, damit sich die abgekapselten Zivilisationen etwas näher kamen.

Falls er Valdus glauben konnte.

»Wir gehen wieder auf Warp drei, Mr. Sulu. Volles Rohr. Lassen Sie sich von Mr. Chekov den Kurs geben.«

»Warp drei, Sir.«

»Sir«, rief Chekov, der sich nun offenbar unter Druck gesetzt fühlte. »Interferenzen auf der Funkfeuer-Frequenz.«

Kirk drehte sich leicht um. »Spock?«

Spock verließ seinen Monitor, nahm vor einem anderen Platz, der kurz zuvor einen Teil der Rennstrecke gezeigt hatte, und gab etwas ein. Nun wurden Zahlen und eine Grafik sichtbar.

»Funkfeuer zwei wird offenbar von einem trudelnden Neutronenstern verzerrt. Das Störungsmuster besagt, daß das Funkfeuer hinter der Interferenz liegt.«

»Dahinter?«

»Jawohl, Sir.«

Chekov schaute erschöpft drein. »Wie können wir es dann aufspüren?«

Kirk zuckte die Achseln. »Spüren Sie die Luftbläschen auf, dann finden Sie den Fisch.«

»Sir?«

»Statt nach dem Funkfeuer zu suchen, halten Sie nach der Störungsquelle Ausschau. Sie sind der Navigationsexperte, Fähnrich. Greifen Sie ins Nichts und geben Sie mir einen Kurs.«

Chekovs rundes junges Gesicht wurde einen Moment lang nichtssagend, dann blinzelte er, murmelte ein verschwommenes »Jawohl, Sir« und wandte sich wieder der Jagd nach dem trudelnden Neutronenstern zu.

»Captain?« fragte Tom zaghaft.

Kirk drehte sich um. »Ja?«

»Wie lang ist die Rennstrecke?«

»Wenn man sie als gerade Strecke sieht, ungefähr dreitausend Lichtjahre. Aber so, wie sie angelegt wurde, sieht sie eher wie ein Korkenzieher aus, der in den Raum hinein verläuft und dann zu Ihrem Planeten zurückfällt – falls Sie es sich vorstellen können. Hat man Ihnen nichts gesagt, bevor man Sie als Gast auf ein Teilnehmerschiff schickte?«

»Wir haben ein Informationspäckchen bekommen«, sagte Royenne, »aber … Ich habe meins noch nicht gelesen.«

Tom fügte verlegen lächelnd hinzu: »Wir waren so damit beschäftigt, uns die Schiffe anzusehen und die Teilnehmer kennenzulernen …«

»Es waren *so viele* Leute da«, murmelte Royenne.

Beide wirkten, als sei es ihnen ausgesprochen peinlich.

»Ist schon in Ordnung«, erwiderte Kirk. »Ich hab meins auch noch nicht gelesen.« Er lächelte, denn ihm kam plötzlich eine Idee.

Die Besucher wirkten erleichtert, als sie sahen, daß sie weder ihn noch die Rennleitung, die Flotte, die Föderation oder irgendeine unbekannte Gottheit beleidigt hatten.

Und wieder mußten alle grinsen.

Kirk lächelte. »Nehmen Sie doch Platz«, sagte er, als er erkannte, daß sie auf der Brücke die einzigen ohne Sitzgelegenheit waren. Sie nickten eifrig, und er fügte hinzu: »Lieutenant, sagen Sie dem Quartiermeister, er soll zwei Sitze raufbringen.«

Uhuras Lächeln schwand. Überraschung zeigte sich auf ihrem glatten Gesicht. Sie bestätigte den Befehl zwar und nahm seine Ausführung in Angriff, aber sie wirkte weiterhin überrascht.

Kirk kannte den Grund. Er hatte dergleichen noch nie getan. Zwar gestattete man Gästen immer einen Blick auf die Brücke, aber anschließend wurden sie höflich gebeten, in den Aussichtssalon zu gehen, dort einen Imbiß zu nehmen und den Leuten nicht im Weg zu stehen.

Nun ja. Hier ging es ums Vergnügen, oder etwa nicht? Er konnte angeben und die Grenzen der interstellaren Wahrnehmung ausdehnen.

Oder nicht?

»Suche Funkfeuer Nummer fünf, Captain«, sagte Spock. »Ortung wirkt momentan deutlich. Das Signal ist jedoch unergründlich ... Könnten sich überlappende Schatten sein. Es kommt mir vor, als sähe ich zwei Funkfeuer.«

Kirk registrierte, daß der Vulkanier mit seiner eigenen Antwort unzufrieden war. »Wir haben nicht den ganzen Tag Zeit, Spock.«

Als Spock sich aufrichtete und zu ihm hinunterschaute, wirkte er fast beleidigt. »Sie sind identisch, Sir«, sagte er.

»Können Sie zwischen den Signalen unterscheiden?«

»Ich glaube, wir haben es mit einem Gravitationslinseneffekt zu tun, Captain – mit einem Funkfeuer und seinem identischen Echo.«

»Hm«, machte Kirk leise. »Ein guter Trick. Welchem folgen wir? Können Sie erkennen, was es spaltet?«

»Noch nicht«, gab Spock zu. »Dieser Raumsektor ist zwar frei von lebentragenden Himmelskörpern, aber er wimmelt von widrigen Naturerscheinungen, die früher, wie Sie wissen, dafür verantwortlich waren, daß viele Forscher umkehrten, da ihre Schiffe noch nicht damit fertig werden konnten. Bei reduzierter Sensorenleistung können diese natürlichen Störungen unsere Signale ablenken. Mr. Chekov verfolgt die Vorgehensweise der Konkurrenz.«

Kirk nickte, dann drehte er sich so beiläufig wie möglich herum. »Und wo ist unser Freund?«

»Im äußersten Sensorenbereich. Hat erneut Flankengeschwindigkeit aufgenommen.«

»Er ist nun fünfmal zurückgefallen und hat wieder zu uns aufgeschlossen. Hängen wir ihm auf der Pelle oder er uns?«

»Ich würde sagen, es entwickelt sich eine wechselseitige Verfolgung, Sir.«

»Ich habe außer dem Rennen keinen Grund dazu, Mr. Spock. Er aber doch.«

Spock kam herunter. Er baute sich neben ihm auf, sagte aber nichts, um die Stimmung zu verbessern.

Sie standen zusammen da, schauten auf den Hauptschirm und das Bild der wenigen Rennteilnehmer, die sich in ihrer visuellen Reichweite bewegten. Manche hielten das Tempo der *Enterprise* und fragten sich, wer als nächstes aufblitzen, höhere Geschwindigkeit aufnehmen oder zu einer geringeren wechseln würde.

Spocks Stimme war tief und melodisch, fast so, als läse er ein Gedicht vor. »Direkt hinter uns sind die *Zauberwald,* die *Unverzeihlich,* die *Hood* und die *Fluß des Willens.* Kurz vor uns sind die *Blackjacket,* die *Baltimore* und die *Alexandria.* Neben uns ...«

»Die *Alexandria*«, sagte Kirk, als sich sein Blick auf einen klotzigen Handelsfrachter konzentrierte, der steuerbord zwei Strich vor ihrem Bug dahinraste. Er legte einen Arm auf die Rückenlehne des Kommandosessels. »Mein Vater hat von ihr erzählt«, sagte er. »Er hat als junger Bursche als Schiffsjunge auf der *Alexandria* gearbeitet. Ein zäher alter Kahn. Ihr Inneres besteht teilweise aus dem Holz der alten *Alexandria,* eines baltischen Handelsschoners. Das Zeug lag fast zweihundert Jahre lang in einem Museum an der Chesapeake Bay. Dann hat sie jemand gekauft und in das Schiff da draußen eingebaut. Über ihre Gebeine gibt es massenweise Geschichten.«

Spock rührte sich neben ihm. »Ihre Gebeine, Sir?«

Ein nostalgischer Schleier legte sich über Kirks Augen. »Ganz recht.«

Spock ließ ein paar Sekunden vergehen. »Captain Hall hätte gut daran getan, sie auszubuddeln«, sagte er dann.

Ein Lachen braute sich in Kirks Brustkorb zusammen. Er wollte es unterdrücken, aber es ging nicht.

»Sie sind ein Pirat, Spock«, kicherte er.

»Sir«, sagte Uhura, »Captain Dodge meldet sich von der *Hood.*«

»Rein mit ihm.«

»Kirk, hier ist Dodge. Hörst du mich?«

Um das Knistern der Störgeräusche zu übertönen, sagte Kirk mit lauter Stimme: »Ziemlich schlecht, aber wir haben wenigstens Ton. Kannst du etwas mehr Saft geben?«

»Wir sind schon auf Maximum. In dieser Gegend knistert und knackt es überall. Wo seid ihr?«

Kirks Augen glitzerten, als er Spock anschaute und einen faustdicken Schwindel vom Stapel ließ. »Wir suchen gerade nach Funkfeuer sechs.«

»Sechs?! Wie habt ihr Nummer vier gefunden, verflucht noch mal? Wir können es nirgendwo entdecken!«

»Wir haben's im Vorbeifahren abgeschaltet.«

»Kirk, du Sohn einer räudigen, verlogenen, schrägen ... Irgend jemand hat mir den Ton abgedreht, bevor ich etwas sagen konnte, für das ich mich entschuldigen müßte.«

Uhura lächelte und sagte: »Captain Dodge hat die Übertragung unterbrochen, Sir.«

»Tja, nun, nachdem ich gesagt habe, daß wir nach Nummer sechs suchen, sollten wir uns lieber beeilen und Nummer fünf finden.« Kirk musterte den Bildschirm und ging ans Steuerbordgeländer. »Schatten jagen ... Gibt es irgendeine Methode, mit der wir mit Gewißheit das richtige Funkfeuer ausmachen können?«

»Nein«, sagte Spock knapp. »Unsere Chancen stehen fünfzig zu fünfzig. Wenn Sie das Risiko eingehen wollen.«

»Da geht irgend etwas vor«, sagte Kirk, der den Blick nicht von dem Schirm abwandte, obwohl er ihm keine Fakten verriet. »Das rieche ich.«

Spock legte den Kopf leicht schief. »Intuition?«

»Genau das.«

Noch vor einem Jahr hätte Spock überheblich die Stirn gerunzelt. Ungläubig, respektlos, wahrscheinlich beides. Heute war diese Intoleranz nirgendwo zu erspähen. Er nickte nur, was eine Bestätigung von Kirks Worten bedeuten konnte, aber zumindest so etwas wie Verständnis darstellte.

»Mr. Sulu«, sagte Kirk. »Nehmen Sie Kurs auf eins der beiden Signale und erhöhen Sie die Geschwindigkeit. Gehen Sie an der *Alexandria* vorbei und übernehmen Sie die Führung. Gehen Sie aber in einem weiten Bogen an ihr vorbei, sonst wird sie uns den Weg verbauen.«

Sulu schaute zweifelnd drein. »Sie glauben, das können die?«

»Unter Umständen, ja«, sagte Kirk. »Sie ist ein starkes Schiff und hat zu ihrer Zeit manchen Knuff ein-

und weggesteckt. Pete Hall ist als Schlepperkommandant eine Eins.«

Sulu nahm es achselzuckend hin. »Gegen diese Kombination kann auch ich nichts ausrichten.«

Kirk ließ eine gewisse Anzahl von Sekunden vergehen, dann trat er vor und baute sich neben dem Steuermann auf. In seinen Augen war ein heißes Glitzern.

»Versuchen Sie's trotzdem«, sagte er.

An Bord der *Roten Klaue*

Rennen. Schiffe, die durch den Raum rasten und Signale und Echos verfolgten. Eine kleingeistige Beschäftigung, der Inbegriff der Sinnlosigkeit.

Romar ging im hinteren Teil der Brücke auf und ab, machte eine Wendung und legte die gleiche Strecke noch einmal zurück. Er tat es nicht zum ersten Mal und würde es noch mehrmals tun, bis er genügend Mut gesammelt hatte, um auf die Kommandoebene zu treten und sich Valdus vorzuknöpfen.

Seine Schultern spannten sich unter der Uniform. Er hatte breite Schultern; das Kreuz seines Vaters. Schultern, mit denen man Türen aufbrechen konnte. Beine, die nie schmerzten, sosehr sie auch belastet wurden; auch dann nicht, wenn sie eine Pyramide bestiegen.

Seine Muskeln spannten sich über den Rippen, seine Fäuste öffneten und schlossen sich, seine Füße – er hatte ein Gefühl, als befänden sich Glassplitter in seinen Stiefeln. Er war Subcommander der romulanischen Flotte und kannte seine Pflicht. Er mußte übernehmen, wenn der Commander irrsinnig wurde.

Für Männer ihrer Art gab es keine schlimmere Bedrohung als die Erkrankung des Geistes. Wenn ein ausgebildeter Verstand langsam abwich und private Ziele verfolgte, statt denen des Reichs …

Er schaute in den Kommandoring hinunter.

Da unten war keine Pyramide. Nur Valdus. Ein stiller Mann, wie man ihn noch nie gesehen hatte. Ein Mann von unvergleichlicher Nachdenklichkeit und karger Härte im Gesicht. Er saß da und hatte die Hände auf den Knien gefaltet. Seine Haltung besagte, daß er nicht kämpfen wollte.

Wozu war dies gut? Wenn irgendein Schiff sie anfunkte und man auf Bildübertragung ging, konnten die anderen – die aus der Föderation – einen romulanischen Schiffsführer mit hängenden Schultern und gefalteten Händen völlig verloren dasitzen sehen und sich sofort ein neues Bild vom Reich machen: Generationenlang würden sie ihren Kindern und Enkeln erzählen, daß sie einst einen zusammengesackten und traurig aussehenden Schiffskommandanten erblickt hatten – daß die Gerüchte gar nicht stimmten. Sie würden sagen, hinter der Neutralen Zone gäbe es gar nichts zu fürchten; daß alles, was man über die Romulaner sagte, nur hohle Legenden seien.

Konnte er das zulassen? Das Reich lebte von der Furcht der anderen. Würde er einzugreifen wagen, wenn die Steinwand zerbröckelte?

Während sie von einem Funkfeuer zum nächsten eilten, ging Romar auf und ab, seit dem Startschuß, und sammelte Mut, um zu Valdus hinunterzugehen und Fragen zu stellen. Er mußte es tun. Er mußte in Erfahrung bringen, ob Wahnsinn im Spiel war.

Er zählte bis drei, um sich zum Gehen zu zwingen, um sich nicht damit beschämen zu müssen, noch einmal zu zählen. Eins, zwei …

»Drei«, murmelte er. Sein Füße fühlten sich taub an.

Er bemühte sich, beiläufig dreinzuschauen, als er neben dem Sessel des Kommandanten auf der Deckserhöhung Platz nahm. Er schaute Valdus an, aber dieser nahm den Blick nicht vom Hauptschirm, vom Feld der Schiffe, die sich in der Nähe und in der Ferne bewegten.

Romar schluckte zweimal, räusperte sich einmal, schluckte dann noch einmal. Er faltete die Hände, entfaltete sie und wurde schließlich wütend auf sich selbst, weil er nun endlich etwas sagen mußte. Sonst würde er sich sehr lange nicht mehr im Spiegel ansehen können.

»Falls Sie im Schlaf sterben«, begann er, »wäre es ganz gut, wenn ich wüßte … wie Ihr Plan aussieht.«

»Das Rennen zu machen«, sagte Valdus unverblümt.

»Bis?«

»Bis alle glauben, daß ich nur an einem Rennen teilnehmen will.«

Romar seufzte mit einem fast unhörbaren Stöhnen. »Commander …«

Valdus lächelte plötzlich und schaute ihn von der Seite an. »Falls ich *zufällig* im Schlaf sterbe?«

Romar spürte, daß Hitze in seine Wangen stieg. Er wäre beinahe aufgestanden und gegangen, aber das Lächeln seines Vorgesetzten nagelte ihn fest.

Der müde wirkende, von Sorgen gezeichnete Valdus wirkte wie jemand, der unbedingt sehen wollte, ob seine Saat aufging oder ob er in diesem Jahr verhungern würde. Er änderte seine Haltung, um die Halsmuskeln zu recken, und schaute wieder auf den Frontbildschirm.

»Mir ist nie die Idee gekommen, ich könnte im Bett sterben«, sagte er ruhig. »Ich war in meinem Leben immer darauf gefaßt, in jeder Lage zu sterben, aber nie im Schlaf. Ich war während des größten Teils meiner Laufbahn immer zum Sterben bereit. Dazu kommt es nämlich, wenn man den Tod streift und seinen Atem im Nacken spürt …«

Romar, nun noch verwirrter, empfand mehr Besorgnis. »Wollen Sie nicht mit mir reden, Commander?«

»Ich *rede* doch mit Ihnen«, sagte Valdus. »Ich kann Ihnen den Plan noch nicht verraten. Ich überarbeite ihn gerade.«

»Und warum überarbeiten Sie ihn? Was hat sich denn geändert?«

»Die Sache hat an Einfachheit eingebüßt. Die Dinge liegen nun anders. Sie hätten dabei sein sollen, als ich den Captain der *Enterprise* besuchte.«

»Es wäre mir eine Ehre gewesen, aber man hat verlangt, daß Sie allein kommen, und Sie haben zugestimmt. Sie haben gesagt, auf der Raumbasis sei nichts, das man zu fürchten hätte.«

»Ich hätte mich ihnen widersetzen sollen. So zeigt man einen festen Willen, aber es ist mir nicht rechtzeitig eingefallen. Ich hatte keine Angst, allein zu gehen, aber ich mußte eine Menge Kraft zeigen. Denken Sie daran, Romar: Furcht kann einem unter den richtigen Umständen dienlich sein.«

»Ich werde versuchen, es zu behalten. Warum hätten Sie mich gern dabei gehabt?«

»Damit sie ihm in die Augen schauen.«

Romars Rückgrat fing an zu schmerzen. Er hätte am liebsten die Stiefel ausgezogen. Die Neugier fraß ihn beinahe auf, aber er wollte sie gern ignorieren, wenn Valdus bereit war abzudrehen, die Fahrt in die Gegend aufgab, die niemandem gehörte.

Spröde und scharf bemühte er sich, kaltblütig zu erscheinen. »Augen sind Augen, Commander.«

Als Valdus auf den Bildschirm blickte, ließ die Wachsamkeit ihn schweigen. Die Sekunden verstrichen in Stille, doch das Gesicht des Commanders legte sich aufgrund der Dinge, die er gesehen hatte, in Falten: Dinge, die ihm seit dem Verlassen der Raumbasis klar geworden waren.

»Ach«, sagte er leise. »Nein.«

Aber mehr sagte er nicht.

Die sie umgebende Brücke erzeugte gespenstische Geräusche. Die anderen Besatzungsmitglieder schauten sie nicht an. Alle erkannten, wie bizarr dieser Augenblick war, und alle machten sich Sorgen.

Romar begriff seine Phantasielosigkeit – und daß es ihm irgendwie mißlungen war, Vertrauen zu erwecken. Er spürte sein Gewicht plötzlich doppelt.

»Was soll ich hinsichtlich des Rennens unternehmen«, sagte er, »während Sie sich ein klares Bild von Ihrem Weg machen?«

Valdus, bezaubert vom Anblick des Alls, reagierte nicht sofort. Romars Argwohn, daß er sich ihres Ziel nicht sicher war, verstärkte sich, da Valdus ihm die Formulierung seiner Frage nicht übelnahm. Andere hätten sein Verhalten als schwach bezeichnet, aber Romar sah darin, wie schwer Valdus in eine peinliche Lage zu bringen war.

Er würde auch dies nicht vergessen.

»Versuchen Sie, das Rennen zu gewinnen«, sagte Valdus. »Erwecken Sie zumindest den Eindruck, daß Sie es vorhaben. Bleiben Sie so nah wie möglich am Ball. Wenn sich eine Gelegenheit ergibt, die meinen Zwecken dienlich ist; werde ich mich entsprechend verhalten. Der fragliche Augenblick muß uns Geheimhaltung, Alleinsein und sogar Trennung bieten, denn wir müssen einer Konfrontation so lange wie möglich aus dem Weg gehen.«

Er stand auf, ausdruckslos, vielleicht verschlossen, aber sein Blick blieb weiterhin auf den Bildschirm und ein paar Stunden in die Vergangenheit gerichtet, auf die Augen, die seinen Plan geändert hatten.

»Ich möchte nicht mit diesem Mann aneinandergeraten.«

8

An Bord der *Ransom Castle*

»Na, bitte! Ein hundertprozentig echtes Frühstück der Konföderierten, wie bei Muttern! Spiegeleier mit dem Dotter nach unten leicht angebraten, Smoky Mountain-Sägewerksoße, Sauerteigbrot, Ozark-Haferschrot und gekühlter Apfelsaft mit allem Zipp und Zapp. Spezialität des Schiffes. Und so ißt man es: Nehmen Sie den Haferschrot und löffeln Sie ihn auf die Eier. So ist's richtig. Und jetzt schaufeln Sie's sich mit der Gabel rein. Also los. Machen Sie weiter, haun Sie richtig rein. Stopfen Sie sich die Backen voll, dann ham Sie 'n tolles Frühstücksrezept, das Sie mit nach Gullyrey nehmen und Ihren Kumpels vorsetzen können.«

Während Mike Frarey, der Erste Offizier, das Frühstück wie ein musikalisches Konzert dirigierte, bekam er von der liebreizenden jungen Dame, die zusammen mit der dienstfreien Mannschaft am Messetisch saß, das, was er wollte – ein sonniges Lächeln, das ihn über alle Maßen entzückte.

Er richtete sich auf. »Hab ich etwas Falsches gesagt? Wird es nicht so ausgesprochen? Gullyrey?«

»Doch, genau so«, sagte die junge Frau.

Er wußte, daß sie schwindelte, aber ihr Schwindel war von der Art, bei dem man sich wohl fühlte.

Und da er *man* war, fühlte er sich wohl.

»Ich spreche Ihren Namen oder sonst was doch nicht falsch aus?« fragte er.

»Aber nein«, sagte sie.

»Sagen Sie ihn mir noch mal. Nur einmal, damit ich sicher bin.«

Sie schob eine Locke ihres platinblonden Haars beiseite und legte die Gabel auf den Teller. »Ich heiße Turrice Belliard Roon. Aber es gefällt mir, wenn Sie mich Turry nennen. Hören Sie bloß nicht damit auf, klar?«

»Aber nein!« dröhnte Mike. »Niemals im Leben!«

»Wo ist Ihr Captain?« fragte sie. »Ich habe sie noch nicht getroffen.«

Mike boxte einem Besatzungsmitglied in die Rippen und schob den Mann zur Seite, damit er sich neben Turry quetschen konnte. Er fing sich zwar ein paar fiese und widerspenstige Blicke ein, aber niemand knurrte ihn an. Wie schön. Sonst hätte er nämlich zurückknurren müssen.

»Tja, weiß ich auch nicht«, sagte er. »Nancy is'n bißchen eigen, wenn's drum geht, Fremde auf die Brücke zu lassen. Nicht etwa, daß Sie so fürchterlich fremd wären – eigentlich is' es mir 'ne Freude, daß Sie an Bord sind. Kann's zwar nicht genau erklären, aber es is' 'ne verdammte Freude, Sie um sich zu haben.«

Mike lächelte. Er spürte, daß er errötete, als Turry die Lippen spitzte und sich bemühte, nicht zu lachen. Als Erster Offizier gehörte es zu seinen offiziellen Aufgaben, sich um ihre Gäste zu kümmern. Er war ein großer, robuster Typ und aufgrund seiner Größe sehr selbstbewußt, auch wenn die Lücke zwischen seinen Vorderzähnen ihm etwas peinlich war, aber seine Mutter hatte ihm mehr als einmal versichert, daß sein Blick beim Lächeln ein lebhaftes Funkeln zeigte. Damit, nahm er an, machte er die Lücke wieder wett.

Seine Mannschaftskameraden saßen um den Tisch. Sie trugen grobe Jerseyhemden und verblaßte Hosen. Ihr Schiff war makellos, stark und dazu gebaut, Roherze zu den Fabrikationsstätten zu transportieren, und er hoffte, daß er sie beeindrucken konnte. Ein Weltraum-Laster. Später wollte er ihr die Frachtsektion zeigen, wo das Roherz geladen und entladen wurde, und etwas Zeit damit verbringen, ihr zu erklären, wie die interstellare Minenindustrie funktionierte.

Ja, er würde manche Stunde mit ihr verbringen und jede einzelne Minute genießen.

Die Stimmung in der Messe änderte sich – wenn auch nur unterschwellig –, als Nancy Ransom hereinschlenderte und angesichts des dampfenden Frühstücksbuffets, das neben der Wand aufgebaut war, eine finstere Miene aufsetzte. Sie hatte die Jacke an, in der sie untersetzt und kräftig aussah, und ihr braunes Haar war so glatt nach hinten gekämmt, daß sie wie eine sonnenbadende Robbe wirkte.

Es war ein leckeres Frühstück – Louise hatte sich hinten am heißen Herd selbst übertroffen –, aber Nancy zeigte nicht mal ein anerkennendes Nicken.

Mike wurde es etwas kalt. Er machte sich Sorgen, ob Nancy sie womöglich vor Turry alle zum Affen machen würde.

»Hätte ich sie begrüßen sollen?« fragte Turry ziemlich leise.

Mike zuckte die Achseln. »Vielleicht später.«

»Sie is'n bißchen gereizt«, sagte ein Verladearbeiter.

»Guck auf deinen Teller, Stevens«, befahl Mike.

»Okay, okay.«

»Stimmt etwas nicht?« fragte Turry leise. »Liegt es an mir?«

»Nee, nee, hat nichts mit Ihnen zu tun. Wär sowieso unmöglich, Schätzchen.«

»Heirate sie, Mike«, blökte der Ingenieur vom Ende des alten Messetisches, wo er mit vier anderen zusammen saß. »Sie ist hübsch.«

»Ihre großen Augen auch«, merkte Harry Stevens an.

»Wir reden mal drüber, wenn ihr nicht dabei seid«, sagte Mike und errötete schon wieder.

Und er wurde noch verlegener, als der junge Lagerist Sam Oats einen Brüller ausstieß, mit den Ellbogen flatterte und wie ein Gockel krähte.

Das Gelächter seiner Kameraden war für Mike Frarey eine Mischung aus Demütigung und stärkender

Freude. Er lächelte, schob seine riesige Gestalt noch etwas näher an die herrlichste Frau heran, die ihm seit Jahren begegnet war, und bot ihr noch etwas Kaffee an.

Doch Mike tat hier nur das Übliche, denn wenn Besucher oder Vertreter der Minengesellschaft an Bord kamen, unterhielt er sie nach bestem Wissen und Können und bildete eine Pufferzone zwischen ihnen und Nancy.

Und niemand würde ihn daran hindern, dieses süße Ding vom Planeten der Veranstalter zu betreuen. Er konnte sich nicht daran erinnern, wann er sich in Gegenwart einer Frau so aufgekratzt und gut gefühlt hatte. Es gefiel ihm.

Sie gefiel ihm auch.

Natürlich würde Nancy Ransom sich Turry gegenüber nicht unhöflich verhalten – aber mehr konnte man kaum von ihr erwarten. Für jemanden, der wie sie einer alten Raumfahrerfamilie entstammte und von einem der kleinen Raumhäfen kam, auf denen Frachttransporte und Charterflüge in etwa das einzige waren, von dem man leben konnte, hatte Nancy viel Selbstvertrauen gehabt. Sie hatte immer nur *geglaubt,* Selbstvertrauen zu haben, deswegen schob sie es immer anderen in die Schuhe, wenn sie unsicher wurde. Die Sturheit und der Argwohn waren ihr angeboren, weswegen sie sich sofort allem widersetzte, was ihrem Trott entgegenlief.

Sie hatte freilich etwas von einem Pionier, das andere dazu brachte, bei ihr anzuheuern und für sie zu arbeiten, selbst wenn sie ab und zu angeknurrt wurden.

Außerdem war sie die härteste Arbeiterin, die Mike kannte. Es war ihr gelungen, das unrentable Erzfrachtunternehmen ihrer Eltern in die schwarzen Zahlen zu bringen. Zwar nur knapp, aber immerhin. Ihre Arbeitspferd-Ethos war ihr bestechendster Charakterzug. Wenn man noch hinzurechnete, daß sie ein echtes Original und keineswegs davon überzeugt war, daß die amerikanischen Südstaaten seinerzeit den Bürgerkrieg verloren hatten, reichte dies für echte amerikanische Südstaatler wie Mike schon aus, um Jahr für Jahr einen neuen Vertrag zu unterzeichnen.

»Haben Sie irgendwelche Kenntnisse über die alten amerikanischen Südstaaten?« fragte er spontan.

»Aber gewiß«, sagte Turry. »Das Studium der irdischen Geschichte ist von großem Interesse. Ich habe an unserer Universität so viele Seminare wie möglich zu diesem Thema belegt. Ich möchte irgendwann dort wohnen.«

»*Urplötzlich* möchte ich es auch«, murmelte Mike.

Er rechnete mit dem Gegröle seiner Kameraden, aber niemand sagte etwas. Man vernahm nur das Scheppern der Bestecke auf den Tellern und das Schlürfen von Kaffee. Was bedeutete, sie kapierten, daß er es ernst meinte und nicht nur eine Schau abzog. Als Turry die grauweiße Soße auf ihr Brot schaufelte, konnte er den Blick kaum von ihr abwenden.

»Wenn Sie Nancy kennenlernen wollen«, fuhr er fort, »sollten Sie sie am besten über die Geschichte ihrer Familie befragen. Sie ist noch immer irgendwie 'ne echte Rebellin. Sie stammt aus einer Familie, in der alle die Namen der Kompanie, der Brigade, des Regiments und die wichtigsten Schlachten auswendig wissen, an denen ihre Vorfahren im Krieg teilgenommen haben. Tatsache ist, wir sind ihr alle irgendwie ähnlich.«

Turry mampfte ihre Eier mit Haferkorn. »Kommen Sie alle aus der gleichen Kolonie?«

»Ja, wir sind alle aus Port Passend. Jedenfalls die meisten von uns.«

»Wo ist das?«

»In der Nähe von Alpha Centauri. Fragen Sie mich doch mal, wie sie zu ihrem Namen gekommen ist.«

»Na schön … Was bedeutet Port Passend?«

»Wurde von einer Familie aus Arkansas kolonisiert.«

»Den Vereinigten Staaten.«

»So wahr ich hier sitze. Wir sind alle Vettern dritten, neunten und zehnten Grades.«

Andy O'Boyle schluckte gerade noch einen Löffel Haferkorn herunter, dann sagte er: »Wie man ganz besonders an meinem typischen Südstaaten-Nachnamen hört.«

Turry lächelte. Alle anderen kicherten.

Mike, ermutigt, daß die Stimmung sich trotz der Anwesenheit Nancy Ransoms am Ende des Tisches verbesserte, fuhr fort.

»Die meisten von uns hatten Verwandte unter den ersten Siedlern. Sie stammten aus Jonesboro, Harrisburg – auf der anderen Seite von Arkansas. Da gab es ein Ortsschild, und um das standen 'n paar Häuser rum. Auf dem Schild stand der Name der Ortschaft: Passend. So nannte man ihn in den zwanziger Jahren des 20. Jahrhunderts, weil die Leute dort sagten, es sei ›passend‹, daß dort 'ne Ortschaft entstand.«

Turry hielt sich eine Hand vor den Mund und bemühte sich, gleichzeitig zu lächeln und zu kauen. Aber Mike fing den ihn zufriedenstellenden Glanz ihrer großen braunen Augen auf. Wie die Augen eines Rehs …

»Jedenfalls«, fuhr er fort, »nannten unsere Ururgroßeltern ihre Kolonie Port Passend, weil sie dachten, es wäre 'n passender Ort für einen großen Minenhafen. Nun ist Port Passend etwa zweihundertmal so groß wie der Ort, nach dem er benannt wurde. Ist echt gut gelaufen. 'ne Menge guter freier Industrie und Unternehmertum. Haben unser Erbe nie verloren. Haben die Vorstellung der Konföderierten von 'ner kleinen Regierung beibehalten: Sie hält die Straßen sauber und die Raumrouten frei, und den Rest macht das Volk. Würde mir großen Spaß machen, es Ihnen zu zeigen.«

Turry musterte sein breites, rundes Gesicht, und Mike spürte, daß er nur eine Leinwand aus Kratzern und Narben war. Aber es klang wie ein Lied, als sie sagte: »Ich würde es mir gern mal ansehen, Mike. Und was ist mit Arkansas?«

Er blinzelte. »Bitte?«

»Ist schon ein Ort um das Schild herum entstanden?«

»Noch nicht«, warf Sam ein.

Mike warf eine halbe Scheibe Sauerteigbrot in Sams Richtung, erwischte ihn voll im Gesicht und wandte sich wieder der Besucherin zu. »In solchen Gegenden gehen die Dinge nur langsam voran. Man kann 'ne Stadt nicht zwingen, zu wachsen. Hat sich nie so entwickelt, wie die Leute angenommen haben. Damals ist das Wachstum eher hinter der Eisenbahnlinie hergezogen. Es ist noch immer keine Stadt da.«

Nancy überraschte ihn mit einem Anflug von Humor, als sie sagte: »Ist doch irgendwie *passend.*«

Kurze Pause. Dann brach die Messe in ein Lachen aus.

Mike Frarey fiel beinahe rückwärts von der Bank. Er erstickte fast an seinem Gelächter. Es lag wohl an Turry, daß die Stimmung sich etwas besserte. Sogar Nancy taute langsam auf.

Mike hatte nicht damit gerechnet, daß so etwas passieren könnte, weil sie ohnehin keinen großen Bock gehabt hatte, an dem Rennen teilzunehmen. Sie hatte es nur nicht ausstehen können, daß es ohne sie stattfand. In der Hinsicht hatte sie ein kleines Problem.

Erst als ihm bewußt wurde, daß er mit offenem Mund lachte und der Messendecke die halbzerkaute Nahrung zeigte, beruhigte er sich und hielt sich am Rand des großen Tisches fest. Am anderen Ende verzehrte Nancy ihre Mahlzeit, aber sie beäugte ihn argwöhnisch, und ihr Mund war zu einem breiten Grinsen verzogen.

»Wie läuft's denn, Nancy?« fragte Joe Sibley, der links von Mike saß.

»Marilyn vertritt mich gerade«, erwiderte Captain Nancy Ransom und konzentrierte sich wieder auf das

Frühstück. Sie aß, indem sie beide Ellbogen auf den Tisch stützte, die Schultern anhob und den Kopf nach vorn beugte. »Wir sind hinter der *Blackjacket;* weiß nicht wie weit, aber wir holen auf. Ich glaub, ich hab die *Alexandria* an uns vorbeizischen sehen, aber der Sensorschatten war verdammt groß für 'n Kauffahrer.«

»War es nun die *Alexandria* oder nicht?« fragte Sam Oats.

»Sag ich doch, wir wissen's nicht genau. Wir wissen nur, daß irgendwas Großes vor uns fliegt. Willste auf die Brücke kommen und die Schiffe an ihrer Silhouette, am Schub und an der Größe identifizieren? Kannste von mir aus gern machen. Wir sind gleich an der Markierung für 'ne Art Gravitationsquelle, deswegen ist Marilyn mit dem Tempo runter und fliegt auf Sicht. Wir haben zwei Funkfeuer ausgemacht, aber ich nehm an, es ist 'ne Art Linseneffekt.«

»Und welchem folgen wir?« fragte Mike.

»Steht noch nicht fest.«

Mike zuckte in Richtung Turry die Achseln. Sie schaute Nancy hoffnungsvoll an, und er zwinkerte ihr beruhigend zu.

»Wenn ich mit 'm Essen fertig bin«, sagte Nancy, »geh ich mal rauf und leg 'ne Schaufel Kohlen nach. Falls es 'n Gravitationshaken ist, kann ich ihn mit genug Tempo umgehen.«

»Oder von ihm eingefangen werden«, rief Louise Clark aus dem Küchenbereich der Messe, wo sie Pfannkuchen auf ein Tablett schaufelte.

»Gib das Ruder jetzt wieder ab, Louise«, rief Nancy zurück. »Du sollst eigentlich nur kochen.«

Wieder lachten alle, einschließlich Louise, und diesmal sogar Nancy.

Mike schaute an Turry und Sam vorbei. »He, Nancy«, sagte er dann, »vielleicht kannst du die *Blackjacket* einholen und abhängen. Du könntest Ian so weit beeindrucken, daß er dich an Bord holt – als einzige Frau, die zu seiner Mannschaft gehörte.«

»Welche Frau will das denn?« fauchte Nancy, ohne den Kopf zu heben. »Der schleimige Karottenkopf kann sein aus Männern bestehendes Paradies gern behalten, wenn er will. Ist doch sein Pech. – Außerdem«, sagte sie und beugte sich vor, um Mike anzusehen, »hätte ich, wenn ich in seiner Mannschaft wäre, kein *eigenes* Schiff.«

Die Mannschaft ließ ein zustimmendes Geheul ertönen, schwenkte die Fäuste, um ihr Beifall zu spenden, und klopfte auf den Tisch. Dann geschah etwas Unerwartetes: Nancys Wangen bliesen sich vor Stolz auf. Sie schien sich echt gut zu fühlen, da sie eine Hand an Sam vorbeischob und sie Turry anbot.

»He«, sagte sie. »Wie geht's denn so?«

Turry nahm ihre Hand. »Ich bin wirklich sehr erfreut, auf der *Ransom Castle* zu sein, Captain«, sagte sie. »Sie müssen stolz auf alles sein, was Sie haben.«

»Bin ich ja«, sagte Nancy. »Willkommen an Bord.«

Mike und die anderen gaben sich wirklich alle Mühe, um nicht vor Schreck zu verstummen. Sie lachten und aßen zwanghaft weiter, damit das Geplauder nicht erstarb, auch wenn es nur aus »Reichste mir mal den Kaffee?« oder »Hier, haste noch 'n Pfannkuchen« bestand. Ein heiteres Gefühl breitete sich in der Messe aus.

Vielleicht würde es gar nicht schlecht werden! Vielleicht bekamen sie alle noch Spaß! Vielleicht konnten sie am Ende des Rennens ihre Klampfen auspacken und ein bißchen Musik machen.

Und vielleicht, dachte Mike, ist auch für mich selbst noch was drin, als er seine riesige Hand zwischen Turrys Schulterblätter legte und sie beglückwünschend tätschelte. Fühlte sich ganz gut an …

Und dann heulte das Schiff plötzlich auf und legte sich um 60 Grad auf die Seite.

Als die Hülle um sie herum knirschte, hielten sie sich

am Tisch und aneinander fest. Die Lampen knisterten und funkten, das Ozark-Frühstück und die Bestecke rutschten ihnen auf den Schoß. Mike konnte Turry links von sich und zwei andere rechts von sich schnappen, aber nicht für lange.

Alarmsirenen heulten durch die plötzliche Dunkelheit. Die künstlich erzeugte Schwerkraft fiel aus; alle Anwesenden wurden gegen die Backbordschotten geschleudert. Die Geschichten über die amerikanischen Südstaaten waren vergessen.

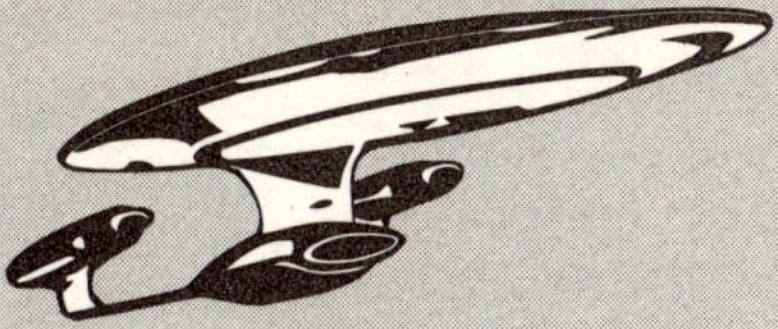

ALARMSTUFE GELB

9

An Bord der *Ransom Castle*

»Wir sind aus dem Warp raus; auf ein Achtel Impuls runter.«

»Notbeleuchtung einschalten. Was hat uns getroffen?«

»*Wir* haben was getroffen. Sieht aus wie 'n Überbleibsel von 'ner Art Dunkelwolke. Wir haben sie nicht gesehen.«

»Schäden?«

»Tja ... Weiß ich noch nicht genau.«

»Dann bring's in Erfahrung!«

»Okay, okay, schrei mich nicht an ...«

»Ich schrei dich aber an, und ich schrei dich deswegen an, weil du das Kommando hattest und wissen müßtest, was vor dir liegt, Marilyn!«

»Geh mir nicht auf'n Senkel, Nancy.«

»Und ob ich dir auf'n Senkel gehe! Auch wenn's nur 'n Rennen ist! Angenommen, wir hätten Fracht geladen?«

»Dann hätten wir einen Kurs berechnet und würden nicht in Wolken rasen, die niemand sehen kann, oder?«

»Ähm, Nancy ... 'tschuldige mal.« Mike Frarey schob sich zwischen die beiden Frauen. Rings um sie her wuselte ein halbes Dutzend anderer Leute herum. Marilyn Betts, der Zweite Offizier, brachte sich aus der Schußlinie. »Sieht aus wie 'n Gemisch aus ionisierten Gasen und rotierendem Staub, der von etwas herrührt, das vor ungefähr 'ner Million Jahre explodiert ist. Im Inneren kommt es noch immer zu Reaktionen. Unsere Sensoren können es nicht berechnen, also muß es verdammt groß sein.«

Nancy schwieg eine Weile. Auf dem Frontbildschirm erblickte sie ein schwimmendes rauchgraues, vor der Weltraumschwärze fast unsichtbares Geflecht. Auch wenn sie dagegengekracht waren, man konnte es kaum ausmachen. Der einzige Hinweis auf seine Existenz waren das schwache bläuliche Prasseln elektrischer Aktivität und die Tatsache, daß es nicht durchsichtig war.

Sie kratzte sich geistesabwesend an der Wange. »Wo sind die anderen Schiffe?« fragte sie.

»Die, die wir sehen können, drehen ab, um die Wolke zu umfahren. Wir haben eine Warnung gefunkt, so daß nun jeder Bescheid wissen müßte. Ich weiß aber nicht, inwiefern das Ding unsere Manövrierbarkeit beeinträchtigt.«

»Wer hält sich in der Umgebung auf?«

»Wir haben das tholianische Schiff vor uns gesehen und die *Baltimores Stolz* gleich dahinter. Es sind noch 'n paar andere da, die ich aber nicht erkennen kann. Die *Blackjacket* möglicherweise auch. Wir haben auch kurz 'n Schiff der Flotte gesehen, wissen aber nicht, in welche Richtung es unterwegs war.«

»Ein Flottenschiff? Welches?«

Da Nancys Gesicht bei diesem Hinweis grau geworden war, wurde Mike klar, daß er einen Fehler gemacht hatte. Er hätte einfach sagen sollen, er wisse nicht, welche Schiffe es gewesen waren. Hätte ja eigentlich jedes sein können. Wer wollte es so genau wissen?

»Tja ...«

»Es ist Jim Kirk, nicht wahr?« Ihr Gesicht wurde nun rot, man erkannte es sogar in dem Zwielicht. »Der Teufel soll ihn holen! Der Kerl hängt einem sogar mitten im Nichts am Hals! Okay, ich denk mal eben nach. Wo, zum Henker, bleibt die Notbeleuchtung?«

Rings um sie her, unten und oben, konnte man geschäftiges Pochen hören. Die Leute gingen ihrer Arbeit nach und taten ihr Bestes, um nicht in Panik zu geraten oder Nancy auf die Nerven zu gehen. Sie hatten es, wie Schlangendompteure, gelernt. Halt dich von der Brükke fern, solange du nichts wirklich Wichtiges zu sagen hast.

Alle hielten sich mit einer Hand fest und arbeiteten mit der anderen, denn das Schiff wurde von der Anomalie durchgeschüttelt, in die sie hineingestolpert waren.

»Traktorstrahlen umkehren«, sagte Nancy. »Ich brauch Platz zum Wenden.«

»Da ist aber nichts, von dem wir uns abstoßen können«, sagte Mike.

»Wir versuchen's trotzdem.«

Mike wandte sich um, so gut dies seinem riesigen Körper angesichts des sich unter ihm schüttelnden Schiffes möglich war. »Traktoren volle Kraft zurück, Sam«, rief er in den Maschinenkriechgang hinab.

»Nein…« Nancy packte seinen Arm. »Warte mal…«

Frarey beobachtete ihre kleinen Augen. Sie wurden noch kleiner, als sie den Bildschirm musterte. Dann schaute sie sich die Anzeigen an, und wieder den Schirm, und dann lief ihm ein komisches Gefühl über den Rücken. Er wartete so lange, bis er meinte, daß es nun reiche. »Was ist denn?« fragte er dann.

»Wenn alle anderen sich abplacken, das Ding zu umfahren…«

»Jaaa?«

»…sind wir ihm fünfhundert Lichtjahre voraus, wenn wir mittendurch fahren.«

»Ihm, hm?« sagte Mike leise.

»Ja, ihm!« explodierte Nancy. »Der Abwehrschirm ist voll funktionsfähig, oder?«

»Hör mal, Nancy… Wir sind schon jetzt am Ende der Spitzengruppe… Es könnte uns Gott weiß wie weit nach hinten werfen…«

»Wir könnten aber auch unheimlich viel gewinnen.

Tun wir das, was wir am besten können – und schlagen wir gleichzeitig einen Schweinehund.«

»O Mann ...«

»Die Mannschaft soll Bleiplatten an den Innenschotten befestigen. Weck alle auf, die schichtfrei haben. Die Stabilisatoren auf Maximum. Pack die alten Impulsdüsen aus, wir könnten sie brauchen. Wir fetzen jetzt einfach durch das Ding ...«

»Ich weiß nicht, Nancy ...«

»Na los, ihr Pfeifen, hört mal alle zu!«

An Bord der *Roten Klaue*

»Die Wolke ist das Überbleibsel einer Explosion. Irgendwo ist ein Neutronenstern mit einem roten Riesen der Klasse C kollidiert. Das Ergebnis: hochionisierte Partikel, harte Strahlung, Staub, Trümmer und ein Übermaß an Antimaterieresten. Außerdem hat das Innere der Wolke noch eine Menge Schwung. Die Rotation ist noch nicht ganz zum Stillstand gekommen.«

»Wie alt ist die Suppe?«

»Ich schätze ... fünf bis acht Millionen Jahre.«

»Dann können wir also davon ausgehen, daß sie auch noch morgen rotiert?«

Der wissenschaftliche Experte der *Roten Klaue* schaute vom Monitor auf, um die Frage seines Vorgesetzten zu beantworten – oder um zu sehen, ob seine Antwort ein Fehler sein konnte. »Ja, Commander, natürlich.«

Valdus hätte beinahe gelächelt, aber solche Ausrutscher konnten sich für einen Kommandanten langfristig als schädlich erweisen. Die Miene, die der Experte bei der Frage aufgesetzt hatte, gefiel ihm jedoch. Offenbar war es ihm gelungen, den armen Kerl zu überzeugen, daß er wirklich eine Antwort hatte haben wollen.

Vielleicht hatte er seinen Stil noch nicht verloren.

Die Brückenmannschaft war es nicht gewohnt, direkt mit ihm zu sprechen. Meist sagte Romar den Leuten, was getan werden mußte; er gab sich mit ihnen ab. Es verwirrte sie, daß ein einfaches Wettrennen nicht nur sein Interesse, sondern auch seine *persönliche* Aufmerksamkeit errungen hatte.

Die Verwirrung der Mannschaft gefiel ihm. Er hoffte, daß er sein Ziel erreichen konnte, ohne ihr Leben aufs Spiel zu setzen, aber auch das hätte er natürlich nicht zugegeben. Kommandanten waren immer besser dran, wenn sie die Mannschaft raten und vermuten ließen, damit sie unabhängig von ihm keine eigenen Schlüsse zogen.

»Wo sind Sie, Romar?«

»Hier, Commander.«

Natürlich. Nie weiter als zwei Schritte von seinem Blickfeldrand entfernt.

»Befehle, Commander?« fragte Romar. »Sie wollen der Wolke doch bestimmt ausweichen.«

»Was tun die anderen Schiffe?«

»Sie sind im Begriff, sie zu umfahren.«

»Nicht alle, Subcommander«, sagte der Steuermann. Er sprach zu Romar, kam aber nicht umhin, Valdus bei jedem zweiten Wort anzusehen. »Ein Schiff dringt in die Wolke ein. Ich glaube, es will dadurch Vorsprung gewinnen.«

»Gälte mein Interesse nur dem Rennen«, sagte Valdus, »würde ich das gleiche tun.«

Romar trat einen Schritt näher. Seiner gerunzelten Stirn nach zu urteilen behagte es ihm nicht, die nächsten Schritte vorauszuberechnen. »Standardellipsenkurs um die Wolke?«

»Ja.«

Ah, das Geschenk einer einfachen Antwort. Valdus genoß es, heute mal eine zu geben. Romar fand offenbar Gefallen daran. Eine klare Sache, verständlich und ausführbar.

Um so stärker war der Bruch, als Valdus Romars Handgelenk packte und ihn daran hinderte, ans Ruder zu treten. »Moment noch«, sagte er. »Was für ein Schiffstyp dringt in die Wolke ein?«

Romar schaute ihn an, plötzlich wieder steif. Er schob den wissenschaftlichen Experten beiseite, schickte ihn mit einer Geste fort, dann beugte er sich über die Monitoren und bediente die Kontrollen, bis das Bild an Schärfe gewann.

»Ein Industrietransporter … Reisegeschwindigkeit: dreifache Überlichtgeschwindigkeit … Kann kurzfristig auch auf fünffache gehen. Schwere Zugmaschinen. Länge der Antriebseinheit insgesamt …«

»Das reicht.«

Romar erstickte fast bei dem Versuch, die Zahlen daran zu hindern, über seine Lippen zu kommen. Er erzeugte ein würgendes Geräusch und richtete sich wieder auf. Er wirkte erschöpft. Die Anstrengung, die die Geduld ihn kostete, war deutlich sichtbar.

Geduld.

Valdus bot ihm schweigend Verständnis an, aber keine Erklärungen. Er dachte über das Schiff nach und beobachtete es, als es in die Gaswolke hineinfuhr.

»In einer Wolke dieses Typs«, sagte er, »könnte ein Schiff direkt vor der Nase eines anderen fahren … ohne daß man es bemerkt. Nicht wahr?«

An Bord der *Enterprise*

»Ein ätzendes Gebräu. Sehr gefährlich.«

Spock legte beide Hände an die Seiten des Monitors und lugte hinein. Die Daten über die schwarze Wolke wanderten vor ihm über den Schirm.

»Fluktuierende elektrische Aktivität«, fuhr er fort, »Turbulenzen in den oberen Neunzigern … Gravitationsstau in Richtung Zentrum … hervorgerufen durch eine noch vorhandene Rotation der ursprünglichen Kollision … Kein berechenbares Trudelmuster.«

Neben ihm schaute Jim Kirk sich die gleichen Zahlen an. Ihm gefiel keine einzige. »Was kann der *Castle* passieren, wenn sie da durchfliegt?«

Spock richtete sich vom Bildschirm auf und blickte kurz ins Nichts. Die Zahlen setzten sich in seinem Verstand in Bilder um. »Warpkern-Ionisierung, sehr schädlich für die Antriebsenergie, möglicherweise bis zum Totalausfall … Sensorenblindheit … Schutzschirmzusammenbruch, so daß die Mannschaft sich ins Schiffsinnere zurückziehen muß, was ihr den Zugang zu den Triebwerken verbaut sowie die Kontrolle über die Sauerstoffversorgung und die Hüllenintegrität nimmt. Eventuell kommen sie da überhaupt nicht mehr heraus.«

Kirk wandte sich mit steifen Armen um und schaute auf den Frontbildschirm. In der Ferne, bei maximaler Vergrößerung, fraß eine purpurschwarze Wolke mit blauem Zottelhaar aus elektrischem Strom die *Ransom Castle* auf. Doch sie scherte nicht aus, und er wußte warum.

»Schiff zu Schiff, Lieutenant«, sagte er. »Audio.«

Uhura bestätigte den Befehl. »Die *Ransom Castle,* Sir«, meldete sie kurz darauf. »Der Erste Offizier Mike Frarey ist dran.«

»Mr. Frarey, hier ist Jim Kirk. Stellen Sie mich zu Captain Ransom durch.«

»Sie ist anwesend«, erwiderte die kratzige Stimme des Ersten Offiziers über das Kommunikationssystem; daß die Wolke an der Energie der *Castle* zehrte, machte sich schon bemerkbar. »Sprechen Sie einfach.«

»Nancy«, sagte Kirk und in dem Bemühen, nicht gönnerhaft zu klingen, »fahr nicht da rein.«

»Danke für den Rat.«

Nancys Stimme war gefaßt – was Anlaß zu größten Befürchtungen gab.

Kirk rutschte hin und her und fragte sich, wie seine eigene Stimme klang. Hörte er sich etwa arrogant an?

»Captain?« warf Chekov ein. Kirk nickte.

Chekov saß zwar an der Navigation, aber er schaute zur wissenschaftlichen Station an der Backbordseite hinauf, zu Spock hin, als wolle er eine Bestätigung dessen, was er gerade gesehen hatte.

»Das Funkfeuer ist nicht mehr zu empfangen, Sir!«

Kirk rührte sich. »Können Sie das bestätigen, Spock?« frage er. »Haben wir uns verschätzt?«

Spock nahm sich die nötigen Sekunden, und alle auf der Brücke Anwesenden schauten ihn an. Sogar Nancy Ransom mußte der Stille über das offene Kommunikationsnetz lauschen, als die *Enterprise* in Erfahrung zu bringen versuchte, ob sie einen Bock geschossen hatte.

»Kein Anzeichen vom Funkfeuer, Captain«, sagte Spock. »Wir sind offenbar dem Spiegeleffekt des Sensorenechos statt dem echten gefolgt.«

»Du hast dich verfranzt«, sagte Nancys Stimme in das Schweigen hinein. »Und wenn ich in der Wolke verschwinde, mußt du einem anderen Schiff folgen, nicht wahr?«

»Es ist doch nur ein Rennen, Nancy«, erwiderte Kirk. »Es ist die Sache nicht wert, ein Schiff zu riskieren.«

Als sie nicht antwortete, machte er sich Sorgen.

Wie sprach man mit einer Frau, die einen für ihren persönlichen bösen Geist hielt? Vielleicht war es besser, wenn er einfach sagte, sie solle weitermachen, den Versuch wagen, die Rennstrecke abzukürzen, indem sie durch Treibsand schwamm – in der Hoffnung, daß sie das Gegenteil dessen tat, was er ihr riet.

Aber so kindisch war nicht mal Nancy Ransom. Niemand konnte ein Unternehmen leiten und dabei lange eine Göre bleiben.

Er fragte sich, ob sie wußte, daß er dies verstand und – offenbar im Gegensatz zu ihr – in den vergangenen zehn Jahre dazugelernt hatte.

»Mein Wissenschaftsoffizier meint, es sei keine gute Idee, in das Ding reinzufliegen«, sagte er. »Wir orten in seinem Inneren mordsmäßige Turbulenzen.«

»Ja, aber ich hab keinen raffinierten Vulkanier, der meinen raffinierten Computer bedient. Wenn ich mich also durchkämpfe, ein paar hundert Lichtjahre abkürze und dich aus dem Feld schlage, habe ich es wohl nur meiner Nase zu verdanken. Es ist 'n Trick, den ich gelernt habe, als ich noch bei eurer Flotte war.«

»Hör mal«, sagte Kirk, »du kannst mich nennen, wie du willst, aber mach dich nicht runter, indem du meine Leute beleidigst. Ich habe dir eine Empfehlung gegeben. Ich habe nichts dagegen, wenn du sie befolgst – und ich versichere dir, daß niemand davon erfährt. Wenn dir deine Mannschaft schnuppe ist, denk wenigstens an meine. Ich habe keine Lust, dir folgen zu müssen.«

Er hatte es kaum ausgesprochen, als ihm klar wurde, daß es die falschen Worte gewesen waren. Nancy wollte die Vergangenheit nicht vergessen, und nun hatte er sie schon wieder irgendwie herausgefordert.

»Ich ruf auch nicht nach dir. *Ransom Castle,* Ende.«

Das Klicken des sich schließenden Kanals war für Kirk wie ein Peitschenschlag.

»Nicht gerade die Reaktion, auf die ich aus war«, sagte er. »Ich habe einen Fehler gemacht. Ich hätte Ken Dodge oder einen anderen beauftragen sollen, sie zu warnen. Sie hätte auf jeden anderen gehört. Das ausgerechnet mir das nicht eingefallen ist.«

»Fliegt die *Ransom Castle* dort hinein?« fragte Royenne aus dem Hintergrund.

»Sieht so aus.« Kirk bemühte sich, nicht zu seufzen. Er hatte ganz vergessen, daß die Rey hier waren. Er mußte Haltung bewahren – was normalerweise auf der Brücke nicht der Fall war.

Andererseits waren die beiden auch als Beobachter hier – und beobachteten vielleicht, daß der Captain weit davon entfernt war, perfekt zu sein.

»Captain Kirk«, sagte Tom, »lassen Sie das etwa zu?«

Kirk zuckte die Achseln und weihte sie in die abscheuliche Wahrheit ein. »Wenn sie keine Hilfe will, kann ich nichts tun.«

»Gibt es denn kein interstellares Gesetz oder so was, das Sie zitieren können?«

»Ein Schiff im Weltraum ist eine autonome Körperschaft, Mister ... Tom. *So* lautet das interstellare Gesetz. Mr. Spock, Mr. Sulu – wir nehmen das Rennen wieder auf.«

Als die Mannschaft sich stirnrunzelnd an die Arbeit machte und versuchte, sich auf das Rennen zu konzentrieren, ging Kirk zu Spock zurück.

»Sie hat zwar Mumm«, sagte er, »aber ich bezweifle, daß sie mehr als sechs oder sieben Minuten gewinnt. Vielleicht macht die Wolke sie sogar langsamer. Falls sie überhaupt aus ihr rauskommt. Und es ist mein Fehler, wenn sie es nicht schafft«, murmelte er. Er schaute noch immer auf den Bildschirm, auf den Punkt, den die *Ransom Castle* vor dem Hintergrund der monströsen knisternden Wolke bildete. »Ob unsere Transporter in diesem Chaos überhaupt funktionieren, falls wir ihnen eine Rettungseinheit nachschicken müssen?«

»Unwahrscheinlich«, sagte Spock. »Aber genau weiß ich es nicht.«

»Ich hätte nie mit ihr sprechen dürfen, Spock. Ich habe nur ihren Trotz herausgefordert.«

»Finde ich nicht, Sir.« Spocks Ton war fast sanft, als er sich umdrehte, um ihn anzusehen. »Captain Ransom stellt zwar eine bewundernswerte Bereitschaft zur Schau, Risiken einzugehen, aber ihr fehlt die Fähigkeit, das Risiko gegen den Gewinn abzuwägen. Das macht ... einen bemerkenswerten Kommandanten aus.«

Es war Spocks Art, Kirk zu sagen, die Sache nicht schwerzunehmen.

»Ich schätze, Sie haben recht«, sagte er seufzend. »Es

lag ja auch an ihrer Sprunghaftigkeit, daß sie es in der Flotte nicht weit gebracht hat.«

»Captain?«

Kirk wandte sich um. »Ja, Tom?«

Der Rey hatte den Zufluchtsort des Turboliftvorfeldes verlassen und kam über die Brücke auf sie zu.

»Lassen Sie das Schiff zurück?« fragte er.

Alle beobachteten den Frontbildschirm, der versuchte, die große Entfernung zwischen der *Enterprise* und der *Ransom Castle* zu überbrücken. Gerade wurde der letzte Hinweis auf den Handelskreuzer – das Aufblitzen einer Schwanzfinne – von der turbulenten Abfallmasse verschluckt, den der Kataklysmus vor vielen Millionen Jahren zurückgelassen hatte. Nun war die *Ransom Castle* auf sich allein gestellt.

Kirk gefiel die Vorstellung ganz und gar nicht, im Namen des Sportsgeistes ein Schiff in potentieller Gefahr zurückzulassen.

Tom wirkte zwar nicht wie der Typ, der gern herumsülzte, aber er würde erst nachgeben, wenn er eine ehrliche Antwort bekam. Er trat zwischen Kirk und Spock – dies war etwas, das kein anderer je gewagt hätte –, deutete auf die dunkle Masse, die der Frontbildschirm zeigte, und seine Stimme klang, als würde sie vor Beharrlichkeit brechen.

»Angenommen, sie kommen da nicht wieder raus?«

An Bord der *Ransom Castle*

»Es ist alles in Ordnung! Keine Panik! Es rüttelt nur hier und da ein wenig!«

Louise Clark, die Schiffsköchin, legte eine Hand auf die ratternde Metallspüle, blickte in den fünf Jahre zuvor eigenhändig angebrachten Spiegel und absorbierte den Schreck auf ihrem Gesicht. Ihre Augen waren von Anspannung und kleinen Fältchen umgeben. Sie fühlte sich an ihre Mutter erinnert. Ihr Gesicht war gerötet und erhitzt.

»Das hast du doch schon hundertmal erlebt«, sagte sie zu ihrem Spiegelbild. »Was soll das denn? Warum zitterst du wie ein Feigling?«

Sie zupfte an ihrem Kragen. Schweißtropfen liefen an ihrem Hals herunter.

»Gott, was ist denn nur los mit dir?« murmelte sie vor sich hin. Das Gesicht, daß sie erblickte, schrumpelte vor Angst zusammen.

Sie wandte sich ab und schwor sich, nicht wieder hinzusehen.

»Ist schon in Ordnung ... Das hab ich alles schon mal erlebt ... Wir sind schon mehr als einmal durchgerüttelt worden ... Weiß gar nicht mehr, wie oft ...«

Sie warf über die Serviertheke der Messe einen Blick in den Speiseraum hinein, sah den langen hölzernen Tisch und noch ein Gesicht. Sie hielt sich am Rand der Theke fest. »Kein Grund zur Panik ...«

Das Schiff kippte zur Seite, weit genug, um sie auf den sich neigenden Boden zu werfen. Sie rollte gegen das Schott, dann zur Tür hinaus und in die Messe hinein. Ein längst vergessener Reflex führte dazu, daß sie sich an der Tischecke festhielt und so verhinderte, daß sie unter den Tisch rutschte. Denn diese Stelle war bereits von ihrer Besucherin besetzt.

Die Fremde – wie hieß sie doch gleich? – war unter den Tisch gefallen und klammerte sich an ein Bein.

Louise konzentrierte sich darauf, sich an den Namen der Fremden zu erinnern, nur damit ihr Hirn etwas zu tun hatte. Sie wollte den Panikgefühlen nicht nachgeben, die sie zu übermannen drohten. Warum empfand sie so? Sie hatte ihr Spiegelbild noch nie angelogen. Die meisten ihrer Sorgenfalten stammten vom Herumsitzen unten in der Kombüse, wo sie das Essen hatte zubereiten wollen, als das Schiff irgendwie anfing zu hämmern. Essenmachen war ihre Therapie. Sie hatte

Möhren geschält und inmitten abscheulicher Stürme und mehrerer Angriffe feindseliger Piraten heißes Chili umgerührt. Was stimmte heute nicht mit ihr?

Das Schlimmste stand ihr sicher noch bevor.

»Ich hab mir irgendwas eingefangen«, murmelte sie. »An meinem Hals pulsiert es so. Ich hab mir 'n Virus gefangen, das ist es. Wie geht's Ihnen denn, Schätzchen? Sind Sie so ängstlich, wie ich aussehe?«

Die großen braunen Augen der Fremden unter dem Tisch waren blaßgelb vor Angst, aber sie klammerte sich ebenso an ein Fünkchen gesunden Menschenverstandes wie an das Tischbein. Man sah es in ihren Gesicht. Mit den weißen, in ihrem Gesicht hängenden Strähnen sah sie aus wie ein Hirtenhund, dem man mit einem Lederhandschuh eine gelangt hatte, weswegen er sich nun versteckte.

Louise raffte alles zusammen, was sie hatte, um die ihren Brustkorb einschnürende Furcht zu unterdrükken. Sie konnte nichts gegen ihre zitternden Hände tun – sie konnte ihre Finger kaum kontrollieren. Nur mit Hilfe der Fingernägel konnte sie die Tischplatte packen und sich auf die Beine ziehen. Das Schiff vibrierte und schlingerte.

»Was ist nur mit mir *los?*« fragte sie in die Luft hinein, während die Füße unter ihrem Gewicht nachzugeben drohten. »Ich muß nachdenken, nachdenken, nachdenken, *nachdenken* ...«

Aber sie konnte nicht nachdenken. Ein abschirmende Wand, so breit wie ein Duschvorhang, hing zwischen ihr und der Vernunft. Sie war wütend auf sich und frustriert, weil sie nicht denken konnte. Die Luft schillerte, blitzte auf, wurde heiß.

Louise warf taumelnd einen Arm über ihre Augen. Sie hatte das Gefühl, alle Herde seien eingeschaltet. Diese Hitze ...

»Kann bei der Hitze nicht denken ... Köchinnen können nicht denken, wenn es heiß ist ...«

Sie lachte über das neue Unvermögen. Ihre Lippen zuckten. Die Furcht verschluckte schnell allen Humor, den sie zusammentrommeln konnte. Um so größer war ihr Bedürfnis, sich wieder einzukriegen.

Sie griff nach oben, umfaßte ihr Gelenk mit der anderen Hand, zog den Arm von ihren Augen und blinzelte, bis ihr Blick sich wieder klärte.

Es war noch jemand in der Kombüse. Nicht die Fremde. Irgend jemand anderes. Es waren zwei. Sie gehörten nicht zur Mannschaft. Sie kannte sie nicht...

Zwei Männer, irgendwelche Soldaten in eng sitzenden Uniformen, in deren Stoff Metallfäden eingewebt waren. Mit Helmen! Die Helme sahen wie Vogelköpfe aus.

Warum sollte an Bord jemand einen Helm tragen?

»Es ist doch nur ein Rennen!« sagte Louise mit lauter Stimme und erstickte fast an ihrer eigenen Gallenflüssigkeit.

Und das hier war nicht die Transporterzone. Es war auch nicht das Ladedeck oder der Fächerschwanz, wo die Gäste an Bord gebracht wurden.

»Ihr seid hier falsch«, sagte sie zu den beiden ernst blickenden Männern. »Ihr seid irgendwie in der Kombüse gelandet. Hier ist die Kombüse!«

Die Soldaten scherten sich nicht um ihre Worte. Der eine näherte sich ihr mit einer Art Datenlesegerät; der andere wandte sich der Rey-Frau zu und stieg unter den Tisch, um sie mit einem ebensolchen Ding zu beschnüffeln.

Ein paar Sekunden später zog der Soldat unter dem Tisch etwas hervor, das wie ein Phaser aussah, aber länger und größer war.

Louise wankte zurück. Ein Ansturm neuen Entsetzens erfüllte ihren Verstand, und plötzlich konnte sie keinen Gedanken mehr verfolgen. Die Bewegungen in ihrer Umgebung wurden zu verwaschenen Schlieren. Ihr Augen tränten, bis sie kaum noch sehen konnte.

Unter dem Tisch wurde ein schrilles Winseln hörbar. Der schwere Tisch ruckte gerade so, daß man es bemerkte; der sich unter ihm befindende Soldat zog sich zurück und stand auf. Die Rey-Frau brach zu seinen Füßen zusammen.

Louise spürte, daß das sie schwächende Entsetzen plötzlich von ihr abfiel. Rechtschaffener Zorn wallte in ihr auf. Sie war in Schweiß gebadet, aber das spielte jetzt keine Rolle mehr. Ihre Lunge pumpte so fest, daß sie schon glaubte, ihr stünde ein Herzanfall bevor – aber sie war in der Kombüse, sie gehörte zur arbeitenden Mannschaft der *Castle* und wußte plötzlich, was sie tun mußte.

Eine Sekunde später steckte die Spitze eines Dosenöffners im Oberschenkel des auf sie zukommenden Soldaten.

Als der Fremde erschreckt und voller Schmerzen nach Luft schnappte, schrie Louise: »Versteht ihr mich nicht, ihr pokergesichtigen Nachteulen? Ihr seid hier am *falschen* Ort!«

Eisen machte gute Löcher. Zwei Bratpfannen krachten in die Oberkörper der beiden Männer, die sich ihr rasch und schnell wie Fledermäuse näherten.

Die beiden Teufel sprachen kein Wort. Sie verständigten sich, aber nur mit Hilfe von Blicken und Gesten, als hätten sie Angst, man könne ihre Stimmen hören. Sie ließen die Pfannen auf den fettverschmierten Boden scheppern und kamen näher. Jeder packte einen ihrer Arme, dann zog man sie in die Küchenzone und drückte sie gegen die Kühltruhen.

»Was wollt ihr?« krächzte Louise und setzte sich zur Wehr. »Was wollt ihr?! Hier gibt es nichts!«

Einer der beiden hielt sie nieder, während der andere seine Waffe neu einstellte und auf die Seite des zweiten Herdes zielte, den, der über dem ersten an der Wand hing.

»Wollt ihr meinen Herd klauen?« keuchte Louise.

»Das ist doch verrückt! Aber wenn ihr wollt, nehmt ihn euch nur …«

Die beiden ignorierten sie. Einer hielt sie fest, der andere bearbeitete den Herd, bis das schwere Teil an seinem Platz bebte. Dann nickte er seinem Gefährten zu.

Louise bewegte die Schultern und ballte die Fäuste, schüttelte sie und drosch auf den breiten metallischen Brustkorb vor ihr ein. Ihre Tritte führten zu nichts, aber sie wehrte sich trotzdem.

»Eure Mütter sollten sich was schämen!« quäkte sie, als sie rückwärts über die Herdplatte geworfen wurde. Ihr Rückgrat krachte gegen den Rand des Geräts.

Der Geruch von tausend Eintöpfen, Chiliportionen, Butterbroten, Klößen, Fischsuppen, Hühnerfrikassee – alles hing irgendwie in der Kombüsenluft – erinnerte sie plötzlich an eintausend Mahlzeiten, eine nach der anderen. Eintausend, vielleicht zweitausend, vielleicht zehn. Die meisten hatte sie mit größter Langeweile serviert. Ihre Mahlzeiten, Tag für Tag, Schicht für Schicht, waren für die Mannschaft die einzige Erholung von der Plackerei, also hatte sie gutes Essen gemacht.

Louise konzentrierte sich auf die Unterseite des alten geschwärzten Herdes, der über ihrem Kopf erbebte. Ein grimmiges Lachen explodierte in ihrer Kehle und stieß gegen ihre Zähne, und plötzlich war ihr irgendwie schwindlig. Irgend etwas stimmte nicht. Aber was?

Wie konnte man ihr mit dem eigenen Herd schaden? Sie schienen gar nicht auf die Idee zu kommen, daß der Herd ihr nichts antun konnte.

Generationen prall gefüllter Truthähne waren in diesem Herd gelandet. Mannschaften in Grüppchen und Gruppen, sperrig, wegen der übereinander getragenen Kleider, dampfend vor Schweiß, hatten die Kost aus dem duldsamen Herd überlebt. Alte Hasen rechneten mit fester Nahrung, die sie durch eine kalte, lange Schicht brachte. Junge, verwunderte Matrosen hatten sich gefragt, ob sie nichts anderes aus ihrem Leben machen sollten. Wie vielen dieser Jungs hatte sie mit einer warmen Mahlzeit wie bei Muttern aus ihrer Verwirrung herausgeholfen?

Einer Menge.

Die Innenseiten des Herdes zeigten die Beweise dieser zehntausend Mahlzeiten: eingebrannt und nicht mehr wegzuschrubben. Ihre Knöchel waren von alten Verbrennungen verfärbt, jede beinhaltete eine Erinnerung.

Das Herdgehäuse erbebte und löste sich an einer Seite. Louise sah einen Knubbel festgekochter weißer Soße, der irgendwie an seiner Unterseite klebte. Sie fragte sich, ob sie ihn einfach mit einem Messer abschaben konnte, vielleicht wurde ein Zoll der Kombüse dann etwas sauberer …

Sie dachte gerade daran, den Putzeimer herauszuholen und sich von den Technikern einen gewöhnlichen Spachtel zu leihen, als der Herd plötzlich wie ein Schwein quietschte, sich aus dem zerbrochenen Gehäuse löste und fiel. Und eine seiner spitzen Ecken bohrte sich durch Louises linkes Auge in ihr Gehirn.

10

»Zeit für ein kalkuliertes Risiko.«

Ein guter Köder.

Alle wandten sich um und sahen ihn an: Spock, Sulu, Chekov, die diensthabenden Brückentechniker, Tom und Royenne. Er war sicher, daß Chefingenieur Scott unten im Maschinenraum nun zur Decke hinauf schaute.

Ihr Blick besagte: Jetzt sind wir in Schwierigkeiten.

Nun, da ihm ihre Aufmerksamkeit galt, richtete er den Blick auf den Frontbildschirm und sorgte dafür, daß seine Stimme laut genug war, um überall auf der Brücke gehört zu werden.

Ihm war klar, Spock musterte ihn und wußte, daß er die Romulaner meinte. Wenn die anderen es ebenso auffaßten – na schön. Wenn nicht, glaubten sie, er spräche nur über die anderen Rennteilnehmer, und das war auch nicht schlimm.

Die Mannschaft wußte, was er meinte, aber Tom und Royenne… Wie würden sie als Vertreter Gullreys reagieren, wenn sie sahen, daß ein Starfleet-Captain sich mit jemandem beschäftigte, der für sie lediglich ein Rennteilnehmer war? Setzte er damit die Erweiterung der Föderation aufs Spiel?

»Wen kümmert es schon«, murmelte er. »Mr. Chekov, berechnen Sie einen Kurs Z-Plus neunzig Grad zur galaktischen Ebene. Sagen Sie mir, wenn Sie fertig sind.«

Schweigen breitete sich auf der Brücke aus.

Als Chekov sich wieder meldete, klebte sein dunkles Haar an seiner Stirn.

»Position eins fünf, Markierung null… Reichweite zwölf Parsec«, sagte er. Er wandte sich Kirk zu, seine Worte fielen knapp aus. »Wird's reichen, Sir?«

»Wenn nicht, gehen wir weiter raus. Mr. Sulu, Warpfaktor drei. Ausführen.«

Auf dem Frontbildschirm sank die knurrende dunkle Wolke aus den Rückständen einer Millionen Jahre alten Explosion plötzlich zum Boden des Schirms, und das Schiff wandte sich nach oben und strebte dem Himmel der Galaxis entgegen.

Kirk zählte die Sekunden. Er hoffte, daß ...

»Captain?«

Irgend jemand würde ihm schon eine Gelegenheit geben, es auszusprechen.

»Ja, Tom? Kann ich etwas für Sie tun?«

»Hätten Sie was dagegen ... Oder soll ich Mr. Spock fragen?«

»Nein, nein. Ich sag's Ihnen gern. Wissen Sie, der größte Teil der Interferenz liegt auf einer Linie mit der Rennstrecke und bewegt sich mit dem natürlichen Spiralfluß der Galaxis. Wir werden alles unter uns lassen, in einem Z-Plus-Winkel vom Kurs abweichen, sozusagen nach ›oben‹. Wenn wir uns über die Verzerrungen erheben, die die Wolke abgibt, sind wir eventuell in der Lage, ein Frequenzfenster zu finden.«

Für ein angeblich scheues und begeisterungsfähiges Volk vergaßen die Rey ihre Schüchternheit für einen Fingerhut voller neuer Informationen recht schnell.

Dieser Gedanke kam Kirk, als Tom neben ihn trat, sich genau neben dem Kommandosessel aufbaute, als hätte man ihn dorthin gebeten. *Dies* war noch *niemandem* eingefallen.

Tja, abgesehen von McCoy, aber der war schließlich ein Sonderfall.

»Wie weit gehen wir nach ›oben‹?« fragte Tom.

»Sie beobachten zwar, aber nicht sehr aufmerksam«, sagte Kirk sanft. »Wissen Sie noch, wie groß die Entfernung war, als Chekov den Kurs bekanntgab?«

»Er sagte ... zwölf.«

»Zwölf Parsec. Er meint zwölf Parsec aufwärts vom

Standardnull-Bezugspunkt. Eine imaginäre Ebene, die sich wie ein Pfeil durch die Galaxis zieht. Ein Navigationsbezugspunkt.«

»Was kann schiefgehen?« fragte Tom. »Sie haben zwar nichts davon gesagt, aber ich sehe Ihnen am Gesicht an, daß Sie sich über irgend etwas Sorgen machen.«

Kirk musterte ihn irritiert, sogar mit einem Anflug von Erheiterung, dann stand er auf und entfernte sich ein Stück von dem beharrlichen Peter Pan. Es war irgendwie komisch, ihm zu nahe zu sein.

»Das sehen Sie, wenn wir da sind«, sagte er.

Er trat ans Ruder, baute sich hinter Chekov auf.

Tom legte beide Hände auf den Kommandosessel und machte einen Schritt zurück. »Sie meinen, ich sehe es, wenn etwas schiefgeht?«

Man konnte ihn nicht reinlegen.

Vielleicht war Tom nervös. Vielleicht durchschaute er auch die ›Ritterrüstung‹, mit der Kirk sich in der Öffentlichkeit umgab, und erkannte, daß das wilde Manöver auch dazu führen konnte, hinter dem Feld der Rennteilnehmer zurückzubleiben. Mit jedem Lichtjahr, das die anderen zurücklegten, während die Minuten verrannen, konnten sie an Boden verlieren.

Korrektur – sie verloren *wirklich* an Boden. Daran gab es keinen Zweifel.

Aber sie taten es, um die Chance zu erhalten, ihr Blickfeld zu erweitern.

»Rauf, Chekov«, sagte Kirk und deutete mit dem Daumen auf die wissenschaftliche Konsole. »Schauen Sie sich um. – Fähnrich Antonoff, übernehmen Sie die Navigation.«

»Aye, Sir«, sagte Chekov. Antonoff verließ die technische Station und ließ sich auf Chekovs leeren Sitz fallen, als dieser nach oben ging, um unter ihnen nach einem klaren Bild Ausschau zu halten.

Da unten hatten andere Schiffe das gleiche Problem.

Die Wolke verzerrte die Funkfeuer. Das Feld hatte sich zerstreut. Sie waren nun über der Rennstrecke. Wenn sie schnell genug weit genug kamen …

Der Frontbildschirm zeigte die unter ihnen liegende Galaxis, den dicken weißen Staubnebel, den die meisten Völker noch immer ›Milchstraße‹ nannten.

»Sind wir oberhalb der Galaxis?« fragte Tom.

»Nicht der Rede wert«, sagte Kirk.

Er wollte ruhig klingen, aber er war angespannt und empfand Ehrfurcht vor dem, was er sah. Zudem plagte ihn das Gefühl, daß sie mit jeder vergehenden Sekunde zurückfielen.

»Ich wette, wir könnten schneller als die *Ransom Castle* durch die Wolke fliegen«, sagte er. Er sagte es vor sich hin. Wenn ihm jemand zuhören wollte, na schön.

Er wußte, daß Tom ihm zuhörte. Das stand fest. Er spürte, daß seine großen Golfballaugen in diesem Moment auf ihm ruhten.

Spock kam herunter. Er stellte sich neben ihn und verschränkte, wie es seine Art war, die Arme hinter dem Rücken. Kirk beugte sich zu Spock hinüber. »Was ist mit Ihnen los?«

Spock schaute ihn an. »Mit mir, Sir?«

»Selbst Sie müßten bei einem romulanischen Schiff in diesem Sektor leicht nervös sein. Was läuft hier falsch?«

»Gar nichts«, sagte Spock. Er klang verwundert, als fühle er sich verpflichtet, irgend etwas beizutragen, was der Intuition des Captains entsprach.

»Sie sind zu gelassen, Spock«, beharrte Kirk. »Wir sind es alle. Ich spüre es ganz deutlich. Aber eigentlich ist es weniger Gelassenheit. Selbstzufrieden paßt irgendwie besser. Ich spüre, daß ich mich dagegen wehre.«

Spock schaute ihn an. Seine Stimme wurde leise, sein Blick war alles andere als kalt. »Ich verstehe nicht.«

»Sie glauben nicht an das Glück, Mr. Spock?«

»Nein, Sir.«

Kirk schüttelte den Kopf. »Nun, es gibt nur ein Problem, das entsteht, wenn man nicht ans Glück glaubt: Man glaubt dann auch nicht ans Pech.«

»Ich hab's, Sir!« rief Chekov. »Ein Frequenzfenster!« Er fuhr herum, sein Gesicht strahlte. »Sie hatten recht! Ich habe das Funkfeuer!«

»Registrieren«, sagte Kirk schnell. »Alle sonstigen Signale ignorieren. Wir folgen nur diesem hier. Sobald wir uns bewegen, wird es sich verzerren.«

»Aye, aye, Sir, registriert.«

Während Chekov arbeitete, deutete Spock auf den Monitor seines Arbeitsplatzes, der eine grafische Darstellung der fernen Wolke und der Rennstrecke zeigte.

»Jetzt, da wir das Funkfeuer sehen«, sagte er, »sehen wir auch skizzenhafte Ortungen mehrerer Schiffe, die sich fünfhundert Lichtjahre innerhalb der Wolke befinden. Sie bewegen sich auf verschiedenen Ebenen in unterschiedliche Richtungen. Ihr Trick hat funktioniert. Es können zwar ein paar Schiffe vor uns sein, aber das Hauptfeld liegt hinter uns.«

»Aber schauen Sie sich die Konfiguration der Wolke an, Spock, jetzt, da wir sie als Ganzes sehen können«, erwiderte Kirk. »Nancys Instinkt war richtig.«

»Ja«, sagte Spock zustimmend. »Sie wird genau oberhalb des Funkfeuers herauskommen.«

»Falls sie herauskommt. Chekov, auf Kurs gehen. Wir wollen nicht ewig hier herumhängen.«

»Schon geschehen, Sir.«

»Schiffe in unmittelbarer Umgebung lokalisieren, damit wir keine Kollision riskieren, Fähnrich.«

»Aye, Sir … Zwei Handelskreuzer … und das Museumsschiff, glaube ich … Das Hospitalschiff … Noch ein Händler … Die *Great Lakes* ist am Rand … Und eine kleinere Emission, wahrscheinlich eine Privatjacht.«

Plötzlich war das Gefühl gelassener Zufriedenheit wieder vorbei. Kirk rannte so schnell an Spock vorbei, daß der Vulkanier zurücksprang. »Sonst niemand?« krächzte er.

»Sonst niemand, Captain«, sagte Chekov.

»Nachprüfen, Fähnrich.«

Chekov blickte zu ihm hinunter. »Sir?«

»Spock, gehen Sie rauf!«

Der Vulkanier kam dem Befehl nach. Seine blasse Hautfarbe wurde aufgrund der Gehäusebeleuchtung der Sensoren rötlich, sein Ausdruck war äußerst streng und unzufrieden.

»Bestätige«, sagte er. »In keiner Richtung innerhalb von fünfhundertzwanzig Lichtjahren befinden sich andere Schiffe mit Kreuzer-Schubkapazität.«

Sie wandten sich gemeinsam dem großen Frontbildschirm zu.

Kirk spürte, daß seine Kehle trocken wurde.

»Wo ist der Romulaner?«

An Bord der *Roten Klaue*

»Das? Das ist Ihre Furcht? *Das da?* Dafür riskieren wir unser Schiff, unser Leben und dringen in ein anderes Schiff ein? Dafür all die Lügen, die ganze Hinterlist? Deswegen gehen wir einem Starfleet-Captain aus dem Weg? Valdus! Schauen Sie mich an und sagen Sie etwas! Ich möchte wissen, warum ich sterbe!«

Romar deutete mit beiden Händen wütend auf die am Boden liegende zusammengesunkene Gestalt.

»Eine *Frau?*« keuchte er.

Sein Ton besagte eindeutig, daß er es für unmöglich hielt, daß von ihr irgendeine Gefahr ausgehen könne. Nichts konnte unschuldiger sein, einschließlich ihrer seidigen Haut, die die Intervallerlähmung verfärbt hatte.

»Was denken Sie sich eigentlich?«

Nichts von dem, was er tat, führte zu einer Antwort

seines Vorgesetzten. Weder sein Ton noch sein Gesichtsausdruck; nicht mal seine drohend herumwirbelnden Hände, die fast wie Ohrfeigen wirkten.

»Sie werden nicht sterben«, sagte Valdus. Seine Stimme war ruhig, aber seine Worte fielen knapp aus. Er kniff die Augen zusammen, verzog das Gesicht, spitzte die Lippen. »Sie müssen mir vertrauen. Wenn sie das ist, was ich glaube, sind sie und ihr Volk eine Gefahr für uns.«

»Eine Gefahr? Das Wort habe ich doch schon mal gehört! Wieso sind sie gefährlich? Was ist denn mit ihnen los? Sagen Sie es mir!«

Romar bemühte sich, seinen Zorn zu ignorieren und den Blick des Kommandanten zu interpretieren. Valdus wirkte nun irgendwie anders. Seine Verbindlichkeit war verschwunden.

Romar legte die Fingerspitzen an seine Schläfen. Er hatte Kopfschmerzen, seine Augen pochten. Er wollte verstehen, aber er hatte keine Ahnung, wo er anfangen sollte. Er ließ die Arme sinken und fauchte so giftig, wie er konnte: »Valdus!«

11

An Bord der *Enterprise*

»An alle: Notfall-Alarm! Sensoren auf volle Leistung! Ruder: wenden!«

»Wende, Sir. Kurs: Minus neun fünf auf absteigender Ebene. Sensoren einundachtzig Prozent. Mehr kriegen wir nicht hin, Sir.«

»Bringen Sie uns zwischen das Funkfeuer und die Wolke. Die Turbulenz so eng wie möglich umgehen. Nach anderen Schiffen Ausschau halten.«

»Mr. Scott meldet Bereitschaft für Z-Minus-Abtauchen, Sir. Ruder reagiert.«

»Ausführen.«

Als Jim Kirk spürte, daß die künstliche Schwerkraft darum kämpfte, seine Füße am Boden zu halten, wandte er sich dem hinteren Teil der Brücke zu und schaute die beiden Rey-Gäste an.

Sie saßen nebeneinander in normalerweise nicht auf die Brücke gehörenden Sesseln. Die Haut um ihre runden Augen war gespannt, sie hielten den Mund geöffnet, um die Luft des Augenblicks zu inhalieren. Tom saß in seinem karierten Hemd und den Jeans nach vorn gebeugt da und hatte seine langen Finger über dem Knie gespreizt. Royenne zog den Kopf ein und hielt sich an den Rändern seines Stuhls fest.

»Könnte gefährlich werden, meine Herren«, sagte Kirk zu ihnen. »Vielleicht wollen Sie die Brücke lieber verlassen?«

Sie schauten ihn an, als hätte er ihnen eine reingehauen.

»Stören wir?« hauchte Royenne.

Kirks Ausbildung, Erfahrung, Instinkt und alles, was

seine Persönlichkeit ausmachte, rieten ihm, die Gelegenheit zu nutzen und die beiden nach unten zu verbannen. Das Deck säubern. Ihnen mit einem braven, lehrerhaften *Ja* zu antworten und es dabei zu belassen. Dann wären sie weg, unter Deck und – relativ – sicher.

»Nein, eigentlich nicht«, hörte er sich antworten. Die gesellschaftlichen Konventionen oder dergleichen hatten ihn in den Krallen. Gefiel ihm die Angeberei *wirklich* so sehr?

»Dann würden wir gern bleiben«, sagte Tom. »Wir veranstalten doch das Rennen, Sir.«

»Sie veranstalten zwar das Rennen, aber wenn die Lage brenzlig wird, wird Ihnen vielleicht nicht gefallen, was Sie sehen.«

Tom räusperte sich. »Wir möchten ein Teil der Sache sein. Sie sind unseretwegen hergekommen... Wir wollen ein *echter* Bestandteil der Föderation werden. All Ihre Segnungen werden die unseren sein, deswegen wollen wir auch die Gefahr mit Ihnen teilen. Wir vertrauen Ihnen. Wir haben keine Angst.«

»Tja, sollten Sie aber«, erwiderte Kirk. Er war nicht in der Stimmung, irgendwelche Komplimente anzunehmen oder unangebrachte Tapferkeit zu hätscheln, aber irgend etwas hielt ihn davon ab, ihnen zu befehlen, sich zu ihrem Freund aufs Aussichtsdeck zu begeben.

Als er sich fast dazu durchgerungen hatte, die beiden nach unten zu schicken, sagte Tom lächelnd: »Ich habe in meinem ganzen Leben noch nicht so viel gelernt. Glauben Sie, auch ich könnte irgendwann ein Schiff steuern?«

»Wahrscheinlich«, sagte Kirk. »Aber nicht dieses.«

Nun, wenigstens hatte er so viel Autorität bewahrt, um das zu sagen. Tom schien es für ein Kompliment zu halten.

Nun ja. Kirk wandte sich wieder dem Bildschirm zu, der ihnen nun einen Blick aus der Vogelperspektive auf den galaktischen Spiralarm und die Wolke lieferte. Er vergaß die Rey-Gäste auf der Stelle. Irgend etwas anderes übernahm ihn.

Keine Spur von Triebwerkemission, kein Warnsignal von irgend jemandem ... Was sagte man doch gelegentlich über die Stille? Daß sie betäubend sein konnte?

»Gehen Sie dort runter, Mr. Sulu«, sagte er. »Es paßt mir nicht, daß ich nicht weiß, wo er ist.«

An Bord der *Roten Klaue*

»Der Tarnschirm ist inmitten dieser Entladungen eine Belastung, Commander. Sollen wir ausscheren und ihn abschalten?«

»Nein, Zenturio. Tarnzustand beibehalten.«

»Zu Befehl, Commander. Tarnzustand beibehalten.«

Einfache Antworten, einfache Befehle. Dies war Valdus. Die Mannschaft war an ihn gewöhnt, aber heute trug sie eine Last. War es ein Selbstmordunternehmen oder nicht? Wenn nicht, warum weihte er sie nicht in seine Pläne ein?

Wenn doch, warum erlaubte er ihnen nicht, Teil des Verdienstes zu sein, indem sie erfuhren, daß sie im Kampf sterben würden?

Warum wollte er es ihnen nicht sagen?

Weil er die Antwort selbst nicht kannte.

Auch hier, in der Transporterkammer, von wo aus er durch das knisternde Interkomsystem des Schiffes sprach, dessen Signale der draußen wütende Sturm verzerrte, konnte Valdus die Bürde seiner Mannschaft spüren.

Nun, da er allein in der Kammer war – das heißt, als einziger Wacher –, wandte er sich von der Funkarmatur ab, stützte sich, des Gleichgewichts wegen, mit der Schulter an die Wand und schaute sich die besinnungslose Rey an.

Sie sah so normal aus. Schmales Gesicht, lange Gliedmaßen, ein stilles Gesicht, das Bekümmernis auszustrahlen schien. Große Augen mit rotbraunen Wimpern.

Valdus zwang sich, ruchlos zu sein, auch wenn es nicht seinem Charakter entsprach. Er war stets ein Offizier gewesen, der sich ernst nahm, der Befehlen bis zum Äußersten gehorchte, dessen persönliches Können das seiner Kollegen nie überragt hatte. Er war von Anfang an ein gehorsames, leicht steuerbares Werkzeug des Reichs gewesen, hatte nie etwas hinterfragt, war nie vom vorgeschriebenen Kurs abgewichen. Und nach jenem Unfall, der den Tod der ganzen übrigen Mannschaft zur Folge hatte, war er irgendwie zum Helden geworden. Seine jahrelange persönliche Fügsamkeit hatte zu einem eigenen Kommando geführt, zu einem Schicksal, das die Natur für ihn nie geplant hatte. Und nun hatte es ihm diesen Moment zu Füßen gelegt.

Falls er in seinem Leben nur eine wirklich unabhängige Tat beging, würde es diese sein.

»Commander!«

Er fuhr überrascht zusammen, als der Lautsprecher neben ihm zum Leben erwachte.

»Ja, was ist denn, Zenturio?« fragte er.

»Das Föderationsschiff, Herr! Es wendet!«

»Sind Sie sicher?« fragte Valdus. »Sie sitzen doch keinem verzerrten Signal auf?«

»Nein, auf keinen Fall.«

Als Valdus einen Blick in die unmittelbare Zukunft warf und seine Vision von dem fraglichen Schiff und dessen Captain blockiert fand, erfüllte Zorn seine Brust.

Er wurde zu etwas gezwungen. Er konnte nichts dagegen tun. Er mußte handeln wie vorherbestimmt.

»Dann handeln wir«, sagte er. »Traktorsysteme aktivieren. Einsatz vorbereiten. Ein harter Zug, der sie schnell ausschaltet. Verstohlenheit ist jetzt das Wichtigste, Zenturio. Wir pirschen uns an das Schiff heran, wie Tiere sich aneinander anschleichen.«

An Bord der *Enterprise*

»Phaser scharf machen.«

»Phaser sind scharf, Sir. Gehen auf Höhe der Rennstrecke. Nähern uns der Wolke.«

Sulus Stimme klang ruhiger, als alle anderen sich fühlten. Er war der beste Lügner auf der Brücke.

Kirks Haut prickelte an den Armen. Seine Muskeln spannten sich überall, jeder Nerv bebte.

»Wolke umgehen, Mr. Sulu. Mr. Spock, Mr. Chekov, nach der *Ransom Castle* suchen. Ich will wissen, ob sie aus dem Ding herausgekommen ist.«

»Noch kein Zeichen von ihr, Sir«, sagte Spock.

»Das gefällt mir nicht.«

»Ganz meine Meinung.«

»Captain«, fragte Tom, »wenn Sie die Waffen scharf machen, provozieren Sie dann nicht einen Kampf?«

Kirk schaute ihn kurz an, aber seine Aufmerksamkeit galt dennoch ständig dem Frontbildschirm.

»Man provoziert keinen Kampf, wenn man auf ihn gefaßt ist«, sagte er. »Manchmal verhindert man ihn dadurch sogar. Es ist die Selbstgefälligkeit, die den Unvorbereiteten in einen Krieg hineinzieht.«

Falls die Rey in die Föderation aufgenommen wurden, war es wohl besser, wenn sie erfuhren, auf was sie sich einließen.

Kirk hatte zu Anfang seiner Laufbahn im Weltraum eine harte Lektion gelernt – daß Ahnungslose selten wie solche behandelt wurden.

»Wir umgehen die Wolke, Captain«, sagte Spock. »Ich empfange einige Ortungen aus dem Inneren. Es könnten Triebwerksemissionen sein.«

»Können Sie überprüfen?«

»Bemühe mich darum. Entladungsausbrüche behindern unsere Sensoren wie zuvor.«

»Ich würde zwar gern mit dem Rennen weitermachen«, sagte Kirk, »aber erst dann, wenn ich weiß, was aus der *Castle* geworden ist. Und was der Ro ...«

Unter ihm hob sich das Deck und zwang ihn in die Knie. Die *Enterprise* sackte nach unten, und plötzlich stürzte sie auf etwas hinab, das gut die Getreideladerampe eines Raumhafens hätte sein können.

Kirk sank auf ein Knie und hielt sich mit einer Hand am Kommandosessel und mit der anderen am Brükkengeländer fest. Um ihn herum purzelten die anderen durcheinander. Er erhaschte einen Blick auf Tom. Er rollte über den Boden der Erhöhung. Das Deck wogte in Übelkeit erzeugenden Bewegungen, bis er weder Tom noch sonst jemanden sehen konnte.

Seine Sinne verabschiedeten sich, und in den nächsten Sekunden kämpfte er verzweifelt darum, sie zurückzuerlangen.

An Bord der *Roten Klaue*

»Sofort in Deckung gehen! In die Wolke zurück! Manöverlage?«

»Es hat geklappt, Commander! Das Föderationsschiff hängt im Wolkenrand ... und wird immer weiter zum magnetischen Mittelpunkt gezogen. Soll ich das Traktormanöver fortsetzen?«

»Können sie uns sehen?«

Valdus' Mund lag dicht vor der Kommunikationsarmatur; er atmete die Schiffswand an wie die warme Schulter einer Frau. Die Überraschung hatte ihn ausgelaugt, er nutzte die Wand als Stütze.

Ein Raumschiff – möglicherweise die *Enterprise,* das Schiff, das ihnen seit dem Beginn des Rennens nicht von der Seite wich –, war vor ihnen aus dem großen Vakuum gefallen und hatte ihnen den Fluchtweg verbaut.

Keine gute Zeit, um den Versuch zu machen, ein anderes Schiff zu übernehmen.

Und nun tauchte die *Rote Klaue* mit ihren Geheimnissen wieder in die Tiefen der Restwolke ein, während sich ihre Beute immer weiter von ihnen entfernte.

Benachteiligt. Wegen dieses Menschen.

Zu einer Art Schlange reduziert, die bereit war, jeden Meter Boden zu verteidigen, hatte Valdus zugeschlagen. Nun mußte er sich zurückziehen, oder man würde sie entdecken.

»Wir halten den Tarnschirm aufrecht, Herr«, kam die zaghafte Antwort von der Brücke. »Ich glaube nicht, daß man uns gesehen hat.«

Die Kommandobrücke. Er sah sie in seinem Geist. Er hätte dort sein sollen. Nicht hier unten, um die Mannschaft vor einer bewußtlosen Fremden zu beschützen.

Es ist doch nur ein Mädchen, hatte Romar gesagt. Nur ein Mädchen.

Die Gefährdung seines Schiffes... ihrer Kultur... Kam sie von außen oder innen?

»Hat Subcommander Romar sich schon auf der Brücke gemeldet?« fragte er abrupt.

»Noch nicht, Commander.« Die Stimme des Zenturios klang frustriert, wegen all der Dinge, von denen man ihm nichts gesagt hatte.

Valdus hätte beinahe gelächelt. Er hatte den gleichen Tonfall erst vor wenigen Minuten von Romar gehört. Den *Sag's-mir*-Tonfall.

»Geben Sie das Föderationsschiff aus dem Traktorstrahl mit eins null pro Sekunde frei. Machen Sie es sanft. Dann ziehen Sie sich langsam zurück. Achten Sie darauf, daß niemand unsere Anwesenheit bemerkt. Jetzt sollen die Innenturbulenzen das Schiff hineinziehen.«

»Soll ich mit dem Übernahmemanöver des Handelskreuzers weitermachen?«

»Noch nicht. Wir werden eine neue Chance bekommen. Rückzug, wir verlassen die Wolke in einem anderen Winkel. Führen Sie sämtliche Manöver subtil aus, Zenturio... Man darf uns nicht sehen.«

An Bord der *Enterprise*

»Wir treiben! Keinerlei Steuerkapazität!«

Das war Sulus Stimme.

»Alarmstufe Gelb ... Turbulenzen! Alle Mann festhalten ... Alle Mann ...«

Sogar Uhuras seidige Stimme erstarb, denn sie wurde aus ihrem Sitz geworfen, als das Schiff nach vorn und backbord schoß.

Vor Kirks Augen blitzten Lichter auf. Weiße, gelbe, dann und wann ein rotes und blaues. Er sah Uhura und ein paar sich bewegende Gestalten, dann nur noch Lichter.

»Nicht aufstehen, Sir ...«

Wem gehörte die Stimme?

Hände hielten ihn am Boden. Er wehrte sich, wollte in dem Lichtergang aufstehen, und zählte, wie viele Hände ihn festhielten. Eine lag auf seiner rechten Schulter, eine auf dem Ellbogen, eine auf dem anderen ... Wer auf der Brücke hatte drei Hände?

Sein Kopf tat weh, und dieser Schmerz eliminierte alle anderen Geräusche, hämmerte würgende Übelkeit nieder. Er klammerte sich mühsam an die Arme, die zu den Händen gehörten. Textilgewebe ...

»Medizinischer Notfall! Dr. McCoy auf die Brücke! Der Captain ist zusammengeklappt!«

»Grafische Darstellung, Mr. Chekov.« Spocks Stimme. »Maschinenraum? Meldung!«

»Hier ist Scott. In der Wolkenströmung sitzt eine Gravitonentasche fest, Sir. Wir brauchen jedes Quentchen IPS, um unsere Position zu halten und nicht tiefer reingezogen zu werden. Reaktanzausstoß drückt die Toleranz, thermische Belastung per Einheit überkritisch, Feldpolarität instabil. Sie können die Zahlen in zwei Minuten haben.«

»Lassen Sie einen Teil unserer Reaktanzen ab, wenn Sie sie nicht stabilisieren können.«

»Das kostet uns Schub, Mr. Spock.«

»Damit müssen wir irgendwie zurechtkommen.«

»Wird gemacht, Sir. – Scott, Ende.«

»Schutzschirme aktivieren. Fünfzig Prozent.«

»Schutzschirme aktiviert, Sir.«

Das war Chekov. Spock schmiß den Laden. Kirk sah die hagere blauschwarze Gestalt über sich, sie schwebte vor den Lichtern. Spocks Stimme klang zittrig.

Nein, nicht zittrig. Zaghaft... gezwungen. Als kämpfte Spock um Stabilität. War er etwa auch verletzt?

»Nein, ich bin nicht zusammengeklappt«, keuchte Kirk. Sein Brustkorb krümmte sich, als er sich in eine sitzende Stellung hochkämpfte. Er setzte nur seine Zwerchfellmuskeln ein.

Er schob die Hände von sich, die ihn festhielten, drehte sich auf die Knie, kämpfte gegen die ihn nach backbord ziehenden Zentrifugalkräfte an. Sein Blick fiel auf Chekov, der sich an den Monitor der wissenschaftlichen Untersysteme klammerte und Befehle eingab, um die automatischen Kompensatoren wieder ans Laufen zu bringen, die im Moment nicht automatisch genug liefen, und Uhura krabbelte auf ihn zu, um ihm zu helfen. Rings um ihn her wandten sich alle wieder ihrem Posten zu. Die Alarmsirene heulte in seinen Ohren; sie sagte ihm, daß sie sich wieder stabilisierten. Sonst wäre das Schiff automatisch auf Alarmstufe Rot gegangen.

Tja, das war zwar nicht viel, aber immerhin. Kirks Geist konzentrierte sich auf die blitzende gelbe Schramme an der Wand. Er nutzte sie, um sich wieder aufzurappeln.

»Aber der Doktor kommt, Sir...«

Kirk schob Sulu beiseite. »Es ist nur mein Kopf, Lieutenant.«

»Aber, Sir!«

»Falls nötig, denke ich mit dem großen Zeh. Lassen Sie mich los.«

»Aye, S...«

»Lagebericht, Mr. Spock. Was hat uns getroffen?«

Spock trat näher, griff nach ihm und half ihm auf die Beine.

»Eine Gravitationsquelle.«

Kirk runzelte die Stirn. »Wie? Was?«

»Wir erzeugen ohne Masse Gravitation, indem wir Gravitonen künstlich in Höchstgeschwindigkeit versetzen«, erläuterte Spock. »Solche Bedingungen können in der Natur hervorgerufen werden, falls genügend freischwebende Gravitonen von einem Rotationsphänomen eingefangen werden. Die Restwolke dreht sich noch immer mit dem Schwung ihrer ursprünglichen Kollision und hat im Laufe der Jahrmillionen eine große Anzahl von Gravitonen gesammelt. Sie werden wie in einem Trichter nach unten gezogen, am Boden abgestoßen und wieder zurückgeschleudert. Zusammen mit der Rotationsenergie erzeugen Gravitonen eine Gravitationsquelle. Wie die Energie warmen Wassers einen Taifun erzeugt, bleibt diese Quelle aktiv, solange sie über Rotationsenergie verfügt.«

»Soll das heißen, wir sitzen in den Überresten einer Kollision fest, die vor sechs Millionen Jahren passiert ist?«

»Ja. Restschub.« Spock deutete auf die kleine Bildschirmanzeige auf Sulus Konsole. Sie zeigte einen gezackten blauen Tornado zerfurchten Weltraums – die hochgerechnete Vorstellung des Computers von dem, was er dort draußen sah. »Die Strömung ist trichterförmig und geriffelt und erzeugt den Waschbretteffekt, der für die Turbulenz verantwortlich ist, die wir erleben. Wir sitzen am oberen Ende des Wirbels fest.«

Kirk musterte das Bild mit zusammengekniffenen Augen, bis sie schmerzten. »Wenn die Gravitonen nach unten gezogen und am Boden ausgespuckt werden, können wir dann abtauchen und ebenfalls ausgespuckt werden?«

Spock schaute ihn kurz an. »Nicht, ohne zermahlen zu werden. Die Energie dort unten ist gewaltig.«

»Wie groß ist sie, Spock?«

Spock schob den Captain auf den Kommandosessel zu, damit er sich auf ihn stützen konnte, dann ging er zu Sulu ans Ruder und gab einige Daten ein. Er verfiel plötzlich in Schweigen.

Kirk preßte die Lippen aufeinander. Er wußte, was Spock tat – und er mußte ihm die Zeit dafür geben. Indem der Computer die Belastungszonen im Primärrumpf des Schiffes maß, konnte er sie hochrechnen und eine Zahl ausgeben. Diese Zahl würde ihnen die Größe der Falle zeigen, in der sie steckten.

Bei einer Wolke dieser Größe konnte sie ein Lichtjahr durchmessen und zehnmal so dick sein. Wie bei einem Baum hing das Wachstum im galaktischen Garten von tausend Umständen ab.

Von seinem schmerzenden Schädel gebändigt, widerstand Kirk dem Drang, hinüberzugehen und eine Antwort aus dem Computer zu hämmern. Darum würde Spock sich kümmern. Der Computer hatte Angst vor ihm.

Plötzlich hob sich das Schiff, und das Deck verschwand abermals unter seinen Füßen. Kirk flog quer über das Ruder, Spock und Sulu klammerten sich an beide Seiten der Konsole.

Der Captain blieb auf dem Bauch liegen, griff mit beiden Händen nach unten, tastete, bis er Sulus Ärmel erwischte, hielt ihn fest und zog den Steuermann hoch.

Spock rappelte sich auf und sorgte gleichzeitig dafür, daß der Captain nicht wieder zu Boden rutschte.

Sulu schluckte. »Danke, Sir«, sagte er, wahrscheinlich nur, damit Kirk ihn losließ. Er zog sich auf den Sitz hinter dem Ruder und half gleichzeitig Spock.

Der Turbolift öffnete sich zischend, und McCoy

tauchte auf. Er wankte und war weiß wie eine Wand. Er machte große Augen, als er sich zwischen den verschreckten Rey einen Weg über das schrägliegende Deck zum Geländer bahnte.

»Setz dich hin, Jim!«

»Kann ich im Moment nicht«, erwiderte Kirk. »Lieutenant, stellen Sie mich zum Maschinenraum durch.«

»Aye, Sir – Mr. Scott, Sir.«

Kirk rutschte von der Seite her in seinen Sessel. »Scotty, kriegen wir keine Kontrolle über die Lage?«

»Wir beherrschen sie schon, Sir.« Scotts Stimme klang angespannt und verärgert, aber nicht besorgt. Ein gutes Zeichen.

»Vorschläge?«

»Es ist ein Sturm, Sir. Wir müssen die Nase mittenrein schieben und gegen den Wind pflügen, bis wir draußen sind.«

»Können wir unter diesen Umständen nicht seitwärts ausweichen?«

»Das ist nicht empfehlenswert.«

»Registriert. Bleiben Sie dran. Wir machen es auf unsere Weise.«

»Aye, Sir. – Maschinenraum, Ende.«

Das Interkom klickte fast unhörbar im Heulen und Piepsen der sonstigen Notsysteme. Kirk richtete sich auf, drückte die Schulter gegen die Rückenlehne des Sessels und hob den Arm, um McCoys Hand abzuwehren, als dieser seinen Kopf mit einem Medoscanner untersuchen wollte.

»Jetzt nicht, Pille. Mr. Sulu, ein Viertel Impuls. Irgendein Zeichen von der *Ransom Castle?* Sie könnte doch ebenfalls in diesem Ding festsitzen.«

»Warum können wir nicht seitlich ausscheren, Jim?« fragte McCoy.

»Das Schiff ist in erster Linie zur Vorwärtsbewegung und in zweiter zur Rückwärtsbewegung konstruiert«, erwiderte Kirk und sah die entsprechenden Manöver vor seinem geistigen Auge. »Eine Querbewegung setzt den Rumpf und die Triebwerke der höchsten Belastung aus.«

»Captain«, rief Uhura ruhig, aber abrupt. »Ich empfange ein Signal ...« Sie hielt inne, um ihre Instrumente anzugleichen und zu lauschen. Noch vor einer Sekunde war sie sich ihrer Sache sicher gewesen, aber nun nicht mehr.

Kirk wandte sich zu ihr um und tat das, was er am wenigsten ausstehen konnte: Er wartete. Vielleicht sollte er anfangen zu stricken.

Schließlich übermannte ihn die Ungeduld. »Noch immer keine Meldung, Lieutenant?« drängte er. »War es die *Castle?*«

»Einen Moment noch, Sir.«

Kirk grunzte und fuhr zu McCoy herum, der am Rücken des Kommandosessels hing und ihn zwang, sich herumzudrehen.

»In Ordnung, Pille, nun mach schon.«

»Du solltest mit ins Lazarett gehen, aber ich weiß ja, daß ich nur ein Hund bin, der den Mond anbellt.«

»Hast du eine Diagnose oder nicht?«

»Ja. Du bist mit dem Kopf gegen das Geländer geknallt. Halt mal drei Sekunden still.«

»Sagen wir zwei.«

»Jim«, sagte McCoy, dann hielt er inne. Er warf einen Blick nach hinten, auf Tom und Royenne, aber die Rey waren damit beschäftigt, auf den Beinen zu bleiben. Als er ein imprägniertes Pflaster auf die Schramme an Kirks Hinterkopf drückte, beugte er sich etwas weiter vor und sagte leise: »Mit den Leuten stimmt irgend etwas nicht, und ich krieg's nicht ganz auf die Reihe. Sie erscheinen einem als im Kern humanoid, ein Produkt der gleichen Evolutionslinie wie du oder ich oder jedes andere Säugetier. Die meisten Dinge an ihnen sind vertraut, aber ein paar sind anders – Augen, Nase,

Mund. Meine Instrumente sagen mir zwar nichts, aber all meine medizinischen Instinkte behaupten, daß da noch etwas anderes ist.«

Kirk zuckte nach vorn und knirschte: »Es ist eher etwas mit dem Pflaster.«

»Es ist imprägniert.«

»Es tut weh. Mach's ab.«

McCoy setzte eine finstere Miene auf. »Du bist ein böser Junge, Captain.«

»Sir«, rief Uhura, »habe Kontakt mit dem Feuerschiff *Hiawatha.* Es wurde offenbar hier ausgesetzt, um die Quelle der Turbulenzen zu markieren.«

»'n bißchen spät.«

»Aye, Sir.«

»Kontakt registrieren, Lieutenant.« Kirk beäugte das schwärmende blaue Chaos auf dem Bildschirm. Am liebsten hätte er sich die Augen gerieben und einen Zauberstab geschwenkt, um hindurchzuschauen. Das wirbelnde blauschwarze Durcheinander führte dazu, daß er sich wie ein Trunkenbold nach dem Genuß von Kartoffelschnaps fühlte.

Als er McCoys Hand an seinem Arm spürte – sie hielt ihn im Sessel fest –, konzentrierte er seine Wachsamkeit auf den Schirm und die Energie, die das Raumschiff in Schach hielt. Und er wußte, daß das Ding da draußen nicht die wahre Bedrohung war.

»Er war es«, sagte er.

McCoy beugte sich vor, um nachzusehen, ob er irgend etwas tun konnte.

Jim Kirk stierte unerbittlich auf den Schirm.

»Er ist da draußen, Pille … Ich kann seinen Herzschlag hören.«

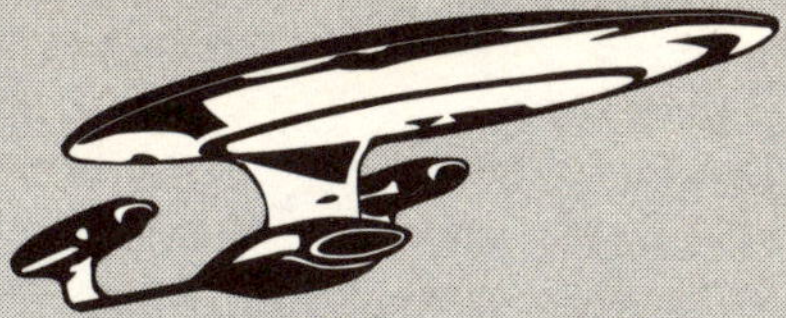

ALARMSTUFE ROT

12

An Bord der *Roten Klaue*

Hände konnten Augen ersetzen. Romar wußte es.

Er hatte die Hälfte seiner Kindheit als Blinder verbracht.

Als die Wissenschaft ihm das Augenlicht zurückgegeben hatte, hatte er sich geschworen, seine Blindheit nie zu vergessen. Er hatte dafür gesorgt, daß seine Sinne scharf blieben. Er hatte nicht nur dem Offensichtlichen Beachtung geschenkt – und nicht vergessen, wie man hörte. Er konnte im Atmen eines anderen Lebewesens dessen Gedanken erkennen. Jemand, der einst blind gewesen war, konnte sich, wenn er es nicht vergaß, an Orten bewegen, an denen andere nur herumstolperten.

Und es gab viele Orte dieser Art auf dem umgebauten klingonischen Sternenkreuzer. Viele versteckte und finstere Ecken.

Hier, in den dornigen elektrischen Innereien eines eroberten fremden Schiffes aus einem Krieg anderer Zeiten, schloß Romar die Augen und verließ sich auf seine Hände und seine Ohren. Sein fein abgestimmtes Gehör nahm leises Geknister und Verwerfungen in den Energieströmen wahr. Harmlose Verwerfungen – aber für jemanden wie ihn ein Bauplan, denn das Geknister führte ihn ins Innere der *Roten Klaue.*

Als er einen passenden Platz gefunden hatte, einen Querschnitt der Elektronik, schob er die Beine unter seinen Körper und nahm mit eingezogenem Kopf in der Enge Platz. Sein Nacken rieb sich am Oberteil des Kriechganges. Er war nicht mal als Kriechgang geplant worden – so klein war der Raum.

Energieflußventile. Sehr simpel und einfach, keine geheime Technik. Auf dem ganzen Schiff. Er spürte sie an den Handflächen. Blut in einem Körper. Wie jedes Blut konnte man die Energie gerinnen lassen. Das Gerinnsel würde einen Stau erzeugen, bis der Körper vor Schmerzen aufschrie und explodierte.

Wenn Valdus gegen das Reich handelte, würde es zu dieser Explosion kommen. Eine ganz einfache Idee, nicht besonders gerissen.

Aber etwas anderes fiel Romar nicht ein.

Als erstes mußte er Valdus umbringen. Dann mußte er so tun, als hätte Valdus irgendwie den Verstand verloren. Aber Romar wußte: Eine solche Tat war nicht leicht und konnte wahrscheinlich nicht ehrenwert vollbracht werden. Er hätte das Schiff lieber in die Luft gesprengt.

Er saß in der engen Nische, bis seine Beine taub wurden und seine Füße einschliefen.

Als er fertig war, war er bereit, die *Rote Klaue* zu sprengen. Er empfand einen Anflug von Bekümmertheit, aber kein Bedauern. Er war Valdus' Stellvertreter. Wenn der Kommandant irre war, war es seine Pflicht, ihn oder das Schiff – oder beide – zu vernichten, um das Reich zu schützen.

Er robbte den langen Kriechweg zurück durch die Schwärze und lauschte dem hinter ihm verblassenden unermüdlichen Geknister.

Falls wir überleben, dachte er, *muß jemand das Schott öffnen und sich um das Geknister kümmern. Falls Valdus mir die Wahrheit nicht mehr erzählen kann …*

Würde das Unternehmen einen anderen Ausgang nehmen.

Er kroch durch die Öffnung in den erleuchteten Gang und hielt eine Hand vor seine Augen, bis er sich an die Helligkeit gewöhnt hatte. Nach all den Jahren war er noch immer empfindlich. Die Helligkeit der Korridore schmerzte ihn immer etwas. Hatte er seine

Laufbahn deswegen so eifrig vorangetrieben? Damit er auf der halbdunklen, ruhigen Brücke arbeiten konnte? Vielleicht.

Er klopfte sich den Schmutz von der Jacke, ignorierte ein vorbeigehendes Besatzungsmitglied, das nur kurz zu ihm hinüberschaute und dann weiter durch den Korridor ging.

Das Schiff war groß und imposant, ja, aber von innen wirkte es viel enger. Romar bevorzugte die engen Quartiere kleinerer, schnellerer Schiffe, denn große Schiffe boten auch größere Ziele.

Und in der Regel brachten sie größere Probleme.

Er ging direkt in den Transporterraum, durch die Tür, die sich öffnete, ohne daß er den Schritt verlangsamen mußte – zum Glück öffnete sie sich, so daß er festen Schrittes eintreten konnte –, und blieb zwischen den beiden Wachen stehen, die hinter der Tür Aufstellung bezogen hatten.

Am Rand der Transporterplattform saß Valdus mit angezogenen Knien und hängenden Schultern und stierte in stummer Betrachtung die Rey an, die sie gefangengenommen hatten. Sie lag nun auf dem Boden zwischen der Steuerkonsole und der Plattform. Sie spürte aufgrund des Intervallerschusses noch immer nichts.

Romar biß sich auf die Lippe. Er hatte gehofft, die Dinge hätten sich weiterentwickelt, verändert.

Er nahm es hin, dachte insgeheim an seine Bewegungen durch die Adern des Schiffes und schritt weiter, um sich neben seinem Vorgesetzten auf die Plattform zu setzen.

Die beiden blieben entsetzlich lange dort sitzen.

Die Stille fraß an ihnen.

Valdus schaute ausschließlich die Fremde an.

»Schicken Sie die Wachen hinaus«, sagte er schließlich.

Romar blinzelte ihn an, dann wandte er sich den Wachen zu und rief: »Wartet draußen auf dem Gang.«

»Jawohl, Subcommander«, erwiderte der ältere der beiden. Sie gingen hinaus.

Nun war es nicht nur still, sondern auch einsam. Romar schaute wie gebannt auf die blütenweiße Türfüllung. Plötzlich fehlte ihm sogar die Gesellschaft der Wachtposten.

»Wo waren Sie?« fragte Valdus. »Ich hätte Sie auf der Brücke gebraucht.«

»Ich war beschäftigt.«

»Während Sie beschäftigt waren, haben wir etwas getan. Ich habe den Angriff auf den Handelsraumer befohlen, aber als wir uns in Bewegung setzten, tauchte plötzlich ein Starfleet-Schiff auf. Ich war gezwungen, den Handelsraumer ziehen zu lassen, und habe Traktorstrahlen gegen das andere eingesetzt, um es aus dem Kurs zu reißen und in die Wolke zu dirigieren. Jetzt verweilen wir an der Peripherie des Sturms.«

»Sie haben uns nicht gesehen?«

»Nein«, sagte Valdus, »aber er spürt uns.« Eine schon an Aberglaube grenzende Vorsicht zeigte sich auf seinem Gesicht. »Wir schlüpfen an einer anderen Stelle aus der Wolke, tun so, als würden wir das Rennen wieder aufnehmen, und verfolgen mein Ziel.«

Romar kniff die Augen zusammen. Sie taten ihm weh. »Was wollen Sie mit diesem Schiff, Commander? Sie haben doch die ... Fremde. Sie haben Sie sich angesehen. Und nun wollen Sie das Schiff, auf dem sie war?«

»Ich wollte mir einen Rey anschauen«, sagte Valdus, »damit meine Erinnerungen lauter zu mir sprechen, damit ich sehe, ob sie vielleicht lügen. Aber sie lügen nicht. Jetzt, da ich sie sehe, fällt mir alles wieder ein.«

Romar beugte sich angewidert vor. Sein Kinn berührte fast seine Knie, und er stöhnte: »Und jetzt sagen Sie mir, wir müssen einen Handelsraumer überfallen ...«

»Sie wissen doch, Romar«, sagte Valdus leise und

musterte die am Boden liegende Frau, »daß der Expansionismus ein Teil unserer Evolution ist. Nicht nur gesellschaftlich, sondern auch physisch... Er hält uns stark. Würde uns jemand unterwerfen wollen – es wäre ganz normal für uns. Wir wissen, daß am Ende eine Rasse die Galaxis beherrschen wird. Es ist unsere Pflicht, dafür zu sorgen, daß es die unsere ist. An Eroberungen ist nichts Falsches. Sie waren über Äonen hinweg das Normale... bis die Föderation kam und uns das Bremslicht gezeigt hat. Sie hat uns die Fähigkeit zur Expansion genommen. Deswegen behindert sie unsere Entwicklung. Sie beschützt schwache Völker, die sonst von größeren Mächten absorbiert werden würden.«

Er hielt inne, änderte die Stellung seiner Beine, nahm sich Zeit zum Nachdenken. Er schaute die besinnungslose Rey-Frau an, ohne mit der Wimper zu zucken.

»Indem die Föderation schwächere Völker schützt«, fuhr er fort, »schwächt sie ihre eigene Kraft und garantiert damit, daß sie eines Tages selbst unterworfen werden wird. Eine Zivilisation, die immer mehr Völker auf ihren Karren lädt, der von immer weniger Völkern gezogen wird... hält sich das Messer an die eigene Kehle.«

Er musterte weiterhin das Mädchen; sein silbernes Haar, die großen, nun geschlossenen Augen, das einfache Hemd und den Wickelrock.

Auch Romar musterte es.

»Ich habe eine Bombe an Bord versteckt«, sagte er.

Valdus schaute jäh auf, als hätte ihm jemand einen Schlag vor die Brust versetzt, doch dann lächelte er und schenkte seinem Vertreter einen mißbilligenden Blick.

»Sie glauben nicht an mich«, sagte er.

»Ich glaube sehr stark an Sie«, gab Romar zu. »Aber im Moment bin ich durcheinander. Wenn ich durcheinander bin, tue ich eins nach dem anderen.«

Sie saßen noch länger schweigend zusammen, ohne sich anzusehen. Sie musterten nur ihre Gefangene.

»Wenn ich es nicht verstünde«, sagte Valdus dann, »müßte ich Sie dafür hassen.«

Romar, von der Vorstellung gepiesackt, noch eine Frage stellen zu müssen, knirschte mit den Zähnen. »*Was* verstehen Sie?«

»Daß sie etwas mit uns anstellt.«

Romar wischte sich über die Stirn. Ihm war plötzlich heiß. »Sie«, sagte er, »ist ohnmächtig, Commander.«

»Aber sie tut etwas. Spüren Sie es denn nicht?«

»Ich spüre nichts, was sie betrifft, Commander.«

»Ist Ihnen etwa nicht heiß?«

»Ja, mir ist warm. Ich habe gearbeitet.«

»Sie haben die Bombe versteckt.«

»Ja.«

Valdus holte mit einem kühlen Nicken Luft, als suche er die passenden Worte.

»Sie sehen doch die Bewegungen ihrer Arme und Beine. Ihr Körper weiß, daß er gelähmt wurde. Sie macht es uns warm und unbehaglich.«

»Commander ...«

»Schauen Sie sie an. Schauen Sie, Romar.« Valdus packte Romars Ellbogen und drückte ihn, bis der andere das Gesicht verzog und der Anweisung Folge leistete. »Ihr Körper bewegt sich. Ihr Gesicht ist beunruhigt. Die Spannung überträgt sich auf uns. – Durch die Luft! Auf uns!«

Romar schüttelte die Hand ab und stand auf. »Ja, sicher, ich bin erschöpft, das spüre ich.«

»Weil Sie gelähmt wurden«, sagte Valdus stur.

Romar deutete auf die am Boden zuckende Rey-Frau. »*Sie* wurde gelähmt!« sagte er gereizt.

»Und sie gibt es an Sie weiter. Wenn sie mich schlagen ...« Valdus hob einen mahnenden Finger, als Romar zurückwich, um ihm ins Gesicht zu schlagen.

»... muß ich Sie in Eisen legen lassen. Oder umbringen. Nehmen Sie also die Hand runter.«

Romar, der aus irgendeinem Grund schwer atmete, befahl sich innezuhalten, die Hand noch immer erhoben, zum Zuschlagen bereit. Er faltete die Hände und schaute Valdus an, um zu hören, was er in ihm in einem Moment wie diesem zu sagen hatte.

»Ich habe mein Leben damit verbracht, mich auf diesen Augenblick vorzubereiten«, sagte Valdus. »Um ihm zu widerstehen. Ich werde eine Minute länger geistig gesund bleiben als Sie, mein Freund, und ich werde auch die letzte Geste machen. Setzen Sie sich also hin.«

»Ich kann mich nicht hinsetzen«, keuchte Romar. Er umklammerte sein Gelenk mit der anderen Hand, als müsse er das Gliedmaß an Ort und Stelle halten. »Ich bin erschöpft.«

»Mein gräßliches Wissen«, sagte Valdus, »erschöpft auch mich.«

Romar trat beiseite.

Es war verwirrend, seinem Kommandanten so nahe zu sein. Zuvor war ihm sein Ziel so klar gewesen. Doch wenn er Valdus nun anschaute, in seine Augen blickte, in denen er so oft gelesen hatte, und die Standfestigkeit sah, der er so lange gedient hatte, konnte er nicht mehr denken.

»Ich kann die Explosion von jeder Bordkonsole auslösen«, sagte er.

Valdus schaute zu ihm auf. »Warum haben Sie keine Handfernsteuerung genommen? So hätte ich es gemacht.«

Romar sank mit der Schulter gegen ein Schott. Er blickte seinen Vorgesetzten an, bis seine Augen schmerzten.

»Schließlich«, sagte Valdus, »könnte ich Sie niederschlagen.« Er lehnte sich ein Stück zurück, verlagerte sein Gewicht erneut und fügte gelassen hinzu: »Ich werde Ihnen helfen, eine zu bauen. Aber dann muß ich mir meiner selbst sehr sicher sein. Ist es ein Kettenreaktorzünder?«

»Aufhören! Hören Sie auf zu reden!«

Romar ging im Transporterraum auf und ab und bemühte sich, eine Erklärung zu finden. Es ging um irgend etwas, das mit der Rey-Frau zu tun hatte. Oder mit dem Rey-*Volk*. Es war irgend etwas aus der verschütteten Vergangenheit von Valdus' Leben, irgend etwas, dessen Valdus sich sicher war. Er wußte genug darüber, daß er nicht einmal laut wurde, wenn er über die grundsätzliche, irreversible Bedrohung sprach.

Worin sie auch bestand.

Valdus ließ sich nicht von ihm stören.

Plötzlich faßte Romar einen Entschluß. Er drehte sich um und deutete auf die am Boden liegende Frau. »Wecken Sie sie auf.«

Valdus zeigte Leben und stand auf. »Nein! Dazu bin ich noch nicht … bereit.«

»Bereit? Wofür? Was passiert denn, wenn sie erwacht?« Romar ließ die Frage in der Luft hängen, trat an die Steuerarmaturen des Transporters und fummelte am Interkom herum. »Medizinische Abteilung?«

»Nein!«

Valdus packte Romars Arm, aber Romar war jung und konnte dem Griff seines Vorgesetzten widerstehen. Er vergaß den Schmerz und schrie Valdus an: »Und warum nicht? Wecken Sie sie auf! Stellen Sie sich ihr! Sind Sie ein Feigling?«

Valdus stieß sich mit beiden Händen von ihm ab, wurde urplötzlich so steif wie ein Holzklotz und schritt der Länge nach an der am Boden liegenden Frau vorbei.

Seine Brauen waren gesenkt und zogen sich eng zusammen. Sein Blick war traurig, von undefinierbarer Qual beladen. Sein Brustkorb zog sich zusammen, als sein Atmen flacher wurde und er gegen die eigene Besorgnis ankämpfte.

Er schaute Romar an, schob trotzig das Kinn vor und atmete in kurzen Stößen.

Romar zwang sich, ruhig zu bleiben, als sein Vorgesetzter mit der Vergangenheit, der Gegenwart und irgendeiner unausgesprochenen Gemeinheit rang, die das Reich auf geheimnisvolle Weise in Gefahr bringen konnte.

Der ansonsten ruhige Anführer verwandelte sich vor seinen Augen in einen dämonisch aussehenden Wasserspeier, ein Bild der Entstellung und Schroffheit. Valdus' Kampf mit sich selbst war ein Anblick, den man gesehen haben mußte. Aber Romar hatte etwas gesagt, das den Vulkan zum Ausbruch gebracht hatte. Und er wußte nicht einmal, was dieses Etwas gewesen war.

Als er schon annahm, die Spannung würde sich gewaltsam entladen, holte Valdus urplötzlich tief Luft.

»In Ordnung«, sagte er. »Wecken wir sie auf.«

13

An Bord der *Enterprise*

»Gehen Sie auf Alarmstufe Rot. Notfallstatus für alle Decks. Extreme Turbulenzen.«

James Kirks Stimme war eisern und fest entschlossen, als sie durch das Schiff hallte. Sie klang viel fester, als sein Magen sich anfühlte.

Glücklicherweise war sein Magen seine Privatsache, von dem er niemandem zu erzählen brauchte, wenn er nicht wollte. Er hätte lieber einem Dutzend romulanischer Schiffe gegenübergestanden als der rohen Kraft der Natur, die über den Bildschirm wirbelte: Feinde konnte man austricksen oder zu Schlacke schießen.

Inzwischen mußten alle an Bord wach und an der Arbeit sein. Die meisten Positionen waren doppelt besetzt; alle waren auf den Beinen.

Die Brückensirene war abgeschaltet, damit man arbeiten konnte, ohne sich anzuschreien. Kirk glaubte die Sirenen auf den unteren Decks deutlich winseln zu hören, obwohl die Schiffskonstrukteure behaupteten, die Schotten seien absolut schalldicht.

Das Schiff bockte und sank erneut in die Tiefe. Kirk dachte an Scott im Maschinenraum. Er widerstand dem Drang, auf das Interkom einzuschlagen. Jetzt unten anzurufen nützte auch nichts. Er würde Scott nur von der Arbeit abhalten und zu hören bekommen, daß er ohnehin sein Bestes tat.

Das Schiff kippte zur Seite und schleuderte alle nach backbord. Kirks Griff löste sich von der Sessellehne, und er flog über das Geländer. Die Brücke hob sich, als träte sie aus, dann sank sie mehrere Male. Da er wußte, daß die Mannschaft ihn beobachtete, drückte er beide

Handflächen gegen das Geländer und schob sich gegen den Druck hoch und in den Sessel zurück.

Er preßte gerade seine schmerzende Schulter gegen den Sessel, um das Gleichgewicht zurückzuerlangen, als das Deck um weitere zehn Grad zur Seite kippte. »Vorwärtsschub, ein Drittel Unterlicht«, bellte er.

Sulu, der diesmal breitbeinig an seinem Arbeitsplatz stand und sich an der Konsole festhielt, nickte und bestätigte den Befehl.

»Durchhalten, meine Damen und Herren«, sagte Kirk ermutigend. »Geben Sie dem Maschinenraum eine Chance, sich zurechtzufinden.«

Er blickte kurz Spock an, der konzentriert an der Computersteuerung arbeitete und versuchte, weitere Daten über die Gravitationsquelle zu bekommen.

Arbeit war eine weitere Komplizierung der Lage. Sich nur festzuhalten wäre einfacher gewesen. Eine Hand für sich selbst, eine für das Schiff. Alte Sprichwörter gewannen in solchen Zeiten neue Bedeutung.

Die künstliche Schwerkraft heulte, als das Schiff gezwungen wurde, seine Achse in eine andere Richtung zu drehen. Wenn es im Weltraum ein ›oben‹ gab, dann drehte sich das Schiff nun nach oben und zur Seite und wurde in das wirbelnde Maul der Gravitationsquelle gezogen. Die Mannschaft wurde – wie Läuse im Fell eines springenden Hundes – hochgehoben.

»Eins nach dem anderen«, sagte Kirk warnend und setzte die Stimme als Bindeglied zwischen seinem Verstand und der Brückenmannschaft ein. »Nehmen Sie sich jede Belastung vor, sobald sie sich zeigt. Spock ...«

»Vektor rechtwinklig, Sir«, beantwortete der Erste Offizier Kirks noch nicht gestellte Frage. »Versuche zu kompensieren.«

»Schiffsenergie? Können wir uns hier rauswinden?«

»Möglicherweise.«

»Lieutenant Uhura, setzen Sie eine Warnboje aus. Wenn sie hohen Schub hat, kann sie sich vielleicht von der Quelle lösen und die Rennstrecke erreichen. Spezifizieren Sie den Standort der Anomalie – und melden Sie, daß alle hier stationierten Markierungen abgetrieben und nicht mehr sicher sind.«

»Aye, Sir, zeichne auf…«

Kirk wollte die Hände auf etwas legen, etwas steuern, etwas *tun*…

Dann unterbrach Uhuras Stimme seine Gedanken. »Kontakt, Captain – mit der *Ransom Castle.*«

»Stellen Sie durch.«

»Hier ist Nancy. Was machst du hier drin? Bist du uns etwa gefolgt?«

Ihre Stimme knisterte und war verzerrt.

»Nein, wir sind dir nicht gefolgt. Wir sind reingesaugt worden. Von irgendeiner rotierenden Schwerkraft. Ihr seid ihr wohl knapp entgangen. Seid ihr aus der Wolke raus?«

»Ich hab doch gesagt, daß ich durchkomme, oder?«

»Habt ihr das romulanische Schiff gesehen? Wir haben den Kontakt mit ihm verloren und glauben, es könnte noch in der Wolke sein.«

»Ja, die Romulaner wollten mein Schiff ausrauben und die leeren Laderäume plündern. Vielleicht wollen sie auch mein Schiff – den ganzen vierzig Jahre alten zusammengeflickten Kasten.«

Kirk schaute McCoy an, um sicherzugehen, daß er nicht irre und sie wirklich sauer war, mit ihm reden zu müssen.

McCoy, der sich an den Kommandosessel klammerte, zuckte nur die Achseln.

»Ich nehme an, das heißt nein«, sagte Kirk.

Obwohl auch er sich an dem Sessel festhielt, um nicht über das bockende Deck zu rutschen, mußte er beinahe lächeln. Der Teufel sollte diese Frau holen – es war ihr wirklich gelungen, das Schiff in die Wolke hinein- und wieder hinauszusteuern. Sie hatte, was ihre Mannschaft und ihr Schiff betraf, die Wahrheit gesagt.

Jim Kirk kannte alle Superlative, mit denen man ihn je bedacht hatte. Wunderbare Worte – er hatte sie von denen geerbt, die vor ihm Captain der *Enterprise* gewesen waren. Er wagte es nicht, seine Vorgänger hängenzulassen. Auch nicht seinen eigenen Ruf – der übermütigste, zuversichtlichste und dreisteste Captain zu sein, der weiter geflogen war als alle anderen und immer irgendwie zurückgekommen war. Obwohl diese Worte Komplimente waren, die jeden streunenden Köter stolz gemacht hätten, stärkte es ihn, wenn er sah, daß er nicht der einzige seiner Art war.

Niemand, der seine fünf Sinne beisammen hatte, wollte der einzige seiner Art sein.

»Brauchst du Hilfe, um rauszukommen?«

»Negativ«, sagte Kirk schnell. »Kommt unter keinen Umständen näher. Macht mit dem Rennen weiter und informiert ein anderes Starfleet-Schiff, daß es auf den Starfleet-Kanal achten soll. Falls wir Unterstützung brauchen, senden wir SOS. – *Enterprise,* Ende.«

»Ähm ... Warte doch mal.«

Kirk versuchte sich mit schmerzenden Knochen in dem Sessel aufzurichten, spürte das Gewicht des sich an ihn lehnenden McCoy, der ihn am Fallen hinderte, und beobachtete die Mannschaft, die sich bemühte, das bockende Schiff daran zu hindern, sich im Inneren der Wolke in seine Bestandteile aufzulösen. Die Schwerkraftströmungen hatten die Primär-, die Sekundärhülle, beide Gondeln und die Streben gepackt, alle bei unterschiedlichen Toleranzen. Derartige Kräfte konnten ein Schiff wie ein Blatt Papier auseinanderreißen.

Sie mußten die Schiffsdeflektoren und die interne künstliche Schwerkraft einsetzen, um diese Kräfte zu kompensieren, oder sie waren nur noch Schrott.

Und Nancy Ransom hatte ihm dabei gerade noch gefehlt.

»Sprich weiter«, sagte er und zwang sich, nicht noch ein *Aber mach's kurz* hinzuzufügen.

Es dauerte fünf Sekunden, bevor Nancy antwortete.

»Wir haben 'ne ganz schön harte Tour hinter uns.«

Kirk beugte sich vor. »Braucht ihr Hilfe?«

»Nein ... Ich unterwerfe mich nur den interstellaren Kollisionsvorschriften der Föderation. Und da steht unter Paragraph 38, Absatz 2, folgendes dem nächsten Starfleet-Schiff der Scout-Klasse oder höher zu melden: Wir haben einen Todesfall an Bord, offenbar ein Unfall. Okay, das war's dann. – Ransom, Ende.«

»Moment mal!« schrie McCoy.

»Nancy!« Kirk schob sich aus dem Sessel hoch. »Wir wollen die Ursache des Todesfalles wissen.«

»Es war ein Unfall. Wegen der Turbulenzen, nehme ich an. Ich hab ihn gemeldet. Mehr brauche ich nicht zu tun.«

»Lesen *Sie* auch den Rest der Vorschrift, Captain«, sagte Kirk beharrlich. »Auch an mich werden Anforderungen gestellt. Ich bin verpflichtet, eine Klasse-drei-Untersuchung durchzuführen.«

»Ich will dich aber nicht hier haben.«

»Dann gehe *ich* eben«, sagte McCoy.

»Mag sein«, sagte Kirk. »Aber laß mich wenigstens ein Team schicken, das den Fall untersucht.«

»*Ich* könnte gehen«, sagte McCoy erneut.

»Erspar mir die Einzelheiten, Kirk. Ich kann auf meinem Schiff keine Einmischung der Flotte brauchen. Am wenigstens welche von deiner Seite.«

Kirk trat zwischen Sulu und den Fähnrich an der Navigation.

»Hör zu, Nancy. Es ist mir gleich, was du von mir hältst. Ich gebe zu, du hattest recht. Die Fahrt durch die Wolke hat doch etwas gebracht. Du kennst deine Mannschaft und dein Schiff und hast es geschafft. Daran erkennt man einen guten Captain. Etwas Glauben, etwas Wissen, etwas Risikobereitschaft. Aber ein guter Captain muß noch etwas mehr können.« Er hielt inne. »Das bist du dem Toten schuldig.«

McCoy baute sich neben ihm auf. »Ich glaube, *ich* sollte mich hinüberbeamen.«

Keine fünf Sekunden vergingen, dann kam die unerwartete, unwahrscheinliche und eindeutig unvorhersehbare Antwort – so scharf, daß sie wie ein elektrisches Knistern klang.

»Na schön.«

»Bitte warten, *Castle.*«

Die Lage wurde kitzlig, als Uhura die Audioverbindung abschaltete und die Frequenz offen hielt. Kirk schaute sich nicht um. Er wußte, daß sie es getan hatte.

»Was ist bloß passiert?« murmelte er. Er blickte in die purpurblaue Wolke, die auf dem Bildschirm zu sehen war, in der pausenlos elektrische Entladungen knisterten, und auf die finstere, gespenstische Hülle der *Ransom Castle,* die sich an der Sensorenperipherie drehte. Wären die laufenden Lichter an ihrem Rumpf nicht gewesen, hätte er nicht einmal bemerkt, daß sie dort draußen war.

»Hat Nancy Ransom sich gerade bereit erklärt, daß wir uns bei ihr umsehen dürfen? Ohne einen Streit vom Zaun zu brechen?«

»Es gibt einen Toten auf ihrem Schiff«, sagte McCoy nur. »Ich weiß doch, wie du dich da fühlen würdest.«

Kirk wandte sich zu ihm um. »Und wann habe ich dich zum letzten Mal schreien hören, daß du es nicht erwarten kannst, von einem Transporter atomisiert zu werden?«

»Wir wollen das doch, bitteschön, nicht hochspielen, Jim.«

»Dann erkläre es mal.«

McCoy hielt inne. Ihm wurde klar, daß sein Witz unter der Anspannung des Augenblicks verpuffte und der Captain für Bonmots nicht in Stimmung war.

»Handelsraumer haben keinen medizinischen Offizier, und ich möchte nicht, daß diese Leute gebrochene Beine mit Suppenlöffeln schienen.«

Aber Kirk wandte sich nicht von ihm ab. »Und sonst?«

McCoy zappelte herum, seine eisblauen Augen funkelten voller Selbstsicherheit. »Tja ... Ich habe das Gefühl, es geht um mehr als nur ein Rennen«, sagte er. »Und ich traue deiner Intuition.«

Kirk musterte ihn eingehend. »Mr. Spock, die Stabilität des Transporters unter den gegebenen Umständen?«

Spock ließ von seiner Tätigkeit ab, wandte sich einer Sekundärkonsole zu und gab etwas ein. »Transporterelektronik ist stabil ... Materiestrom-Transmission aktiv, Puffer funktioniert ... Die Zielscanner zeigen jedoch Schwankungen, was an der Ionisierung der Wolke liegt.«

»Danke. Dann muß die Sache warten, Pille.«

»Jim ...«

Kirk schüttelte McCoys Hand ab, und ein Ruck warf den Arzt beinahe zu Boden. »Du kannst gehen, Doktor. Jetzt ist nicht die richtige Zeit.«

»Jim, wie oft haben Spock und du darauf beharrt, in gefährlichen Situationen jemandem zu Hilfe zu kommen? Warum willst du mir die Chance verwehren, genau das zu tun, wenn ich derjenige bin, der darauf einen Eid geleistet hat?«

»Weil es unsicher ist. Du könntest einen halben Meter vor dem Rumpf der *Castle* materialisieren.«

Spock hörte ihnen zu. Dann beugte er sich über die Konsole und fuhr wieder herum. »Das ist unwahrscheinlich, Captain,« sagte er, »sofern wir den Transporter der *Castle* statt des unseren einsetzen und den unseren als Bezugspunkt verwenden.«

»Stimmt!« sagte McCoy. »Diese Popcornautomaten können viel besser empfangen als senden. Hab ich von Scotty erfahren.«

Kirk setzte eine finstere Miene auf. »Mit dem werde ich noch ein Wörtchen reden müssen.«

McCoy stieß sich von der Rückenlehne des Kommandosessels ab und arbeitete sich neben Tom und Royenne zur Erhöhung hinauf. »Ich hol meine Ausrüstung und warte im Transporterraum. Sobald der Transporter der *Castle* mich anpeilen kann, beamt mich rüber, damit ich meine Arbeit tun kann.«

An Bord der *Roten Klaue*

Der Wahnsinn schlug zu wie ein durch seine Blutbahn strömendes Gift.

Romars Augen schmerzten, seine Arme und Beine zuckten. Wie hatte er nur so lange mit Verrätern zusammenleben können?

Irrsinnige Meuterer – wie hatte er in diesen Kreisen überlebt? Jede Stimme war eine Bedrohung, jedes Geräusch ein schriller Mißton. Er roch den giftigen Gestank seines eigenen Entsetzens und spürte, daß sein Hirn sich zerlegte – das Alptraumgefühl eines zerbrechlichen Körpers, als spalte jede Bewegung ihn in zwei Hälften. Doch wenn er stehenblieb, würde er schmelzen.

Er wollte wegschauen, aber er konnte die Rey-Frau nur anstarren. Sie erwiderte seinen Blick mit gleicher Intensität.

Sie drückte sich an die Wand der Transporterkammer, in eine Nische, die keine weiteren Rückzugsmöglichkeiten mehr bot. Sie konnte ihn nur voller Grauen anstarren.

Romars Hand zitterte und verengte sich um die Spritze, von der er geglaubt hatte, sie werde die Frau aus ihrer Bewußtlosigkeit erwecken. Er stand allein vor ihr. Kurz zuvor waren noch die beiden Pfleger des medizinischen Teams da gewesen, aber sie waren geflohen.

Irrsinn … Alle waren vom Wahnsinn ergriffen. Er war der einzige an Bord, der sich nicht in das Netz des Verrats verstrickt hatte. Sie waren alle irrsinnig! Die ganze Mannschaft! Und sie war es immer schon gewesen! Wie hatte ihm dies nur entgehen können?

In seinem Geist war ein Scheppern, das ihn verrückt machte, aber er kämpfte dagegen an. Wie machten sie das nur?

Hatte er nicht eine Bombe an Bord versteckt? Er mußte zu ihr gehen. Er mußte sie zünden …

Eine Bewegung am Rand seines Blickfeldes zog Romars Aufmerksamkeit von der Frau ab, und er sah den Commander an sich vorbeiflitzen. Er stürzte los.

Er erwischte den Saum von Valdus' Ärmel, als dieser zum Ausgang sprang. Doch er stolperte. Als sie zu zweit vor der Tür hinfielen, glitt diese auf. Draußen auf dem Gang rannten Angehörige der Mannschaft panisch umher; mindestens zwei weitere waren in einen wilden Kampf verstrickt.

Sie flohen!

Romar schwor sich, sie nicht entkommen zu lassen.

»Nein! Feigling!« Er klammerte sich an das Bein des Mannes, dessen Befehle er einst in Ehren gehalten und verteidigt hatte. »Du Tier!«

Valdus sagte überhaupt nichts, aber er wehrte sich, boxte Romar ins Gesicht, bis er zurückflog.

Schwindlig, das Gesicht voller Schrammen – in seinem Kopf drehte sich alles –, fand Romar sich auf den Knien wieder und stierte den Boden an. Dort hatte sich eine rote Lache ausgebreitet. Seine Nase blutete.

Er drückte seinen Ärmel an die Nase, schnaubte so wild, daß er beinahe die Besinnung verlor, und kam taumelnd auf die Beine.

Mit einem kurzen Blick auf die Rey-Frau, die sich, von Grauen geschüttelt, in der Transporterkammer an die Wand preßte, stolperte er auf die Konsole zu. Er konnte das Schiff und seinen giftigen Inhalt sprengen.

Er mußte nur den Kode eingeben … Dämliche Konsole! Vor Unzeiten gebaut, und nie auf den neuesten Stand der Technik gebracht! Die Verräter hatten sie manipuliert – ja, so war es!

»Verrat, Verrat«, zischte er. Er knirschte mit den Zähnen, als hätte er einen der Verräter an der Drosselvene.

Die Rey-Frau winselte stirnrunzelnd, ihre Wangen waren teigig, ihre Beine Gummi; sie konnten ihr geringes Gewicht nicht mehr aufrecht halten. Sie breitete die Arme aus und stützte sich an der Rückwand der Transporterkammer ab. Sie hatte keine Fluchtmöglichkeit.

Romar war fast soweit. Er wußte, welchen Befehl er am Computer eingeben mußte, wie er ihn dazu brachte, durch die Schiffswandung zu greifen, seine Bombe zu finden und sie zu zünden. Gleich. Gleich …

… als die Tür aufging und das Summen eines Intervallers die Luft erfüllte.

Ein chromgelber Strahl schoß in den Raum hinein und erzeugte ein hungriges Geräusch.

14

An Bord der *Roten Klaue*

Die Hände vor ihm waren kalkweiß. Er musterte die faltigen Knöchel, die gebleichten Fingernägel, die an Winterefeu erinnernden geschwollenen Adern. Brennende Augen…

Er wankte zurück, bis das Schott ihn stoppte. Sein Kopf klärte sich allmählich. Der Wahnsinn pellte sich in dünnen Streifen ab.

Im Dunstschleier der unmittelbaren Erinnerung: ein summender Blitz… die Gestalt der Rey-Frau, gefangen in einer grauenhaften Momentaufnahme, eine glühende, sich ausdehnende und dann auflösende Masse. Ihr Gesichtsausdruck überdauerte irgendwie ihren Tod.

Vielleicht sah es auch nur so aus…

Romar sackte gegen die Wand, ein Knie berührte fast den Boden. Wogen der Paranoia durchfluteten ihn, jede schwächer als die zuvor, und das Pochen des Herzens in seiner Kehle ließ soweit nach, daß er es bemerkte.

Er preßte eine Hand an die Wand, um das Gleichgewicht zurückzugewinnen, und atmete rhythmisch ein.

Bewegung im Raum… Er war nicht allein.

Valdus stand in der Nähe.

Zu nahe… Romar wollte auf ihn einschlagen, ihn fortjagen, seine Augen durchbohren, ihn töten.

Aber… warum?

Wieso wollte er seinen Vorgesetzten schlagen? Die Vorstellung wich, wurde mit jedem Atemzug, den Romar machte, fremdartiger.

Valdus kam langsam vom Eingang her auf ihn zu. Er hielt den Intervaller noch immer nach oben gerichtet, als könne die Rey-Hexe irgendwie zurückkehren und ihr ungreifbares Netz erneut um ihn herum weben. Er streckte den Arm aus, ergriff Romars Hand, und in einem Rest von Wahnsinn riß sich Romar von ihm los.

Die Luft knisterte von dem Intervallerschuß. Romar schaute Valdus an und rang mit sich, um den Beschluß zu fassen, ob er sich ergeben oder zuschlagen sollte. Für einen Augenblick wußte er wirklich nicht mehr, wer Freund oder Feind war.

Valdus senkte seufzend seine Waffe. Er machte keinen Versuch mehr, Romar zu berühren oder ihm auf irgendeine Weise zu helfen. Er schien bereit zu sein zu warten.

»Sie haben gut widerstanden«, sagte er, »wenn man bedenkt ...«

Romar fühlte sich ausgebrannt, kurzatmig und hohläugig, als er Valdus über die kurze Entfernung hin ansah. Er rollte sich an die Wand, bis er die Beine ausstrecken konnte.

Als er mehr oder weniger wieder zu Atem kam, keuchte er: »Warum haben Sie ... dieses Geheimnis für sich behalten?«

Valdus ließ das Echo verblassen. »Würden Sie es mir glauben, wenn Sie es nicht am eigenen Leib gespürt hätten?« sagte er dann.

Die einfache Wahrheit.

Die Wutanfälle hatten Romar geschwächt. Er konnte nicht mehr argumentieren. Valdus schaute weg. Romar beobachtete ihn.

»Ich war mir selbst nicht sicher«, murmelte Valdus und musterte die leere Transporterkabine. »Ich mußte mich ebenso überzeugen wie Sie. Erinnerungen spielen einem Streiche, Romar. Ich konnte den meinen nicht trauen. Als ich es erneut spürte, schälte dies die Unsicherheit der Jahre fort. Alle Zweifel, die seit Jahrzehnten in mir nisteten, brachen plötzlich zusammen. Ich habe mir also nichts eingebildet.«

Er überließ Romar seiner Genesung und schritt auf

die leere Kammer zu, in der kurz zuvor die große Bedrohung seines Lebens von seiner Waffe desintegriert worden war.

»Ich wußte, daß sie uns manipulieren können«, sagte er. »Sie geben irgendeinen Geruch ab, erzeugen einen Gedanken, stellen irgend etwas mit unserer Atmosphäre an … Irgend etwas, das uns verrückt macht. Aber ich wußte nicht, wer sie sind oder woher sie kommen. Es gab keinen Planeten in der Nähe … Ich dachte, ich könnte mich geirrt haben. Dann hat die Föderation sie für uns aufgespürt. Als die Macht unseres Reichs immer weiter zurückgedrängt wurde, wurde mir klar, daß sie als Waffe gegen uns eingesetzt werden könnten, wenn die Föderation sie je entdecken würde.«

Romar nahm wankend die Transportersteuerung ins Auge und zog sich langsam daran nach oben. »Ich hätte beinahe … beinahe …«

»Ja«, sagte Valdus. »Sie hätten beinahe das getan … was ich auch getan habe.«

Sie standen nun nebeneinander, beide stark erschöpft von dem bizarren Erlebnis, und jeder bemüht, die Einzelheiten der Vergangenheit zusammenzufügen, was ein sehr unbefriedigender Vorgang war.

»Der Angriff auf die *Scorah?*« rasselte Romar. »Die ganzen Legenden …«

»Stimmen nur zur Hälfte.« Valdus deutete auf die Transporterkammer. »Das … war der Angriff. Sie kamen ebenso unaufdringlich an Bord wie sie. Als sich ihre Angst unter uns ausbreitete, hat jedes Besatzungsmitglied im anderen einen Feind gesehen, und sie haben sich gegenseitig umgebracht. Nur ich blieb übrig. Ich bin geflohen.«

Romar schaute ihn an. Hatte Valdus so lange damit gelebt?

»Ich habe mein Leben als Heimsuchung empfunden. Ich habe mein ganzes Leben damit verbracht, mir meinen eigenen Wert zu beweisen«, fuhr Valdus fort, »aber in meiner Seele hatte ich Todesangst. Nur ich habe überlebt …«

Diesmal rötete Scham sein Gesicht. Er senkte den Blick. Seine Schultern sackten herab. Er wandte sich von der Kammer und Romar ab.

»Ich habe nur überlebt, weil ich mehr Angst als Zorn empfand.«

Der Raum wirkte ungebührlich kalt.

Sie fröstelten beide, aber aus unterschiedlichen Gründen.

»Ich konnte nicht mit der Wahrheit zurückkehren … daß wir alle verrückt geworden waren und ich das Schiff vernichtet und meine Kameraden und Vorgesetzten ermordet hatte. Aber selbst wenn ich die Wahrheit gesagt hätte, wer hätte sie mir abgenommen? Also habe ich mir eine Geschichte ausgedacht. Einen Angriff, den ich als einziger überlebte. Ich habe Festlichkeiten gemieden. Ich verachtete mich, weil ich nicht den Willen hatte, über das Geschehene auf meine Weise nachzudenken. Schwäche … Ich weiß nicht, Romar. Diesmal habe ich statt meiner Mannschaft die Rey getötet. Ich habe gelernt, mich auf den Feind zu konzentrieren … Ich wollte, daß mir nie wieder ein solcher Fehler passiert.«

»Wie werden die Menschen mit ihnen fertig?« sagte Romar und hustete.

»Ich habe darüber nachgedacht. Es gibt zwei Möglichkeiten. Entweder waren die Menschen in Anwesenheit dieser lebendigen Angstprojektoren noch nie in einer bedrohlichen Situation, oder …«

»Oder es wirkt sich nur auf unsere Spezies aus! Commander …« Romar erstickte beinahe an seinen Worten, aber er zwang sich, sie auszusprechen. »Sie sind eine Waffe gegen uns!«

»Ja«, sagte Valdus und starrte auf den Boden zu seinen Füßen. »Dieses Ereignis, dieses Rennen, wird die Galaxis in Kontakt mit diesen Kreaturen bringen. Sie werden nie wieder isoliert sein. Sie sind zwar nur eine weitere schwache Kultur, die die Föderation beschützen muß, aber sie sind auch eine rücksichtslose Waffe gegen das Reich. Sie sind gefährlicher für uns als ein verlorener Krieg. Schon ihre Existenz verhindert jede Kontrolle und verwandelt unsere Zivilisation in eine Waffe gegen uns selbst. Verliert man einen Krieg, bedeutet dies für ein paar Generationen nur Besetzung, bis man das Joch der Unterdrückung abschütteln kann. Dies jedoch ... dieses Volk kann unsere Evolution um mehrere Millionen Jahre zurückwerfen. Es kann aus uns panisch reagierende Automaten machen. Das darf nicht passieren, Romar ... Wir können es nicht zulassen.«

Von Grauen geschüttelt, das Gesicht von der Erkenntnis noch immer weiß, sank Romar ebenfalls auf die Plattform und stierte vor sich hin. Sekunden vergingen. Wahrheiten verbanden sich, bis die beiden Offiziere das Gewicht ihres gesamten Volkes auf den Schultern spürten.

Und schließlich, als Romar glaubte, seine Kehle habe sich geöffnet und er sei wieder so weit zu Atem gekommen, um sprechen zu können, ohne daß seine Stimme versagte, machte er den Mund auf und stellte eine Frage.

»Wie sieht Ihr Plan aus?«

An Bord der *Ransom Castle*

»Ein Dutzend Verletzungen unterschiedlichen Ausmaßes; die schlimmsten sind eine herausgesprungene Kniescheibe und zwei Gehirnerschütterungen. Und ich habe eine vorläufige Untersuchung Ihrer Köchin vorgenommen, Captain Ransom.«

»Schreien Sie bitte nicht so laut, ja? Und nennen Sie mich nicht Captain Ransom. Meine Leute kriegen Pikkel, wenn sie das allzu oft hören.«

»Oh, Verzeihung. Der Unfall ist wohl so abgelaufen, wie Sie vermutet haben. Tragisch, daß sich der alte Hilfsofen aus der Wandverankerung gelöst hat. Es tröstet Sie vielleicht, wenn ich Ihnen sage, daß es... schnell gegangen ist.«

Leonard McCoy war an Jim Kirks Miene gewöhnt: Sie gab stets ein beredtes Urteil über alles ab, was geschah. Nancy Ransom war so stoisch wie ein Vulkanier, aber auf sehr abschreckende Weise.

Er hätte am liebsten ihren Blutdruck gemessen, um zu sehen, ob er so niedrig war wie der Spocks.

»Mich verwirrt freilich noch immer die Körperhaltung der Köchin beim Herabfallen des Herdes«, sagte er. »Wenn ich nach den Verletzungen urteile, sieht es so aus, als hätte sie rücklings auf dem unter ihr befindlichen Herd gelegen. Gibt es irgendeinen Grund, warum sie diese Stellung eingenommen haben sollte?«

»Wahrscheinlich hat sie irgend etwas repariert.«

»Unter dem Herd an der Wand?«

»Na, sie könnte auch ausgerutscht sein, weil die Turbulenzen sie durch den Raum geworfen haben. Reicht Ihre Phantasie dazu nicht aus?«

»Ich muß es einfach fragen, Captain«, sagte McCoy und zwang sich, ruhig zu bleiben. »Es gibt aber noch etwas anderes, das ich mir nicht zusammenreimen kann«, fuhr er fort. »Ich habe Ihre Personalliste gelesen, und bis auf eine sind alle da: Es fehlt Ihr Gast vom Planeten Gullrey. Turrice Roon. Sie ist nirgendwo zu finden.«

Aus den Tiefen eines Kabelschachts tauchte ein großer schnauzbärtiger Mann auf – der Erste Offizier, wenn ihn die Erinnerung nicht trog. Sein breites Gesicht zeigte plötzlich Besorgnis, obwohl es ohnehin schon von den Rußspuren aus dem beschädigten Innenleben des Schiffes überzogen war. Die ganze Brücke roch nach verschmorten Leitungen und verkohltem Kunststoff.

»Meinen Sie Turry?« fragte er.

McCoy fuhr herum. »Wissen Sie, wo sie ist?«

Der große Mann kniff die Augen zusammen. »Ich habe sie in der Kombüse zurückgelassen. Können Sie sie nicht finden?«

»Die Kombüse«, sagte McCoy und wandte sich wieder zu Nancy Ransom um. »Der einzige Ort an Bord, an dem es zu einem tödlichen Unfall kam. Das weckt meinen Argwohn, Captain.«

Nancy schüttelte den Kopf und zuckte zusammen. »Argwohn? In welcher Hinsicht?«

McCoy spürte das Prickeln seiner Haut und beugte sich vor. »Es sind Romulaner in diesem Sektor. Als Chefarzt des nächsten Starfleet-Schiffes habe ich die offizielle Pflicht, ein Verbrechen zu vermuten. So steht's in den Vorschriften, und im Moment hab ich's auch im Urin, und ich werde beides nicht ignorieren.«

»Für wen halten Sie mich?« sagte Nancy unverblümt. »Sie haben doch nur Angst, sich bei Ihrem Captain zu melden. Sie wissen doch ganz genau, was er tut, wenn Sie mit irgendeinem hochgestochen formulierten Bericht zu ihm zurückkehren, in dem etwas von Schwierigkeiten auf meinem Schiff steht. Jim Kirk hat zwar vor zehn Jahren zugeschaut, als man mich aus der Flotte geekelt hat, aber er kann mir nicht vorschreiben, was ich auf meinem eigenen Schiff mache, und das gilt auch für seine Stichwortgeber. Meine Mannschaft ist hier, um an einem Rennen teilzunehmen. Und das werden wir auch tun, ob sich hier nun Romulaner aufhalten oder nicht. Mir sind diese spitzohrigen Säcke gleichgültig.«

»Aber sie haben eventuell ein Mitglied Ihrer Besatzung entführt!«

»Entführt?« knurrte Nancy. »Zum Teufel! Die feige kleine Schnecke hat sich wahrscheinlich nur unter einer Matratze versteckt! Das erfinden Sie doch alles!«

McCoy empfand ein Rasseln der Frustration in der

Kehle. Er tippte mit dem Zeigefinger auf das Pilotenpult. »Das romulanische Schiff wurde zuletzt in genau dieser Gegend gesichtet. Jetzt ist es weg – und ebenso Ihre Schiffsbegleiterin. Wenn ich da keinen Zusammenhang sähe, käme ich meinem Auftrag nicht sehr gut nach. Ich werde eine vollständige Ermittlung durchführen. Ich möchte, daß einer Ihrer Offiziere mir dabei hilft.«

»Das mach ich!« sagte der Erste und sprang auf die Beine.

»Du bleibst, wo du bist, Frarey!« fauchte Nancy. Sie zog die Schultern so hoch, daß sie fast an ihre Ohren reichten. »Doktor, jetzt bedauere ich es noch mehr, daß ich Sie überhaupt habe an Bord kommen lassen.«

McCoy richtete sich unter blitzenden Kontrollichtern auf und erwiderte mit fester Stimme: »Captain, eine Unschuldige ist tot; eine andere wird vermißt. Ich verstehe allmählich, warum die Flotte Sie nicht haben wollte, und laut meiner Einschätzung hat dies einen feuchten Kehricht mit James Kirk zu tun. Jetzt tun Sie mal das Richtige und erklären Sie die Kombüse für geschlossen. Ich befürchte, unser Unfall hat sich gerade als Mord entpuppt.«

McCoy beneidete die kleinen Privatschiffe wie die *Ransom Castle* wegen ihrer von Hand zubereiteten Nahrung, die nicht aus Replikatoren kam. Manchmal hatte er auf der *Enterprise* das Gefühl, statt gegrillter Hähnchen Dioden zu verzehren.

Die Kombüse eines Schiffes strahlte ihren eigenen Zauber aus. Für einen Dichter mochten es vielleicht die Masten und Segel sein, die Motoren, die Form des Rumpfes, aber für die Mannschaft galten völlig andere Werte.

Die Kombüse war ein Ort, den man betreten, in dem man sich aufwärmen und einen Hauch von Heimat schnuppern konnte.

›Heimat‹ konnte heutzutage an vielerlei Orten sein. Vielleicht bereitete man nur Hühnerfrikassee zu, aber es wurde eventuell mit Kartoffeln serviert, die auf einem Planeten im Aldebaran-System angebaut wurden – oder mit illegal getauschten Gewürzen versehen, die der Schwarzmarkt im Orion herangespült hatte. Die illegalen Hähnchen… irgendwie schmeckten sie am besten.

Egal. Wenn der Smutje sie erst gebraten hatte, waren sie legal.

McCoy machte sich nur Sorgen um allergische Reaktionen. Solange der größte Teil der *Enterprise*-Besatzung aus Menschen bestand, gab es nicht allzu viele Probleme. Aber irgendwann würden immer mehr Angehörige anderer Völker in der Flotte Dienst tun. Er würde bald alle Hände voll zu tun haben.

Die Besatzung der *Castle* bestand ausschließlich aus Menschen. Nancy Ransom war ein zu großer Dickschädel, um von ihren Traditionen abzuweichen.

Das machte McCoys heutige Aufgabe leicht.

Als Mike Frarey die Kombüsentür diesmal hinter ihnen schloß, nahm McCoy keine medizinische Inspektion vor. Er hielt auch keine Ausschau nach Verletzungen. Er suchte Spuren. Er hatte die anderen ausgesperrt, sämtliche Menschen, denen sie in den engen Gängen auf dem Weg hierher begegnet waren. Sie waren alle nervös und blickten traurig drein. Sosehr sie ihn auch mit Fragen genervt hatten, er hatte ihnen nur sagen können, daß ihre Ersatzmutter tot war. Außerdem hatten sie etwas zu tun – sie mußten das Schiff nach einer Rey namens Turrice absuchen, die man bisher noch nicht gefunden hatte.

»Ihr Captain ist 'ne Nervensäge«, sagte McCoy, als er sich in der Messe umschaute. Diesmal verfolgte er ein anderes Ziel als zuvor.

»Nancy?« sagte Frarey. »Tja, jeder hat eben seinen eigenen Stil. Und ihrer ist nun mal *so.*«

»Warum bleiben die Leute eigentlich bei ihr?«

Frarey musterte ihn, er stand vor der dunkel gestrichenen Tür. »Ist 'n fester Job, Doc. Nancy blecht dafür. Sie ist zwar 'n harter Brocken, aber sie hat was auf'm Kasten. Wir haben bei ihr noch keine mageren Zeiten erlebt. Wir sind übrigens alle bei ihr gelandet, weil wir wissen, wie magere Zeiten aussehen.«

»Sie haben noch nie magere Zeiten erlebt, mein Sohn«, sagte McCoy lässig. »Dazu hat Ihre Mama Sie zu gut mit Speck gefüttert.«

Frarey gestattete sich ein leises Lachen. »Stimmt auch wieder.« Dann meinte er traurig: »Wir sind uns ziemlich sicher, daß es ein Unfall war, Doc – das, was mit Louise passiert ist.«

McCoy musterte ihn finster. »Was macht Sie so sicher?«

Frarey runzelte die Stirn und zuckte die Achseln. Er öffnete den Mund, machte ihn wieder zu und zog erneut die Schultern hoch.

»Hab ich mir gedacht«, sagte McCoy. »Fassen Sie nichts an, es sei denn, ich sage es Ihnen. Gehen Sie nicht umher. Bemühen Sie sich, nicht zu atmen.«

»Mach ich, Sir.«

McCoy fing allmählich an, sich selbst Fragen zu stellen. Er ging in den Küchenbereich und machte dabei so wenige Schritte wie möglich.

»Hier spielen für meinen Geschmack zu viele Zufälle zusammen«, sagte er. »Daß die Frau rücklings auf einem Herd liegt und der zweite Herd sich gleichzeitig aus der Verankerung löst.« Er bückte sich und musterte das geschwärzte Herdgehäuse, dann richtete er sich auf, beugte sich zur Seite und lugte zwischen das Herdgehäuse und die Wand.

»Verkratzt«, sagte er laut. »Nicht gebrochen. Jemand hat mit einem Gewicht auf den Herd eingewirkt. Und zwar mit *viel* Gewicht. Da, wo kein Ruß ist, sieht man das blanke Metall … da ist die Metallverankerung verdreht, nicht einfach abgebrochen. Das Eigengewicht des Herdes hätte dies niemals bewirken können. Hier ist jemand reingekommen, der dafür gesorgt hat, daß der Herd auf die Frau fiel. Und ein anderer hat sie auf dem unteren Herd festgehalten.«

Das breite Gesicht Mike Frareys legte sich in Falten. »Gott im Himmel, die arme Louise …«

McCoy trat in den Türrahmen. »Ganz schön grausig. Und verdammt herzlos.«

Frarey nickte, zog die Nase hoch und bemühte sich, die Sache zu verkraften. »Sie klingen wie einer von uns«, sagte er dann. »Gar nicht wie jemand, der so'n komischen Beruf hat. Irgendwas hör ich da durch.«

»Was Sie da hören«, sagte McCoy, »stammt aus Atlanta in Georgia.«

»Dachte ich mir.«

»Mal sehen, was wir hier finden – jetzt, wo ich weiß, wonach ich suchen muß.«

Frarey setzte eine verdutzte Miene auf. »Nun, da Sie wissen, wonach Sie suchen müssen?« sagte er. »Ich weiß nicht, was Sie meinen.«

»Brauchen Sie auch nicht. Wo ist mein Medo-Kit?«

»Da, gleich neben Ihnen.«

»Danke. Wollen wir den Tricorder doch mal auf eine Atmosphärenanalyse einstellen.«

»Atmosphäre? Die Luft ist im ganzen Schiff gleich.«

»Wirklich?«

Der Tricorder arbeitete schweigend in McCoys Hand. Keine Vibrationen, kein Hinweis auf die hohe Hilfscomputerenergie in dem kleinen Gehäuse. Er musterte die winzige Bildschirmanzeige.

»Hmmm«, machte er. »Hier ist nicht viel. Jedenfalls nichts, woraus man Schlüsse ziehen könnte. Könnten 'n paar Spuren unwahrscheinlicher Gase sein, aber dem Captain kann ich mit solchen Kinkerlitzchen nicht kommen. – Meinem Captain, meine ich. Na schön, versuchen wir etwas anderes. Gehen Sie mal zu dem

Schott da und öffnen Sie die Klappe. Ziehen Sie den Filter raus und bringen Sie ihn her.«

»Tja ... Okay, Sir.«

Als Frarey beschäftigt war, kniete sich McCoy hin und drückte die Nase an den Boden. Er legte den Tricorder hin und benutzte die Hände als Besen, um ein kleines Häufchen Staub zusammenzuschieben. Es war nicht viel. Er hoffte, daß der Boden seit dem Unfall nicht mehr gereinigt worden war. Manchmal konnte sich Reinlichkeit recht ärgerlich auswirken.

Ein Arzt, der solche Gedanken wälzte? McCoy verwünschte sich und murmelte etwas vor sich hin; dann schwieg er, um das Staubhäufchen nicht fortzuwehen.

Er schaufelte einen Quadratzentimeter Staub in die obere Öffnung des handgroßen Masseanalysators und freute sich plötzlich, weil er ihn mitgebracht hatte. Das Maschinchen piepste besorgt, und McCoy zog den Schluß, daß es verwirrt war, weil er ihm etwas anderes als ein Knochenfragment zugeführt hatte. Doch kurz darauf kam eine DNS-Anzeige.

»Na bitte!« sagte er.

»Verzeihung?«

Frarey machte zwei Schritte und stand mit dem Luftfilter neben ihm.

»Haarpartikel«, sagte McCoy, als er Frarey erlaubte, ihn wieder auf die Beine zu ziehen. »Kein Wunder, daß sich die Menschheit zu Zweibeinern entwickelt hat. Wir sind für kniende Tätigkeiten nicht geschaffen.«

»Ich hab hier Ihren Filter.«

»Legen Sie ihn auf den Tisch.«

Sie beugten sich zusammen über den Kreis aus verflochtenem Staub, Haaren und Gott weiß was sonst noch. McCoy richtete den Tricorder darauf. Er mußte ihn zweimal neu justieren.

»Da ist es«, sagte McCoy. »Genau da. Schauen Sie sich die Anzeige an. Haarpartikel, epidermale Flocken ... In der Luft befindliche Aerosole von Fettsäuren. Hier ist die DNS-Analyse, und da haben wir ... die Separation der DNS. Humanoid ... und vulkanoid.«

»Häh?« Frarey richtete sich so jäh auf, daß seine Knochen knackten.

»Romulaner, Sie alter Holzfäller«, sagte McCoy knurrig.

»Hier war aber noch nie ein Romulaner! Noch nie!«

»Aber innerhalb der letzten zehn Stunden waren welche an Bord.«

»Ach, Doc, das ist doch albern! Woher wollen Sie das wissen? Sagt Ihnen das der Staub und der Dreck?«

»Nein, mein Sohn, ich erfahre es aus dem, was sich in dem Staub und Dreck verfangen hat – aus dem, woraus der Staub und der Dreck bestehen.« Er tippte an seinen Tricorder. »Aus nichtmenschlichen Hautfetzen und Fettsäuren.«

»Soll das heißen, Sie sind aus irgendeinem Grund hier reingekommen und haben sich gekratzt?«

»Ich sage nur, sie haben etwas Schweiß abgesondert. Schweiß, Haare, Haut. Das tun alle Lebewesen, wenn sie sich in einem Raum bewegen. Die Luft ist kein Vakuum. Man geht nicht durch nichts. Reibung entsteht immer, so gering sie auch sein mag.«

»Ich dachte, diese Schweinebacken schwitzen nicht.«

»Jeder schwitzt. Nur eben auf unterschiedlichem Niveau. Tja, wenn das kein Ergebnis ist. Jemand ist in diesen Abschnitt gebeamt, hat die arme Frau umgebracht und die Rey-Frau entweder mit einem Phaser getötet oder mitgenommen. Eine der Frauen war ihr Ziel, und die andere war eben eine Zeugin. Ich wette, die Köchin war die Zeugin, deswegen wurde sie umgebracht. Die andere ... Sie brauchten jemanden ihrer Art, um ihn sich aus irgendeinem Grund anzusehen.« McCoy fuhr sich mit einem Finger über die Lippen und blickte konzentriert auf den Tisch. »Aus *irgendeinem* Grund.«

»Sie werden sie wohl nicht lange ... leben lassen, was?«

»Ich bezweifle es.«

Wutgefühle verzerrten Mike Frareys großes, freundliches Gesicht. Er senkte den Blick und schaute weg, noch immer bemüht, keinen Schritt zu tun.

McCoy beobachtete ihn und analysierte die Stellung seiner breiten Schultern.

»Ach«, sagte er dann. »Tut mir leid. Ich hatte keine Ahnung.«

Frarey hatte einen Klumpen in der Kehle. Er blinzelte. Dann schob er die Daumen in den Gürtel und bemühte sich, ruhig zu wirken. »Schon gut.«

»Nein, ist es nicht«, sagte McCoy fest. »Es ist überhaupt nicht gut. Wir müssen der *Enterprise* eine Nachricht zukommen lassen. Die Romulaner haben aus dem Rennen irgendwie eine blutige Auseinandersetzung gemacht.«

15

An Bord der *Ransom Castle*

»Wir müssen der *Enterprise* unbedingt eine Nachricht übermitteln.«

»Ich bezweifle, daß das geht.«

Nancy Ransom saß auf einem Kühler und schälte, sorgfältiger als McCoy es je gesehen hatte, eine Banane. Sie schaute die Banane an, nicht ihn oder den kleinen Hauptbildschirm. Sie hatte nur Augen für die Banane, die sie äußerst langsam schälte.

McCoy hätte lieber woanders hingeschaut. Aber das Schälen einer Banane konnte schließlich nur eine bestimmte Zeit dauern.

»Wieso soll es nicht gehen?« fragte er. »Gibt es einen stichhaltigen Grund dafür, oder liegt es nur an Ihnen?«

Sie ließ ihn warten, bis sie fast mit dem Schälen fertig war.

»Da Sie davon überzeugt sind, daß es an mir liegt, kann ich wohl nicht mehr viel sagen, oder?«

McCoy warf einen Blick auf Mike Frarey, der die Daumen hinter den Gürtel schob und die Achseln zuckte.

»Captain«, sagte McCoy, »vielleicht sollte ich mich bei Ihnen entschuldigen. Doch das ändert nichts an meiner Meinung, daß hier ein Mord geschehen ist und die Übeltäter noch immer am Rennen teilnehmen. Wenn sie haben, was sie haben wollten, warum sind sie dann noch hier?«

»Wenn sie weiterhin im Rennen bleiben ... Wie kommen Sie dann darauf, daß Ihre Theorie überhaupt stimmt?«

»Ich verfüge nur über die Fakten, die ich sammeln

konnte. Ich gebe zu, daß die Möglichkeit eines Irrtums besteht, aber wir können uns diese Annahme nicht leisten. Wenn die Romulaner für das Verschwinden Ihres Gastes verantwortlich waren, glauben sie auch, daß sie hier noch etwas erledigen müssen.«

»Wenn wir sie finden, können Sie zu ihnen hinüberbeamen und sie befragen.«

McCoys Halsschlagader schwoll an. Er beschloß, sich nicht länger zurückzuhalten.

»Ich bin verpflichtet, der *Enterprise* Meldung zu machen«, sagte er. »Sie sind nun informiert. Es obliegt Ihnen, dafür zu sorgen, daß ich den nächsten Teil meiner Pflicht erfüllen kann. Oder soll ich vielleicht den entsprechenden Paragraphen zitieren?«

Nancy brach die Spitze der Banane ab. »Die Funkstation ist gleich dort drüben«, sagte sie. »Fühlen Sie sich ganz wie zu Hause.«

Als sie das erste Stück ihres Leckerbissens verzehrte, ging McCoy an Frarey vorbei, ignorierte die beiden anderen Männer, die an ihren Positionen saßen, und beugte sich über die Konsole.

»*Enterprise,* hier ist die *Ransom Castle … Enterprise,* hier spricht McCoy. Bitte melden.«

Er drehte die Lautstärke hoch und machte einen neuen Versuch.

»*Enterprise,* hier ist McCoy …«

Zwei Minuten später schaute er Mike Frarey an. Dann wandte er sich zu Nancy um.

»Das Ding ist kaputt.«

Nancy schüttelte den Kopf. »Mit meinem Funkgerät ist alles in Ordnung. Aber irgendein As hat das Subraumnetz versaut. Hat seine Emissionen wahrscheinlich voll aufgedreht. Kommt sich wohl wie 'n sehr gerissener Rennteilnehmer vor.«

»Das darf doch wohl nicht wahr sein! Das ist doch gefährlich!«

»Alles ist erlaubt, was einen weiterbringt. Sie haben

bei der Versammlung der Captains doch neben Mr. Großkotz gesessen, oder nicht? Schade, daß es *mir* nicht eingefallen ist.«

»Wer würde denn so etwas tun?«

Nancy richtete sich auf und hob eine Schulter. »Helmut Appenfeller oder Ian Blackington könnte man es schon zutrauen. Es könnte auch Pete Hall gewesen sein. Er ist ebenfalls irgendwo in dieser Gegend. In ein, zwei Stunden sind wir wieder im Freien.«

»Dann müssen Sie umdrehen und zur *Enterprise* zurückkehren.«

Nancy maß ihn mit einem finsteren Blick. »Den Teufel werd ich tun! Selbst Ihr Captain hat gesagt, wir sollen weitermachen. Und genau das tu ich auch.«

»Können Sie irgendein anderes Starfleet-Schiff erreichen, das am Rennen teilnimmt? Die *Great Lakes* oder die *Hood,* oder vielleicht das dritte?«

»Die *Intrepid?* Nein, die kann ich ebensowenig erreichen. Sie haben doch gerade selbst versucht durchzukommen, oder nicht?«

Mike Frarey, der hinter McCoy stand, legte diesem die Hand auf die Schulter und zog ihn zurück, bevor er etwas sagen konnte, aber es war zu spät.

Nancy schaute zwar nicht mehr auf, doch ihre Haltung machte deutlich, wie ihr Blick ausgesehen hätte. Sie rutschte zur Seite, dann noch weiter, zog die Knie dicht an den Körper und stierte zu Boden.

McCoy sackte mental und auch körperlich zusammen.

»In Ordnung, tut mir leid«, sagte er. »Ich fürchte mich nur vor dem, was passieren kann, wenn wir nicht sofort reagieren. Was wir auch voneinander halten mögen, ich glaube nicht, daß einer von uns will, daß es noch mehr Leichen gibt.«

»Louise würde es bestimmt nicht wollen, Nancy«, sagte Frarey – fast zu leise, um gehört zu werden.

Aber Nancy hatte ihn gehört.

Sie holte tief Luft, zupfte sich ein Stück Bananenfaser aus den Zähnen, wischte die Hand an ihrem Hemd ab und rieb sich den Nacken.

»Wenn Sie 'ne Methode austüfteln können, Captain Flegel und seinem vulkanischen Kumpel 'ne Nachricht zukommen zu lassen«, sagte sie, »werden wir sie senden.«

An Bord der *Roten Klaue*

»Unser Schiff ist in Sicherheit, Commander.«

Die Brücke war zu geräumig, um behaglich zu sein. Romar merkte, daß er noch immer gegen das Frösteln ankämpfte. Er sehnte sich nach dem Alleinsein und wünschte sich eine gewisse Zeit abgeschiedener Sicherheit – an einem Ort, den man verteidigen konnte.

Valdus trat an der Geschützstation zu ihm. »Meldung.«

»Je weiter die Auseinandersetzungen vom Transporterraum entfernt stattfanden, desto weniger gewalttätig waren sie. Offenbar hat die Hexerei nur eine bestimmte Reichweite. Sechs Verletzte – fünf davon geringfügig – und ein Toter. Wir hatten großes Glück.«

»Zum Glück hat keiner das getan, was ich damals getan habe«, sagte Valdus.

Romar wandte den Blick ab. »Ja. Sie haben das, was passiert ist, vorausgesehen und die Hexe umgebracht, bevor sie uns überwältigen konnte. Sie haben uns gerettet, Commander.«

»Übernehmen Sie sich nicht, Romar«, brummte Valdus. »Schäden?«

»Ein paar Schrammen an den Wänden, einige Leitungen sind durchschnitten. Man kümmert sich gerade darum. Die Mannschaft ist durcheinander und irgendwie auch beschämt, aber ich habe ihr bislang die Sache nicht erklärt.«

»Sie sollen lieber verwirrt bleiben. Ihre Pflicht besteht nur darin, die Posten zu bemannen.«

»Innerlich verstehen die Leute, warum wir dies tun müssen«, sagte Romar. »Sie stellen keine Fragen. Sie schauen sich nur gegenseitig an. Niemand sagt etwas.«

»Um so besser. Haben Sie das Zielschiff wieder isoliert?«

»Ja, es hat sich aus der Wolke herausbewegt, während wir mit der *Enterprise* beschäftigt waren. Wir haben eine ausgezeichnete Gelegenheit verpaßt. Nun müssen wir ihnen ins Freie folgen und auf eine neue Chance hoffen.«

»Sehen Sie?« sagte Valdus ernst. »Es liegt an diesem Mann.«

Romar hielt inne. »Am Captain der *Enterprise?* Aber er hat uns doch gar nicht gesehen.«

»Und doch hat seine Intuition ihn zu uns gebracht. Er hat mich, ohne es zu wissen, zum Handeln gezwungen. Ich bin solchen Instinkten schon mal begegnet... aber keiner hat sie so kraftvoll eingesetzt.«

Valdus trat ans Schott und strich mit dem Finger über die Wand.

»Sie wissen doch, Romar«, sagte Valdus, »daß ich unser Schiff habe überholen lassen, bevor wir hierherkamen.«

»Ja«, sagte Romar. »Ich weiß.«

»Die Schottenrahmen, die Wandteile... sind eine Sonderanfertigung. Sehen Sie, wie körnig sie sind? Sie wurden von meinen eigenen Wissenschaftlern und Arbeitern hergestellt. Ich habe sie in sechs Hauptsektionen einbauen lassen.«

Wenige Stunden zuvor hätte Romar dies für einen Beweis des Irrsinns seines Vorgesetzten gehalten. Wände? Welche Rolle konnten Wände spielen?

Aber er hatte gespürt, was die Rey anrichten konnten, und von nun an traute er nichts und niemandem mehr, auch seinem eigenen Urteilsvermögen nicht. Immerhin hatte Valdus recht behalten.

Er sagte nichts. Er stellte nicht mal die Frage, die er hätte stellen müssen. Wenn Valdus bereit war, würde er ihm die Bedeutung des Wandmaterials erklären. Er studierte Valdus' Miene. Wie wenig sich sein Alter trotz des jahrzehntelangen Dienstes zeigte. Wenn man genau hinsah, erblickte man nur ein paar Falten, wenn Valdus blinzelte, schluckte und atmete. Heute waren Ringe unter den erfahrenen Augen. Vielleicht waren sie schon immer da gewesen. Er hatte nur nie hingesehen.

Valdus würde es sich nicht anders überlegen. Er war ein Mann, der schon einmal alle in seiner Umgebung niedergemetzelt hatte und wußte, wie ein Massenmord schmeckte, den man um eines Zieles willen beging.

Romar trat näher an ihn heran. Das Gefühl seiner eigenen Entschlossenheit brannte in seinem Brustkorb.

»Ihre Befehle, Commander?« fragte er.

»Bewaffnen Sie eine Entermannschaft«, sagte Valdus. »Für eine Belagerung ausrüsten. Bringen Sie alle Waffen in den Einsatz. Wir gehen schrittweise an das Zielschiff heran.«

Das Gesicht des Commanders verlor sein verdrießliches Aussehen. Unwahrscheinlicher Friede war in seinem Blick, als spräche er Befehle aus, die ihn endlich ... endlich seiner Bürde entkleideten.

»Wir übernehmen es«, sagte er. »Und verwandeln diesen Planeten in einen Scherbenhaufen.«

16

»Captain, ich fange ein Bojensignal auf. Extreme Reichweite … Kommt langsam mit Warp eins näher. Ich glaube, ich kann die Nachricht durch die Wolkeninterferenz reinholen.«

»Tun Sie das, Lieutenant. Offenbar will sich jemand durch das blockierte Subraumnetz hindurch mit uns verständigen.«

»Moment, Sir … Nachricht wird überspielt. Sie ist von Dr. McCoy, Sir. Ich hole sie rein.«

Jim Kirk, die Brückenmannschaft und die beiden Rey, die sich im Hintergrund festhielten, mußten noch zehn Sekunden warten, bis Uhura die knisternde und knackende Botschaft durch die Ionisierung holen konnte, in der die *Enterprise* gefangen war.

»Dr. McCoy, Tonaufzeichnung, Sir«, sagte sie schließlich.

Alle hielten sich wegen des gekippten Bodens irgendwo fest und lauschten.

»*Enterprise,* hier spricht McCoy. Laut meiner Einschätzung ist es auf der *Ransom Castle* zu einem Mord und einer Entführung gekommen. Mein vollständiger Bericht und die Tricordermessungen folgen dieser Nachricht. Spock kann die Spuren aus der Kombüse vom Bibliothekscomputer überprüfen lassen. Ich glaube, die Schiffsköchin wurde umgebracht, um sie daran zu hindern, die Entführung des weiblichen Rey-Gastes Turrice Roon zu melden.«

Niemand reagierte offen, aber die Aufmerksamkeit aller richtete sich auf Tom und Royenne.

Kirk wußte, wie es war, wenn man jemanden aus seiner Mannschaft verlor. Als McCoy mit seiner Botschaft fortfuhr, sah er den Schreck auf den Gesichtern der beiden Rey.

»Meine Annahme basiert natürlich nur auf Indizien. Es könnte auch sein, daß jemand, bevor er an Bord kam, an einem Romulaner vorbeigestrichen ist. Nur war diese Frau noch vor drei Stunden gesund und munter. Ich kann nur spekulieren, daß die Romulaner irgendeine Art Experiment mit den Rey planen und die arme Frau als Versuchskaninchen verwenden. Es ist entscheidend, daß du diese Leute faßt, bevor sie wieder in ihrem Machtbereich verschwinden, sonst erfahren wir womöglich nie, was aus ihr geworden ist. Ich glaube nicht, daß sie noch lange leben wird. – McCoy, zur Zeit auf der *Ransom Castle,* Ende.«

Unter dem gräßlichen Geheul der Impulstriebwerke der *Enterprise,* die die Position des Schiffes zu halten versuchten, machte sich Schweigen breit.

Kirk fuhr herum und schaute zum Heck. Da standen zwei völlig ahnungslose Leute, deren Spezies nichts getan hatte, um irgend jemanden zu reizen, und selbiges laut allen Berichten nicht mal dann hätte tun können, wenn sie es gewollt hätte. Die beiden großäugigen Besucher war entsetzt. Trauer rötete ihre Gesichter.

Tom wirkte völlig fertig; er konnte sich kaum noch auf den Beinen halten. Er schien vor den Augen des Captains zu schrumpfen.

Als Kirk ihn ansah, wurde er von Trauer ergriffen. Er spürte, wie sich sein Leib enger um seine Knochen legte, als er an die beiden Frauen dachte, die man geopfert hatte – die eine war tot, die andere sehr wahrscheinlich ebenfalls.

Er hoffte wenigstens, daß sie tot war. Die Vorstellung, sie könne den Romulanern als Versuchskaninchen dienen, drohte ihn zu ersticken.

Er konnte plötzlich nur noch an die beiden Frauen denken.

Auch in einer Epoche, in der Frauen und Männer zusammen Dienst taten, war der Tod einer Frau für James Kirk noch immer etwas Außergewöhnliches. Frauen waren noch immer etwas Besonderes für ihn, auch wenn sie ihn oft wegen seines diesbezüglichen Denkens tadelten. Er konnte nun mal nicht anders. Trotz des Drucks einer expandierenden Gesellschaft war er in diesen Dingen ein Mensch des 19. Jahrhunderts geblieben, auf den jede Frau wie ein Kunstwerk wirkte. Er wollte sie alle beschützen. Frauen waren der Charme der offenen Galaxis; ihr sinnloser Tod zerriß ihm das Herz.

Er zwang sich, den Blick von Tom und Royenne abzuwenden, und unterdrückte seine Gefühl, bevor er zu wütend wurde. Was würden die Romulaner mit der gefangenen Rey anstellen?

»Wir müssen hier raus«, sagte er, plötzlich ziemlich außer Atem. »Es geht um Leben und Tod. Irgendwelche Hypothesen, Spock?«

Es kam keine Antwort.

Kirk zog sich zum Geländer, kämpfte gegen das Deck, das nun wieder um ein Grad in die entgegengesetzte Richtung kippte.

»Spock?«

Auf der Erhöhung packte Spock die Rückenlehne seines Sitzes. Er kam kaum auf die Beine, knickte nach vorn ein, als hätte ihm jemand einen Schlag gegen den Brustkorb versetzt.

Kirk sammelte seine Kräfte und hatte ihn nach vier Schritten erreicht.

Spock wich seinem Blick aus. »Tut mir leid, Captain ...«

Kirk packte Spocks Arm und verhinderte so, daß er seitlich auf die Computerarmaturen rutschte. »Sind Sie in Ordnung?«

Spocks blasse Hand hielt sich am Gehäuse eines Monitors fest. Er kämpfte darum, sich von der heranschleichenden Qual nicht überwältigen zu lassen. »Einen Moment«, rasselte er. »Ich kämpfe dagegen an.«

»Gegen was?«

»Ich weiß es nicht.«

Falls irgend jemand angesichts von McCoys Meldung und dessen, was sie gerade durchmachten, Übelkeit empfand: Kirk wäre nicht überrascht gewesen. Er sah es in allen Gesichtern und spürte, daß irgend etwas an seinen Muskeln und Knochen zerrte.

Die Belastung in Spocks Blick war plötzlich ansteckend – Kirk konnte es spüren.

Sie hatten schon zuvor ähnliche Gefühle gehabt – aber auf diese Art?

»Ich wußte gar nicht, daß auch Sie raumkrank werden können«, sagte Kirk leise.

»Ich war es noch nie ...«

»Ist Ihnen schwindlig?«

»Nein ... Doch, ein wenig.«

Daß Spock mitten im Satz die Antwort änderte, war gleichbedeutend mit einem Hilfeschrei.

»Nehmen Sie Platz.« Kirk zog ihn, ohne daß er Widerstand leistete, zu seinem Stuhl.

Er leistete *keinen* Widerstand!

Und nun sah Kirk seine Anstrengung ...

»Ausgerechnet jetzt ist McCoy nicht an Bord«, murmelte er. »Sind Sie dienstfähig?«

Spock drehte den Stuhl und rappelte sich wieder auf. Ein Frösteln ließ seine Arme erbeben. Er hielt die Luft an, versteifte sich und kämpfte um Kontrolle. Als er aufschaute, waren seine schwarzen Augen energisch und glasig.

»Jawohl, Captain«, sagte er. »Ich habe McCoys Daten gleich analysiert ...«

Er wollte also allein sein. Kirk ballte die Fäuste und zwang sich wegzugehen, um die Aufmerksamkeit von Spock abzulenken.

»Uhura, rufen Sie Mr. Scott auf die Brücke.«

»Jawohl, Sir«, sagte sie. Auch ihre Stimme klang angespannt, als hätte sich auf der Brücke eine Seuche ausgebreitet.

Spock hielt sich an den Armaturen fest und drehte sich um. »Ich bin in Ordnung, Captain.«

»Nur eine Vorsichtsmaßnahme, Mr. Spock«, sagte Kirk beharrlich und in einem Tonfall, der keinen Widerspruch duldete.

Auch diesmal leistete Spock keinen Widerstand. Sein Gesicht war vor Anspannung verkrampft. Schwäche zerrte an seinen Ellbogen. Er zwang sich, wieder an die Arbeit zu gehen, deutlich verstört, daß er gerade jetzt abgelöst werden sollte, als das Schiff in Schwierigkeiten steckte.

Scott war zwei Minuten später auf der Brücke. Er setzte eine finstere Miene auf, schüttelte den Kopf und sagte, ohne abzuwarten, bis er gefragt wurde: »Das Mischungsverhältnis ist noch immer instabil, Sir. Wir bieten alle Kräfte auf. Das Schiff schnaubt und pustet zwar, aber wir halten es von der Gefahrenlinie fern und werden es daran hindern, noch tiefer ins Loch reinzurutschen.«

»Verstanden«, sagte Kirk. »Bereithalten, Scotty.«

»Ich sollte lieber wieder in den Maschinenraum gehen, Sir ...«

»Ich brauche Sie hier oben.«

Scott baute sich neben Kirk auf. Sosehr Montgomery Scott sich auch mit den Maschinen verbunden fühlte, war er doch gegenüber Menschen nicht völlig unsensibel geworden. Und als er den Blick des Captains sah, kapierte er gleich, daß etwas nicht stimmte.

»Stimmt was nicht, Sir?«

Kirk warf einen raschen Blick nach steuerbord. »Tja,« murmelte er, »die Haare rauft er sich zwar nicht, aber ...«

»Glauben Sie, er ist krank?«

»Geben Sie ihm noch 'ne Minute.«

Kirk durchsuchte seinen Geist nach irgendeiner verrückten, erlösenden Idee, wischte sich mit einer heißen Handfläche über die Stirn und schritt ums Ruder herum. Hätte er doch nur *denken* können.

»Captain«, sagte Spock, der um jeden Atemzug kämpfte, »die molekulare Untersuchung der Daten, die Dr. McCoys Tricorder in der Kombüse aufgenommen hat … Es gibt keinen Zweifel mehr … In den letzten zwanzig Stunden waren wirklich Romulaner an Bord der *Ransom Castle.* Ich glaube, dies untermauert Dr. McCoys Theorie … Ich muß ihm zustimmen: Die Rey wurde von romulanischen Eindringlingen entführt.«

Kirk trat auf ihn zu. Er war darauf vorbereitet, die schlimmste Frage zu stellen, aber Tom stand in der Stille auf, ging dorthin, wo Uhura sich an ihre Armaturen klammerte, und kam allen zuvor.

»Mr. Spock?« sagte er. Es war eindeutig, daß er sich zwingen mußte, die Worte auszusprechen. »Ob sie sie wohl am Leben lassen?«

»Sie ist die Zeugin eines Verbrechens, Sir«, sagte Spock leise, aber alle hörten ihn, und in seinem Tonfall schwang deutliche Sympathie mit. »Es ist unwahrscheinlich, daß man sie leben läßt.«

Als die Trauer Tom übermannte, legte sich sein Gesicht in Falten. Er stützte sich mit der Hand auf Uhuras Rückenlehne und sank in die Knie. Dort blieb er jämmerlich hocken, ohne einen Ton zu sagen, und bedeckte das Gesicht mit der anderen Hand.

Kirk schritt auf ihn zu. Erst jetzt spürte er wieder den gesunden Menschenverstand, der sich schon vor Stunden hätte bei ihm melden sollen. Er mußte die Rey von der Brücke entfernen. Es war alles zuviel für sie. Tom baute stark ab. Royenne ging es nicht viel besser. Er drückte sich vor dem Turbolift an die Wand und beobachtete Toms Zusammenbruch.

Als Kirks Füße die wenigen Schritte zur Brückenerhöhung machten, als er schließlich vor Tom stand und ihn berühren wollte, hatte er plötzlich das panikartige Gefühl, von der Trauer des Rey überwältigt zu werden.

Spock konnte sich plötzlich kaum noch auf den Beinen halten. Er stützte sein gesamtes Gewicht auf die

Handballen, die auf den Armaturen lagen. Nun gab er nicht mehr vor zu arbeiten: In seinem Gesicht kämpften seine beschädigten Gefühle.

Beschädigte Gefühle ...

Im Zwischenbereich der Gedankenfetzen eines an nichts denkenden Verstandes klickte etwas.

Kirk griff nach unten, legte die Handfläche auf Toms Schulter, nahm das rotschwarz karierte Flanellhemd zwischen die Finger, erwischte eine Strähne von Toms hellem Haar und zog den Rey halb herum.

Und auf der anderen Seite der Brücke zuckte Spock zusammen – und wandte sich um.

»*Das* ist es also«, sagte Kirk keuchend.

Sein Instinkt wurde aktiv. Er stellte sich schützend zwischen Spock und Tom, machte einen Schritt rückwärts und blickte den jungen Rey an. Royenne taumelte auf sie zu, und die beiden Besucher schauten Kirk wie zwei verlaufene Kälber an.

»Es liegt an euch, nicht wahr?« sagte Kirk unverblümt. »Es liegt irgendwie an euch.«

Sie sagten nichts. Sie brauchten auch nichts zu sagen. Im Gegensatz zu den Vulkaniern verbarg ihre Miene nicht viel.

»Wo steckt Osso?« fragte Kirk.

»In unserem Quartier«, sagte Royenne. »Er wollte niemanden ...«

»Überfluten?«

Royenne schaute mit sorgenvollem Blick zu Boden. »Ja«, gab er traurig zu.

Die Brückenmannschaft schaute stumm zu. Kirk empfand die Aufmerksamkeit der Leute wie Nadeln in der Haut.

»Tom«, sagte er. »Haben Sie mir irgend etwas zu sagen?«

Tom, noch immer auf den Knien, sein Gesicht von Schweiß überströmt, bemühte sich, seine Gefühle unter Kontrolle zu halten – offenbar versuchte er, sie nicht nach außen dringen zu lassen. Seine Stimme war eine Mischung aus Trauer und Anstrengung.

»Turrice war meine Schwester«, sagte er.

»Es ist nicht Toms Schuld!«

Royenne ragte plötzlich vor Kirk auf, um seinen Gefährten in Schutz zu nehmen. Es war möglicherweise das erste Mal, daß ein Rey das Bedürfnis verspürte, seinen Artgenossen gegen jemanden zu verteidigen, der einer anderen Welt entstammte.

Und dies mußte auf der Brücke von Jim Kirks *Enterprise* geschehen.

»Bevor die Föderation unseren Planeten entdeckte, haben wir nie daran gedacht, es könne sich auf jemanden auswirken«, sagte Royenne ängstlich. »Wir haben nie einen Gedanken daran verloren!«

Seine Schultern sackten plötzlich herunter. Seine Hände fuchtelten wild umher, als sei er eine Marionette, an deren Fäden jemand zog, doch dann runzelte er die Stirn und kniete sich neben Tom hin.

Auch ohne aufzuschauen wußte Kirk, daß Spock dicht hinter ihm stand. Er kam sich wie ein Bollwerk vor, hinter dem Spock bewußt zurückblieb. Er wurde zur Barriere. Jeder, selbst Spock, hatte von Zeit zu Zeit Anspruch darauf, wie ein Kind in Schutz genommen zu werden.

»Ist das möglich?« fragte Kirk. »Sind die Rey wirklich die Ursache, Spock?«

»Vulkanier verfügen über geringfügige telepathische Fähigkeiten«, sagte Spock und kämpfte gegen die Anspannung an. »Bei den Romulanern ist es wahrscheinlich nicht anders, auch wenn es so aussieht, als hätten sie sie als Disziplin nicht entwickelt.« Er hielt inne. Seine Neugier schien die Wirkung, die die Rey auf ihn ausübten, zwar zu vertreiben, doch er blieb weiterhin hinter Kirk stehen. »Man kann Telepathie nicht mit einem Lineal messen, Captain. Ich kann wissenschaftlich nicht beweisen, daß ich spüre, was mir im Moment zu schaffen macht.«

»Deswegen war das Zeitalter der Wissenschaft auch die Blütezeit der Scharlatane«, sagte Kirk zustimmend. »Man kann nicht beweisen, daß manche Kräfte *nicht* existieren.«

Spock kniff nickend die Augen zusammen. »Ich nehme an, bei den Rey ist diese Eigenschaft nicht wichtiger als das Schwitzen oder die Haarfarbe eines Menschen.«

»Und wir kämen niemals auf die Idee, unsere Haarfarbe könnte andere in den Wahnsinn treiben.« Kirk schaute Tom und Royenne an und kam nicht umhin, einem Volk gegenüber Freundlichkeit zu empfinden, das niemandem hatte weh tun wollen; das sich nur mit dem Rest der Galaxis verständigen und im Dunkeln nicht allein gelassen werden wollte. »Ich spüre es zwar auch, aber ich kann es unterdrücken. Wieso?«

»Die vulkanischen und romulanischen Instinkte sind viel stärker als die der Menschen«, sagte Spock, der sich bemühte, klinisch zu bleiben. »Menschen hingegen gehen täglich mit Emotionen um. Sie … kommen besser mit ihnen klar.«

Kirk vermied es, sich bei ihm zu bedanken. »Bei uns geht es gefühlsmäßig täglich hundertmal rauf und runter. Ihre Freude war zwar ansteckend, aber ihre etwas gewalttätigeren Emotionen machen uns lediglich gereizt. Doch bei einem Vulkanier …«

»Oder einem Romulaner …«

Kirk fuhr herum und deutete mit dem Finger auf Tom und Royenne. »Sie haben davon gewußt, nicht wahr?«

Royennes Gesichtsausdruck zeigte Scham und bat gleichzeitig um Entschuldigung. Er schaute an Kirk vorbei und sprach Spock an.

»Anfangs haben wir nie darüber nachgedacht. Als wir in Erfahrung brachten, daß unsere Gefühle sich auf andere auswirken, hatten wir Angst, niemand würde etwas mit uns zu tun haben wollen.«

»Wir dachten, alle würden sich von uns abwenden!« stieß Tom hervor. »Daß man uns nicht in der Föderation haben will. Wir dachten, es könne höchstens ... höchstens ...«

»... niedrigere Lebensformen stören«, sagte Royenne.

»Wahrscheinlich hat es sich als Methode entwickelt, Raubtieren Angst einzujagen«, sagte Spock. »Vulkanoide sind dafür empfänglich, weil auch sie einst von starken Emotionen geprägt waren. Wir haben Kontrollen entwickelt, weil unsere gewalttätigen Grundemotionen uns allmählich zu vernichten drohten. Wir haben zwar den Drachen nicht erschlagen«, fügte er hinzu, »aber wir haben ihn in seine Höhle zurückgebracht.«

»Und irgendeine Fähigkeit dieses Volks lockt ihn wieder hervor«, sagte Kirk. »Die Romulaner sind darüber gestolpert. Sie fürchten wahrscheinlich, daß die Föderation die Rey als Waffe gegen sie einsetzt!«

Er holte tief Luft, klärte seinen Verstand, und es gelang ihm, die heranschleichende Trauer abzuschütteln, die von den beiden sanften Wesen ausstrahlte, deren Mienen ihre Lage deutlich widerspiegelten. Er ging an Spock vorbei nach unten, zum Bug hin, dann wieder zurück, und in seinen Augen breitete sich ein teuflisches Glitzern aus.

»Keine schlechte Idee«, sagte er dann.

»Captain!« Chekov keuchte auf. Er schaute ihn entsetzt an.

Auch Scott beobachtete ihn, doch seine schwarzen Augen zeigten das unverblümte Verständnis, daß Offiziersanwärtern noch nicht zu eigen war.

»Die Romulaner verstehen einfach die Ethik der Föderation nicht«, führte Kirk aus. »Wir würden nie einen Rey opfern, indem wir ihn in ihre Nähe bringen, bloß um die Oberhand zu gewinnen. – Sie sind nämlich kein

Köder«, sagte er und deutete mit der Hand auf Tom und Royenne, »sondern lebende Wesen.«

»Und ihr *Talent* ist nicht steuerbar«, erläuterte Spock. »Ein Rey müßte selbst in einer tödlichen Lage sein, um diese Wirkung zu erzielen, was ihren Wert als Waffe auf Null setzt.«

»Es ist mir gleich, ob es so oder so ist. Wir würden sie nie *benutzen.* Aber die Romulaner glauben es eben.« Kirk drehte sich um und maß den Frontbildschirm mit einem vorwurfsvollen Blick. »Wo also steckt Valdus? Er hat die Frau... Hat er die Gegend verlassen? Oder ist er noch hier und tut so, als nähme er weiterhin am Rennen teil? Was ist sein Plan? Warum beteiligt er sich an einer Aktion, die ihn zu dem Planeten führt, auf dem das Volk lebt, das er fürchten *muß?*«

Tom sprang auf die Beine und griff nach dem Geländer. Seine Miene wirkte sehr besorgt. »Sie können meinem Planeten doch nichts tun, oder? Das können sie doch nicht, oder?«

»Es würde Tage dauern, einen Planeten auszulöschen«, sagte Scott, »selbst wenn sie genug Feuerkraft hätten.«

»Wenn sie den Planeten zusammenschießen, gibt es nur Tote«, warf Kirk ein. »Valdus ist erfahren genug, um das zu wissen. Er ist kein Selbstmördertyp. Wäre er es, wäre er längst auf Gullrey gewesen. Und er würde nicht auf eine öffentliche Veranstaltung warten, an der vier Schiffe unserer Flotte und eine Meute rauher unabhängiger Kauffahrer und aufgeregte Wochenend-Abenteurer teilnehmen...«

Er hielt plötzlich inne.

»Captain!« keuchte Sulu.

»Ein anderes Schiff!« stieß Chekov hervor.

»Sie opfern ein anderes Schiff«, sagte Sulu. »Warp-Triebwerke...«

»Vergiftung der Atmosphäre«, sagte Scott. »Dagegen kann man nichts machen, Sir.«

Kirk fuhr zu Spock herum. »Und da alle Schiffe sich auf den Planeten zubewegen, wird niemand einen Angriff vermuten. Spock, was brauchen sie, um die Atmosphäre zu vergiften?«

»Ein Schiff mit …« Spock dachte angestrengt nach, dann hielt er inne; er kämpfte noch immer mit sich. Er lehnte sich mit einer Hand auf das Pufferbord vor der Funkarmatur. Die andere schwebte in der Luft, da sie sich auf nichts stützen konnte. Seine Schultermuskulatur kämpfte um Beherrschung. »Ein Schiff mit irreversibler Warpfeld-Kettenreaktionsfähigkeit.«

»Ein Schiff wie unseres.« Kirk trat auf Spock zu.

»Könnte sein, daß sie auf eins unserer Schiffe aus sind, Sir«, sagte Scott und kam herunter. »Aber wehe dem, der sich mit einer Starfleet-Mannschaft anlegt. Ein kluger Tiger pirscht sich zuerst an das schwache Zebra heran.«

»Ja, das macht er. Valdus kam mir durchaus wie ein kluger Tiger vor, Mr. Scott. Wenn wir davon ausgehen, daß er das, was er wissen wollte, von Toms Schwester erfahren hat, nimmt er nun die zweite Phase seines Plans in Angriff. Er braucht ein Schiff, das einen Planeten vernichten kann. Also eins von der Größe der *Zauberwald*, der *Blackjacket*, der *Baltimore* …«

»Die *Ransom Castle* würde auch reichen, Sir«, sagte Scott.

»Glauben Sie?«

Scott lachte grimmig. »O ja.«

Die Einzelteile fügten sich zusammen. Kirk ging nach unten. »Das ist es! Er hat die *Ransom Castle* im Visier. Deswegen hat er auch ihren Rey-Gast entführt.«

»Aber was sollte die Entführung überhaupt?« fragte Sulu. »Das verstehe ich nicht, Sir.«

»Ich kenne den Grund«, sagte Kirk. »Ich habe ihn in seinem Gesicht gesehen.«

»Warum?« fragte Tom. »Warum gerade meine Schwester?«

Kirk konnte es nicht ertragen, ihn anzusehen. »Er wollte sich überzeugen, daß er auf der richtigen Spur ist. Weil er nicht den falschen Planeten und das falsche Volk angreifen will.«

»Ein Romulaner?« sagte Chekov. »Warum sollte er sich darum scheren?«

»Weil er anständig ist, Mr. Chekov«, sagte Kirk. »Ob er nun Romulaner ist oder nicht: Es gibt nichts Gefährlicheres als einen anständigen Menschen, der davon überzeugt ist, das Richtige zu tun.«

17

An Bord der *Roten Klaue*

»Hier ist der Subcommander. Verfügen wir wieder über volle Triebwerksenergie?«

»In einer Viertelstunde, Subcommander.«

»Eine Minute länger, und Sie werden exekutiert!«

Die Mannschaft blickte auf, aber niemand sagte etwas. Alle fingen an, noch schneller zu arbeiten.

»Romar … Sie sind ja außer sich«, sagte Valdus vom Kommandozentrum her.

Romars Gesicht war bernsteinfarben, sein Körper zitterte vor Erregung, er deutete bösartig auf die Kommunikationseinheit. »Ich bringe ihn *um!*«

»Na schön«, sagte Valdus, »aber seien Sie vorsichtig. Ihr Enthusiasmus könnte Sie entwaffnen.«

»Nichts wird mich entwaffnen.«

Valdus wollte sich nicht streiten. Sein Kommandosessel fühlte sich heute unbequem an. Romar ging wieder hinter ihm auf und ab. Valdus wußte, wie ihm zumute war – das Unvermögen, die Plünderung des eigenen Verstandes zu akzeptieren. Der arme Romar … Er hatte keine siebzig Jahre, sondern nur siebzig Minuten gehabt, um sich an das zu gewöhnen, das ihm passiert war.

Valdus zwang sich zur Toleranz und gestattete es dem jüngeren Mann, auf der Brücke hin und her zu poltern. Die seinen Rang anzeigende Schärpe wehte dermaßen, daß sie um seinen Körper klatschte. Die Brückenmannschaft hielt den Blick abgewandt. Die Männer wußten, daß etwas nicht stimmte – sie hatten das Eindringen in ihren Verstand verspürt; nun hofften sie, daß ihre Anführer mit der Bedrohung fertig wurden.

»Wo sind die anderen Rennteilnehmer?« fragte Valdus. Er wandte sich um, warf dem Zenturio einen Blick über die Schulter zu.

Der Zenturio zuckte erschreckt zusammen, dann trat er vor einen anderen Monitor. »Das Feld hat sich zerstreut, Commander«, meldete er. »Viele sind nicht mehr aufzufinden. Ich nehme an, sie sind weitergeflogen, als wir in der Wolke festsaßen. Das Rennen könnte inzwischen fast schon zu Ende sein.«

»Dann haben wir Publikum, wenn wir die Ziellinie erreichen«, meinte Valdus. »Wir verwandeln die *Ransom Castle* in etwas, das die Menschen *Trojanisches Pferd* nennen. Während die Föderationsschiffe ihren Argwohn auf die *Rote Klaue* richten, können wir uns dem Planeten in unserer heimlichen Eroberung nähern.« Er warf noch einen Blick auf Romar und wurde leiser. »Ihr sabotierter Warpkern wird den Rest erledigen.«

»Und unsere Agenten bringen auch den letzten Rey zur Strecke, der der Auslöschung entgeht. Sie werden jede Möglichkeit zerschmettern, daß wir in hundert Jahren eine böse Überraschung erleben!«

Er zitterte zwar nicht mehr, aber sein Brustkorb hob sich bei jedem Atemzug. Seine Worte waren wie ein Eid.

»Commander!« unterbrach ihn der Zenturio. »Die Hecksensoren melden, daß das Föderationsschiff sich auf die Öffnung der Schwerkraftquelle zubewegt. Sie wollen sich befreien.«

Als Romar plötzlich stehenblieb, sprang Valdus auf die Beine und stellte sich an den Monitor. »Sie entkommen? Obwohl ihre Energie um zwanzig Prozent reduziert wurde? Unvorstellbar!«

Der Zenturio trat zur Seite. »Sie sehen es selbst.«

»Untersuchen Sie es sofort!«

»Jawohl, Commander.«

Valdus gesellte sich zu Romar. »Wenn sie sich aus der Wolke befreien«, sagte er leise, »können sie uns überholen.«

»Das dürfen sie nicht!« Romar kochte. Er schloß den Mund, legte eine Hand auf die Lippen und kämpfte um sein seelisches Gleichgewicht, aber er war nicht sehr gut darin.

»Commander«, sagte der Zenturio, »die Messungen besagen, daß das Schiff Position hält und seine Energie ständig zunimmt. Ich kann nur den Schluß ziehen, daß sie Kraft für einen einzigen Sprung sammeln, der sie aus der Quelle herausbringt.«

»Wir hätten sie umbringen sollen!« brüllte Romar. Er warf die Arme in die Luft und drehte sich ziellos um die eigene Achse.

Valdus seufzte. »Mein Fehler«, murmelte er. »Ich hatte zwar die Gelegenheit zu einem vernichtenden Schlag, aber ich habe sie nicht genutzt.«

Romar schäumte, doch er hielt mit eiserner Treue zu ihm. »Sie machen sich selbst etwas vor, Commander! Zenturio, wir wenden. Wir kehren in die Wolke zurück und löschen jene aus, die wir längst hätten auslöschen sollen!«

Der Zenturio und alle, die Romar gehört hatten, hielten plötzlich in ihrer Tätigkeit inne und musterten ihre Anführer. Der Befehl kam von Romar, nicht von Valdus. Was sollten sie nun tun?

Die Ingenieure hatten die Triebwerksenergie der *Roten Klaue* wiederhergestellt, doch in ihren Augen las Valdus eine gewisse Verwirrung – und ängstliche Erwartung.

Und dann schaute er Romar an. Sein Gesichtsausdruck überzeugte ihn.

»Na schön«, sagte Valdus. »Wir wenden. Machen Sie die Waffen scharf. Unser Subcommander soll zufrieden sein.«

»Captain!«

Chekov schwang so schnell herum, daß er fast von seinem Sitz gefallen wäre, aber es gelang ihm, die Beachtung des Captains auf sich zu ziehen.

»Kontakt, Sir«, stieß er hervor. »Das romulanische Schiff!«

Alle wandten sich dem Frontbildschirm zu und kniffen die Augen zusammen, um in dem lebhaften wolkigen Chaos eine Form zu erkennen, die sie in tausend Jahren dort nicht zu erblicken gehofft hatten.

»Kommt es zurück, um uns zu helfen?« fragte Chekov verdattert und stierte es an.

Kirk zog sich nach vorn, zum Ruder. »Ich schätze, das können wir ausschließen, Mr. Chekov. – Alarmstufe Rot für das gesamte Schiff! Schutzschirme aktivieren.«

»Unter den gegenwärtigen Umständen haben die Schirme bereits ihre maximale Stärke erreicht, Captain«, sagte Spock. Seine Stimme war noch immer belegt.

»Bildschirmanzeige maximal vergrößern, Mr. Sulu. Ich möchte die Bewegungen des Schiffes sehen.«

»Aye, Sir, maximale Vergrößerung.« Der Steuermann bediente die Armaturen, aber das Bild blieb nebelig und wie verkratzt. »Deutlicher kriege ich es nicht hin, Sir. Sie machen ihre Waffen scharf!«

»Anfunken.«

Uhura zögerte eine Sekunde. Das Leuchten der Torpedoschächte an dem langen, ausgestreckten Hals des romulanischen Schiffes reichte durch die Wolke und ließ sie innehalten.

»Er empfängt uns, Sir.«

Kirk hielt sich mit beiden Händen am Ruder fest. Er gab sich keine Mühe, die Angst in seiner Stimme zu tarnen. »Ich möchte ein Bild haben, wenn es geht, Lieutenant.«

Er wollte sich zwar von dem, was ihnen bevorstand,

nicht ablenken lassen, aber ihm war plötzlich bewußt geworden, daß ihre Gäste – die subtile Ursache der ganzen Angelegenheit – auf den Steuerbordstufen zwischen der Erhöhung und dem Kommandodeck saßen.

Tom saß zusammengesunken da. Seine Hände lagen schlaff in seinem Schoß. Er schaute auf den Bildschirm. Seine großen Augen waren vor Tränen glasig, aber er gab sich alle Mühe, seine Gefühle zu beherrschen.

Auf der Deckserhöhung kämpfte auch Spock mit sich, aber seine auf das Schiff gerichtete Aufmerksamkeit und der Augenblick hatten ihn fester im Griff als Tom.

Uhura gab fortwährend Kommandos ein und wendete jeden Trick an, der den widerspenstigen, inkompatiblen Systemen zur Verfügung stand, um die Verbindung zu verbessern. Als sie das Bild bekam, kündigte sie es nicht einmal an.

Sie schaltete nur ein.

Jim Kirk straffte die Schultern so weit wie möglich und blickte auf den Frontbildschirm – in das ruhige Gesicht des romulanischen Kommandanten. Valdus. Der Anständige.

»Dem Anschein nach«, sagte der Romulaner, »graben Sie sich den Weg ins Freie, Captain.«

»Was Sie tun, ist völlig unnötig«, erwiderte Kirk.

Valdus zeigte sich nicht überrascht, er machte keinen Versuch, seine Absichten zu verschleiern. Er schien zu wissen, daß Kirk seine Schlüsse gezogen hatte.

»O doch«, sagte Valdus. »Ich habe mehrmals überlegt, ob ich Sie töten soll, Captain. Ich habe nach einem Grund gesucht, der uns nützt, aber ich fand es unwürdig. Nachdem ich Sie persönlich kennengelernt und das Licht in Ihren Augen gesehen habe … habe ich widerstanden, derjenige zu sein, der es ausknipst.«

Kirk, von Valdus' Vertraulichkeit überrascht, schwieg eine Weile. Er schaute nur auf den Schirm, suchte nach einer Schwäche, hielt Ausschau nach Betrug.

Er fand nichts in dieser Art.

Er trat langsam um das Ruder herum und bemühte sich, so fest wie möglich mit den Beinen auf dem Boden zu bleiben.

»Ich habe, was Sie betrifft, die gleichen Empfindungen«, gab er zu. »Glücklicherweise sind meine Phaserbänke anderer Ansicht. Wenn Sie mich zwingen, werde ich kämpfen.«

Valdus nickte. »Sie verstehen nicht, worauf ich aus bin?«

Kirk streckte eine Hand aus und spürte, daß das Blut heiß durch seine Adern rann. Er ließ seine Instinkte die Schlüsse ziehen. »Wie kommt man nur auf die Idee, eine ganze Zivilisation auszurotten?«

»Man kommt darauf, wenn einem der Verlust des Verstandes droht, Captain Kirk«, sagte Valdus plötzlich grob und ernsthaft. »Es gibt nichts Vergleichbares. Wenn jemand Ihren Geist beherrschen und Sie in den Wahnsinn treiben könnte, ohne daß es Ihnen auffällt, würden Sie diesen Jemand dann nicht auch aufhalten? Selbst wenn Sie ihn töten müßten? Wenn ein Raubtier in Ihr Haus einfällt ...«

»Die Rey sind keine Raubtiere!« Kirk griff blitzschnell zur Seite, erwischte Tom an seinem Flanellhemd, zerrte ihn in die Mitte der Brücke und präsentierte den verwirrten Mann dem Romulaner. »Schauen Sie ihn an! Sein Volk ist unschuldig! Möglicherweise ist es das unschuldigste Volk der Galaxis! Das wissen Sie doch!« Er stieß Tom so fest zur Seite, daß er neben der Treppe auf den Knien landete. »Ich verstehe Ihre Angst und Ihre Bedenken, aber es gibt auch andere Methoden.«

»Methoden, um die wir die Föderation bitten müßten – nun, da diese Hexenwelt sich ihr anschließt«, sagte Valdus. »Denn wie die Lage heute auch aussehen mag – die Verlockung, dieses Volk gegen uns einzusetzen, wird immer bestehen, vielleicht in Jahren, vielleicht in Jahrhunderten. Ich hasse dieses Volk nicht, Captain, aber wenn ich es nicht umbringe, wird es irgendwann mein Volk ausrotten.«

»Sie lassen sich von Furcht leiten«, sagte Kirk beharrlich. »Sie sollten mal etwas anderes ausprobieren.«

Valdus runzelte die Stirn. »Es ist keine Furcht. Sie kennen uns doch. Wir haben keine Angst. Wir haben schon einmal gegen Sie gekämpft. Und wir werden es wieder tun, in jedem Wettkampf, gegen jeden. Aber dies ... dies ist eine grundsätzliche Angelegenheit! Dies kann uns vernichten – unseren Geist!«

»*Wir* haben Sie nicht angegriffen!« brüllte Kirk. »Wir werden es auch nie tun! Sie haben überhaupt keinen Grund, in Notwehr zu handeln!«

Auf dem Bildschirm tauchte nun ein junger romulanischer Offizier auf, und zwar so nah, daß sein Gesicht wirkte, als sei es doppelt so groß wie das Valdus'. Das Bild verschwamm, als der Schirm die Verzerrung zu kompensieren versuchte.

»Sie haben recht!« schrie der junge Offizier. »Es ist keine *Notwehr!* Es geht ums *Überleben!*«

Valdus drängte nach vorn, packte den anderen bei den Schultern und zog ihn zurück, machte aber keinen Versuch, ihn zum Schweigen zu bringen.

Auch Kirk wurde nun lauter. »Wenn Ihr Reich sich mit uns auf ein gemeinsames Ziel einigen würde, brauchten Sie sich keine Gedanken ums Überleben zu machen.«

»Wenn wir das täten«, sagte Valdus, »würden wir zu Schwächlingen verkommen, wie Sie es sind. Und dann kommt irgendein anderer daher und unterwirft uns. Wenn die Schwachen überleben, Captain Kirk, sind irgendwann alle geschwächt.«

»Wie schwach sind wir denn?« raunzte Kirk zurück. Er kochte und schleuderte die Worte wie Speere. Er erhaschte einen Blick auf Tom, der ihn statt des Bildschirms ansah, aber er ließ die beiden Romulaner nicht aus den Augen. »Wir haben Sie vor Jahrzehnten zurückgeschlagen. Auch die Klingonen haben keinen Meter dazugewonnen. Wachen Sie auf, Mann! Freiheit ist effektiver als Gewalt!«

Eine unheilvolle Stille senkte sich herab. Die Brücke der *Enterprise* pulsierte rings um ihn.

»Sie können mich nicht umstimmen, Captain«, sagte Valdus. Seine Stimme bestätigte seine Worte. »Aber trösten Sie sich: Ich weiß, daß Sie bereit wären zu sterben, um einen Angehörigen Ihrer Mannschaft zu retten. Sie werden statt dessen sterben, um eine Zivilisation zu retten. Ihr Verschwinden und der Untergang der Rey werden einen Krieg zwischen unseren Völkern verhindern. Mag sein, daß unsere Beziehungen kälter werden, aber es wird keinen Krieg geben. Und all das wird durch das Opfer eines Schiffes und einer Welt erreicht. Ich werde immer mit Hochachtung von Ihnen sprechen.«

Der Bildschirm knisterte, das Bild löste sich auf.

Vor ihnen schwebte das romulanische Schiff in seinem unveränderten Störschleier. Zwei fluoreszierende blaue Lichter schwollen auf seinem Rumpf an, und zwei weißglühende Lanzen rasten direkt auf den Maschinenraum der *Enterprise* zu.

»Stehen unter Beschuß!« schrie Sulu.

18

An Bord der *Enterprise*

Die Photonentorpedos brannten mehrere Pfade durch die sich widersetzende Ionisierung und harte Strahlung der Wolke. Die verräterischen weißen Lanzen verwandelten sich in helle Streifen, die am unteren Bildschirmrand vorbeizischten und den Rumpf der Maschinensektion trafen.

Die Mannschaft verlor den Boden unter den Füßen, griff nach den Kontrollen und bemühte sich, das Schiff zusammenzuhalten. Das rote Alarmlicht jaulte wieder auf, als das Schiff tief in die Schwerkraftquelle stürzte und vom Inneren des natürlichen Tornados eingefangen wurde.

»Valdus!« schrie Kirk. »Holen Sie ihn zurück, Lieutenant!«

»Zu spät, Sir«, übertönte Uhura das Gekreisch.

»Wir werden in die Gravitationsquelle gezogen, Captain!« rasselte Spock, um den Lärm des unter ihnen ruckenden Schiffes zu übertönen. Seine Stimme klang rauh und angestrengt, seine wie in Stein gemeißelten Gesichtszüge waren bleich. »Schub gegen die Strömung nimmt ab! Markierung plus fünf. Plus sieben! Plus neun!«

»Sie haben uns reingestoßen.« Kirk schwang herum, zog sich über die Brücke – es war manchmal die größte Entfernung im Universum, besonders in Zeiten wie diesen, in denen er sich wünschte, ein anderer hätte hier das Kommando. Aber er hätte es nicht ertragen, einen anderen die Arbeit tun zu lassen. Sein Herz hämmerte gegen sein Brustbein. »Chekov, helfen Sie der Steuerkontrolle«, rief er. »Schadensmeldung!«

Ein junger Ingenieur wandte sich um, hielt sich an den Kontrollen fest; seine Stimme war vor Anstrengung heiser. »Scheinwiderstand in der Elektropneumatik, Sir. Voltindikatoren geben falsche Reihenfolge an. Ich weiß nicht, welche Werte richtig sind!«

Die Alarmglocken schrillten. Das angestrengte Kreischen vibrierte durch die innere Struktur, als sei das Schiff in einem Schraubstock gefangen.

»Wir driften ab, Captain!« rief Spock. »Wir haben dem Sog nichts entgegenzusetzen.«

»Sie haben uns reingestoßen – und jetzt sitzen wir fest«, knurrte Kirk. Er knirschte mit den Zähnen. »Scott, wir brauchen Energie!«

Die scheinbare Zuversicht in seiner Stimme konnte Scott, dessen Gesichtsfarbe so rot war wie sein Hemd, freilich nicht täuschen. Sein Akzent betonte jede Silbe und verlieh den nächsten Sekunden eine brutale Unmittelbarkeit. »Die Pfuscher in der Raumbasis haben bestimmte Teile entfernt, statt sie einfach nur stillzulegen, Sir. Wir stellen Faksimiles her. Versuchen, Energie bis in die Neunziger zu kriegen.«

»Wie lange wird das dauern?« fragte Kirk.

Scott zuckte die Achseln. »Kann ich nicht sagen, Sir.« Er hielt inne. »Vermutlich zu lange.«

»In Ordnung, wenn wir nicht an die Spitze kommen können, müssen wir eben zum Boden runter.«

Spock drehte sich erneut um. »Unmöglich, Captain. Wir können die Gesetze der Physik nicht außer Kraft setzen. Je tiefer wir in die Quelle stürzen, desto größer wird der Druck.«

Kirk schlug mit der Hand auf das Geländer ein. »Ich will sie ja nicht außer Kraft setzen, Spock. Ich will sie nur für einen Augenblick verbiegen. Also los, wie kriegen wir das hin? Wie können wir Chaos in das System bringen?«

Spocks Gesicht verzog sich, so angestrengt dachte er

nach. »Magnetfeldunterbrechung … Strömungsunterbrechung …«

»Das Flußschema unterbrechen?«

»Eine sehr geringe Chance …«

»Aber unsere einzige. Photonentorpedos scharfmachen, Sulu!«

Sulu schaute verblüfft drein, aber er bediente die Waffenarmatur. »Torpedos sind scharf, Sir.«

»Wir beschießen die Quelle. Wenn der Torpedo detoniert, könnte er sie so lange unterbrechen, bis wir wieder rauskommen.«

Sulu zögerte, arbeitete weiter an den Kontrollen und krächzte dann: »Fertig, Sir …«

»Captain«, rief nun Spock. »Es wird unseren Rumpf zerschmettern.«

»Nicht, wenn wir das Ding zuvor aufbrechen«, sagte Kirk. Seine Lippen waren entschlossen aufeinandergepreßt. »Sulu, Kurs festlegen, um dem Torpedo so dicht wie möglich Richtung Quelle zu folgen. Sie müssen einen Weg finden, der den Torpedo nicht sofort wieder auf uns zurückwirft. – Chekov, Photonen zur Fernzündung bereitmachen. Fünfhundert Kilometer.«

»Sir!« Scott sprang von der Ingenieursstation nach unten. Sein Gesicht war blaß, die Anspannung in seiner Stimme deutlich. »Eine Explosion in dieser Nähe könnte die Warpgondeln abreißen!«

»Kennen Sie eine Alternative, Mr. Scott? Jetzt ist die Zeit dafür, sie zu äußern!«

»Ähm … Nein, Sir, ich kenne keine.«

»Dann bereiten Sie die Stabilisierung aller Systeme vor, falls sie zusammenbrechen.«

»Aye, aye, Sir!«

»Und Tom … Verlassen Sie die Brücke.«

»Nein! Nein!« Tom sprang auf die Beine und hielt sich am Geländer fest. »Nein … Sie kämpfen um unser Leben und das meines Volkes … Ich möchte nicht für den Rest meines Lebens in dem Wissen leben, daß ich den Rückzug angetreten habe, obwohl ich hätte bleiben sollen. Captain Kirk, ich habe so viel von Ihnen gelernt… Sie haben sich von Valdus keine Angst einjagen lassen. Ich muß lernen, mich zu beherrschen, und dies meinem Volk beibringen.« Er deutete mit einem Finger auf den Frontbildschirm. »Oder seine Ängste werden sich bewahrheiten.«

Kirk fand fünf Sekunden, einen Blick auf die Ursache des Problems zu werfen. In Toms Gesicht sah er die Hoffnung einer jungen Zivilisation, die sich mit jedem Schritt, den sie auf die Mitgliedschaft in der Föderation zu machte, aus ihrer Adoleszenz herausbewegte. Tom – und mit ihm seine Kultur – mußte lernen, was es bedeutete, ein guter Nachbar zu sein.

Tom wollte es lernen; wie sehr es auch schmerzte.

Kirk blickte an dem sanften, hellhaarigen Mann vorbei auf dessen absolute Antithese: den Perfektionisten Spock. Sein Gesicht war vor Anspannung verzogen. Selbst die Farben ihrer Kleidung zeigten das genaue Gegenteil.

Spock blickte hinunter und nickte dem Captain zu. Nicht einmal um seiner selbst willen würde er den Rey bitten, die Brücke zu verlassen.

»Captain!« warf Scott ein. »Gefahrenlinie plus zwanzig auf den Außenschirmen! Zusammenbruch der Systeme kann jede Minute erfolgen!«

»In Ordnung, Tom«, sagte Kirk. »Dann lernen Sie also. Und halten Sie sich fest.« Er glitt auf seinen Sessel. »Fernzündung fertigmachen.«

»Fertig, Sir!« krächzte Chekov. Seine Kehle schien aus Schmirgelpapier zu bestehen.

»Salve auf mein Kommando hin abfeuern. Drei… zwei… eins… Feuer!«

Der Photonentorpedo wirbelte auf die Quelle zu, und das Raumschiff folgte ihm.

Die Schiffe der Flotte waren zwar zäh, aber nicht

grenzenlos belastbar. Die *Enterprise* knirschte und knackte, als der Druck anstieg.

James Kirk hielt sich an seinem Kommandosessel fest und betete darum, daß sein Schiff nicht auseinanderbrach. Sein Kopf fing an zu schmerzen; reagierte auf die Druckveränderung. Hinter ihm stieß Uhura ein kaum hörbares Quieken aus, und vor ihm zogen Sulu und Chekov schmerzhaft den Kopf ein.

Kirks Magen klapperte wie ein Sack voller Steine. Er ärgerte sich über den in seinem Kopf Echos werfenden Lärm.

Was mache ich eigentlich hier, verdammt?

Eines Tages würde die Natur ihn erwischen. Vielleicht hatte er deswegen keine Angst vor Gegnern, die denken konnten.

Solange er nicht zusammenklappte, solange er den Befehl nicht zu früh gab, der etwas Positives bewirken sollte, ging der Kampf weiter, bis sie gewonnen hatten oder in zwei Hälften zerbrochen waren.

Auf dem Frontbildschirm zeichnete das Leuchten des Photonentorpedos einen flammenden Pfad vor ihnen, der tief in die Energiequelle hineinreichte.

»Druck neuntausend, und zunehmend!« meldete Scott.

»Captain!« rief Sulu. »Wir verlieren die Gewalt über das Ruder!«

»Dranbleiben, Mr. Sulu!« Kirk kniff die Augen zusammen; sein Gesicht fühlte sich geschwollen an. Seine Finger gruben sich in die Lehne des Sessels.

»Du kriegst es schon hin«, beschwor er das Schiff. Schweiß lief über sein Gesicht. Er glaubte, sein Schädel müsse implodieren. Seine Stimme summte in seinem Kopf.

Er fing Sulus gepeinigten Blick auf und preßte die Lippen aufeinander. Der Steuermann hatte trotz des Kreischens etwas gehört. Seine Stimme? Den Befehl zur Zündung?

Noch nicht.

»Zwölftausend!«

Scotts Stimme durchdrang den Aufschrei des Schiffes wie ein fernes Dröhnen.

Kirk wollte den Kopf drehen. Der Druck hämmerte auf ihn ein. Hinter Tom, der sich am Boden zusammenduckte, konnte er Spock kaum erkennen – gerade mal aus den Augenwinkeln…

Spock schaute ihn an, seine Stirn war gerunzelt, er hatte die Augen zusammengekniffen. Noch ein paar Sekunden…

Kirk fand in seinem zusammengepreßten Brustkorb einen letzten Atemzug. »Zünden!«

Niemand erwiderte etwas.

Chekov und Sulu bewegten sich kurz, aber er hatte keine Ahnung, wer von ihnen den Torpedo detonieren ließ.

Auf dem Frontbildschirm explodierte ein weißer Blitz, der über den Rand hinauslief und die ganze Brücke zu erfüllen schien. Er war so hell, daß für mehrere Sekunden niemand etwas sehen konnte.

Wenn Sulu noch die Kontrolle über das Ruder hatte, brauchte er die Augen nicht, um das Schiff ins Freie zu steuern…

Der Druck nahm abrupt ab, schnell genug, um trotz der Erleichterung Schmerzen zu erzeugen. Kirk bemühte sich, seine sich auflösenden Sinne zusammenzuhalten. Er wollte nach Spock sehen und bewegte eine Schulter in seine Richtung, aber das Deck fiel unter ihm weg, und er wurde nach steuerbord geschleudert, als fiele er von einem Pferd. Er stürzte auf Tom. Chekov landete auf ihm und Tom, und Spock neben ihnen. Kirk spürte das Beben der Planken, als auch der Rest der Brückenmannschaft zu Boden fiel.

Das Schiff zuckte – aber vielleicht war es auch Kirks Körper. Er wollte die für das Schiff bestimmten Treffer gern auffangen, aber er konnte es nicht. Mit einigen

Dingen mußte die *Enterprise* selbst fertig werden. Sie befand sich im Sturzflug. Er versuchte es sich vorzustellen, aber er konnte nur die Augen schließen und die Luft anhalten.

Das Vorwärtszerren nagelte ihn ans Deck. Wenn er doch nur hätte *denken* können ...

Er zwang seine Augen, sich zu öffnen. Hinter Chekovs Schulter sah er Spock. Er wurde an den Boden der Erhöhung gepreßt. Über ihnen ragte das Geländer auf. Eine Hand ... Nur eine Hand ...

Kirk hob den rechten Arm und tastete mit den Fingern nach den Geländerstreben.

Ich muß sie nur fühlen ...

Seine Finger stießen gegen eine Strebe, dann umklammerte er sie. Plötzlich kam er sich wie ein Akrobat vor, der mit einer Hand an einem Trapez hing. Er wollte es nicht wieder loslassen. Der Schmerz biß in seine Finger.

Er schob Chekov ein paar Zentimeter zur Seite und zog sich hoch. Seine Schultermuskeln und sein Arm schrien nach Erleichterung, aber er gab nicht auf. Er mußte rauf. Er *mußte* auf die Beine kommen! Wenn die Natur ihn zur Schnecke machen wollte, mußte sie es tun, wenn er auf beiden Beinen stand.

Er war halb oben, als das Schiff plötzlich aufbrüllte und der Druck fiel. Sein Kopf summte und wurde leicht, und einen Augenblick lang sah er nur noch die Deckserhöhung und Spocks alptraumhaft verlängerte Gestalt. Kirks Ohren klingelten.

»Maschinen anhalten!« schrie er. »Stabilisieren!«

Hatten die anderen ihn nicht gehört? Er hörte ja nicht mal seine eigene Stimme. Gab es ein Echo? Oder war es ...

»Alles anhalten, aye!«

Es war Sulu. Gut.

Kirk griff über das Geländer, packte Spocks Arm und zog ihn auf die Beine. Dann schaute er sich um und überprüfte die Mannschaft. Uhura war an ihrer Station, schwankend, aber nicht untätig. Sulu krabbelte gerade auf seinen Sitz zurück. Trotz der Turbulenzen hatte er die Steuerung nicht losgelassen. Wahrscheinlich konnte er zaubern. Scott arbeitete mit einer Hand – der andere Arm hing schlaff an seiner Seite herab. Aber er war auf den Beinen.

»Meldung, Scotty!« rief Kirk.

»Sind aus der Quelle raus, Sir«, sagte der Ingenieur und rang nach Luft. »Nicht so schlimm, wie ich erwartet hatte.«

»Wirklich nicht?«

Erst als Kirk den Fehler machte, den Kopf zu schütteln, erkannte er, daß er ihn sich irgendwo angeschlagen hatte.

»Alarmstufe Rot beenden. Gehen auf Stufe Gelb ...« Er hielt inne, als der Nebel vor seinen Augen wieder die Brücke freigab. »Gesamtstrategie beibehalten. Schadensmeldungen gehen an ... an Mr. Scott.«

»Aye, Sir.«

»Lazarett«, sagte Kirk.

»Hier Lazarett. Dr. Rothbaum.«

»Meldung, Doktor.«

»Keine Todesfälle, Sir. Zweiundsechzig Verletzte, meist in den Antriebs- und Reaktor-Bereichen. Davon sind zwanzig zur Behandlung unten. Die anderen können den Dienst in zehn Minuten wieder aufnehmen.«

»Registriert, Doktor. Brücke, Ende. – Lieutenant Uhura, schicken Sie die Bereitschaft zu den betreffenden zwanzig Positionen.«

»Befehle gehen raus, Sir. Habe leichte Schwierigkeiten, die Reaktorspirale zu bemannen.«

»Schicken Sie die Bodentruppen rauf, wenn es nicht anders geht. Die Positionen müssen unbedingt bemannt sein.«

»Jawohl, Sir.«

Kirk, der sich noch immer am Geländer festhielt, da

seine Beine stark bebten, wandte sich Spock zu. »Zustand des Schiffes?«

»Intakt«, sagte Spock. Dann holte er Luft. »Es gibt einige ... strukturelle Außenschäden ...«

Obwohl Spock sich bemühte, nicht so tief Luft zu holen, wie es eigentlich nötig gewesen wäre, zuckten seine Hände.

»Sind Sie verletzt?« fragte Kirk.

»Ich glaube nicht«, erwiderte Spock. »Und Sie?«

»Mein Kopf fühlt sich an, als hätte ihn jemand mit einem Preßlufthammer bearbeitet. Wir müssen McCoy wieder an Bord holen – damit er uns sagt, daß wir uns alles nur einbilden.«

Spock nickte nur, wirkte aber erleichtert.

»Captain«, sagte Uhura mit schwacher, aber bemühter Stimme, »Ingenieur Edwards verlangt, daß die Positionen in der Spirale nur von Systemingenieuren oder Fachbereichsleitern bemannt werden.«

Scott fuhr hoch und donnerte: »Erdrosselt ihn und springt über seine Leiche! Schaltet die Armaturen auf Grün. Und stellt eine auf Spektroanalyse und Rückkopplung.«

»Jawohl, Mr. Scott.«

Kirk nickte ihm anerkennend zu, aber Scott wartete nicht. Er war schon wieder an seiner Station und kümmerte sich um das Schiff.

Kirk griff nach unten, packte Toms Ellbogen und zog den Rey in eine aufrechte Stellung. Tom glättete sein Haar, das ihm in die Augen gefallen war. Kirk sah, daß er die Angst niederrang, die er sich zu beherrschen bemüht hatte – um der Crew und seiner selbst willen.

»Danke«, sagte Tom. Er zog seinen Arm zurück. »Ich kann allein stehen.«

»Bleiben Sie aus dem Weg«, sagte Kirk. »Es ist noch nicht vorbei. Wir müssen die Romulaner einholen und mit ihnen fertig werden, solange sie noch draußen im Raum sind. – An alle. Hier spricht der Captain. Melden

Sie sich an den Kampfstationen. Bildschirme auf volle Vergrößerung. Alle Abteilungen bringen ihre Systeme so schnell wie möglich auf Vordermann. Sämtliche Waffensysteme scharfmachen. Schutzschirme aktivieren.«

»Volle Vergrößerung, Sir.«

»Alle Phaser- und Photonensysteme einsatzbereit und funktionsfähig, Sir.«

»Schirme auf dreiundneunzig Prozent Stärke, Sir. Alle Stationen melden Kampfbereitschaft.«

»Sehr gut. Festhalten. Jetzt fängt das Rennen erst richtig an. – Mr. Sulu, volle Kraft voraus, Warpfaktor fünf.«

»Warpfaktor fünf, aye!«

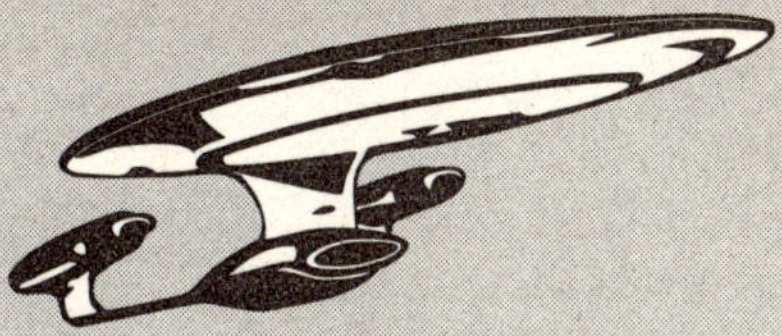

KAMPFSPORT

19

An Bord der *Ransom Castle*

»Deckung!«

Das hungrige Kreischen von Strahlenbeschuß. Wie das Aufblitzen von Messerklingen, die gnadenlos auf Körper einstachen, sie Atom für Atom auseinandernahmen. Primitivwaffen, denen man im modernen Zeitalter neben dem Handwerkszeug der All-Eroberung Arbeit gab. Blutüberströmte Durchgänge.

Keine Warnungen. Keine Fragen. Keine Gefangenen. Nur die Effizienz von Raubtieren, unvergessen, aus Äonen der Vergangenheit. Unvergessen … und verfeinert.

Besuch aus dem Reich.

Die Gewalt kochte durch das klapprige, von Wind und Wetter gegerbte Trampschiff. Eine versengte, getretene und gnadenlos gejagte Truppe aus ahnungslosen Männern und Frauen floh in viele Richtungen durch enge Laufgänge und Luken, bewegte sich aus blinden Impulsen heraus, vertraute auf ihre Reflexe – und verlor.

Leonard McCoy hatte keine Ahnung, wie oft er gezwungen gewesen war, jemanden in den von Intervallern zusammengeschossenen Gängen zurückzulassen, als er mit dem Kopf voran in den Buglagerraum der *Ransom Castle* geschoben wurde. Hinter ihm waren noch drei Leute, und fünf Sekunden lang hörte er nur laute Schreie und das Schrillen des Feuers, das ein erbeuteter Intervaller abgab.

»Kriechgangbeleuchtung löschen!«

»Komm rein! Nun komm doch schon!«

»Da kommen sie!«

»Mach Platz! Weiter! Weiter! Okay, ich bin drin!«

»Zumachen!«

Die Türhälften, zwei Metallplatten, die in den Schotten steckten, rollten heraus und schlossen sich scheppernd. *Rums … Klack.*

»Oh … Gott …«

McCoy erkannte es schon am Tonfall, wenn sich jemand verletzt hatte. Er tastete im Zwielicht um sich. »Setzt sie hin. Können wir hier drin Licht machen?«

»Ja.« Mike Fareys riesige Gestalt bewegte sich im Dunst des Intervallerqualms. »Laß mich mal vorbei, Nancy. Da, rechts, ist 'ne Arbeitsleuchte … Muß hier irgendwo sein. Da ist sie ja.«

Drei winzige orangefarbene Lichter leuchteten am anderen Ende der Decke auf, und McCoy bemühte sich, seine Augen an sie anzupassen.

Seine Hände ruhten auf Nancy Randoms blutigem Oberarm. Die reizbare junge Schiffsführerin drückte sich an die Tür, hatte beide Knie angewinkelt, ihr Gesicht war vor Schmerzen verzogen.

»Wo ist Mike?« sagte sie keuchend.

»Ich bin hier«, sagte Frarey mit pfeifender Lunge. »Und zwar höchstpersönlich.«

Nancy schielte zu ihm hinauf. »Ich hab dich zu Boden gehen sehen.«

»Tja, ich war kurz weg vom Fenster. In meiner Birne dreht sich alles.«

»Dann soll der Doktor sich um dich kümmern.«

»Vergiß das jetzt mal.«

»Im Moment bin ich gerade damit beschäftigt, mich um Sie zu kümmern, Captain Ransom«, sagte McCoy.

»Mike! Schnell, sag der Mannschaft Bescheid, was los ist. Wir ergeben uns nicht!« Nancy warf Mike etwas zu – irgendeine Art Fernbedienung –, und er stöpselte sie in eine kleine leuchtende Wandsteckdose.

»Achtung!« sagte er rasselnd. »Wir sind geentert worden! Geht in Deckung und kämpft. Es sind Romulaner! Sie legen uns um. Geht in Deckung und schließt euch ein. Kämpft, wenn ihr könnt!«

»Okay, okay«, sagte Nancy und winkte ab, bevor seine Warnung wie Panikmache klang. »Wenn sie's nicht geschnallt haben, ist es ohnehin zu spät.«

»He, du, komm mal her«, sagte McCoy. Er winkte einem etwa zwanzig Jahre alten Besatzungsmitglied, das große Augen machte. »Wie heißt du, mein Sohn?«

»Ich bin ... Sam Oats.«

»Komm her und versuch mal, ob du die Blutung stillen kannst. Halt nur das Tuch drauf. Dazu braucht man kein Pfleger zu sein; mach es nur nicht zu eng.«

Er überließ Oats Nancys Oberarm und kümmerte sich zuerst um die Bleichgesichter und Zitteranfälle. Verbrennungen, Schnitte, Schrammen – auch Stichwunden – konnten warten. Zuerst mußte der Schock behandelt werden.

Niemand schien sich etwas gebrochen zu haben. Niemand stand vor dem Zusammenbruch. Keine Einstiche, aus denen Blut floß. Sie waren alle schweißgebadet, nur noch Schatten ihrer selbst, da sie ihn beschützt, aus der Gefahrenzone gebracht und die Hauptlast des romulanischen Angriffs auf sich gezogen hatten.

»Sind wir hier sicher?«

»Jedenfalls versucht keiner, hier reinzukommen«, murmelte Nancy.

»Bleibt mal alle stehen. Ich sehe eine Menge Blut und weiß nicht, wo es herkommt. Beruhigt euch, damit ihr merkt, wo es euch weh tut. Atmet und spart eure Kräfte.«

Nun hing er mächtig in den Seilen. Sie hatten sich in einem sechs mal sechs Meter großen Raum verschanzt und waren nun zwischen Winden, Krageisen, Flaschenzügen, Greifkrallen, Puffern, Fendern und Doppelankerhaken eingeklemmt – alles Ausrüstungsgegenstände zum Manövrieren großer Frachtbehälter im

Weltraum. Es gab auch Kisten voller Fensterleder und schmutziger Putzlappen.

Im Augenblick wirkte das von der Decke herabhängende Gebaumel viel lebendiger als die armen Hunde, die dazwischen nach Luft schnappten. Die Gesichter waren bleich oder gerötet, manche wirkten, als sei ihren Besitzern übel, andere litten Schmerzen. Sie sahen in ihren olivfarbenen Rollkragenpullovern oder schwarzen Unterhemden wie eine Bande von Schauerleuten in Räuberzivil aus, die über eine Ladung von Waren zweiter Wahl gestolpert war.

»Was, zum Henker, wollen die eigentlich hier?« sagte Frarey keuchend. »Sind sie auf irgendwelche Fracht aus?«

»Wir haben doch gar nichts an Bord«, sagte Nancy schwer atmend. »Wir mußten doch alles in der Raumbasis abgeben.«

»Im allgemeinen betätigen sich die Romulaner nicht als Piraten«, sagte McCoy und betastete Frareys blutendes Veilchen. »Wird hier drin eigentlich die Luft ausgetauscht? Können wir atmen, solange wir hier festsitzen?«

»Die Luft zirkuliert überall an Bord«, sagte Frarey. »Wir gehen da keine Risiken ein.«

Nancy erhob sich aufs Knie. »Wen haben wir verloren?«

»Ich hab Eric fallen sehen«, sagte Sam Oats. Seine Stimme klang mitleiderregend. »Luke und Clancy auch. Ich weiß aber nicht, ob sie tot oder nur besinnungslos sind.«

»Marilyn, Mitch und ein paar andere sitzen in den Schobern fest, Nancy«, sagte Frarey. »Ich hab die Luke hinter ihnen zugehen sehen.«

»Wie viele Piraten sind ... sind ...« Nancy wurde von einem heftigen Schwindelanfall ergriffen und kippte seitwärts gegen die Tür.

McCoy packte ihren gesunden Arm. »Regen Sie sich ab, ja? Panik bringt uns jetzt nicht weiter.«

»Ich empfinde keine Panik«, fauchte sie beleidigt zurück.

»Sie brauchen sich nicht zu verteidigen. Wie ist das Schiff gebaut?«

Sam Oats und Mike Frarey blinzelten ihn an, dann zuckte Frarey die Achseln. »Vorn sind die Quartiere, wo wir essen und schlafen. Zwischen der Speisekammer und dem Maschinenraum ist ein Damm, den wir das Karree nennen. Es ist nur 'n Laufsteg, an den Beibooten entlang.«

»Kapiert. Und weiter?«

»Tja … Mittschiffs ist das Trockenlager, dann kommen die Werkstatt – wo wir jetzt sind –, der Erzbunker und die Feuchtlager, wo wir Fässer und so was abstellen. Dann gibt's noch die Bunker und Lager. Sind alle mit verstärkten, luftdichten beweglichen Wandsektionen abgeteilt. Und der Maschinenraum. Das ist alles.«

»Das Solarium«, sagte Sam Oats und befeuchtete seine geschwollene Lippe.

»Ach ja, das Solarium liegt über dem Trockenlager. Da können wir uns – Sie wissen schon – auch mal gegenseitig aus dem Weg gehen.«

McCoy kroch einen Schritt tiefer in das Gewölbe hinein und kümmerte sich um Oats' blutiges Bein.

»Ich hab zwar keine Ahnung, was sie mit meinem Schiff anfangen wollen«, knurrte Nancy, die noch in ihrer Ecke war, »aber wir haben Waffen an Bord, und ich werde sie auch einsetzen.«

»Warten Sie!« McCoy packte ihren Ärmel. »Wie viele von diesen Leuten müssen wir umbringen?«

»Alle, Doc«, sagte sie.

»Und warum? Man kann sie doch auch bekämpfen, ohne daß es zu einem Gemetzel kommt. Sie hören sehr gut – wir können sie mit Hochfrequenz-Tönen bombardieren. Wir können auch die Bordtemperatur runterdrehen, weil wir uns im Kalten besser bewegen können als sie. Sie sind an dünnere Luft gewöhnt als wir. Das können wir nutzen! Wir können sie irgendwie piesacken. Es gibt noch eine ganze Reihe von Alternativen!«

»Ich will aber keine Alternativen. Ich will Tote!«

»Aber die *Enterprise* wird uns heraushauen. Wir brauchen nur auszuhalten, bis sie hier ist.«

»Ach, hören Sie doch auf«, fauchte Nancy. »Sie glauben doch wohl selbst nicht, daß die Romulaner es zulassen, daß die *Enterprise* die Wolke so einfach verläßt? Ich jedenfalls glaube es nicht!«

»Sie können glauben, was Sie wollen, Captain«, sagte McCoy. »Aber ich habe schon gesehen, daß Jim Kirk sich aus dickeren Ketten befreit hat.«

»Er ist tot. Hören Sie auf.«

McCoy funkelte sie an; sein Zorn wurde zu Trauer. So hatte er die Sache noch nicht gesehen. Jim Kirk tot … das Schiff war nicht mehr …

Der Tod eines Menschen, der Tod Hunderter – das konnte er nicht so einfach schlucken.

Nancy beäugte ihn in dem matten, kalten Licht. »Sind Sie Pazifist oder so was?«

»Ich töte nur nicht gern, wenn es andere Möglichkeiten gibt«, sagte McCoy. Seine Stimme verriet seine Gefühle.

»Na, großartig!« sagte Nancy. »Dann gehen Sie mal raus und befrieden die Typen. Vielleicht haben Sie sogar 'n paar Hochfrequenztöne in der Tasche, ich weiß es nicht. Aber ich kann nicht zulassen, daß sie mein Schiff klauen.« Sie musterte ihn eingehend. »Haben Sie schon mal um Ihr Leben kämpfen müssen?«

Aus Nancys Mund klang die Frage beinahe wie eine Bagatelle. Doch sie machte McCoy klar, daß sie in Schwierigkeiten steckten. Wie oft hatte er schon über seinen Weltraumjob gemeckert, und doch machte er immer weiter, fuhr immer weiter und weiter ins Nichts hinein, beruhigt von der Tatsache, daß der hartnäckige

James Kirk das Reden, Kämpfen und Schwitzen für ihn erledigte.

Ich habe bisher immer nur gegen Schatten geboxt, dachte er. *Vielleicht haben wir alle nicht mehr getan – abgesehen von den wenigen Captains, die es wagen, an der vordersten Front den Kopf für uns hinzuhalten. Wir alle, die stets erwarten, daß die Antwort aus dem Sessel oben auf der Brücke kommt. Ich habe noch nie so viele Captains auf einem Haufen gesehen, und es wäre mir nie eingefallen, daß sie Jim Kirk so ähnlich sind … Und es sieht so aus, als würde ich Nancy nicht das geben, was ihr zusteht. Ich habe den Eindruck, sie ist bereit, den Finsterlingen der Galaxis die Stirn zu bieten.*

Nancy seufzte plötzlich. »Glauben Sie wirklich, daß Captain Großmaul sich zu uns durchschlägt?«

In ihrer Stimme schwang Hoffnung mit.

McCoy hätte ihr eine hochnäsige Antwort geben können, aber irgend etwas sagte ihm, er solle es lieber unterlassen.

»Ich glaube, die Chancen stehen gut, Captain«, sagte er.

»Okay«, sagte sie. »Dann gehen wir mal davon aus. Mike! Stell eine Verbindung zu den Sensoren her. Ich laß das ganze System zusammenkrachen.«

»Die Sensoren? Absichtlich?«

»Den ganzen Kram. Wenn er recht hat und die *Enterprise* uns erreichen kann … Ich will nicht, daß die Romulaner es bemerken, wenn Kirks Leute an Bord kommen. – Los, Jungs, an die Arbeit. Laßt uns unseren Teil erledigen.«

An Bord der *Roten Klaue*

»Die Übernahme ist abgeschlossen, Commander. Das Schiff gehört uns.«

Romars Gesicht war mit Metallstaub vom Kampf an Bord des Zielschiffes befleckt, und er hatte eine kleine

Schramme rechts am Kinn. Ansonsten war er Herr seiner selbst. Er atmete mühsam.

Valdus warf seinem Stellvertreter einen kurzen, prüfenden Blick zu und begutachtete das Ergebnis des Nahkampfes, der sich einer raumfahrenden Mannschaft nur selten bot.

»Sind Sie in Ordnung?« fragte er.

Romar hielt mitten in der Bewegung inne; er zögerte. »Meinen Sie *mich?*«

»Ja«, sagte Valdus und gestattete sich ein kurzes Lächeln. »Ich meine Sie.«

Romar preßte eine Hand auf seinen Brustkorb und musterte die Jacke und seine Füße, als mache er etwas falsch oder habe etwas vergessen.

»Es ist doch eine einfache Frage, Romar«, sagte Valdus.

»Ich…«

»Man hat uns von klein auf eingehämmert, daß wir in erster Linie Werkzeuge des Reichs sind. Wir opfern diesem Dogma zu oft unseren persönlichen Nutzen und vergessen, daß wir überhaupt einen haben.«

»Danke«, stammelte Romar so verwirrt, als hätte ihn jemand von hinten angesprungen.

»Schon gut. Meldung.«

»Wir… haben die Kontrolle über das Schiff. Die Mannschaft ist an mehreren Orten eingeschlossen.«

»Keine Gefangenen?«

»Einige, aber die meisten haben sich eingeschlossen. Soll ich Befehl geben, die Türen aufzubrechen und sie festzunehmen?«

Valdus dachte kurz nach und berechnete die ihnen zur Verfügung stehende Zeit. »Da sie festsitzen«, sagte er dann, »lassen Sie sie, wo sie sind. Es hat wenig Sinn, Energie zu verschwenden, um sie einzusperren, wenn sie sich schon selbst eingesperrt haben. Haben Sie dafür gesorgt, daß jeder mitbekommen hat, daß das Schiff unser ist?«

»Ja, sie wissen alle, daß wir es erobert haben. Wir haben ordentlich Lärm gemacht.«

»Dann sollen sie in ihren Verliesen bleiben. Wir müssen uns auf die Bemühungen unserer Mannschaft konzentrieren.«

»Wenn ich dort eingeschlossen wäre«, sagte Romar, »würde ich versuchen auszubrechen und die Bemühungen des Enterkommandos zu sabotieren, Commander.«

»Falls sie sich zeigen«, sagte Valdus, »schießt sie auf der Stelle nieder.«

»Jawohl, Commander.«

»Romar ...«

»Ja, Commander?«

»Hören Sie auf, jeden Satz mit ›Commander‹ zu beenden. Sie klingen allmählich wie ein Warnpiepser.«

»Jawohl.«

»Zeigen Sie mir die Grafik, die Sie erstellt haben.«

»Ach, das hätte ich fast vergessen.« Romar lachte nervös und führte Valdus an einen kleinen Computerbildschirm, der sich über den dunkel glänzenden Armaturen erhob. Er tippte auf die Kontrollen. »Eine Simulation. Ziemlich einfach. Das Schiff wird mit dem Zeug imprägniert, das Sie an Bord geschmuggelt haben, und mit Warpgeschwindigkeit auf die Oberfläche des Planeten knallen.«

Auf dem Schirm war ein Schiff zu sehen, das auf einen grünen Planeten mit gewundenen Bergketten zuraste und sich in seine Oberfläche bohrte, so daß diese auf der Stelle Blasen warf.

»Aufgrund der hohen Geschwindigkeit findet die eigentliche Explosion kilometertief im Inneren des Planeten statt. Ihr folgt eine gewaltige Verschmelzungsexplosion ... die Kruste bricht auf ... Es wird gewaltige Erdbeben geben ...«

Der Schirm wogte in Farben, die Romars Bericht hektisch illustrierten. Der grüne Planet schwoll an, brach auf, wurde in das Licht vulkanischer Eruptionen getaucht, und dann – urplötzlich – von der Hitze seines Kerns verschluckt, zuerst in einem roten Aufwallen, dann in knalligem Purpur. Es war die Farbe der Pest.

»Ein Feuerball umhüllt den Planeten zusammen mit einer dichten Wolke aus hochradioaktivem Kobaltdunst. Er tötet jeden, der sich nicht hundert Meter unter der Oberfläche des Planeten befindet. Wer sich unter ihr befindet, wird vom Erdbeben umgebracht. Es ist sehr einfach, Commander.«

Valdus streckte die Hand aus und schaltete den Bildschirm ab. Ein ganzer Planet. Nur auf sein Wort hin.

»Ich schätze Ihre Arbeit«, sagte er.

Sie schauten zum Frontbildschirm. Keiner sah den anderen an. Ihr Blick richtete sich auf das Bild des Handelsraumers, der nun ihnen gehörte.

»Ich gehe an Bord des Schiffes, Romar, und erfülle meine Pflicht. Wenn ich fort bin, wünsche ich, daß Sie von hier verschwinden. Wir müssen dementifähig sein. Ich möchte keinen Krieg mit der Föderation. Ich habe nie Krieg gewollt. Kehren Sie ins Territorium des Reichs zurück und vergessen Sie mich.«

Romars staubverkrustete Gesichtszüge waren von Kummer zerfurcht.

»Commander… Ich dachte, Sie präparieren das Schiff so, daß es sein Ziel automatisch ansteuert und… daß Sie zu uns zurückbeamen.«

»Davon habe ich nie etwas gesagt.«

»Bitte, sagen Sie es jetzt.«

Valdus wollte ihm antworten, aber ihm fiel auf, daß Romar seinem Befehl, von hier zu verschwinden, nicht gern folgen wollte. Er wollte seinen Hals und die *Rote Klaue* erst dann retten, wenn er sicher war, daß Valdus sein Leben nicht umsonst opferte.

»Rufen Sie die Truppe auf die Brücke«, sagte Valdus.

»Schon unterwegs…«, erwiderte Romar. Es war offensichtlich, daß er das ›Commander‹ verschluckte.

Valdus musterte seinen Stellvertreter und versuchte sich daran zu erinnern, wie man sich als zweiter Mann an Bord fühlte. Da man ihn selbst irgendwie für etwas Besonderes hielt, für jemanden, der einen Angriff stoppen und trotzdem überleben konnte, war er nicht lange der zweite Mann geblieben. Der Prätor hatte ihm persönlich ein eigenes Schiff zugeteilt.

Er senkte den Blick. »Ich weiß, daß es Ihnen … Unbehagen bereitet.«

Romar wandte sich ihm zu. Er schluckte. »Aber ich bin nicht unsicher! Ich weiß, daß wir das Richtige tun! Ich *weiß* es. Ich habe es selbst *gespürt!*«

»Dann ist der Vorteil auf Ihrer Seite.« Valdus holte tief Luft und seufzte. »Ich war mir meiner nie sehr sicher, Romar, nicht mal in den ruhmreichsten Augenblicken. Selbst als ich vor dem Prätor stand und für meine Erfolge ausgezeichnet wurde, mußte ich immer an damals denken und mich fragen, ob meine Erfolge echt gewesen waren, sich nur aufgrund des Pechs anderer eingestellt hatten oder einfach Zufall waren. Ich war mir meines eigenen Wertes nie voll bewußt.«

Romar – zitternd, schwankend am Rand der totalen Desillusion, die vielleicht nur den Mann ausnahm, der vor ihm stand – stieß ein heiseres Flüstern aus.

»Ich glaube an Sie«, sagte er fest. »Sie haben mir erklärt, was das Reich braucht, und mir bewiesen, daß Sie recht haben. Was kann ich mehr verlangen? Wann war die Galaxis je einfacher für mich?« Er breitete die Arme aus; erst den einen, dann den anderen. »Ich weiß, was ich tun muß.«

Valdus rieb seine heißen Hände an seinen Schenkeln ab und beobachtete Romar ein paar Sekunden lang. Er schaute ihn nur an. Führer der romulanischen Flotte lernten früh, nicht zuviel Loyalität zu erwarten oder sie zu sehr auszuschöpfen.

Und doch gab es sie, genau vor ihm.

Da er Romar gern ein Kompliment gemacht hätte,

versuchte er es auf mimischem Weg, aber sich zu überwinden und dergleichen in solchen Augenblicken auszusprechen, gelang ihm nicht.

Er hatte sich bei solchen Gelegenheiten immer unbeholfen angestellt. Nicht, weil es nicht seinem Typ entsprach, wohlwollend zu sein, sondern weil er zu viel Wohlwollen in sich entdeckt hatte und sich über den rechten Zeitpunkt nie im klaren war. Schwerfällig, er war immer so schwerfällig.

»Ich habe nie so an mich geglaubt, wie andere an sich glaubten«, sagte er. »Sie sind ein Glückspilz.«

Frustration veränderte Romars Gesichtsfarbe zu einem gesprenkelten Oliv und ließ sogar die Wunde an seinem Kinn wieder bluten.

»Commander …«

»Ja, ich weiß«, sagte Valdus lächelnd.

Nervöse Anspannung zerrte an Romars Mundwinkeln. Die Brücke war leer, denn sie hatten den Großteil der Mannschaft auf das andere Schiff geschickt und die Transporter bemannen lassen – aber er sprach, als drücke von hinten eine Menge gegen seine Schultern.

»Sollen wir … umkehren, Herr?«

»Wenn wir jetzt kehrtmachen«, sagte Valdus, »muß das Reich sich für unsere Taten rechtfertigen. Machen wir jedoch weiter, waren Sie und das Schiff bloße Werkzeuge eines durchgedrehten Kommandanten. Nein, wir machen mit meinem Wahnsinn weiter. Und was passiert, haben wir selbst zu verantworten. Ersparen Sie sich das Leid, das ich in Ihren Augen sehe, Romar. Die Galaxis kocht vor ungehobeltem Denkvermögen.«

Als der arme Romar ihn musterte, die Stirn gerunzelt, den Mund geöffnet, ohne daß ein Geräusch ihm entwich, öffnete sich die Hecktür, und acht bewaffnete Legionäre donnerten auf die Brücke. Der Dienstälteste marschierte auf die beiden Stabsoffiziere zu.

Valdus hob eine Hand.

»Einen Moment, Subzenturio«, sagte er.

Er packte Romars Schulter, aber es war für beide nicht bequem.

»Ich schätze Ihre Zuversicht. Ich werde sie nicht enttäuschen. Bevor ich unsere Neuerwerbung betrete, müssen wir beide eine Pause einlegen und uns unterhalten. Wir müssen einen Pakt schließen.«

Obwohl Besorgnis Romars Gesicht plagte, wirkte er trotzdem bereit, sich ein Körperhaar nach dem anderen auszureißen, sollte es notwendig sein, diese gespenstische Gefahr für das romulanische Reich zu eliminieren.

Valdus lächelte wie ein Totengräber, schüttelte den Kopf und gab für den Moment auf. Dann nickte er dem ungeduldigen Subzenturio zu.

»Sie können anfangen.«

Der Subzenturio fuhr herum und winkte seiner Truppe. Die anderen nahmen die Werkzeuge vom Gürtel, teilten sich in Zweiergruppen auf und verstreuten sich auf der ganzen Brücke.

Und fingen an, die Wände niederzureißen.

An Bord der *Enterprise*

»Kontakt, Captain.«

Bei Uhuras Meldung schob James Kirk sich aus dem Sessel und widerstand der Versuchung, selbst nach den Kontrollen zu greifen. Seine Stimme war heiser.

»Identifizieren, Sulu.«

»Es ist … Ich glaube, es ist die *Alexandria.*«

»Geschwindigkeit?«

»Warp drei fünf, Sir.«

»Anwesenheit von Romulanern an Bord überprüfen.«

Es dauerte mehrere verflixte Minuten. Kirk verfluchte jede Sekunde.

»Ihr Schutzschirm ist nicht aktiviert«, meldete Spock.

Er schaute den Captain an. »Die Ortung ist nicht fehlerfrei. Ich würde ihr nicht trauen.«

»In Ordnung. Dann machen wir es auf die harte Tour. Geschwindigkeit reduzieren. Auf drei fünf.«

»Aye, Sir«, sagte Sulu mit angespannter Stimme. »Reduziere die Geschwindigkeit. Warp fünf … vier … drei sieben … drei fünf, Sir.«

Kirk hämmerte auf seine Armaturen. »Brücke an Sicherheitsabteilung.«

Mehrere zermürbende Sekunden vergingen, dann antwortete jemand.

»Sicherheit, Hanashiro.«

Sein Blut kochte. In seinem Verstand wirbelten Bilder Dutzender Möglichkeiten dessen, was passieren, welche Einschätzung sich als falsch erweisen konnte und wer dafür bezahlen würde. Kirk zwang sich dazu, sich auf eine vorhandene Information nach der anderen zu konzentrieren.

»Lassen Sie eine bewaffnete Entermannschaft antreten. Schwere Ausrüstung, Kampfbedingungen. Alle Waffen auf starke Lähmung einstellen. Sie werden ein Schiff übernehmen.«

Am anderen Ende trat eine längere Pause ein, dann meldete Hanashiro sich erneut. Er klang nun etwas schriller. »Jawohl, Sir! Wie lautet unser Auftrag?«

»Unangemeldetes Betreten des Schiffes *Alexandria.* Wir nehmen an, daß es von feindlichen Kräften übernommen wurde. Wir gehen davon aus, daß die Mannschaft an Bord festgehalten wird und Romulaner das Schiff an sich gerissen haben.« Kirk beugte sich vor und schnaubte: »Gehen Sie rüber und hauen Sie sie raus.«

»Jawohl, Sir, zu Befehl. Bisher irgendein Kontakt?«

»Negativ. Derlei kann gefälscht werden.«

»Wie geht's weiter, wenn wir das Schiff übernommen haben?«

»Wenn keine Romulaner an Bord sind, konfiszieren

Sie es im Namen der Flotte. Richten Sie eine Sektion-Drei-Sicherheitsblockade ein. Halten Sie jedes Schiff an, das Ihnen begegnet, und durchsuchen Sie es. Wenn alles in Ordnung ist, schicken Sie sie weiter – mit der Anweisung, auf eine mögliche Übernahme gefaßt zu sein.«

»Aye, aye, Captain. Entermannschaft versammelt sich in drei Minuten im Transporterraum.«

»Ich nehme Sie beim Wort. Kirk, Ende.«

Er schaute Spock an, denn er brauchte einen stabilen Blick, der länger, ruhiger und beruhigender war als jeder andere, auf den er eventuell gestoßen wäre. Und er bekam ihn.

Tat er das Richtige? Hatte er die richtigen Schlüsse gezogen? Oder benebelte Wut oder gar Angst seine Erfahrung?

Konnte er so kalt handeln, wie es nötig war? War er in diesem Augenblick kalt genug?

Er hatte in seinem beruflichen Leben mehr als einmal Angst empfunden. Angst um sein Leben und das der anderen, aber es gab viele Formen der Angst, und jeder, der etwas anderes behauptete, war ein Lügner. Die Angst um sich und sein Schiff war eine Angst. Doch die Angst um ein anderes Schiff …

Es war eine Panik völlig eigener Art.

Besonders, wenn sich an Bord des Schiffes einer oder zwei seiner besten Freunde aufhielten.

»Sir?« Chefingenieur Scott deutete vorsichtig in Kirks Richtung.

»Ja, Mr. Scott?«

»Ich dachte, unser Vorgehen stünde fest, Sir.«

Kirk hielt seine Stimme stabil. »Wir haben bewaffnete Gruppen. Ich werde sie einsetzen, um diesen Sektor zu sichern, und wenn ich den letzten Mann von Bord gehen lassen und das Schiff allein steuern muß.«

Scotts Gesicht zeigte schrullige Bewunderung, und er wippte auf einem Absatz. »Ausgezeichnet, Sir.«

»Danke, Mr. Scott«, sagte Kirk ernst. »Geben Sie Befehl, das Enterkommando auf die *Alexandria* zu bringen. Dann gehen wir wieder auf Warp fünf.«

Scott nickte. Er zwinkerte fast. »Aye, Sir, mach ich.«

Der Blick des Captains fiel zu Boden, er straffte seine Schultern, entspannte sie. Er hörte, daß Scotty sich entfernte und wieder an seinen Arbeitsplatz ging, um den Befehl auszuführen, spürte dann das Summen des Transporters in den Knochen, und sein Geist sah die Strahlen, die das bewaffnete Enterkommando auf ein anderes Schiff versetzten, um dort die Waffen zu ziehen und es zu übernehmen.

Er musterte den flackernden Bildschirm, als suche er nach einem Funkfeuer, obwohl er wußte, daß andere Hilflose die Nacht absuchten, weil sie darauf warteten, daß er zu ihrem Funkfeuer wurde.

Eine Sekunde später gab Commander Scott Sulu einen Wink. Die *Enterprise* vibrierte vor gesammelter Energie. Warp vier … Warp fünf …

An Bord der *Ransom Castle*

Die beiden Romulaner bekamen nie mit, was über sie herfiel.

Es lag an Mike Frarey. Frarey war zwar groß, aber auch leise und schnell. Deswegen gelang es ihm, den beiden Invasoren die Beine unter dem Hintern wegzutreten, bevor sie auch nur merkten, daß sich hinter ihnen eine Luke geöffnet hatte.

»Schnappt euch ihre Waffen! Mike, steck sie in den Schrank! Und schließ sie ein.«

Nancy versetzte den ohnmächtigen Invasoren einen Tritt. Mike packte ihre Metallkragen und verfrachtete sie in den großen Werkzeugschrank. Sam Oats knallte die Tür zu und schloß sie ab, dann zog Nancy einen Lippenstiftsprüher und markierte die Wand mit einem Z.

»Was soll das denn bedeuten?« fragte McCoy, der sich bemühte, nicht allzu laut zu werden, weil er nicht noch mehr Romulaner anlocken wollte, die sich vielleicht dem Karree näherten.

»Zorro, was denn sonst?« fauchte Nancy. »Damit wir wissen, wo sie sind, und niemand die Tür einfach öffnet, ohne kampfbereit zu sein. Meine Leute sind nämlich auch ausgebildet. – He, was ist das denn?«

Sie hinkte durch den Gang auf ein sarggroßes Metallstück zu, das an zwei Antigrav-Einheiten hing. Es schwebte in der Luft und wartete darauf, weitergeschoben zu werden.

»Warum schieben die einen Eisenklotz durch mein Schiff?«

»Es sieht aus wie eine zusammengefaltete Wandsektion«, sagte Frarey. »Siehst du die Löcher da? Da unten sind auch welche ...«

»Aber was soll das denn?« Auch Oats schaute sich das Ding an. »Haben sie uns etwa geentert, um ihren Schrott bei uns abzuladen?«

»Verzeihen Sie«, unterbrach McCoy, »aber warum stellen Sie nicht die logische Frage? Fragen Sie sich doch mal, *wohin* sie es bringen wollten. Was liegt denn da hinten?«

»Nichts, nur der Maschinenraum«, erwiderte Oats.

»Der Maschinenraum ist doch nicht *nichts,* mein Sohn«, sagte Nancy ergrimmt. »Er enthält eine verflucht große Menge Energie.«

»Aber die haben doch selbst 'n Maschinenraum!«

»Halt die Klappe. Ich muß nachdenken.«

McCoy trat zwischen die beiden und die Wandsektion. »Lassen wir doch den Tricorder mal arbeiten. Halten Sie die Sektion hoch, Frarey.«

Frarey hob einen Teil der zusammengeklappten Wandsektion. Eine Seite war weißkristallin, die andere silbern. McCoy ließ den Tricorder über beide Seiten laufen.

»Die weiße Seite ist Lithiumhydrid ... Wasserstoffgas, mit Lithium verstärkt. Was kann man damit anfangen?«

»Damit kann man dem Gas eine Form geben«, sagte Nancy. Sie erbleichte plötzlich.

»Und das silbrige Material ... ist Kobalt.« McCoy blickte einen nach dem anderen an. »Was hat das nun wieder zu bedeuten?«

»Ich sag es Ihnen: Sie wollen das Zeug in den Maschinenraum runterbringen, um es mit dem Warpkern zu verschmelzen. Was bedeutet, daß sie den Plan schon verfolgen, seit sie ihren Machtbereich verlassen haben. Es handelt sich nicht um ein Piratenmanöver.«

»Was meinen Sie damit?« fragte McCoy nörgelnd. »Muß ich Ihnen denn alles aus der Nase ziehen?«

Nancy setzte eine kummervolle Miene auf. Sie wirkte, als müsse sie sich gleich übergeben. »Es bedeutet, daß wir Bestandteil eines schon vor langer Zeit geplanten Unternehmens sind. Mit Lithiumhydrid und Kobalt kann man nur eins machen: Sie verwandeln das Schiff in eine ziemlich große, ziemlich schmutzige Bombe.«

20

An Bord der *Ransom Castle*

Transporter waren Valdus schon immer als notwendiges Übel der modernen Technik erschienen.

Er dachte nicht nur während der ihm bewußten Momente des Transports ständig daran, sondern auch anschließend, als sein Magen sich drehte.

In dem Augenblick, in dem er wieder sehen konnte, war er sich noch nicht ganz sicher, ob der Transfer wirklich abgeschlossen war. Rings um sich erblickte er nur schattenhafte Verzerrungen und abgeflachte Gerätschaften, die weder eine Schiffsbrücke noch irgendeinen anderen organisierten Arbeitsbereich erkennen ließen. Erst als er sich konzentrierte, erkannte er, daß die Brücke anscheinend absichtlich mit schwarzen, stumpfen Farben bemalt war, um das Auge zu verwirren.

Seine Analyse bestätigte sich, als einer seiner Leute zu ihm kam, den Mund öffnete, um Meldung zu machen, und in der gleichen Sekunde über Stufen stolperte. Sie waren genau so gestrichen, daß man sie kaum erkennen konnte. Die jämmerliche Beleuchtung an Bord machte die Täuschung vollständig.

Valdus hielt den Arm des armen Burschen fest und zog ihn auf die Knie.

»Verzeihung, Commander!« bat der Soldat, als er aufstand.

»Halten Sie die Augen offen, Legionär. Dieses Schiff heißt keinen Fremdling willkommen. – Meldung?«

»Das Schiff ist in unserer Hand, Herr. Die Mannschaft ist eingesperrt oder hat sich eingeschlossen. Der Transport der Wandsektionen von der *Roten Klaue* wurde aufgenommen; wir bringen eine nach der anderen durch das Schiff in den Maschinenraum.«

»Ihr *bringt* sie? Konnte man sie nicht direkt in den Maschinenraum beamen?«

»Nein, Herr«, sagte der Legionär. »Das hintere Drittel des Schiffes ist mit irgendeinem Anti-Auflösungsschirm versehen. Wir haben einen Direkttransport versucht, konnten die Platten nur in einen Frachtr …«

Valdus schlug sich mit der Hand auf den Oberschenkel. »Warum habe ich nicht daran gedacht?« fauchte er. »Ich hätte eins der Vergnügungsschiffe nehmen sollen, als ich noch eine Chance dazu hatte!« Er marschierte über die verwirrende Brücke. Schließlich hielt er in seiner stürmischen Wanderung inne und schlug mit dem Handrücken gegen seinen Helm. »Ich Trottel.«

»Commander! Die Sensoren! Sie schalten sich ab!«

Der Soldat sprang zu der nächsten Konsole. Die Hälfte der Kontrollämpchen flackerte plötzlich und ging aus.

Valdus eilte an seine Seite. »Schaden?«

»Nein – die Energiezufuhr ist unterbrochen! Wie haben sie das nur gemacht? Sie sind doch alle eingeschlossen!«

»Dann haben sie Zugriff auf irgendwelche Hilfsschaltungen«, sagte Valdus grimmig. »Wahrscheinlich sind sie nicht zum ersten Mal geentert worden. Sie haben sich darauf vorbereitet. Schnell – überprüfen Sie die Funkanlage.«

Sie hetzten beide nach achtern, wo sich unter einem schwarzen Gehäuse die Funkanlage verbarg, aber nach wenigen Sekunden aufgeregter Versuche, sich in das System einzuklinken, spürte Valdus, daß seine Brauen zuckten, und er wandte sich um, um die gesamte Brücke in Augenschein zu nehmen. Er musterte das Äußere der Steuersysteme als Einheit – und erkannte, was geschehen war.

»Das Computersystem!« sagte er. »Sie haben das ganze Schiff stillgelegt!«

An Bord der *Enterprise*

»Kontakt, Captain. Zwei Schiffe.«

»Identifizieren, Spock.«

»Bei dieser Entfernung nicht möglich, Sir.«

Jim Kirk holte unbehaglich Luft. »Bewegen sie sich? Sind es Rennteilnehmer?«

Spock blickte aus leicht zusammengekniffenen Augen auf seine Schirme. Als er sich meldete, klang er unsicher. »Registriere keine nennenswerte Bewegung, Sir.«

»Zwei Schiffe, keine Bewegung... Ich muß annehmen, daß sie es sind.« Er ging hinter Sulu und Chekov auf und ab. Er sah die Starre in den Schultern der beiden Männer. Sie blickten auf den Frontschirm, aber dort gab es nur leeren Raum zu sehen. Draußen wirkte alles verdächtig unverdächtig.

»Ist die Langstreckenkommunikation schon einsatzbereit, Lieutenant?«

Uhura hörte vermutlich die unterschwellige Wut in seiner Stimme und sprach leiser, um ihr entgegenzuwirken. »Langstrecken-Subraum weiterhin überflutet, Sir. Keine Kontaktmöglichkeit.«

Kirk knirschte mit den Zähnen und drückte einen Knopf auf der Lehne des Kommandosessels. »Mr. Scott?«

»Maschinenraum. Scott hier.«

»Energiesituation?«

»Wir haben neunzig Prozent Sensorenkapazität, dreiundachtzig Prozent Schub und Waffen, achtzig Prozent Manövrierbarkeit, neunundsiebzig Prozent Abschirmung...«

»Waffen und Schutzschirme haben Priorität. Wir brauchen sie in zehn Minuten.«

»Aye, aye, Sir. Wird gemacht.«

»Ich möchte, sobald es möglich ist, auf Warp sechs gehen und brauche danach sofort volle Warpleistung. – Kirk, Ende. – Achtung, an alle! Alarmstufe Rot! Alle

Mann auf die Kampfstationen! Alle Waffen scharfmachen!«

Uhura gab zwar keine Bestätigung ab, aber ihre Stimme war über das schiffsinterne Kommunikationssystem sofort überall zu hören.

»Alarmstufe Rot! ... Alle Mann auf die Kampfstationen. Dies ist keine Übung. Alle Mann auf die Kampfstationen. Melden ...«

Kirk, dem klar wurde, daß er Scott gerade befohlen hatte, die Waffen mit einem Zauberstab zu behandeln, ohne dabei eine Entschuldigung gelten zu lassen, hielt inne, um ihrer Stimme zu lauschen und darüber nachzudenken, was die mehr als vierhundert Besatzungsmitglieder auf den einzelnen Decks taten: Sie eilten zu ihren Stationen, schalteten sämtliche Systeme ein und bemannten die kritischen Positionen doppelt, und er kam sich vor, als hätte man ihm ein Stimulans verabreicht.

Und dann dachte er an McCoy.

»Mr. Spock«, sagte er. Dann hielt er inne. Er stützte sich angespannt auf den Kommandosessel, konnte sich aber nicht überwinden, Platz zu nehmen, während alle anderen an Bord auf den Beinen waren und ihrer Arbeit nachgingen. Er freute sich, daß man Tom nun auf der Erhöhung auf Scotts leerem Sitz plaziert hatte. Er wollte ihm nicht ins Gesicht sehen. Er wollte sich von seiner freundlichen und hoffnungsvollen Miene nicht daran erinnern lassen, daß das Schicksal einer ganzen Zivilisation von ihm abhing.

Spocks Hände lagen zwar auf den Kontrollen, aber er beobachtete Kirk. Kirk hatte ihn alarmiert, nun wartete er auf Befehle.

Jetzt muß ich mir was ausdenken, dachte Kirk. *Irgend etwas, womit Valdus nicht rechnet. Er hält uns für tot. Wir müssen uns benehmen wie Gespenster.*

»Wir tun etwas, das wir noch nie getan haben«, sagte er. »Achtung, an alle Decks ... Stumme Fahrt vorbereiten.«

Alle zögerten kurz, um seine Worte in sich aufzunehmen. Sie hatten alle schon davon gehört, waren dazu ausgebildet worden, aber das Verfahren gehörte zu jenen Dingen, die man an der Akademie zwei bis drei Tage durchnahm, dann in einem Test übte und anschließend in der Regel sofort vergaß. Still zu sein, wenn das Schiff abgeschaltet wurde, und eine Situation aussitzen – das war eine Sache. Doch still zu sein, wenn man mit Höchstgeschwindigkeit unterwegs war und sich einem gegnerischen Schiff näherte … das war eine ganz andere.

»Alle Betriebslampen ausschalten«, sagte Kirk. »Alle Systeme außer Schub, Waffen und Sauerstoffbetrieb abschalten, einschließlich sämtlicher automatischen Reaktionskontrollen und Deflektorschirme. – Mr. Chekov, arbeiten Sie einen Kurs zu den beiden entdeckten Schiffen aus, dann schalten Sie die Fern-Navigationsleitsysteme ab.«

Chekov warf ihm einen Blick zu. »Ich soll ohne Computer navigieren, Sir?«

»Navigieren Sie mit Karten, Händen und Augen, Fähnrich. Navigieren Sie mit einem Dauerlutscher, wenn's nicht anders geht, aber sorgen Sie dafür, daß man uns nicht näher kommen sieht. Sie sind dazu ausgebildet worden – jetzt haben Sie die Chance.«

Sulu wandte sich nun ebenfalls um. »Könnten wir ohne Schutzschirm in eine Kampfsituation geraten, Sir?«

»Deflektionsenergie ist meßbar«, sagte Kirk. »Die Romulaner werden nach einem aktiven Schiff Ausschau halten. Wir bemühen uns, mit dem Hintergrund zu verschmelzen – wie ein totes Stück Gestein im Weltraum. Das reicht, meine Herren. Mehr Erklärungen wünsche ich nicht abzugeben.«

Sulu und Chekov beugten sich über die Instrumente, murmelten unisono »Jawohl, Sir« und konzentrierten sich auf ihre Arbeit.

Auf der Brücke der *Enterprise* ging es normalerweise

recht laut zu. Es piepste und summte, surrte und klickte, Maschinen und Menschen arbeiteten, tauschten Informationen aus, trugen neue Daten ein, revidierten alte. Plötzlich gingen die Lichter aus. Das Piepsen verstummte. Alle Geräusche wurden leiser und erstarben. Der Atem verließ das Schiff wie einen sterbenden Körper.

Als die Armaturenlichter nacheinander erloschen und die Deckenlampen schließlich verblaßten, hielten alle instinktiv inne, um zuzuschauen; um zu sehen, wie weit sich die Brücke in die Schwärze zurückzog. Minuten später sah man auf den Armaturen nur noch wenige bernsteinfarbene Lichter – keine grünen – und das milchige Leuchten von Chekovs Astronavigation.

Die *Enterprise* kroch, in Stille gehüllt, vorwärts.

»Mr. Spock ...«

»Sir?«

»Holen Sie alle Leute aus den Außenbezirken des Schiffes nach innen und stellen Sie danach die Heizung ab. Bringen Sie die Außenhülle auf vier Grad Kelvin. Tun Sie das Beste, damit keine Wärme nach außen dringt, und leiten Sie alle Emissionen zur äußersten Hecksektion um.«

»Jawohl, Sir.«

Spock, der nach wie vor von dem auf der Brücke anwesenden Rey beeinflußt wurde, zwang sich zur Konzentration und gab die Befehle im ganzen Schiff weiter. Seine Miene war angespannt, und gespannt waren auch seine Arme.

Kirk wandte sich nach backbord. »Tom«, sagte er, »Sie müssen jetzt runtergehen.«

Tom schien sich vor dem Gehen mehr zu fürchten als vor dem Bleiben. »Ach, bitte, Captain, ich bemühe mich doch, ruhig zu bleiben ...«

»Es geht nicht«, sagte Kirk. »Sie haben Auswirkungen auf meine Leute.« Er hob einen Finger. »Raus.«

Der Rey stand auf, unsicher, enttäuscht, blinzelte mit

seinen großen Augen und wandte sich schamrot dem Turbolift zu.

Als er sich umwandte, um einen Blick auf den Frontschirm zu werfen, hörte Kirk, daß die Türhälften sich zischend öffneten. Er wollte lieber nicht hinsehen, wenn Tom hinausging.

Spock schenkte ihm einen kurzen Blick, sagte jedoch nichts.

»Mr. Spock«, sagte Kirk, »sichern Sie das Schiff, dann schalten Sie sämtliche Sensoremissionen ab.«

Spock nahm überrascht die Hände von den Armaturen und richtete sich auf. Uhura wandte sich herum. Die beiden Ingenieure an der Backbordseite fuhren von den Kontrollen hoch. Sogar Chekov drehte sich um. Sulu war der einzige, der nicht heftig reagierte, aber Kirk sah, daß er sich mit Gewalt im Zaum hielt.

Spock kam auf das Kommandodeck herunter und blieb neben Kirk stehen. »Dann fliegen wir blind«, sagte er. »Dann kann man uns zwar nicht sehen, aber auch wir werden niemanden sehen.«

»Ich weiß. Ich gehe davon aus, daß Valdus kurz nach dem Aufbruch von Raumbasis 16 seine Energie wieder auf hundert Prozent erhöht hat. *Wir* haben an einem Rennen teilgenommen – er aber nicht. Nun haben wir zehn bis achtzehn Prozent Energie weniger, und wenn wir nicht als erste zuschlagen, sind wir erledigt. Ich möchte, daß das Schiff bis auf die Warp-Triebwerke vollständig stillgelegt wird. Niemand bewegt sich, wenn es nicht unbedingt sein muß. Wir bleiben ruhig. Keine unnötigen Aktivitäten. Alle sollen aus den Gängen verschwinden. Wir müssen jedes elektronische Leck verhindern. Ich brauche nur Geschwindigkeit, Mr. Spock – Geschwindigkeit und Bereitschaft. Setzen Sie die Impulstriebwerke zeitweise außer Betrieb. So wenig aktive Energie wie möglich. Wenn die stumme Fahrt losgeht, möchte ich, daß Sie ein Subraumsignal von einem Watt abgeben.«

Spocks dunkle Augen wurden schmaler. Er zögerte. »*Ein* Watt, Sir?«

»Ja, ein Watt. Nur eins.«

»Das ist ein … sehr schwaches Signal, Sir.«

»Soll es auch sein. Ich möchte, daß der Romulaner einen Blick ins Dunkel wirft, weil er etwas zu sehen glaubt. Wir sehen nach allem möglichen aus, nur nicht nach einem Raumschiff. Ich möchte, daß er, wenn wir näher kommen, all seine Sensoren auf das eine Watt richtet. Wenn wir nah genug ran sind, ballern wir mit allem los, was wir haben – dann kann er seine Sensoren auf den Schrott werfen. Dann schaut er ins Dunkel, und wir halten einen Scheinwerfer in seine Augen. Nehmen Sie's in Angriff.«

Er rutschte in den Kommandosessel, seine Oberschenkel schmerzten.

Das Schiff fegte durch die Finsternis des Alls, war nun selbst ein Teil der Nacht.

»Wir fliegen blind, wir könnten in einen Stern donnern, aber wenn das die Chance ist, die wir ergreifen müssen, um einen Planeten zu retten, müssen wir sie nutzen. Die Romulaner haben Menschen getötet und ein Ereignis verdorben, das die friedliche Koexistenz fördern sollte. Sie haben mich dazu gebracht, das Rennen zu verlieren, und jetzt hab ich die Schnauze voll. Es ist an der Zeit, daß sie mal einen draufkriegen.«

An Bord der *Roten Klaue*

»Ein Signal, Subcommander … Es ist sehr schwach.«

»Wo?«

»Aus der Richtung, aus der wir gekommen sind.«

Romar beugte sich über den Subzenturio an der wissenschaftlichen Armatur und sah sich die Messungen an. »Noch ein Rennteilnehmer?«

»Das Signal ist zu winzig, um von einem Schiff zu stammen, Herr«, sagte der Subzenturio.

»Bewegt es sich?«

»Das kann man unmöglich sagen.«

Der Frust nagte an Romar. Er trat noch näher heran. »Können Sie erkennen, ob es natürlichen Ursprungs ist?«

»Was sollte es sonst sein?« Der Subzenturio lehnte sich zurück und richtete die Hand mit einer angewiderten Geste auf den Bildschirm. »Nichts, das künstlichen Ursprungs ist, kann so winzig sein.«

Trotzdem traute Romar dem nicht, was er auf dem Bildschirm sah. »Wärmeausstrahlung? Energieemission? Schubspuren? Nichts? Haben Sie auch alles genau geprüft?«

»Nichts zu erkennen, Subcommander. Sie sehen es doch selbst.«

»Was also kann es sein?«

»Vielleicht eine Sonde, die aufgrund der Turbulenzen des Rennens in dieses Gebiet getrieben ist? In diesem Gebiet sind so viele Schiffe ...«

»Das All ist riesengroß, Subzenturio«, fauchte Romar. »Es ist *zu* groß, als daß man es *aufrühren* könnte. Richten Sie alle vorhandenen Sensoren mit höchster Kraft auf das Echo. Zeichnen Sie jede Emission auf, die es eventuell abgibt. Und stellen Sie mich zu Commander Valdus durch.«

»Die Kommunikation auf dem anderen Schiff ist ausgefallen ...«

»Dann nehmen Sie einen normalen Kommunikator! Warten Sie etwa auf die Nachtschicht?« Romar beugte sich über den Subzenturio hinweg und betätigte die notwendigen Schalter. »Commander, hier spricht Romar. Empfangen Sie mich?«

Mehrere Sekunden vergingen. Der Handkommunikator brauchte mehr Energie und Zeit, um das Signal aufzunehmen und das Enterkommando über seinen Anruf zu informieren.

»Hier ist Valdus.«

»Wir haben ein Signal aufgefangen, Commander, aber es ist viel zu schwach, um von einem Schiff zu stammen.«

»Eine Ausstrahlung? Zeigt sie Energie an? Bewegung?«

»Es ist unmöglich, das bei dieser Entfernung festzustellen. Wir haben unsere gesamten Sensoren mit voller Kraft darauf konzentriert und versuchen das Signal zu identifizieren. Es könnte eine Sonde oder eine Markierung der Rennleitung sein ... Aber selbst dafür ist es eigentlich zu schwach.«

»Aktivieren Sie den Schutzschirm, Romar.«

Romar beugte sich über das Gerät. »Den Schutzschirm?«

»Ja.«

»Aber wir haben unser Ziel übernommen und gesichert. Kein Schiff kann sich uns nähern, ohne daß die Sensoren den Schirm automatisch aktivieren ... Ich schalte ihn nicht gern grundlos ein. Man könnte ihn auch aus weiter Ferne orten. Zu große Vorsicht könnte unseren Plan gefährden. Und wenn er eingeschaltet ist, können wir über die Handkommunikatoren keine Verbindung mit Ihnen aufrechterhalten.«

Die Stille mischte sich kurz mit der Spannung, die man bei Eroberungszügen ständig empfand. Hätten jene, die man unterworfen hatte, doch nur anerkannt, daß sie mit weniger Gegenwehr viele Leben hätten retten können ...

»Wahrscheinlich haben Sie recht.«

»Keine Angst, Commander«, sagte Romar. »Ich halte die Sensoren auf das Signal gerichtet. Wenn es stärker wird oder näher kommt, schalte ich den Schutzschirm ein.«

»Gut. Wir sind bald mit der Umwandlung des Warpkerns fertig. Dann schicken wir das Schiff zum Planeten der Hexenmeister. Nichts wird es dann noch aufhalten. Niemand wird daran denken, es aufzuhalten.«

»Brauchen Sie mehr Leute? Wehrt sich die Mannschaft noch?«

»Es gibt hier und da Widerstand. Aber damit werden wir schon fertig. Es spielt keine Rolle, Romar, denn bald wird die Mannschaft dieses Schiffes mit dem Planeten Gullrey verschmelzen – und Gullrey zerschmilzt vor den Augen der Föderation.«

Kirk hätte die Spannung fast mit einem Messer zerschneiden können, um sie als Brotaufstrich zu verwenden.

»Nähern uns der letzten bekannten Position des romulanischen Schiffes, Sir.«

Chekovs Stimme klang belegt.

»Achtung, an alle ... Bereithalten ... Sensorenemission alarmbereit ... Vorbereiten auf Verstärkung aller Systeme, maximale Sendung. Alle Frequenzen öffnen ... Wärmeemissionskontrolle, darauf vorbereiten, die Außensektionen zu fluten. Phaser feuerbereit halten, dichter Strahl, kurze Reichweite. Unbedingt vermeiden, die *Ransom Castle* zu treffen.«

»Alle Systeme bereit, um sämtliche Emissionsenergiegitter zu fluten, Sir.«

»Position, Mr. Chekov!«

»Ein halbes Lichtjahr Entfernung von der letzten notierten Position ... drei Zehntel ... zwei ... eins ... zehn Lichttage ...«

»Ruder, Geschwindigkeit reduzieren! Und jetzt, Mr. Spock: Pusten Sie sie weg! Alle Systeme an! Phaser – Feuer!«

»Überlastung! Überlastung!«

Die Brücke der *Roten Klaue* eruptierte in Funken und Rauch, als ihre Energie in einem gewaltigen Schwall auf sie zurückgeworfen wurde.

»Schutzschirm aktivieren! Feuer erwidern! Alle Systeme auf Kampfbereitschaft!«

»Es ist die *Enterprise,* Subcommander!« rief der Geschützoffizier. »Wieso ist sie hier? Wir haben sie doch in den Tod geschickt?!«

»Offenbar ist sie nicht so tot, wie wir angenommen haben!« fauchte Romar und versetzte dem erschreckten Mann eine Ohrfeige. »Feuern Sie! Los, los!«

Er hechtete durch die Brücke, schubste Verletzte beiseite und schob Geblendete und Verwirrte an ihre Positionen, wo sie vielleicht irgend etwas unternehmen konnten. Der ätzende Mief verbrannter Kabel wehte ihm so dick entgegen, daß er kaum Luft holen konnte.

»Wir können nicht zielen!« schrie der Geschützoffizier über seine knisternden Konsolen hinweg.

Neben ihm bekämpfte der Zenturio einen Brand. »Melden Sie es dem Commander!« keuchte er. »Warnen Sie ihn!«

»Nein!« schrie Romar zurück. »Wir brauchen den Schirm! Erwidern Sie das Feuer!«

»Ich kann nicht auf sie zielen«, erwiderte der Geschützoffizier würgend. »Der Zielcomputer ist ausgefallen!«

»Dann schießen Sie eben blind!« schrie Romar. »Schießen Sie!«

Der Offizier griff mit verbrannten Händen nach der Konsole und ballerte ziellos in die Dunkelheit.

Romar klammerte sich ans Ruder. Das Schiff wurde hochgeworfen und tauchte dann in die Tiefe ab. Dann wurde es schlagartig seitlich getroffen. Als es sich daraufhin drehte, erhielt es einen erneuten Treffer.

Sie zielten ein dutzendmal und schossen daneben, bis die Lämpchen der Geschützsteuerung aufblitzten, um vor erschöpfter Energie zu warnen. Das Schiff wurde ein dutzendmal heftig herumgewirbelt, da die Sensoren nicht mehr funktionierten. Als Romar erkannte, wie stark beschädigt die *Rote Klaue* war, lagen bereits sechs Tote auf der Brücke. Es gab nur noch einen Weg.

»Abdrehen!«

Der Zenturio fegte herum und wankte auf ihn zu. »Aber dann müssen wir den Commander zurücklassen!«

»Dann lassen wir ihn zurück!« Romar packte den Mann am Kragen und schleuderte ihn durch den Raum. »Er hat es selbst befohlen! Abdrehen! Wir kehren in unser Territorium zurück! Höchstgeschwindigkeit!«

»Jawohl, Subcommander ...«

»Corus! Holen Sie jemanden rauf, der einen Fluchtweg ...«

»Corus ist tot, Subcommander!«

»Dann holen Sie einen anderen!«

Romar wandte sich dem Frontbildschirm zu. Das Abbild des nun wieder mit aufblitzenden Phaseröffnungen auf sie zustürzenden Raumschiffs und das leuchtende Bild der *Ransom Castle* im Hintergrund ...

Eine Sekunde später verschwand das Bild plötzlich in der Ferne und fiel immer weiter zurück.

Sein Blick saugte sich an den beiden Schiffen fest. Selbst auf dem Höhepunkt der Schlacht ertappte er sich dabei, daß er in seiner Seele nach dem suchte, was er in Valdus' Augen gesehen hatte, um die verblassende Erinnerung aus der alten Zeit einzufangen, um sich zu fragen, ob er die richtige Entscheidung traf. Er verstand den latenten Inhalt dieses Blicks ... Ein Mensch, der glaubte, er hätte vor vielen Jahren an Bord eines anderen Schiffes sterben sollen. In Valdus' Blick waren die Geister der *Scorah* gewesen.

Romar wischte sich mit dem Handrücken über einen blutenden Schnitt im Gesicht und füllte seine Lunge mit kontaminierter Luft. Er spürte, daß seine Eingeweide sich zusammenzogen. Wogen der Trauer schlugen über ihm zusammen.

»Ich bin jetzt Ihr Sohn«, murmelte er. »Und ich werde Ihren Plan erfüllen.«

21

An Bord der *Ransom Castle*

Das Übelkeit erzeugende Schillern und Heulen zerstreute sich, und an seine Stelle traten die einengenden Wände des Backbord-Karreedurchgangs des Schiffes.

James Kirk schüttelte die Wirkung des Transporterstrahls ab und umfaßte den Phaser mit festem Griff. Er warf einen kurzen Blick zur einen, dann zur anderen Seite und musterte das fünfköpfige Sicherheitskommando.

»Verteilen«, sagte er.

Zwei Mann gingen vorwärts, zwei gingen zurück, einer blieb bei ihm.

»Gehen wir«, sagte er knapp zu dem Mann, der seine persönlicher Verstärkung war, und schritt durch die finsteren Gänge der *Ransom Castle* voran. Erst jetzt fiel ihm wieder ein, wie Industrieschiffe von innen aussahen. Das Schiff war wie eine mittelalterliche Burg gebaut, mit doppelten Schlössern, zahllosen Laderäumen, kalten Kriechgängen und Wendeltreppen, die von einem Deck zum anderen führten.

Im Gehen schnippte er seinen Kommunikator mit einer Handbewegung auf.

»Kirk an *Enterprise.*«

»Hier ist Spock.«

»Sind schon irgendwelche Nahsensoren einsatzbereit?«

»Es gibt nach dem Abschalten der Systeme einige Frequenzverwirrungen, aber wir arbeiten daran. Mr. Chekov bemüht sich, die Romulaner auf der *Ransom Castle* anzupeilen. Bislang konnten wir nur drei ausfindig machen; sie halten sich alle in den hinteren Abschnitten am Maschinendeck auf. Mr. Brennan ist mit seiner Truppe dorthin unterwegs. Er hat bereits zwei Laderäume aufgebrochen und mehrere Angehörige der Besatzung gefunden, die zwar verletzt, aber am Leben sind.«

»Irgendein Anzeichen von McCoy?«

Die Stille lastete schwer, bevor Spock antwortete.

»Wir suchen noch, Sir«, sagte der Vulkanier schließlich. Dann schwieg er erneut eine Weile. »Sir, setzen *Sie* den Transporter der *Ransom Castle* ein?«

»Wir? Nein, natürlich nicht. Warum?«

»Wir messen einen unautorisierten Transportereinsatz, können die Quelle aber nicht isolieren.«

»Könnte es eine Fehlfunktion des Überwachungssystems sein?«

»Nach der Totalabschaltung sehr wahrscheinlich. Ich werde mich darum kümmern.«

»Was ist mit dem romulanischen Schiff?«

»Es hat mit Höchstgeschwindigkeit den Rückflug ins Territorium angetreten. Es erweckt nicht den Eindruck, als würde es wenden.«

»Wir haben es auch ordentlich behämmert«, sagte Kirk. »Geschieht ihnen recht ...«

»Captain!« Kirks Begleiter packte seine Schulter, und die beiden warfen sich auf den Boden des schmalen Ganges. Ein Intervallerschuß zischte über ihre Köpfe hinweg.

Ohne um Erlaubnis zu bitten, erwiderte der Wachmann das Feuer.

Kirk wollte aufstehen, wankte zurück, aber der Wächter gab nicht nach, solange eine Chance bestand, ihn zu beschützen.

»Loslassen, Fähnrich ...«

»De Camp, Sir«, sagte der Mann und feuerte zweimal, bevor er es wagte, den Captain aufstehen zu lassen.

Die beiden huschten unter eine offene Deckenluke um die nächste Ecke.

»Romulanischer Intervaller, Sir«, sagte De Camp. »Den Klang würde ich überall erkennen.«

»Wie das?« fragte Kirk knapp.

»Hab ihn schon hundertmal in meinem Kopf gehört. Hab mein Leben lang drauf gewartet.«

Kirk schaute den jungen Mann an, dann schob er De Camp einen weiteren Schritt zurück.

»Lassen Sie mich zuerst gehen, Sir. Ich bin entbehrlich.« Für einen netten, freundlichen Burschen wie De Camp, der möglicherweise nicht nur zu seinem kommandierenden Offizier, sondern auch zu seinem Vater ›Sir‹ sagte, hatte er einen verdammt festen Griff.

»In meiner Mannschaft ist niemand entbehrlich, Fähnrich«, sagte Kirk. »Aber trotzdem danke. Ich ziehe die Ohren ein, Sie richten sich auf.«

»Jawohl, Sir, ich bin bereit.« Der Junge packte seinen Phaser mit beiden Händen und schob sich dichter an die Wand heran.

Kirk sank aufs Knie; sie lugten gemeinsam um die Ecke und feuerten.

Im Aufblitzen ihrer Waffen gingen zwei behelmte Romulaner zu Boden. Zwei weitere erhielten die Chance, hinter den herumwirbelnden Körpern ihrer Kameraden in Deckung zu springen.

Kirk rollte sich auf die andere Seite des Ganges, so daß De Camp freies Schußfeld hatte, doch bevor er erneut zielen konnte, fielen die beiden Romulaner durch Schüsse, die hinter ihnen abgegeben wurden – vom anderen Ende des Ganges her, aus einer anderen Ecke.

Kirk blieb mit der Waffe in der Hand unten und zielte in den Korridor hinein.

De Camp streckte seine langen Arme aus und umklammerte den Phaser. Er schaute Kirk an, und der Captain nickte.

»Achtung!« rief De Camp. »Wir sind von der *Enterprise!* Lassen Sie die Waffen fallen und kommen Sie sofort da raus!«

Hübsch gesagt. Ohne ein böses Wort. Eine freundliche Übernahme.

Ich hätte noch irgendeine Schweinerei hinzugefügt, dachte Kirk.

Am Ende des Ganges bewegten sich Schatten. Kirk machte sich sprungbereit.

»Hier ist Dr. McCoy! Wer sind Sie?«

Kirk stand auf. »Pille, ich bin's! Bist du in Ordnung?«

McCoys gerötetes Gesicht wurde am Ende des Ganges sichtbar, und kurz darauf tauchte Nancy Ransom mit ihrem Ersten Offizier und einem hinkenden Besatzungsmitglied auf.

»Halten Sie hier Wache«, sagte Kirk zu De Camp, dann lief er McCoy entgegen. Als sie sich trafen, sagte er: »Bist du gesund?«

»Mir geht's prima, alter Knabe, und ich war noch nie so froh, dich zu sehen!«

Nancy Ransom trat über die betäubten Romulaner und sagte: »Ja, sogar *ich* bin leicht erfreut, dich zu sehen.«

»Wir haben sämtliche Sensoren und Computer abgeschaltet, Jim«, sagte McCoy. »So hatten wir eine Chance, uns an einen nach dem anderen ranzuschleichen. Es war Nancys Idee.«

Kirk schaute sie an.

Nancy errötete, wischte ein paar zottelige braune Haarsträhnen zurück und erwiderte: »Ich hab den Trick auf der Akademie gelernt. Man kann mich zwar aus der Flotte rausschmeißen …«

»… aber nicht die Flotte aus dir«, sagte Kirk leise und grinste sie an. »Herzlichen Glückwunsch. Der Maschinenraum ist auch sauber. Kannst du mir irgendeinen Lagebericht geben?«

»Ja«, sagte Nancy und atmete tief durch. »Die Romulaner sind mitsamt irgendwelcher Wandvertäfelungen an Bord gebeamt. Sie haben sie in den Maschinenraum gebracht. Wir haben eine Platte analysiert und festgestellt, daß sie aus Lithiumhydrid und einer Kobaltverbindung bestehen. Sie können sie nur zu einem Zweck verwenden.«

Kirk sank das Herz in die Hose. »Brandbomben.«

»Ich glaube, ich weiß auch, wofür«, mischte McCoy sich ein. »Es geht um die Rey ... Sie ...«

»Sie strahlen Emotionen aus, stimmt's?«

McCoy maß ihn mit einem verdutzten Blick. »Wie hast du das rausgekriegt?«

»Spock ist sehr anfällig dafür.«

»Ah ... das paßt zusammen. Tja, weißt du was? Ich wäre gern dabei gewesen ... Nachdem ich mit Mike, Nancy und ein paar anderen gesprochen hatte, kam ich zu dem Schluß, daß die Gefühle der Rey irgendwie ansteckend sein müssen.«

»Ja«, sagte Kirk. »Sie können es ein bißchen kontrollieren, aber nicht sehr gut. Schließlich können wir unser Schwitzen auch nicht geistig beeinflussen. Oder gar damit aufhören. Die Romulaner sind sehr empfänglich dafür, und deswegen haben sie Angst.« Kirk ging durch den Korridor; sein Blick fiel auf zerbrochene Geländer und die verstreuten Überreste des Intervallerbeschusses. »Ich hätte an ihrer Stelle auch Angst, Pille.«

»Aber was ist mit dem Lithiumhydrid und dem Kobalt?« fragte Nancy beharrlich. »Sie haben es um unseren Warpkern gewickelt.«

Als Kirk seine Bildung durchforstete, jenen Teil über subtiles Töten und Angriffstraining und wie man aus Zahnstochern und Salzstangen Bomben baute –, wurde das Bild immer deutlicher.

»Verstehe«, murmelte er.

Mike Frarey schüttelte den Kopf. »Was verstehen Sie? Was haben diese Vögel mit unserem Schiff vor?«

Kirk wurde leiser. »Die ersten Wasserstoffbomben waren eigentlich von Fusionsbomben umgebene Kernspaltungsbomben. Die Kernspaltungsbombe war der

Detonator. Diesmal haben die Romulaner vor, eure Warp-Triebwerke als Detonator einzusetzen, und deswegen haben sie den Kern mit dem Fusionsmaterial umgeben. Wenn die Triebwerke explodieren, setzt die Hitze eine Fusionskettenreaktion im Wasserstoff in Gang, und es kommt zu einer unglaublich starken Explosion.«

Frarey trat vor, sein Gesicht war gerötet. »Und wozu dient das Kobalt?«

»Wenn das Schiff ein Loch in die Atmosphäre des Planeten der Rey bohrt«, fuhr Kirk fort, »sich durch die planetare Kruste wühlt und explodiert, wird das Kobalt die Bombe salzen. Sie gibt eine Wolke aus stark radioaktivem Kobaltdunst in den Strahlstrom ab. Die Romulaner wollen etwas ausradieren, was ihnen als unglaublich starke Bedrohung erscheint.«

»Ich krieg Pickel«, sagte Nancy. »Wenn ich das gewußt hätte, hätte ich sie alle kaltgemacht.«

Kirk deutete in den Gang hinein, auf den Haufen der leblosen Gegner. »Du hättest sie auch sonst kaltgemacht, Nancy. – De Camp?«

»Sir?«

»Fesseln Sie die Romulaner!«

»Aye, Sir!«

Nancy gab ihren beiden Offizieren mit schnippenden Fingern ein Zeichen. »Helft ihm, die Pfeifen zu fesseln.« Sie schwenkte den erbeuteten Intervaller. »Ich gehe jetzt runter, um den Maschinenraum wieder zu übernehmen. Habt ihr da irgendwelche Probleme gehabt?«

»Überhaupt keine«, sagte Kirk. »Pille, geh mit ihr und kümmere dich um eventuelle Verletzte. Und sag unseren Leuten, daß sie wieder das Kommando hat. Sie sollen ihr helfen, die restlichen Mitglieder der Besatzung zu befreien und alle noch an Bord befindlichen Gegner festzusetzen.«

»Gemacht!«

Als die beiden durch den Gang davongingen, schnippte Kirk erneut den Kommunikator auf. »Kirk an *Enterprise.*«

»Hier ist Spock, Captain.«

»Das Schiff ist größtenteils wieder in unserer Hand, Spock. Was sagen die Sensoren jetzt?«

»Ich wollte es Ihnen gerade mitteilen, Sir. Wir orten mehrere reduzierte romulanische Biowerte ...«

»Wahrscheinlich die Bewußtlosen.«

»Ja. Und eine zusätzliche Ortung, die relativ stark ist. Leicht aufgebracht, aber normale Lebenszeichen, und sie bewegt sich.«

»Wo denn, Mr. Spock?«

»Auf der Brücke, Captain.«

»Übernehmen Sie das Enterkommando. Ich werde mich in ein paar Minuten melden.«

»Captain ... Sie gehen doch nicht allein?«

»Doch, Mr. Spock, ich gehe allein. Ich gehe da rauf und haue dem Burschen, der uns das Rennen versaut hat, eins auf die Nase. Beamen Sie mich von hier gleich auf die Brücke.«

»Ich bin bereit, falls Sie es sind, Sir.«

Kirk warf einen Blick auf seinen Phaser. Starke Lähmung. Er umfaßte den Kolben.

»Energie.«

»Keine Bewegung, Commander.«

Valdus fuhr jäh herum. Wieso hatte er das Heulen des Transporters nicht gehört? War er zu konzentriert gewesen? Hatten die knisternden Systeme, die zusammengebrochen und in Flammen aufgegangen waren, als das Enterkommando das Schiff übernommen hatten, zu viel Lärm gemacht?

Es war jetzt egal. Da stand der Captain der *Enterprise,* allein und bewaffnet. Er war nicht durch eine offene Luke gekommen, sondern direkt zu ihm gebeamt, denn er stand wie ein Wächter auf Posten neben dem Bildschirm, der den dunklen Weltraum zeigte.

»Captain«, sagte Valdus.

James Kirk spitzte verärgert die Lippen, weil er nun freundlich sein mußte, wenn auch nur für den Augenblick.

»Geben Sie auf.«

»Manche Dinge kann man nicht aufhalten«, sagte Valdus leise.

Er bewegte sich nicht und machte keinen Versuch, sich zu verteidigen, weil er wußte, daß ein Starfleet-Captain mit ihm reden würde, bevor er zu drastischeren Aktionen schritt.

Es war erhellend, den Captain der *Enterprise* zu beobachten, und eben dies erlaubte er sich. Obwohl James Kirk ein kräftiger und muskulöser junger Mensch war, hatte er die Augen eines alten Mannes. Sie strahlten Gewieftheit aus, funkelten vor innerer Elektrizität. Seine Augen waren wütende Magnete.

Valdus konnte diesem Blick nicht ausweichen. Er wußte auch nicht genau, ob er es überhaupt wollte. Ihm war klar, daß er der Grund für Kirks Zorn war, und irgendwie empfand er Stolz darüber.

Er beugte sich vor. »Dies ist der Warpkerndetonator. Ich gehe davon aus, daß Sie inzwischen alles wissen. Die Gründlichkeit der Truppen der Föderation genießt einen legendären Ruf.«

»Ich weiß über alles Bescheid. Gehen Sie zur Seite, sonst werde ich Sie lähmen.«

»Schauen Sie doch mal, wo ich stehe. Wenn Sie mich lähmen, falle ich genau auf den Detonator.«

Kirk funkelte ihn an. »Es wäre immerhin besser«, sagte er, »als Ihnen zu erlauben, mit diesem Schiff einen ganzen Planeten zu vergiften. Ich bin ebenso zum Sterben bereit wie Sie – solange es hier draußen passiert, mitten im Nichts.«

Valdus nickte besonnen. »Sie wirken wütend, Captain Kirk.«

Kirks Blick huschte zu den offenen Luken, dann fiel er wieder auf Valdus. Jeder Muskel seines Körpers schien von Vorsicht beherrscht.

»Es macht Spaß, wütend zu sein«, sagte er. »Solange Sie das Ding da nicht betätigen, stehen Sie unter Arrest. Die Anklage lautet auf Betrug, Schmuggel, Plünderung, Vertragsverletzung – und Verschwörung zu einem Massenmord.«

»Eine sehr gewichtige Anklage«, sagte Valdus. Er hielt die Handflächen auf die Detonatoren, bewegte sich aber nicht.

Kirk wollte ihn verachten, aber es fiel ihm nicht leicht. Valdus war sanft, in sich gekehrt, nicht grob, nicht kalt. Er war ganz anders als die üblichen Romulaner.

Aber so viele habe ich ja auch noch nicht kennengelernt …

Vielleicht erinnerte er sich nur an ihren Ruf oder an die Gerücht – an die eigenartige Neigung der Menschen, die Romulaner für eine garstige Ausgabe der Vulkanier zu halten.

Aber er konnte im Moment nichts davon entdecken.

Was sie doch für verschwenderische Geschöpfe sind. Es wäre mir lieber, wir könnten sie dazu bewegen, in die Föderation einzutreten.

Ohne Valdus aus den Augen zu lassen, musterte Kirk das Ruder. Das Reden würde ihm nicht viel einbringen, wenn irgendein Zeitzünder, von dem er nichts wußte, seine Arbeit tat.

»Sie können mich aufhalten, Captain«, sagte Valdus. »Ich sehe es ein. Aber es gibt Dinge, die man nicht aufhalten kann.«

»Ich kann zwar Ihre Beweggründe verstehen«, sagte Kirk, »aber nicht Ihre Taten. Es ist nicht meine Aufgabe, zu entscheiden, was mit Ihnen geschehen soll.« Er deutete mit dem Phaser auf einen der beiden großen

Durchgänge. »Entweder drücken Sie jetzt den Knopf, oder ich übergebe Sie meinen Leuten und gebe dieses Schiff an den rechtmäßigen Captain und seine Mannschaft zurück.«

Valdus blinzelte ihn an. Sonst nichts. Er machte den Mund auf, aber kein Ton kam heraus. Die Muskeln an seinem Hals pulsierten, aber die Luft war tief in seiner Kehle gefangen.

Kirk trat auf ihn zu. »Ich sagte, bewegen Sie sich.«

Hinter Valdus blitzte etwas auf.

»Tom, nein!«

Aber der Rey hatte sich schon bewegt.

Valdus fiel nach vorn, über das Ruder. Seine Hand fiel auf den fünf Zentimeter durchmessenden Detonatorschalter, dann sein Ellbogen, dann sein Brustkorb.

Kirk hechtete auf ihn zu, aber der Knopf war gedrückt. In einer Sekunde würden sie nur noch ein gigantischer Ball sein, eine gezündete Brandbombe, der am mitternächtlichen Himmel irgendeines fernen Planeten glitzerte.

Aber wieso geschah nichts?

Kirk schob Valdus vom Knopf herunter und packte seine Arme. Die Beine des Romulaners knickten ein, er sank auf die Knie.

Unautorisierter Transportereinsatz ...

Tom stand auf der Leiter einer Bodenluke, halb auf der Brücke, hatte die Arme ausgestreckt, hielt die Waffe noch in der Hand.

Eine alte Whiskyflasche, der der Boden fehlte. Tom hatte das rasiermesserscharfe Glas tief unter Valdus' rechtes Schulterblatt gestoßen.

Der Romulaner kippte über Kirks Arm nach vorn; er konnte keine Luft holen, weil sich die Zacken der Flasche in einen seiner Lungenflügel gebohrt hatten.

»Tom! Lassen Sie ihn los!« Kirk schlug Toms Hände von der Flasche weg, doch dann wußte er plötzlich nicht mehr, was er tun sollte. Die absurd geformte

Glasscherbe ragte in einem schrecklichen Winkel aus Valdus' Rücken.

Der Rey ließ die Flasche los und fuhr zurück. Valdus fiel nach vorn, rollte gegen Kirk und landete auf einem Oberschenkel am Boden.

Kirk hielt ihn aufrecht und musterte den großen orangefarbenen Detonatorknopf.

»Eine Attrappe!« fauchte er. »Sie haben mich nur ablenken wollen! Warum?«

Er schüttelte Valdus.

Der Romulaner hustete, aber es klang wie ein Schnaufen. Kirk machte einen Schritt, um im Gleichgewicht zu bleiben. Er strauchelte zweimal, aber es gelang ihm irgendwie zu verhindern, daß Valdus rückwärts auf das aus seinem Rücken ragende Ding fiel.

»Tom!« sagte Kirk keuchend. »Glauben Sie, daß das die richtige Art ist, die Romulaner aufzuhalten? Was ist denn los mit Ihnen?«

Tom, der im Halbdunkel stand, blinzelte mit großen braunen Augen. Er wirkte wie ein Kind. Er war nicht stolz auf sich, auch wenn seine Miene eigentlich kein Bedauern zeigte.

»Wir sind zwar nicht sehr stark, Captain Kirk«, sagte er, »aber wir sind auch keine Idioten.«

Mehr schien er nicht dazu zu sagen zu haben.

Und nachdem er es gesagt hatte, blickte er zu Boden.

»Was ist mit Ihrer Schwester?« fragte Kirk. »Sie haben uns keine Chance gegeben, einen Versuch zu machen, sie zurückzuholen.«

Tom sagte, ohne aufzuschauen: »Ich rede mir nicht mehr ein, daß meine Schwester noch lebt.«

Kirk deutete verärgert mit dem Kopf auf den Romulaner. »Wenn Sie hier waren – wieso hat er es nicht gespürt?«

Tom warf dem Opfer seiner Flasche und Entschlossenheit einen Blick zu und sagte nur: »Weil ich keine Angst mehr habe.«

Kirk packte Valdus mit einer Hand am Kragen und schnippte mit der anderen seinen Kommunikator auf. »Kirk an *Enterprise.* Medizinischer Notfall. Drei Mann zurückbeamen, aber sofort.«

Er tat alles, um den rasselnden Romulaner aufrecht zu halten, lehnte sich an eine Instrumentenbank und wartete.

Nichts passierte.

Er hob den Kommunikator erneut an die Lippen.

»Kirk an *Enterprise!* Was ist denn da drüben los?«

»Kontakt, Captain«, meldete sich Scott. »Ein sich mit Höchstgeschwindigkeit näherndes Schiff! Identifikation! Es ist der Romulaner!«

»Ausweichmanöver«, stieß Kirk hervor. »Tun Sie alles, was angebracht ist!«

»Es kommt nicht auf uns zu, Sir! Es steuert an uns vorbei und schlägt einen neuen Kurs ein... Sammelt Energie, um Warpgeschwindigkeit aufzunehmen. Hält genau... auf die Ziellinie zu!«

»Das ist es, Captain!« keuchte Tom. Er kroch auf Händen und Knien auf Kirk und Valdus zu und deutete fahrig auf den Bildschirm. »Ein paar Sekunden mit Überlichtgeschwindigkeit – und Sie holen sie nie mehr ein!«

Valdus fand plötzlich die Kraft, den Kopf zu heben und den Schirm zu suchen.

Ja, da war sie... sein Schiff, seine *Rote Klaue.* Sie fegte mit Überlichtgeschwindigkeit an ihnen vorbei. Er schluckte seine Übelkeit hinunter, hielt den Blick auf den Schirm gerichtet, auf die rasende Hoffnung seines Reichs.

»Die Schönheit der Lichtgeschwindigkeit«, ächzte er. »Jetzt kriegen Sie ihn nicht mehr... Man kann kein Schlachtschiff mit aktiviertem Schutzschirm aufhalten, das ein solches Tempo vorlegt... Expandieren oder sterben, Captain... Meine Zivilisation muß diejenige sein, die überlebt.«

Kirk lehnte Valdus an einen Instrumentenkasten und kniete sich hin, um ihn aus der Nähe zu betrachten.

»Warum können wir nicht *alle* überleben?«

Valdus wollte lachen, aber es wurde nur ein Husten. Sein Gesichtsfeld verengte sich rechts und links immer mehr, der Vorhang seines Lebens schloß sich, doch es gelang ihm, sich zu Kirk umzudrehen.

»Weil es nie so ist«, sagte er.

Kirk blickte auf den Frontbildschirm, wo das romulanische Schiff Sekunden zuvor die höchste Warpgeschwindigkeit aufgenommen hatte.

»Wer Gerechtigkeit will«, sagte er, »darf nicht an einem Rennen teilnehmen.«

Er hob seinen Kommunikator.

»*Enterprise,* holt uns an Bord!« rief er. Dann stellte er das Signal mit dem Daumen neu an. »Spock, schnell, melden Sie sich.«

»Hier ist Spock, Captain.«

»Holen Sie uns sofort an Bord zurück. Das Rennen ist noch nicht zu Ende!«

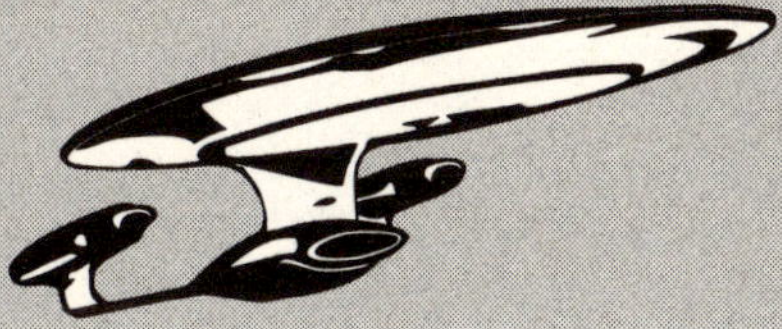

DAS ECHTE RAUMSCHIFF-RENNEN

22

An Bord der *Enterprise*

»Volle Kraft steuerbord!«

»Volle Kraft, aye!«

»Mr. Scott, Notwarpgeschwindigkeit!«

»Notwarp, Sir. Warp eins, Warp zwei …«

»Ruder! Phaser drei Strich achtern steuerbord. Feuer!«

»Drei Strich achtern steuerbord, aye … Phaser feuern! – Fehlschuß, Captain. Sie sind außerhalb der Reichweite für einen …«

»Uhura, funken Sie das Schiff an. Sagen Sie ihnen, sie sollen den Kurs ändern.«

»Versuche es, Sir, aber sie haben die Kanäle durch Hochfrequenzlärm blockiert …«

»Flaggen- und Standerkode einsetzen. Geben Sie N-F-Signal an alle Schiffe: Gefahr im Anmarsch! Versuchen Sie, den Romulanern zu signalisieren: Absichten aufgeben.«

»Versuche es … Sir, sie reagieren nicht. Ich bezweifle, daß der Signalblitz durch die Impedanz geht, die sie aufgebaut haben.«

»Versuchen Sie's weiter. – Scotty, wir müssen schneller werden.«

»Warp vier, Sir. Sammeln Energie für Warp fünf. Maximale Sicherheitsgeschwindigkeit in … drei Minuten.«

»Uhura, versuchen Sie, die *Intrepid* und die *Hood* zu erreichen. Warnen Sie sie vor dem, was auf sie zukommt. Sie sollen das romulanische Schiff nicht durchlassen.«

»Die Modifikationen der Raumbasis-Mechaniker behindern noch immer die Systeme. Bemühe mich, sie auszuschalten, aber gegen den Hochfrequenz-Lärm der Romulaner kann ich nichts machen. Bezweifle, daß ich durchkomme.«

»Trotzdem versuchen. Senden Sie die Warnung. Vielleicht fängt sie jemand auf und gibt sie weiter.«

»Aye, Sir.«

»Warp fünf, Captain«, sagte Scott, als das Summen des Schiffes sich von einem leichten Schnurren zu einem bemerkenswerten Brummen veränderte.

»Gehen Sie auf Warp sechs«, sagte Kirk knapp.

Alle duckten sich. Zwar schaute ihn niemand an, aber die Veränderung war spürbar.

Er brauchte den Ruhm nicht. Er wollte es gern Ken Dodge oder N'Toy überlassen, den Orden für die Ausschaltung einer großen Bedrohung entgegenzunehmen. Wenn es ihnen nur gelang. Er war bereit, ihnen die Auszeichnung persönlich an die Brust zu heften.

Seine Leute schwitzten an den Kontrollen, fauchten ihre Instrumente an, droschen auf Tastaturen ein. Aber eine in ihren Leistungen behinderte Starfleet-Einheit gegen ein romulanisches Schlachtschiff mit Höchstgeschwindigkeit …

Es waren eine Menge Leute da. Die Brücke wirkte gerammelt voll. Fast jede Station war bemannt. Scott hatte einen Assistenten dabei; Chekov wurde von einem jungen Lieutenant assistiert, der die Navigationsstation auf der Erhöhung überwachte, und ein weiterer Fähnrich saß vor dem Monitor, der für die Verteidigung und Geschütz-Untersysteme zuständig war. Alle waren auf den Kampfstationen.

Doch wo war der Kampf?

»Captain«, sagte Spock und beugte sich über den Bildschirm. »Die Romulaner fliegen mit Warp sechs.«

Kirk schaute ihn kurz an, dann wandte er sich dem Frontbildschirm zu.

»Wir gehen auf Warp sieben.«

Sulu drehte sich um und schaute ihn an. Wie auch alle anderen.

»Warpfaktor sieben«, sagte er dann. »Aye.«

Das Schiff summte und protestierte, aber es wechselte in eine andere Warpdimension. An der erhöhten Backbordseite fing Montgomery Scott an zu schwitzen. Wie kurz darauf auch alle anderen.

Die Indikatorleuchten auf der ganzen Brücke baten flackernd um Beachtung.

Kirk versank wieder ins Nachdenken. Wenn sie nur nahe genug herankamen, um einen Phaserschuß auf das Antriebssystem des Romulaners abzugeben... einen Schuß, ohne an Tempo zu verlieren ... der gerade ausreichte, um ihn zu verlangsamen, ihn einzuholen...

Geschwindigkeit. Er konnte nur daran denken. Geschwindigkeit.

»Captain«, gurgelte Sulu. »Er zieht ab... ist jetzt bei... Warp acht.«

Einige Angehörige der Mannschaft schauten Kirk an. Meist die jüngeren Leute. Dann schauten sie auf ihre unmittelbaren Vorgesetzten.

Einige der Vorgesetzten schauten Kirk nun ebenfalls an. Scott, Chekov, Spock. Sulu blickte nur auf den Bildschirm, er hatte die schmalen Schultern hochgezogen, seine Hände schwebten über den Kontrollen. Sie zitterten leicht. Aber er hörte zu.

Kirk schluckte. Dann noch einmal.

»Gehen Sie auf Warp acht«, knirschte er.

»Warp«, sagte Sulu. Dann räusperte er sich. »Warp acht, Sir.«

Aus den Innereien des Schiffes, unter ihnen, wurde ein leises Pfeifen hörbar. Ein schmerzvolles Geräusch der Anstrengung. Ein kehliges Summen durchdrang den Boden, als ein System nach dem anderen der Geschwindigkeit geopfert wurde. Das Schiff schaltete sich automatisch herunter, konservierte sämtliche Energie bis auf die der Sauerstoffversorgung. Sie waren nun alle in Schweiß gebadet, da die Klimaanlage auf das absolute Minimum reduziert wurde. Bequemlichkeit war ein Privileg, auf das das Schiff jetzt verzichten mußte. Es würde sie am Leben erhalten, aber das war auch schon alles.

Kirk verwünschte sich, daß er zugelassen hatte, es wegen des Rennens in seinen Fähigkeiten zu beschneiden. Hätten sie nicht eingewilligt teilzunehmen, hätten sie den Romulaner längst erwischt. Er würde so etwas nie wieder zulassen.

Plötzlich ertappte er sich dabei, daß er die wissenschaftliche Station musterte. Und Spock. Gleichzeitig hatte er Valdus' Gesicht vor Augen. Das Gesicht des ehrlichen, entschlossenen Valdus. Und er fragte sich, wie man das romulanische Reich dazu bringen konnte, weniger Furcht zu empfinden. Es war ihm nicht gelungen, Valdus zu überzeugen, daß es von der Föderation nichts zu befürchten hatte.

Er hatte versagt, und er wollte sein Versagen irgendwie wieder rückgängig machen. Er wäre am liebsten in das romulanische Territorium geflogen, um sein großes weißes Raumschiff vorzuführen und die Romulaner zu überzeugen.

Nur hätte er es in der nächsten halben Stunde tun müssen.

Spock trat ans Geländer.

»Was meinen Sie?« fragte Kirk.

»Es ist ein Selbstmordkommando«, sagte der Vulkanier. »Es ist ihm völlig egal, ob er sein Schiff bei diesem Tempo zu Schrott fährt. Er wird nicht zulassen, daß wir ihn einholen.«

»Aber was ist sein Endziel? Will er ein fünfzigtausend Tonnen schweres Projektil mit Höchstgeschwindigkeit in den Planeten rammen?«

»Möglicherweise. Ein solcher Aufschlag kann beträchtlichen Schaden anrichten. Das Schiff würde automatisch desintegriert.« Spock verlagerte sein Gewicht von einem Bein aufs andere, als unterhielte er sich an einem Marktstand über den Obstpreis. »Ich würde jedoch annehmen, daß es sich hier um einen vorausberechneten Ersatzplan handelt ist. Möglicherweise haben sie nicht ihren gesamten Lithium-Kobalt-Vorrat abgeladen. Sicher befindet sich auch auf der *Roten Klaue* noch genug, um ...«

»... den Planeten zu verseuchen«, sagte Kirk. »Ich weiß. Wie stehen die Chancen, daß die *Intrepid* und die *Hood* ihn kommen sehen?«

»Unter normalen Umständen wären die Chancen sehr hoch, wenn sie außerhalb des Sonnensystems postiert wären.«

»Aber?«

»Aber laut der letzten Meldung hatten beide Schiffe die Absicht, vor dem Planeten selbst in Stellung zu gehen. Mr. Chekovs Flugbahnanalyse impliziert, daß der Romulaner sich von der Sonne Gullreys abschirmen lassen will. Bei der hohen Geschwindigkeit hat er die Distanz zwischen der Sonne und Gullrey in Sekunden überbrückt. Und die Schiffe, die den Planeten bewachen ...«

»... werden ihn nicht mal sehen«, warf Kirk ein. »Sie werden sogar zu einem Teil des Feuerballs werden. Das erinnert mich an etwas, das die Schiffe der Alliierten schon im Zweiten Weltkrieg auf der Erde erlebt haben, Mr. Spock. Es ist so gut wie unmöglich, Kamikaze-Piloten aufzuhalten. Aber wenn wir ihn nicht kriegen, kriegt ihn niemand.«

Spock nickte. »Ja.«

Kirk drehte sich um und sagte mit lauter, rasselnder Stimme: »Scotty?«

Scott schaute blinzelnd auf. Auf seiner Stirn glitzerten Schweißperlen. »Captain?«

James Kirk holte tief Luft.

»Gehen Sie auf Warpfaktor neun.«

Rings um sie her schien das Schiff auseinanderzubrechen. Kirk spürte das Beben durch die Fußsohlen. Da knirschte etwas, das nicht hätte knirschen dürfen. Und es wurde mit jeder Sekunde schlimmer. Er empfand leichte Übelkeit und wußte, daß die automatischen Dämpferfelder Schaden nahmen.

Unter ihm schwitzten vierhundert Besatzungsmitglieder, die hin und her hetzten und sich bemühten zu verhindern, daß das Schiff auseinanderfiel.

»MIE schaltet ab!«

»Abgeschaltet lassen.«

»Strukturintegritätsfeld nimmt Schaden!«

»Dann nimmt es eben Schaden.«

Auf der anderen Seite der Brücke kam von Scott eine neue Warnung. »Ernsthaftes Durchschmelzrisiko, Captain!«

»Lassen Sie's schmelzen«, fauchte Kirk und wandte dem Ingenieur den Rücken zu. »Lieutenant Boles, wie lange braucht der Romulaner noch, um Gullrey zu erreichen?«

Boles, der auf der Deckserhöhung an der Hilfsnavigation saß, antwortete nicht; er beugte sich nur vor und fummelte an den Kontrollen.

Zehn Sekunden später tat er noch immer das gleiche.

»Wie lautet Ihre Meldung, Lieutenant?« fragte Kirk ärgerlich.

Der junge Mann schaute ihn an und machte den Fehler, sich zu entschuldigen. »Bin nur etwas nervös, Sir.«

»Sie sind abgelöst«, sagte Kirk. Er deutete auf den Fähnrich, der die Verteidigungs-Subsysteme bemannte. »Fähnrich Michaelson, übernehmen Sie seine Position.«

Der Leutnant an der Navigation wurde bleich. Ein Teil seiner Verfärbung hatte möglicherweise damit zu tun, daß er erleichtert war, aber der größte Teil war purer Schreck.

Immerhin war er so vernünftig, die Entscheidung des Captains nicht in Frage zu stellen.

Kirk schaute ihm nicht hinterher. Jemand anders konnte es übernehmen, ihn zu trösten. Lieutenant Boles würde entweder nie wieder nervös sein oder seine Nervosität nie wieder zugeben. Und beides war völlig in Ordnung.

»Mr. Sulu«, sagte Kirk, »Fern-Phaserbeschuß versuchen. Wir müssen ihn von seinem Kurs abbringen. Wir müssen sein Tempo runterdrücken. Irgendwie.«

»Aye, Sir«, erwiderte Sulu, dessen Stimme mehr Festigkeit zeigte, als alle anderen empfanden.

Die Phaser feuerten, man spürte die elektrische Energie, die durch das Schiff blitzte und in den offenen Raum hinausschoß. Auf dem Frontbildschirm rasten dicke Energielanzen in die Unendlichkeit hinaus.

Plötzlich, als hätte jemand ganz kurz auf die Bremse getreten, flogen alle nach vorn. Dann kehrte das Tempo langsam zurück. Mehrere Angehörige der Mannschaft rollten über den Boden.

Kirk ignorierte sie.

»Noch mal, Sulu.«

»Aye, Sir, Phaserbeschuß.«

Erneut zischte die Energie aus dem Schiff, und erneut bockte unter ihnen das Schiff.

»Wir fallen zurück«, meldete Sulu mit einem Blick auf seinen Bildschirm. »Versuche aufzuholen, Sir.«

»Jedesmal, wenn wir feuern«, sagte Scott, »fallen wir um hunderttausend Kilometer zurück, Sir.«

»Ich weiß«, murmelte Kirk. »Ich weiß. Feuer einstellen.«

Die Wissenschaft trug auch nichts dazu bei. Starke Phaserbolzen bei Hyperlichtgeschwindigkeit saugten den Triebwerken zu viel Energie ab und erzeugten einen Geschwindigkeitsverlust, den sie sich nicht leisten konnten. Was konnten sie sich *überhaupt* leisten? Das Schiff fiel auseinander. Zwar erging es dem Romulaner nicht anders, aber ein Kamikazepilot interessierte sich nun mal nicht dafür, daß der Sturzflug ihm die Schwingen abriß.

Verbitterung und Zorn durchfuhren ihn, bis er spürte, daß seine Lippen brannten und sein Herz sich angesichts seiner Ohnmacht zusammenkrampfte.

»Bei dieser Entfernung können wir seinen Schutzschirm nicht durchbrechen«, knirschte Kirk. »Wir können ihn weder einholen noch eine Warnung an die anderen senden … Wir rasen nur hinter ihm her, um den Untergang einer Zivilisation aufzuzeichnen.«

Ohnmacht. Schlimmer als der Tod, schlimmer als das Töten, das absolute Unvermögen, irgend etwas zu tun. Er konnte diesen Gedanken nicht ausstehen. Die *Enterprise* war das einzige Schiff, daß die *Rote Klaue* jetzt noch aufhalten konnte, aber sie schaffte es nicht.

»Spock!« bellte Kirk. »Eine Idee! Irgendeine Idee! Denken Sie sich was aus! Ich nehme jede!«

Er sprang aufs Kommandodeck hinunter, packte die Rückenlehne seines Sessels und schüttelte ihn so, wie er Valdus geschüttelt hatte, damit er endlich verstand.

»Irgendeine Methode, mit der wir ihn stoppen können!«

Die Stille war erschreckend.

Seine Leute waren die Gerissensten, die Gescheitesten, die Wagemutigsten, aber niemand wußte, was zu tun war. Niemandem fiel etwas ein. Niemand hatte einen Vorschlag, der ihn durch die nächsten paar Minuten brachte und die Zukunft veränderte.

»Einen Bohrer«, murmelte Kirk.

Spock schaute auf. Er war der einzige, dem es auffiel. »Captain?«

Kirks Blick saugte sich am Frontbildschirm fest. »Wie weit reicht ein nadelspitzer Phaserstrahl? Mit dem gleichen Energiepotential – aber zu einem Strahl konzentriert, der nur einige Millimeter durchmißt?« Er schaute Spock jäh an. »Ist das zu bewerkstelligen?«

Spocks Gesicht verschwamm plötzlich, dann wurde es wieder scharf. »Konzentrierte Energie?«

»Wie bei einem Bohrer mit einer Diamantspitze, Spock! Ist es möglich? Würde er bei dieser Entfernung den Schutzschirm durchstoßen?«

Sulus Kopf neigte sich zu ihnen herüber, aber er ließ den Schirm nicht aus den Augen. Bei dieser Geschwindigkeit konnte er sich das nicht leisten.

»Die Rumpfstruktur der *Roten Klaue* ist selbstversiegelnd. Der Warpkern ebenfalls. Es würde nicht mehr bewirken, als wenn man einen Finger reinsteckt.«

Links von ihnen, auf der Erhöhung, trat Scott ans Geländer.

»Selbst wenn der Strahl durch den Schirm ginge«, sagte er, »er würde die Warpkern-Eindämmung nicht durchbohren. Aber bei all dem Lithiumhydrid drumherum hat er das reine Dynamit an Bord. Wir brauchen nur die Lunte anzuzünden.«

»Falls sie das Lithiumhydrid um den Warpkern gepackt haben«, fügte Sulu hinzu.

»Wenn nicht, Sir«, sagte Scott, »haben wir dann so viel an Geschwindigkeit verloren, daß wir nicht mehr an ihm dranbleiben können. Fortwährender Phaserschuß dieser Art ...«

Doch Spock unterbrach ihn. Ein Funke Hoffnung war in seiner Stimme zu hören. »Es ist nicht *unmöglich.*«

»Ich nehme die Wette an«, sagte Kirk fest. »Mr. Scott, Sie kümmern sich darum, daß wir nicht zurückfallen, wenn wir feuern. Ist mir egal, wo Sie die Energie hernehmen. Beschaffen Sie sie einfach. – Mr. Spock, den Phaser nadelspitz einstellen. Wenn wir sie nicht mit einer Keule treffen können, dann eben mit einer Stecknadel.«

»Phaser abfeuern, Mr. Sulu.«

»Feuere Phaser ab, Sir.«

Das Schiff klapperte. Warnglocken schrillten. Die

Deckenbeleuchtung war so matt, daß das Licht der Monitoren sie übertraf. Leitungen rissen, knisterten, sprühten Funken, doch statt hin und her zu springen, um sich die Hände nicht zu verbrennen, gehorchte die Mannschaft dem Befehl, mehr oder weniger alles zu ignorieren, um dazu beizutragen, die *Enterprise* auf Warp neun zu bringen.

Jim Kirk hielt sich zurück, um nicht die Nase zu rümpfen, als er die schmorenden Kabel roch. Er wollte nicht, daß man ihn dabei beobachtete.

Auf dem Frontbildschirm zuckte ein langer roter Strahl aus dem Schiff. Er war dünn wie eine Angelschnur und griff bis in unheimliche Ferne, wo er in der Finsternis verschwand.

»Phaser erzeugt Energiekonkurrenz in der Reaktorkammer«, sagte Scott mit einem Seufzer.

»Mehr Geschwindigkeit, Mr. Scott«, sagte Kirk. »Geben Sie sich noch mehr Mühe.«

»Wir sind schon auf Warp neun drei, Sir.« Der Chefingenieur klang wie ein Sklave unter der Peitsche. »Wir können jeden Moment in die Luft fliegen.«

Keine technischen Meldungen, keine Hitzeverhältnisse, keine Reaktanzinjektionszahlen, keine katastrophalen Einzelheiten über Systemzusammenbrüche.

Einfach nur ›in die Luft fliegen‹. Für Tote bestand kein Anlaß, Einzelheiten aufzulisten.

Kein Besatzungsmitglied sprach jetzt noch eine Warnung aus. Niemand sagte, irgend etwas werde nicht klappen oder bräche gleich auseinander. Sie wußten, daß Kirk nicht anhalten würde.

Er wünschte sich plötzlich, alles läge schon hinter ihm. Jetzt gleich. Peng. Wenn sie den Romulaner nicht stoppen konnten, war es besser, wenn auch sie in die Luft flogen. Wenn sie überlebten und der Romulaner Gullrey erreichte, stand der Krieg vor der Tür. Denn dann mußte die *Enterprise* eine Zeugenaussage machen.

Kirk wollte kein Zeuge sein, dessen Aussage einen Krieg entfachte. Dann wollte er schon lieber in die Luft fliegen.

Eigenartig. Wenn Valdus' ursprünglicher Plan erfolgreich gewesen wäre, hätte es wahrscheinlich keinen Krieg gegeben. Dann hätte niemand verstanden, was eigentlich vor sich gegangen war. Dann hätten die Föderation und das romulanische Reich einander zwar vielleicht hundert Jahre lang mißtraut, aber sonst wäre nichts geschehen.

Und nun würde es Krieg geben. Ein Planet starb, und ein Raumschiff überlebte, um darüber auszusagen.

Er wünschte sich beinahe, das Schiff würde sich mit dem Explodieren beeilen.

Aber die *Enterprise* explodierte nicht. Sie löste sich nicht auf. Sie raste und raste immer weiter, ohne sich in ihre Einzelteile zu zerlegen.

Warp neun drei … neun vier … neun fünf …

Die dünne rote Linie schoß weiterhin ins All hinaus, in die Unendlichkeit des Weltraums.

Das Leitungsgehäuse unter der wissenschaftlichen Station flog auf und ließ Funken und Materialstückchen gegen Spocks Schienbeine regnen. Dann verabschiedete sich auf der anderen Seite eines der technischen Untersysteme. Die Mannschaft zuckte zusammen und sprang aus dem Weg. Die Leute schauten Kirk an, aber er rührte sich nicht. Er schaute nicht mal hin.

Sein Herz pochte in seinen Ohren. Er wußte, daß es bei den anderen ebenso war.

»Phaser überhitzen, Sir«, meldete der Fähnrich, der die Geschütze überwachte.

»Beschuß beibehalten«, sagte Kirk. »Scotty, alle Sicherheitssysteme abschalten.«

»Dann geht der Ofen für uns aus, Sir.«

»Trotzdem.«

Minuten vergingen. Lange Minuten. Kirk starrte nur auf den Bildschirm und dachte an nichts.

Spock und Sulu bündelten den Phaserstrahl noch enger. Er hatte nun nicht einmal mehr den Durchmesser einer Angelschnur. Mikromillimeter. Niemand hatte je zuvor so etwas getan. Reichte er weit genug?

Der Phaser brauchte sich nur für den Bruchteil einer Sekunde hindurchzubohren. Mehr nicht. Alle Energie war auf einen winzigen Punkt konzentriert... durch den Schutzschirm, den Rumpf, die Eindämmung. Er brauchte nur das Lithiumhydrid zu treffen, das den Warpkern umgab. Ein Streichholz an einem Benzinkanister. Dann kam die Verschmelzung. Er brauchte die Sache nur anzuzünden.

Selbst eine partielle Detonation reichte aus, um eine Kettenreaktion in Gang zu setzen. Zwei oder drei Gramm, die anfingen zu schmelzen... In einer Mikrosekunde würde alles vorbei sein.

»Nähern uns dem Gullrey-System, Captain«, sagte Chekov. »Wir werden in... drei Minuten dort sein. Der Romulaner ist uns eine Minute und zwanzig Sekunden voraus.«

Das Raumschiff kreischte in ihren Ohren. Blitze zuckten auf der gesamten Brücke, als der Druck sich zu befreien versuchte, indem er die unwichtigeren Teile zuerst zerbrach.

Zwei Schiffe, der technische Höhepunkt zweier Kulturen, rasten mit mörderischer Geschwindigkeit durch den interstellaren Raum, durch eine dünne rote Linie verbunden.

An Bord des Beobachterschiffes *Gamma Star*

»Guck dir das an!«

»Boah!«

Toll, daß genau in diesem Moment die meisten Zuschauer die Ziellinie im Blickfeld hatten. Alle anderen, die um ein Würstchen anstanden oder gerade auf der Toilette waren, verpaßten eine unheimliche Schow.

Ein gigantischer orangeroter Kugelblitz, in seinem Inneren eine weiße Wolke, breitete sich plötzlich zu einer gewaltigen Energiekaskade aus. Sie war trotz der Entfernung riesig und blendend und versprühte funkelnde Metallteilchen und radioaktive Gase. Und trotz des Vakuums war sie so heiß, daß die zehn Milliarden herumfliegenden Phosphorscherben sich nicht entscheiden konnten, ob sie ausbrennen oder erfrieren sollten.

Die sich mit unermeßlicher Geschwindigkeit bewegende wilde Lichterkaskade stieß sekundenlang einen kometenähnlichen Schweif aus. Und als wäre dies noch nicht genug, raste plötzlich ein Starfleet-Schiff durch die gigantische Plasmawolke, schoß mit Höchstgeschwindigkeit voran, versprühte rotglühende Funken und ließ einen sich ausdehnenden Ballen aus atomarer Hitze hinter sich zurück.

Alle jubelten. Was für ein tolles Schiff! Jede Linie seines weißen Körpers war so schwungvoll wie die Zeichnung eines Architekten. Die Bildschirme flackerten und summten und bemühten sich, es im Blickfeld zu behalten.

Als das Schiff an ihnen vorbeizog, jubelten die Leute erneut auf, und sie duckten sich lachend, als winzige weißglühende Funken wie ein Hagelschauer gegen die Deckensichtfenster prasselten.

Im gesamten Zuschauerschiff brandete Jubel auf. Was für ein Rennen!

Als die Funken in der Kälte des Raumes verblaßten, fragte eine hagere Urgroßmutter: »Steht das eigentlich auch im Programm?«

Niemand antwortete. Eigentlich war es den Leuten egal. Die unerhörte Pyrotechnik war zwar noch frisch in ihrer Erinnerung, aber sie konnten es kaum erwarten, sie bei der Siegesfeier noch einmal auf dem Stadionschirm zu sehen.

Das weiße Raumschiff bog plötzlich sehr scharf ab, um dem Planeten Gullrey auszuweichen, dann ließ sein Tempo nach, und es schien zu beben. Schneller als man es für möglich gehalten hatte, ging es auf Unterlicht.

Ein Fährenpilot auf Urlaub schüttelte den Kopf. »Ich hab gar nicht gewußt, daß es Schiffe gibt, die so was können!«

Der Mann neben ihm nickte. Er war Amerikaner, wie man an dem Popcorn erkannte, das er sich in den Mund schaufelte. »Die Schiffe von heute haben wirklich was drauf.«

»War das nicht eine Notabschaltung?« fragte ein Zwölfjähriger seinen Lehrer.

»Nee«, sagte der Lehrer. »Denen geht's gut. Die ziehen nur 'ne Schau ab.«

»Ich weiß nich«, murmelte der Junge. Aber er hatte keine Lust, eine schlechte Note zu kriegen.

Der Applaus verstummte zwar, aber die Zuschauer grinsten noch immer von einem Ohr zum anderen, als sie dem Schiff zusahen, das nun ›im Leerlauf‹ dahintrieb und ohne Schub über die Ziellinie glitt.

Erneuter Beifall brandete auf, als die Zuschauer sahen, daß es zwischen die Rennleitungsschiffe fuhr und das Rennen damit offiziell beendete.

Die Vorstellung war extravagant und verwegen gewesen – genau das, was Menschen aller Art genossen, besonders wenn sie Hunderte von Parsec gekommen waren, um sich etwas anzusehen.

Als ein Vater seine Kinder durch die Massen von den riesigen Bildschirmen fortführte, warf er einen Blick auf seine Frau.

»Die Flotte zeigt doch immer die beste Show, findest du nicht auch?«

EPILOG

23

Siegesfeier in Monn Oren City, Gullrey

»Und mit größter Freude verleihe ich im Namen unserer wachsenden interstellaren Gemeinschaft die Urkunde für den ersten Preis und die *El Sol*-Dublone an Captain Miles Glover und die Besatzung der *Baltimores Stolz!*«

Der frisch wiedergewählte Präsident der Föderation war zwar nicht unbedingt ein dynamischer Typ, aber er hatte etwas Entgegenkommendes an sich, das der Zuschauermenge gefiel. Er war dünn und machte sparsame Bewegungen. Sein Haar war eine Lockenmähne, seine blaßblauen Augen reagierten viel langsamer als sein Gehirn und tarnten irgendwie den gesunden Menschenverstand, der ihm den Ruf eingebracht hatte, Gedanken lesen zu können.

Alle wußten, daß er das Rennen und die Rey schon durch sein Hiersein ehrte, denn er verließ die Raumbasis 1 nur selten. Doch er war gekommen, ohne sich um die riesige Strecke zu scheren.

Hinter ihm hatte ein dreißig Meter durchmessender Bildschirm gerade die Schiffsparade vom Vortag gezeigt und zuvor die Explosion, die die Nachrichten erst heute morgen erklärt hatten. Nun wußten alle Bescheid.

Man wußte zwar vom Tod mindestens zweier unschuldiger Lebewesen – vielleicht waren es auch mehr gewesen – und der Vernichtung des romulanischen Schiffes, aber niemand hatte eine klare Vorstellung von dem, was eigentlich passiert war. Die Gründe waren allem Anschein nach mit den Romulanern gestorben.

Jedenfalls wußte die Öffentlichkeit nicht mehr.

Jim Kirk saß, von vielen Tausenden umgeben, mit seinen Offizieren in den ersten zehn Sitzreihen des riesigen Stadions. Die Feierlichkeiten wurden von den Nachrichtensendern in die ganze Föderation übertragen.

Er schaute mit ausgeglichenen Gefühlen zu, als der energische Miles Glover auf die Bühne sprang, um die *El Sol*-Dublone im Namen seiner jubelnden Mannschaft entgegenzunehmen und sich zum Applaus von Millionen verbeugte.

Kirk freute sich plötzlich, daß er nicht dort oben stehen mußte. Er wollte nur entspannt zwischen Spock und McCoy sitzen und sich um die verschrammten Knöchel kümmern, die er sich auf Nancy Ransoms Schiff zugezogen hatte. Rings um sie saßen die Schiffsführer und Mannschaften der anderen Rennteilnehmerschiffe. Er mochte dieses Gefühl. Er schaute an McCoy und seinen Offizieren vorbei auf Nancy Ransom, Mike Frarey und die Leute von der *Ransom Castle.* Sie hatten sich zwar in Schale geworfen, aber irgendwie drang ihr rauhes Äußeres noch immer durch – besonders bei Nancy, die einen verräterischen medizinischen Kragen trug.

Nun ja … Sie lebten und waren da. Zwei Punkte für die Guten.

Hinter ihnen hatten Hans Tahl und die Mannschaft der *Great Lakes* sowie N'Toy und die Ihren von der *Intrepid* Platz genommen. Nicht weit davon entfernt saßen Ken Dodge und die *Hood*-Truppe. Sie trugen Ehrenschärpen, und alle sahen so aus, als würden sie gleich heiraten.

»Der zweite Preis«, fuhr der Präsident fort, »geht an Captain Kmmta und die Mannschaft der *552-4.*«

Nach dem nächsten Applaus händigte er den Preis einer Andorianerin aus, die auf das Podium trat. Dann erläuterte er sein Tun.

»Aufgrund der nötigen atmosphärischen Erfordernisse, die für den Kommandanten und die Mannschaft der *552-4* gelten«, sagte der Präsident, »wird die Preisverleihung von Bord aus beobachtet. Die Trophäe nimmt Botschafterin Yeshmal entgegen, die Föderationsvertreterin bei der tholianischen Einheit.«

Die Andorianerin nahm die Trophäe, verbeugte sich etwas geziert und ging zu ihrem Platz zurück, ohne den vielen tausend sie beobachtenden Gesichtern einen Blick zu schenken.

»Der dritte Preis«, sagte der Präsident, »geht an Captain Sucice Miller und die Mannschaft der *Ozcice,* die für die Veranstalter an dem Rennen teilgenommen haben.«

Die Menge drehte durch. Die Vorstellung, daß es dem Gastgeberplaneten gelungen war, einen Platz im ersten Großen Raumschiffrennen zu belegen, war für jedermann besonders aufregend. Natürlich gingen sofort Witze über ›Schiebung‹ um, aber im Grunde glaubte niemand daran, und abgesehen davon war es den Leuten auch egal.

Schließlich hatten alle ihr Vergnügen.

Kirk seufzte. Seine Mannschaft hatte sich ihr Vergnügen verdient. Er hoffte, daß sie wirklich Spaß hatte.

»Bei einem ordentlichen Wettkampf«, fuhr der Präsident fort, »steht man gelegentlich vor der Frage, ob man, wenn ein anderes Schiff in Not ist, anhält, um ihm zu helfen, oder den Vorteil nutzt, um selbst weiterzukommen. Bei den meisten Wettkämpfen gilt es als durchaus fair, über einen gestürzten Gegner hinwegzuspringen und es dem Veranstalter zu überlassen, sich seiner Verletzungen anzunehmen. Die Mannschaft eines Schiffes hat sich in dieser Hinsicht ganz besonders hervorgetan, denn sie hat das eigene Leben riskiert, um einem Konkurrenten beizustehen. Obwohl manche sagen werden, es sei ihre Aufgabe gewesen, ist sicherlich niemand dazu verpflichtet, das eigene Schiff um eines anderen willen in Gefahr zu bringen. Auch ist sicherlich niemand dazu verpflichtet, seine Fähigkeiten über alle Grenzen hinweg auszudehnen ... wenn es um einen fremden Planeten geht. Meine Freunde, ein Sonderpreis, den die Rennleitung erst gestern abend auf eine Bitte von Captain Nancy Ransom und der Mannschaft der *Ransom Castle* aus der Taufe gehoben hat ...«

Die Stimme des Präsidenten dröhnte aus den Lautsprechern durch das Stadion, über den Planeten, durch die ganze Föderation.

Er schaute nach unten, zur rechten Seite, wo die Wettkampfteilnehmer saßen, und hob eine Hand.

»... geht an Captain James Kirk und die Mannschaft der U.S.S. *Enterprise,* die wir aufgrund ihrer Ritterlichkeit und Sportlichkeit auszeichnen wollen.«

Bevor Kirk auch nur der Gedanke kam aufzustehen, um die völlig unerwartete Ehrung entgegenzunehmen, erhob Nancy Ransom sich von ihrem Stuhl und trat ans Podium. Sie nahm den Preis aus der Hand des Präsidenten und marschierte durch den Zwischengang, dorthin, wo die Offiziere der *Enterprise* saßen.

Und sie überreichte Kirk wortlos einen großen Platinorden.

Die übrigen Rennteilnehmer sprangen auf, doch das Gerumpel wurde von lautem Jubel übertönt. Irgendwo in der riesigen Menge schwenkte jemand ein Taschentuch, und eine Sekunde später taten es ihm Tausende von Zuschauern gleich. Kurz darauf schwenkte man zu Ehren derjenigen, die der *Ransom Castle* zu Hilfe gekommen waren, alles mögliche: Taschentücher, Halstücher, Handschuhe und Kinderpullover.

Trotz des kühlen Frühlings auf Gullrey war es allen sehr viel wärmer, als die Mannschaften wieder Platz nahmen und der Präsident weiterreden konnte.

»Auch wer sich das Rennen nur angeschaut und sich von ihm hat unterhalten lassen, wird von diesem Tag an die wahre Definition des Sportsgeistes nie wieder vergessen. Deswegen erinnern wir uns an die ... *Enterprise.*«

Nachdem Kirk und seine Offiziere sich widerstrebend verbeugt hatten und der tosende Applaus sich endlich legte, nahm der Präsident seine Rede wieder auf. »Wir, die lebenden Bürger der Föderation, heißen den Planeten Gullrey herzlich willkommen. Sie, die Rey, müssen, wie wir alle, die unangenehmen Ereignisse des Rennens hinnehmen und als Warnung dafür sehen, daß auch die Freiheit ihren Preis hat. Man hat gesagt, der Preis der Freiheit sei ewige Wachsamkeit. Es stimmt. Sie haben am Rand eines Sektors gelebt, den die Bewohner der Föderation mit ihrem Leben verteidigt haben. Nun dehnen wir unsere Grenzen aus, um auch Sie zu beschützen. Sie sind nun keine Fremden mehr. Wir rechnen damit, daß Sie Ihre Unkenntnis verlieren und die Pflichten, den Schmerz und die großen Belohnungen der Freiheit mit uns teilen.«

Als er innehielt, erhoben sich vier Würdenträger der Föderation. Man hatte sie bereits vorgestellt: Dr. Beneon und Dr. Vorry, die beiden ersten Rey-Wissenschaftler, die fremdem Leben aus einer anderen Welt begegnet waren, da ihre Beharrlichkeit beim Absuchen des Himmels zu dieser Belohnung geführt hatte, und Captain Ken Dodge und sein Erster Offizier, die einem Instinkt gefolgt waren und das leise Echo beantwortet hatten. Die meisten Raumfahrer hatten es zwar im Logbuch vermerkt, aber ansonsten ignoriert.

Das Quartett trat vor die Bühne. Sie hißten zusammen ein fünf Meter langes Banner mit silbernen Sternen und einer Sternkarte vor marineblauem Hintergrund – die strahlende Flagge der FVP.

Der hagere Präsident achtete darauf, nicht auf den Bühnenstufen auszurutschen, trat an die Flagge heran, ergriff den Obersaum und befestigte an einem Quadranten des Sternkartengitters einen goldenen Stern.

Dann trat er ans Mikrofon zurück.

»Ich heiße Gullrey in der Föderation der Vereinten Planeten willkommen«, sagte er. »Willkommen in der Zukunft.«

Ein Freudenfeuer eruptierte im All. Riesige Kaskaden aus Gas, Feuer und Kristallen erzeugten einen wilden weißen Schweif leuchtender Strahlen, der sich selbst zu steuern schien – bis er von einem Raumschiff durchschnitten wurde, das aus dem Ball einen Ring machte.

Auf dem Film waren auch Applaus und Jubel zu hören. Ein Beobachtungsschiff hatte ihn zu Anfang des Show-Finales aufgezeichnet.

Der Bildschirm verblaßte. Der Computer spulte die Kassette zurück und verstummte.

Jim Kirk nahm die kleine Recorderscheibe aus dem Schlitz und trat einen Schritt zurück.

»Ich dachte mir, Sie sollten sehen, was passiert ist«, sagte er. »Wenn es mein Schiff gewesen wäre, hätte ich es gern gewußt.«

Valdus, auf dem Bett des Rey-Krankenhauses, sich der beiden Starfleet-Wächter an der Tür und der vier anderen davor kaum bewußt, ließ den Kopf auf das hochgestellte Kissen zurücksinken.

»Danke«, sagte er.

Kirk schaute ihn an. Er kam nicht umhin, Verständnis für ihn zu empfinden.

Die *Enterprise* wurde momentan überholt. Es würde recht lange dauern. Es gab an Bord nicht mal mehr genug Energie, um den Romulaner unter Arrest zu stellen. Deswegen hatten sie den Gefangenen nach Gullrey gebracht, in ein Krankenhaus ihrer Gastgeber – den ersten interstellaren Verbrecher, den es an Gullreys Gestade getrieben hatte.

Aber Kirk machte sich keine Sorgen um den Planeten. Auch nicht um seine zerschrammte Mannschaft. Er machte sich Sorgen um Valdus.

Es war das Schlimmste, was einem Schiffsführer passieren konnte: am Leben zu bleiben, wenn die Mannschaft tot und das Schiff vernichtet war. Das Allerschlimmste. Weiterzuleben.

Kirk musterte Valdus' Augen und die blaßgelbe Haut unter dem Bart, der den Eindruck erwecken sollte, sein Besitzer sei feindselig. Aber irgendwie wirkte er gar nicht wie ein falsch gepolter Vulkanier oder ein boshafter Romulaner. Der Mann hatte Kultur.

»Was wird nun aus mir?« fragte Valdus, ohne ihn anzusehen.

»Sie werden auf die *Intrepid* verlegt, zum Flottenhauptquartier gebracht, möglicherweise vor Gericht gestellt und eingekerkert. Und irgendeines Tages schickt man Sie vielleicht zurück oder tauscht Sie gegen einen Gefangenen des Reichs aus.«

»Ich hoffe, dazu kommt es nicht. Dann wäre ich entehrt.«

»Oder ein Held.« Kirk ertappte sich dabei, daß er Valdus hoffnungsvoll zulächelte. »Man weiß nie, wie die Dinge sich entwickeln. Und schon gar nicht langfristig, Commander.«

Beide schwiegen. Keiner konnte den anderen übertrumpfen. Es gab auch keine Spur von Animosität mehr zwischen ihnen. Und es war nichts mehr zu sagen. Kirk wußte: Auch er hätte bestimmt keinen Trost angenommen, wenn er seine Mannschaft überlebt hätte. Und es war sinnlos, jemandem Trost zu spenden, nur damit er sich besser fühlte. Soweit es diesen Zwischenfall betraf, hätte sich keiner von ihnen besser gefühlt.

Kirk drückte ihm die Computerscheibe in die Hand und ging zur Tür. Die beiden Wachen traten beiseite, aber er blieb noch einmal stehen.

»Es gibt da noch eins«, sagte er, »von dem ich möchte, daß Sie es glauben, Commander.«

Valdus drehte den Kopf, um ihn anzuschauen.

»Es ist nicht unsere Absicht, das romulanische Reich zu unterwerfen«, sagte Kirk.

Valdus hob eine Braue, und diese Geste kam Kirk vertraut vor.

»Dann haben Sie verloren«, sagte er. »Weil wir nämlich die feste Absicht haben, Sie zu unterwerfen.«

Möglicherweise wurden die Lichter matter. Oder die Sonne verschwand hinter einer Wolke. Eine Drohung? Ein Omen, eine Vorhersage? Geier in den Bäumen? Schlangen unter dem Bett?

Vielleicht.

Jim Kirk grinste wie ein Faun. »Aber nicht heute.«

24

An Bord der *Enterprise*

»Geht's Ihnen nach der Nachtruhe besser, Mr. Spock?«

»Sehr gut. Danke, Captain.«

»Sie haben eine Meldung?«

»Die Reparaturen werden in einer Raumbasis wenigstens zwei Monate in Anspruch nehmen. Rund um die Uhr. Die Flotte schickt uns einen Überlichtschlepper. Wir werden das Dock von Raumbasis 16 in zehn Tagen erreichen. Die Belastung unter Warp neun, das heiße Metallbombardement und die Elektronendusche, als wir durch die Überreste der *Roten Klaue* geflogen sind, erfordern umfangreiche Überholungen.«

»Ja, natürlich. Übermitteln Sie Mr. Scott mein Beileid.«

»Habe ich schon getan, Sir.«

»Ach … Danke. Schicken Sie eine Nachricht an Raumbasis 16. Ich möchte, daß Scotty die Reparaturarbeiten persönlich beaufsichtigt. Und es ist mir gleichgültig, wie viele Ingenieure der Basis deswegen rumnörgeln. Geben Sie der Mannschaft für die Zeit der Überholungsarbeiten Urlaub.«

»Sehr gut, Sir.«

»Und ich will nichts ersetzt haben, das nicht *wirklich* kaputt ist.«

»Verzeihung?«

»Die *Enterprise* hat uns gerade gezeigt, was sie leisten kann. Ihr Rückgrat, ihr Skelett und ihre Exostruktur haben sich als viel stärker erwiesen, als wir dachten. Sie hat viel mehr drauf, als ihre Konstrukteure annehmen. Ich möchte nicht, daß irgend etwas von dieser Kraft herausrepariert wird. Ist mir schnuppe, falls man sie wie ein Puzzle zusammenkleistern muß. Sorgen Sie dafür, daß sie das Schiff bleibt, das sie war, wenn sie fertig ist.«

»Das ist äußerst … feinfühlig, Sir. Ich werde mir den Reparaturplan in allen Einzelheiten persönlich vornehmen.«

»Danke, Spock.«

»Keine Ursache, Captain. – Außerdem traf heute morgen eine Privatnachricht des Präsidenten an alle Offiziere der Flotte ein, die am Rennen teilgenommen haben. Er dankt uns im Namen aller zur Föderation gehörenden Systeme, Planeten, Länder, Firmen und Einzelwesen dafür, daß wir das erste große Raumschiffrennen … nicht gewonnen haben.«

STAR TREK™

in der Reihe
HEYNE SCIENCE FICTION & FANTASY

STAR TREK: CLASSIC SERIE

Vonda N. McIntyre, Star Trek II: Der Zorn des Khan · 06/3971
Vonda N. McIntyre, Der Entropie-Effekt · 06/3988
Robert E. Vardeman, Das Klingonen-Gambit · 06/4035
Lee Correy, Hort des Lebens · 06/4083
Vonda N. McIntyre, Star Trek III: Auf der Suche nach Mr. Spock · 06/4181
S. M. Murdock, Das Netz der Romulaner · 06/4209
Sonni Cooper, Schwarzes Feuer · 06/4270
Robert E. Vardeman, Meuterei auf der Enterprise · 06/4285
Howard Weinstein, Die Macht der Krone · 06/4342
Sondra Marshak & Myrna Culbreath, Das Prometheus-Projekt · 06/4379
Sondra Marshak & Myrna Culbreath, Tödliches Dreieck · 06/4411
A. C. Crispin, Sohn der Vergangenheit · 06/4431
Diane Duane, Der verwundete Himmel · 06/4458
David Dvorkin, Die Trellisane-Konfrontation · 06/4474
Vonda N. McIntyre, Star Trek IV: Zurück in die Gegenwart · 06/4486
Greg Bear, Corona · 06/4499
John M. Ford, Der letzte Schachzug · 06/4528
Diane Duane, Der Feind – mein Verbündeter · 06/4535
Melinda Snodgrass, Die Tränen der Sänger · 06/4551
Jean Lorrah, Mord an der Vulkan Akademie · 06/4568
Janet Kagan, Uhuras Lied · 06/4605
Laurence Yep, Herr der Schatten · 06/4627
Barbara Hambly, Ishmael · 06/4662
J. M. Dillard, Star Trek V: Am Rande des Universums · 06/4682
Della van Hise, Zeit zu töten · 06/4698
Margaret Wander Bonanno, Geiseln für den Frieden · 06/4724
Majliss Larson, Das Faustpfand der Klingonen · 06/4741
J. M. Dillard, Bewußtseinsschatten · 06/4762
Brad Ferguson, Krise auf Centaurus · 06/4776
Diane Carey, Das Schlachtschiff · 06/4804
J. M. Dillard, Dämonen · 06/4819
Diane Duane, Spocks Welt · 06/4830
Diane Carey, Der Verräter · 06/4848

STAR TREK™

Gene DeWeese, Zwischen den Fronten · 06/4862
J. M. Dillard, Die verlorenen Jahre · 06/4869
Howard Weinstein, Akkalla · 06/4879
Carmen Carter, McCoys Träume · 06/4898
Diane Duane & Peter Norwood, Die Romulaner · 06/4907
John M. Ford, Was kostet dieser Planet? · 06/4922
J. M. Dillard, Blutdurst · 06/4929
Gene Roddenberry, Star Trek (I): Der Film · 06/4942
J. M. Dillard, Star Trek VI: Das unentdeckte Land · 06/4943
David Dvorkin, Die Zeitfalle · 06/4996
Barbara Paul, Das Drei-Minuten-Universum · 06/5005
Judith & Garfield Reeves-Stevens, Das Zentralgehirn · 06/5015
Gene DeWeese, Nexus · 06/5019
D. C. Fontana, Vulkans Ruhm · 06/5043
Judith & Garfield Reeves-Stevens, Die erste Direktive · 06/5051
Michael Jan Friedman, Das Doppelgänger-Komplott · 06/5067
Judy Klass, Der Boacozwischenfall · 06/5086
Julia Ecklar, Kobayashi Maru · 06/5103
Peter Norwood, Angriff auf Dekkanar · 06/5147
Carolyn Clowes, Das Pandora-Prinzip · 06/5167
Diana Duane, Die Befehle des Doktors · 06/5247
V. E. Mitchell, Der unsichtbare Gegner · 06/5248
Dana Kramer-Rolls, Der Prüfstein ihrer Vergangenheit · 06/5273
Michael Jan Friedman, Schatten auf der Sonne · 06/5179
Barbara Hambly, Der Kampf ums nackte Überleben · 06/5334
Brad Ferguson, Eine Flagge voller Sterne · 06/5349
Gene DeWeese, Die Kolonie der Abtrünnigen · 06/5375
Michael Jan Friedman, Späte Rache · 06/5412
Peter David, Der Riß im Kontinuum · 06/5464
Michael Jan Friedman, Gesichter aus Feuer · 06/5465
Peter David/Michael Jan Friedman/Robert Greenberger, Die Enterbten · 06/5466
L. A. Graf, Die Eisfalle · 06/5467
John Vornholt, Zuflucht · 06/5468
L. A. Graf, Der Saboteur · 06/5469
Melissa Crandall, Die Geisterstation · 06/5470
Mel Gilden, Die Raumschiff-Falle · 06/5471
V. E. Mitchell, Tore auf einer toten Welt · 06/5472
Victor Milan, Aus Okeanos Tiefen · 06/5473
Diane Carey, Das große Raumschiff-Rennen · 06/5474
Diane Carey, Kirks Bestimmung · 06/5476

STAR TREK™

STAR TREK: THE NEXT GENERATION

David Gerrold, Mission Farpoint · 06/4589
Gene DeWeese, Die Friedenswächter · 06/4646
Carmen Carter, Die Kinder von Hamlin · 06/4685
Jean Lorrah, Überlebende · 06/4705
Peter David, Planet der Waffen · 06/4733
Diane Carey, Gespensterschiff · 06/4757
Howard Weinstein, Macht Hunger · 06/4771
John Vornholt, Masken · 06/4787
David & Daniel Dvorkin, Die Ehre des Captain · 06/4793
Michael Jan Friedman, Ein Ruf in die Dunkelheit · 06/4814
Peter David, Eine Hölle namens Paradies · 06/4837
Jean Lorrah, Metamorphose · 06/4856
Keith Sharee, Gullivers Flüchtlinge · 06/4889
Carmen Carter u. a., Planet des Untergangs · 06/4899
A. C. Crispin, Die Augen der Betrachter · 06/4914
Howard Weinstein, Im Exil · 06/4937
Michael Jan Friedman, Das verschwundene Juwel · 06/4958
John Vornholt, Kontamination · 06/4986
Mel Gilden, Baldwins Entdeckungen · 06/5024
Peter David, Vendetta · 06/5057
Peter David, Eine Lektion in Liebe · 06/5077
Howard Weinstein, Die Macht der Former · 06/5096
Michael Jan Friedman, Wieder vereint · 06/5142
T. L. Mancour, Spartacus · 06/5158
Bill McCay/Eloise Flood, Ketten der Gewalt · 06/5242
V. E. Mitchell, Die Jarada · 06/5279
John Vornholt, Kriegstrommeln · 06/5312
Laurell K. Hamilton, Nacht über Oriana · 06/5342
David Bischoff, Die Epidemie · 06/5356
Diane Carey, Abstieg · 06/5416
Michael Jan Friedman, Relikte · 06/5419
Michael Jan Friedman, Die Verurteilung · 06/5444
Simon Hawke, Die Beute der Romulaner · 06/5413
Rebecca Neason, Der Kronprinz · 06/5414
John Peel, Drachenjäger · 06/5415
Diane Duane, Dunkler Spiegel · 06/5417
Susan Wright, Der Mörder des Sli · 06/5438
W. R. Thomson, Planet der Schuldner · 06/5439
Michael Jan Friedman & Kevin Ryan, Requiem · 06/5442
Dafydd ab Hugh, Gleichgewicht der Kräfte · 06/5443

STAR TREK™

STAR TREK: DIE ANFÄNGE
Vonda N. McIntyre, Die erste Mission · 06/4619
Margaret Wander Bonanno, Fremde vom Himmel · 06/4669
Diane Carey, Die letzte Grenze · 06/4714

STAR TREK: DEEP SPACE NINE
J. M. Dillard, Botschafter · 06/5115
Peter David, Die Belagerung · 06/5129
K. W. Jeter, Die Station der Cardassianer · 06/5130
Sandy Schofield, Das große Spiel · 06/5187
Lois Tilton, Verrat · 06/5323
Diane Carey, Die Suche · 06/5432
Esther Friesner, Kriegskind · 06/5430
Melissa Scott, Der Pirat · 06/5434
Nathan Archer, Walhalla · 06/5512
Greg Cox/John Gregory Betancourt, Der Teufel im Himmel · 06/5513
Robert Sheckley, Das Spiel der Laertianer · 06/5514

STAR TREK: STARFLEET KADETTEN
John Vornholt, Generationen · 06/6501
Peter David, Worfs erstes Abenteuer · 06/6502
Peter David, Mission auf Dantar · 06/6503
Peter David, Überleben · 06/6504
Brad Strickland, Das Sternengespenst · 06/6505
Brad Strickland, In den Wüsten von Bajor · 06/6506
John Peel, Freiheitskämpfer · 06/6507
Mel Gilden & Ted Pedersen, Das Schoßtierchen · 06/6508
John Vornholt, Erobert die Flagge! · 06/6509
V. E. Mitchell, Die Atlantis Station · 06/6510
Michael Jan Friedman, Die verschwundene Besatzung · 06/6511
Michael Jan Friedman, Das Echsenvolk · 06/6512
Diane G. Gallagher, Arcade · 06/6513
John Peel, Ein Trip durch das Wurmloch · 06/6514
Brad & Barbara Strickland, Kadett Jean-Luc Picard · 06/6515

STAR TREK: VOYAGER
L. A. Graf, Der Beschützer · 06/5401
Peter David, Die Flucht · 06/5402
Nathan Archer, Ragnarök · 06/5403
Susan Wright, Verletzungen · 06/5404
John Betancourt, Der Arbuk-Zwischenfall · 06/5405

STAR TREK™

Christie Golden, Die ermordete Sonne · 06/5406
Mark A. Garland & Charles G. McGraw, Geisterhafte Visionen · 06/5407
S. N. Lewitt, Cybersong · 06/5408

DAS STAR TREK-UNIVERSUM, 2 Bde.,
überarbeitete und aktualisierte Neuausgabe!
von *Ralph Sander* · 06/5150

DAS STAR TREK-UNIVERSUM, Ergänzungsband
von *Ralph Sander* · 06/5151

William Shatner/Chris Kreski, Star Trek Erinnerungen · 06/5188
William Shatner/Chris Kreski, Star Trek Erinnerungen: Die Filme · 06/5450

Phil Farrand, Cap'n Beckmessers Führer durch STAR TREK – DIE NÄCHSTE GENERATION · 06/5199
Phil Farrand, Cap'n Beckmessers Führer durch STAR TREK – DIE CLASSIC SERIE · 06/5451

Ralph Sander, Star Trek Timer 1997 · 06/1997
Nichelle Nichols, Nicht nur Uhura · 06/5547
Leonard Nimoy, Ich bin Spock · 06/5548
Lawrence M. Krauss, Die Physik von Star Trek · 06/5549
J. M. Dillard, Star Trek: Wo bisher noch niemand gewesen ist · 06/6500
Judith & Garfield Reeves-Stevens, Star Trek – Deep Space Nine: Die Realisierung einer Idee · 06/5550
Judith & Garfield Reeves-Steven, Star Trek Design · 06/5545
Aris Kazidian & Bruce Jacoby, Das Star Trek Kochbuch · 06/5546

Diese Liste ist eine Bibliographie erschienener Titel
KEIN VERZEICHNIS LIEFERBARER BÜCHER!